Jane Austen Cannot Marry!

JANE AUSTEN NON PUÒ SPOSARSI !

2nd Italian Edition

May McGoldrick

with
Jan Coffey

Book Duo Creative

Grazie per aver scelto *Jane Austen Non Può Sposarsi*. Se vi piace questo libro, vi invitiamo a farcelo sapere lasciando una recensione o a mettervi in contatto con gli autori.

Jane Austen Non Può Sposarsi (Jane Austen Cannot Marry) Copyright © 2022 di Nikoo e James A. McGoldrick

Traduzione Italiana © 2024 di Nikoo e James A. McGoldrick

Tutti i diritti riservati. Fatta eccezione per l'uso in una recensione, è vietata la riproduzione o l'utilizzo di quest'opera, in tutto o in parte, in qualsiasi forma, con qualsiasi mezzo elettronico, meccanico o di altro tipo, ora conosciuto o in futuro inventato, comprese xerografie, fotocopie e registrazioni, o in qualsiasi sistema di archiviazione o di recupero delle informazioni, senza l'autorizzazione scritta dell'editore: Book Duo Creative LLC.

Copertina di Dar Albert, WickedSmartDesigns.com

ENJOY!
Nikoo & Jim

"Non ci sarebbero stati due cuori così aperti, gusti così simili, sentimenti così all'unisono...".

— Jane Austen, *Persuasione*

Capitolo Uno

Villaggio di Hythe, sulla Manica
12 aprile 1811

ATTRAVERSO LA STRADA ACCIOTTOLATA, Nadine guardò la nebbia sospesa come una nuvola intorno alla lampada tremolante fuori dalla taverna Cervo Bianco. Le voci profonde degli uomini che intonavano un canto marinaresco all'interno si riversavano sulla strada stretta.

La taverna era immersa nel gruppo di negozi e case che costeggiavano la High Street. L'arteria principale correva verso est e ovest, mentre il litorale si trovava a un quarto di miglio a sud. La strada seguiva una delle terrazze naturali di colline che si innalzavano immobili verso nord, dove il terreno finiva per spianarsi in fattorie e pascoli fino a Canterbury. Sotto la High Street, in fondo alla collina, un nuovo canale militare era quasi terminato, e oltre, capanne di pescatori e piccoli cottage punteggiavano il terreno lungo la spiaggia e i bordi di una grande palude.

A prescindere dalla sua somiglianza con mille altre città inglesi, il villaggio di Hythe era speciale.

Due volte al giorno passava la carrozza diretta a est. E proprio qui a Hythe, tra quattro giorni, sarebbe sbarcata Jane Austen diretta a Londra. Jane Austen, che stava arrivando per preparare il suo primo romanzo, *Ragione e sentimento*, per la pubblicazione. Jane Austen, che era destinata a far sì che i suoi scritti toccassero generazioni di persone.

Nadine strinse il cappuccio del mantello contro il freddo umido della brezza notturna. La cinghia della borsa che portava sotto il mantello le scavava nella spalla, ma non osava aggiustarla.

"Sta dicendo che il capitano Gordon è arrivato poco prima del tramonto?".

"Sì, signora. Proprio prima della nostra cena". Il giovane cameriere spostò lo sguardo dalla moneta che gli aveva dato alla porta della taverna, la sua destinazione prima che lei lo bloccasse.

"Per quanto tempo ha intenzione di rimanere?".

"Non si sa. Ma è in licenza, e una delle cameriere del piano di sopra dice che la padrona si aspetta che rimanga a Hythe per almeno quindici giorni".

Nadine era sollevata dal fatto che Gordon fosse finalmente arrivato. Aveva chiamato a Churchill House due giorni fa e di nuovo ieri, chiedendo di lui. Altre domandee avrebbe rischiato di destare sospetti.

"La vostra padrona aspetta qualcun altro questo fine settimana?".

"Non che io sappia, signora".

"Ci sono escursioni programmate dal capitano... per esempio, per domani?".

"Non ho sentito niente in proposito, signora".

L'attenzione di Nadine si spostò su una donna anziana trascinata da un cane tozzo e con un occhio solo. Da quando era arrivata a Hythe, aveva visto quei due diverse volte. La donna lanciava sempre occhiate sospettose nella sua direzione e il cane non passava mai senza ringhiarle contro e tirare il guinzaglio.

Tornò nell'ombra dell'edificio, sperando che passassero senza notarla.

"Qualsiasi altra cosa le serva, signora".

"No, grazie. Domani mi rivolgerò alla sua padrona e al capitano".

Il cameriere si tolse il cappello bicorno e attraversò la strada verso la taverna, lanciando la moneta in aria mentre camminava.

Dalla nebbia uscì il suono ovattato delle campane della chiesa che suonavano le nove. Nadine guardò lungo la strada verso il

Jane Austen Cannot Marry!

Cigno, la locanda dove alloggiava. Era a poche porte di distanza dalla taverna, ma poteva benissimo essere in Irlanda, per quello che riusciva a vedere attraverso l'oscurità e la nebbia. Persino la lampada appesa all'ingresso ad arco del cortile interno e delle scuderie era invisibile.

Nadine era stanca, ma il pensiero di dover passare davanti all'oste dalla faccia truce e ai suoi sguardi sospettosi la faceva rabbrividire. Quando aveva preso la stanza, il suo sorriso era stato accolto con un cipiglio. Al suo piacevole saluto aveva risposto con un ringhio. E lasciare mance di qualche spicciolo più generose non aveva fatto alcuna differenza nell'ospitalità.

Anche se dare rifugio ai forestieri era il suo mestiere, il locandiere non era esattamente ospitale con lei, una donna sola. E aveva imparato a non ordinare del cibo. La carne fredda, le verdure fetide e le focacce stantie che le erano state servite la sera del suo arrivo avevano messo a dura prova il suo stomaco.

Nadine aggiustò la cinghia della borsa sotto il mantello. Aveva ancora una sosta da fare prima di affrontare l'oste e i disagi del Cigno.

Uscì dall'ombra.

"Chi sei?"

Nadine sobbalzò, senza rendersi conto che l'abitante del villaggio e il suo cane la stavano aspettando. Le ci volle un attimo per trovare il coraggio e la voce.

"Potrei chiedere lo stesso a lei. Perché mi sta seguendo?".

La donna anziana aggrottò le sopracciglia. "Non sei di qui e parli in modo strano. Cos'è questo accento? Sei per caso francese?".

"No", rispose Nadine con fermezza. "Sono solo una viaggiatrice di passaggio a Hythe".

Abbassò lo sguardo con cautela sul cane. Stava tirando il guinzaglio e mostrava i denti a pochi centimetri dall'orlo del mantello.

Agli animali di solito piaceva. Gli estranei in genere si fidavano di lei, e l'oste era una delle poche eccezioni alla regola. A Nadine era stato detto spesso che aveva un comportamento cordiale e amichevole. Ma sapeva anche che gli inglesi tengono molto alle presentazioni e alla correttezza. Una donna che viaggia da sola, senza figure maschili o accompagnatori, è sospetta.

"Ma *non sei* di passaggio". La voce si alzò e un dito ossuto puntò accusatorio sul petto di Nadine. "Sei qui da martedì, e non cercare di negarlo".

Non era la sua immaginazione. L'impicciona la *stava* seguendo.

Nadine pensò agli avvertimenti che aveva ricevuto prima di arrivare in questo villaggio. La guerra con i francesi era all'ordine del giorno e si diceva che un'invasione avrebbe potuto verificarsi lungo la costa in qualsiasi momento. Per questo motivo, la gente del posto era timorosa e gli stranieri erano sospetti.

"Sì, ha ragione. Sono qui da martedì per una questione familiare".

"Senza suo marito?"

Il ricordo degli occhi marrone scuro dell'uomo che aveva chiesto a Nadine di diventare sua moglie le balenò nel cervello. Indipendentemente dal tempo trascorso, Xander era sempre con lei. Ciò che era stato detto e fatto tra loro era ancora vivo in lei. Per certi versi, era come se non se ne fosse mai andata. Come se non l'avesse mai lasciato sull'altare.

"Lei è sposata, vero?".

"Sì, lo sono".

"Allora, dov'è?"

Nadine desiderava che Xander si facesse semplicemente vivo. Ma era un sogno impossibile.

"Mio marito non è con me".

"Dov'è?"

"È a Londra. Presto mi raggiungerà".

"I vostri figli?"

Un nodo le salì alla gola. Una donna normale, sana e con una relazione d'amore poteva sognare cose del genere. Un figlio. Un futuro. Non lei.

"Allora, non rispondi? Dove sono i tuoi figli?".

"Non ne ho".

"Sei abbastanza *grande* per averne una dozzina".

Se solo la donna avesse saputo la vera età di Nadine. Secoli separavano la sua futura nascita dalla data odierna. In senso biologico, però, aveva trentacinque anni.

"Come ti chiami? Presentati subito".

"Mi chiamo Nadine Finley. E lei è?"

"Elizabeth Hole. Figlia del defunto James Hole, un pescivendolo con sede proprio in High Street. Mia madre era una Lydd. Entrambi

Jane Austen Cannot Marry!

sono nati a Hythe, come i loro genitori e tutte le generazioni fino al giorno del Conquistatore. Non che sia necessario che ve lo dica, ma St Leonard's, lassù...?". Fece un cenno con la mano verso la collina. "Sono stata battezzata in quella chiesa, a una dozzina di passi da dove sono conservati i resti della mia famiglia nell'ossario. Quindi sono *proprio* di qui e non ci sono Finley che vivono a Hythe. In breve, Miss Finley - o chiunque lei sia - sta mentendo".

È stata una bella presentazione. Era tentata di fare la stessa cosa. Poteva certamente inventare qualche antenato per soddisfare l'inquisitrice.

Il cane emise un abbaio acuto e un ringhio. Nadine lanciò un'occhiata guardinga all'animale che ringhiava, chiedendosi se quei denti affilati stessero per stringersi attorno alla sua gamba.

"Non ho detto che andavo a trovare la *mia* famiglia". Fece un passo indietro. "E la prego di tenere il suo piccolo ciclope lontano dalla mia caviglia".

"Non preoccuparti di Kai". Prese il cane e lo infilò sotto il braccio. "Perché sei qui? Spiegati e fai in fretta".

Nadine non aveva intenzione di raccontare a Elizabeth Hole i suoi affari. Di certo non avrebbe menzionato il capitano Gordon o l'onorevole Margaret Deedes, la sorella che stava visitando. Se questa fosse arrivata di corsa a Churchill House, i piani sarebbero stati rovinati. L'ultima cosa di cui Nadine aveva bisogno era che il capitano si rifiutasse di parlare con lei.

"È vero che sono arrivata martedì. Ed è mia intenzione partire con la carrozza sabato... o al massimo lunedì". Sperava prima. Non voleva tirare troppo la corda, e arrivare a lunedì sarebbe stato tirare la corda. "Quindi, se vuole scusarmi...".

Nadine aggirò la bisbetica. Quasi contemporaneamente, la porta della taverna si aprì e ne uscirono barcollando tre guardie costiere in uniforme. Il trio, chiaramente ubriaco, incrociò le braccia e marciò instabilmente verso l'oscurità, cantando mentre camminavano.

Nadine li seguì, ascoltando il basso ringhio che si allontanava dietro di lei. Quando fu a pochi passi dal Cervo Bianco, si guardò alle spalle e vide con sollievo che la donna e il suo accompagnatore canino erano scomparsi. Elizabeth Hole aveva apparentemente rinunciato all'inseguimento per quella sera, ma Nadine era certa che non sarebbe stata l'ultima volta che l'avrebbe vista.

Tenendosi nell'ombra e camminando velocemente, passò il

May McGoldrick

Cigno e poi svoltò giù per la collina. In pochi istanti raggiunse il canale e attraversò il nuovo ponte. Laggiù la nebbia era più fitta e l'odore di salsedine e di pesce si mescolava a quello del fumo di legna. Le botteghe dei commercianti erano tutte chiuse, data l'ora, e solo alcune delle casette che sorpassò mostravano una luce alle finestre.

L'oscurità e l'immobilità erano snervanti. Nadine preferiva le città ai villaggi e alla campagna. La folla dà sicurezza. Situazioni come questa le lasciavano sempre in bocca il sapore amaro della vulnerabilità. Ma dove andare e con quale incarico non era mai stata una sua scelta.

E aveva avuto incarichi molto sgradevoli. In Russia nel 1917, quando i rivoluzionari bolscevichi assaltarono il Palazzo d'Inverno. In Egitto nel 48 a.C., quando le truppe di Cesare bruciarono Alessandria e la sua grande biblioteca. In Yucatan nel 1562, quando preti e soldati spagnoli distrussero i libri dei Maya.

Ma era sempre riuscita a portare a termine il compito che le era stato assegnato. Doveva farlo. Questa era la sua vita, la strada che era stata costretta a percorrere.

Si mosse lungo la strada sterrata che portava verso il litorale. Il silenzio del quartiere fu rotto solo una volta dal rumore di uomini che ridevano e litigavano, fuori da una casa pubblica in una delle strade laterali.

Sulla base delle indicazioni ricevute, Nadine stimò che si stava avvicinando alla sua destinazione. Si girò di scatto al rumore di passi dietro di lei. Non riusciva a vedere nulla attraverso la nebbia. Per sicurezza, si infilò nell'ombra profonda accanto a una baracca e aspettò.

La sua mano scivolò all'interno della borsa e le sue dita avvolsero l'arma che portava con sé. Era piccola, delle dimensioni di un rossetto, ma abbastanza potente da stordire un uomo di grossa corporatura.

I secondi passavano. I passi si fermarono qualche porta più avanti. Un basso colpo di tosse. Sentì il fango che veniva raschiato dalle suole degli stivali. Colpi alla porta, un saluto mormorato da un uomo e una voce di donna che lo invitava a entrare. Un attimo dopo, la porta si chiuse, lasciando Nadine ancora una volta sola.

Uscì dall'ombra e proseguì lungo la strada. Un'altra svolta e vide la sua destinazione.

Jane Austen Cannot Marry!

La casa era poco più di una macchia nera di muri e tetti di paglia, stretta tra una bassa collina e il cottage di un vicino. Nadine si fece strada furtivamente attraverso un grande orto pieno di file di piantine. Attraverso una fessura nelle imposte di una finestra, Nadine riuscì a scorgere la luce tremolante di un camino. Deirdre era ancora sveglia.

Andò alla porta e bussò piano.

Il rumore di passi all'interno fu seguito da una voce incerta. "Chi è?"

"Sono Nadine".

La porta si aprì e la giovane donna guardò all'esterno, verso la strada, prima di tirarla dentro e chiudere la porta. "Non posso crederci. Sei qui".

"Ti ho detto che sarei venuta".

Nadine la superò con lo sguardo e cercò la persona che era venuta a trovare. Il figlio di Deirdre, Andrew.

Dall'altra parte della stanza, il bambino dormiva nel letto che condivideva con la madre.

"Come sta?"

"Dorme profondamente da dopo cena. E questa è una benedizione".

"Tosse?"

"Stasera niente".

"Febbre?"

"Aveva un buon appetito e il suo viso non mi sembra caldo".

Sollevata, Nadine si guardò intorno. La casetta era piccola, ma abbastanza accogliente contro il freddo dei primi giorni di primavera. Sopra il fuoco, una pentola pendeva da un lungo gancio. Un bollitore fumante era appoggiato sulla pietra del focolare. Vicino al camino, un panno era appoggiato su un vassoio di pagnotte in lievitazione. Diverse erbe aromatiche erano appese alle basse travi.

Un tavolo con tre sedie si trovava accanto alla finestra chiusa, mentre piatti e tazze erano disposti ordinatamente sulle mensole sopra la credenza. Su una piccola branda era stata accatastata una grande pila di biancheria da cucire. Un armadio, una bassa cassapanca di legno, un lavabo e il letto dove dormiva Andrew costituivano il resto dell'arredamento della casetta.

Deirdre coprì la finestra con una coperta. "Erano qui, ti stavano cercando. Temevo che ti avessero già trovato".

"Chi c'era qui?"
"I guardacoste".
"Perché? Che cosa hanno detto?".
"Volevano sapere della sconosciuta... la donna con l'accento francese che è stata vista al mercato l'altro giorno, a fare domande".

Dannazione. Era arrivata a Hythe il martedì, giorno di mercato della città. E in effetti *aveva* parlato con alcuni venditori, cercando di orientarsi.

"Non ho un accento francese", disse Nadine sulla difensiva, sapendo che le autorità erano alla ricerca di spie di Napoleone.

"Beh, tu parli in modo diverso".
"Non lo faccio. Parlo inglese. Come te".
"No, non è vero. Parli in modo diverso".

Poteva stare lì tutta la notte a discutere. Ma a che scopo? Rispetto alla gente del posto, aveva un accento. Ma di sicuro non era francese.

"Cosa hai risposto?"
Lei alzò le spalle. "Che ti ho visto al mercato, ma non dopo".
"Perché sono venuti qui?"
"Qualcuno ci ha visto parlare, suppongo". Deirdre scosse la testa. "Hythe è un piccolo villaggio. La gente sta all'erta. Preme le orecchie contro i muri. Tutti conoscono gli affari degli altri. Ho vissuto qui per tutta la vita, ma mia madre aveva sangue irlandese. Quindi, da quando mio marito se ne è andato, sono al centro dell'attenzione. È molto più di quanto mi piaccia, se posso dire".

Il marito di Deirdre era stato costretto a "offrirsi volontario" nella flotta britannica otto mesi prima, e da allora lei non aveva più avuto sue notizie.

Al mercato, Nadine aveva intavolato una conversazione con Deirdre solo a causa di Andrew. Camminando tra le bancarelle, aveva sentito uno strattone alla gonna e abbassando lo sguardo aveva visto un bambino, forse di due o tre anni, che la fissava. Capelli rossi, il viso di un cherubino e una testa che sembrava troppo grande per il corpo piccolo e sottile.

"Perso", le aveva detto.
"Ti sei perso?" Chiese Nadine.
"No. Tu".

Si era accovacciata e gli occhi verdi del ragazzo si erano agganciati ai suoi. L'intensità del suo sguardo era inquietante. Era come se

lui la vedesse, come se sapesse che non apparteneva a quel mercato, a quell'epoca.
"Con chi sei?", aveva chiesto. "Dove sono i tuoi genitori?".
Lui le aveva toccato il viso con le manine e in quel momento lei si era accorta che aveva la febbre, bruciava.
"Eccoti qui. Ti ho cercato ovunque". Una donna era apparsa e aveva preso il bambino in braccio. Lui aveva cominciato a tossire. Non riusciva a riprendere fiato.
Scuotendosi dal ricordo, gli occhi di Nadine si concentrarono sulla figura addormentata del bambino. "Posso controllare il suo respiro? Sei sicura che non abbia la febbre?".
"Guarda tu stessa". Deirdre si incamminò verso il figlio.
Camminando verso di lui, Nadine sorrise ai capelli rossi che si drizzavano come aghi di porcospino sul cuscino. Era pallido alla luce tremolante del fuoco. Tuttavia, accostando l'orecchio al suo petto, sentì che il respiro non era più affannoso.
Deirdre era in piedi accanto a lei. "La tua pozione magica ha funzionato".
"Non è magia", rispose Nadine, un po' più bruscamente di quanto intendesse. Non sapeva se a Hythe bruciassero ancora le streghe. "Solo medicina".
"Una medicina migliore di qualsiasi altra che abbia mai visto". Deirdre si sedette sul bordo del letto e rimboccò la coperta intorno al figlio. "Mia suocera ha portato qui il dottore ieri, pensando ancora che il mio Andrew avesse difficoltà a respirare. Stava per sanguinare, il mio povero ragazzo".
"E tu cosa hai fatto?"
"Ho detto loro che le mie preghiere erano state esaudite. Che stava guarendo. Li ho mandati via".
"Hai fatto la cosa giusta".
"Lo so. Ho un buon intuito per queste cose. E anche per le persone. So di chi fidarmi e di chi non fidarmi. Mi sono fidata di te, no?".
Andrew si era fidato di lei per primo. Era stato lui a trovarla. Aveva attirato la sua attenzione.
Nadine ricordò la conversazione con Deirdre al mercato. Le aveva chiesto dei sintomi di Andrew e da quanto tempo ne soffriva. Deirdre aveva chiesto con sospetto se Nadine avesse studiato da medico.

-*Un po'. Più dei medici di questo villaggio.*

-*Non mi fido affatto di loro. Ho perso il fratello maggiore di Andrew per la stessa tosse quando era un bambino.*

-*Posso aiutarlo. Ho la sua fiducia?*

Dopo un'altra dozzina di domande, la donna decise che Nadine non avrebbe dato a suo figlio nulla che potesse fargli male o peggiorare le sue condizioni.

"I suoi polmoni sembrano liberi".

"Ho fatto come mi hai detto. Ogni volta che tossisce, metto le gocce che mi hai dato in una bacinella con l'acqua bollente e gli tengo la testa sopra il vapore. Funziona subito".

Nadine mise una mano sulla fronte del ragazzo per controllare la febbre. Era fresco.

"Te l'ho detto. Toccandolo, lo sento fresco. Ma ho finito le pillole che mi hai dato".

Nadine si tirò indietro il mantello. Frugando nella borsa di pelle che le pendeva dalla spalla, estrasse un piccolo barattolo rotondo e lo porse a Deirdre.

"Questo è tutto quello che ho. Dagliela due volte al giorno. Mattina e sera".

La madre prese il barattolo. "Cosa succederà dopo? Tornerà la febbre?".

"Non subito. Forse mai. La tosse potrebbe tornare, ma sai cosa fare in tal caso. E potrebbe passargli crescendo. Ad alcuni succede". E ad altri no, indipendentemente dai progressi della medicina.

Nadine diede un'occhiata alla casetta, contando una dozzina di cose che avrebbero potuto scatenare gli attacchi d'asma del bambino. Aveva mentito quando aveva detto di avere una formazione medica. Non era un medico. Le sue conoscenze derivavano dall'esperienza personale. Le scorte che portava con sé erano per uso personale, in caso di emergenza. La sua asma era indotta dallo stress e aveva ancora il suo inalatore nella borsa, ecco tutto.

Premette ancora una volta la mano sulla fronte di Andrew. Il ragazzo sorrise nel sonno e mormorò qualcosa. Le emozioni si affollarono dentro Nadine, e si chiese se avrebbe mai rivisto lui o sua madre. Aveva perso il conto di tutte le persone, come questi due, e come Xander, da cui aveva dovuto allontanarsi nella sua vita.

"Devo andare".

Jane Austen Cannot Marry!

Deirdre mise una mano sul braccio di Nadine. "Quando lascerai Hythe?".
"Spero già domani, se riesco a convincere il capitano Gordon a scortarmi a Portsmouth". Si era data tempo fino a lunedì, si disse per la centesima volta, ma quello era assolutamente il termine ultimo.
"È venuto al villaggio?".
"Sì, è arrivato oggi".
Deirdre guardò suo figlio e poi di nuovo Nadine. "Tornerai mai?"
"Non lo so, davvero. Forse. Forse no". Le due si alzarono e si diressero verso la porta. "A proposito, conosci una donna anziana di nome Elizabeth Hole?".
"Tutti la conoscono. E lei dedica la sua vita a conoscere tutti gli abitanti di Hythe". Deirdre finse di rabbrividire. "Non dirmi che hai avuto problemi con lei?".
"No, ma sta spendendo la sua dedizione anche per seguirmi".
"Non va bene. Non va bene per niente. È un problema. Una donna fastidiosa. Fossi in te, mi terrei alla larga da lei".
"Farò del mio meglio".
"E farei lo stesso con i guardacoste. Non saranno gentili con te quando sentiranno il tuo accento francese".
"Non è..." Nadine si fermò, rendendosi conto di essere presa in giro.
"Come vuoi tu". La donna sorrise e le due si abbracciarono. "Non so da dove sei arrivata, Nadine Finley. Ma ringrazio il Signore che le nostre strade si siano incrociate".
"Buona fortuna a te, Deirdre". Lanciò un'ultima occhiata al bambino che dormiva. "Abbraccia Andrew da parte mia".
Scivolando fuori dal cottage, risalì il vicolo in direzione della locanda. I suoi piani per i giorni successivi erano incerti, per usare un eufemismo. La soluzione più semplice sarebbe stata che il capitano credesse alla sua storia e partisse con lei per la città navale di Portsmouth. Scosse la testa nell'oscurità. Se non fossero partiti subito, però, sarebbero potute sorgere molte complicazioni.
Quando Nadine raggiunse il canale, notò un paio di guardie costiere armate che pattugliavano la riva opposta. Non sembravano però particolarmente in allerta. Mentre camminavano lungo il canale, uno intratteneva l'altro con una qualche storia. Nadine aspettò comunque che la nebbia e l'oscurità li avessero inghiottiti

11

prima di attraversare in fretta il ponte e risalire la collina verso la High Street.

Arrivata all'angolo, si fermò e indietreggiò di un passo. Proprio di fronte al Cigno, un'agitata Elizabeth Hole stava annoiando un signore ben vestito e due guardie costiere dall'aria stanca. Qualunque cosa stesse dicendo, si interruppe bruscamente quando il suo cagnolino si girò e cominciò ad abbaiare e a ringhiare in direzione di Nadine.

Maledetto bastardo.

"È lei. Deve essere lei".

Mentre tutti si giravano a guardare, Nadine girò sui tacchi e tornò indietro lungo la collina. Raggiunto l'angolo del primo edificio, svoltò nel vicolo retrostante.

Grida e rumori di corsa la seguirono. Considerò le sue opzioni, che erano poche. Non poteva permettersi di essere catturata e interrogata dalle autorità. Doveva evitarli a tutti i costi.

Il cuore le batteva nel petto. Il respiro si faceva pesante.

Il vicolo era nero come la pece e la spalla di Nadine sfregò contro un muro mentre il vicolo si inclinava leggermente. Rimanendo in piedi, si affrettò. Il suono dell'abbaiare di Kai si stava avvicinando. Erano proprio dietro di lei, stavano arrivando.

Davanti a sé, una debole luce proveniente da una finestra del piano superiore rischiarò la strada abbastanza da farle capire che era arrivata a un punto morto. Non c'era alcuna via d'uscita.

"Dannazione".

Alla sua destra, pile di assi di legno stavano accanto alla porta posteriore di un negozio. Si avvicinò e provò ad aprire la porta. Niente da fare. Era sbarrata dall'interno.

Il petto le si strinse ancora di più. Cominciava ad ansimare. Era terrorizzata all'idea di dover affrontare un vero e proprio attacco d'asma.

I suoi inseguitori si stavano avvicinando. Guardandosi intorno, Nadine scorse tre lunghe casse di legno appoggiate ad angolo contro la parete posteriore del negozio.

Non semplici casse, capì. Bare.

"Non c'è modo di uscire da questo vicolo". La voce di Elizabeth Hole risuonò sopra le altre. "Non può scappare. Arrestatela!"

Nadine sollevò il coperchio di una delle bare. Coprendosi la

Jane Austen Cannot Marry!

bocca per soffocare un colpo di tosse, entrò nella cassa e chiuse il coperchio.

Capitolo Due

Elkhorn, Colorado
12 aprile 2022

NON SI VEDEVA NIENTE. La nevicata pesante che Xander aveva attraversato dopo aver lasciato Denver nel tardo pomeriggio era passata, almeno per il momento. Una sferzata di nevischio batteva ora sul pickup, e le raffiche di vento erano abbastanza forti da rovesciare un camion a diciotto ruote. I tergicristalli stavano ghiacciando pesantemente, e il riscaldamento alla massima potenza non riusciva a impedire che il parabrezza si appannasse.

Appena Xander si sporse in avanti per liberare un punto da cui vedere, un fulmine squarciò il cielo scuro proprio davanti a lui. Primavera nelle Montagne Rocciose. Meravigliosa.

"Ancora lì?" La voce di Ken gracchiava attraverso l'altoparlante sul volante. La linea telefonica in quel tratto era sempre traballante e la tempesta non aiutava di certo.

"Sì. Dammi un minuto".

Dopo un anno di vita su quella montagna, Xander sapeva che la curva successiva era una di quelle pericolose. Il bordo di quella strada di servizio era minuscolo, essendo stato ricavato da una sporgenza di roccia alta più di tre chilometri.

Alzò il piede dall'acceleratore, ma non abbastanza. Slittare sulla

Jane Austen Cannot Marry!

strada era l'ultima cosa che voleva in questo momento. Assecondò la sbandata, consapevole del precipizio oltre il fiume invisibile che scorreva nella profonda gola sottostante. Se avesse frenato, non avrebbero trovato i suoi resti prima di luglio o agosto.

"Forza, tesoro. Non slittare. Non slittare. Non slittare".

Per quella che sembrò un'eternità, continuò a scivolare verso il bordo. Infine, gli pneumatici toccarono lo stretto bordo di ghiaia, sbandarono e ritrovarono un po' di trazione.

"Ti ho perso?"

"Quasi". Guardò fuori dalla finestra le nuvole vorticose oltre la sporgenza. "Sono ancora qui".

"Donna sta dicendo che non dovrei chiacchierare con te mentre guidi".

"Tua moglie ha ragione".

"Beh, forse. Ma è anche abbastanza illusa da pensare che richiameresti".

"Ti richiamerò".

"Quando? La prossima settimana? Hai già ignorato tre SMS e due messaggi vocali".

Era vero. Xander li *aveva* ignorati. Sapeva di cosa parlavano. Ma non aveva senso ammetterlo a Ken.

"Sono stato occupato a Denver. Una riunione dopo l'altra. Vieni a bere una birra e ti racconto tutto".

"Non stasera. La tempesta potrebbe peggiorare".

"Oh? Davvero?" Xander pensò di fermarsi e di togliere il ghiaccio dai tergicristalli.

"Non riattaccare. Non abbiamo finito di parlare di sabato".

"Sabato? Cosa c'è sabato?".

"Non scherzare. Ho *bisogno di* te, amico".

Per un baby shower. Ken e sua moglie Donna volevano che si occupasse del bar a casa loro, mentre due dozzine di donne elargivano "ooh" e "aah" alla vista di pannolini e vestiti in miniatura. No, grazie.

"Non hai bisogno di me. Puoi cavartela benissimo da solo".

"Non posso gestire il barbecue e il bar allo stesso tempo".

"Barbecue in aprile? E se nevica?".

"Ha sopportato di essere incinta per tutti questi mesi, quindi faccio quello che vuole". La voce di Ken si addolcì e Xander capì che il suo amico stava davvero parlando con sua moglie.

15

"Come è giusto che sia".
"Mi fa piacere che tu sia d'accordo. Alla maggior parte delle amiche di Donna piacciono gli alcolici. Ho bisogno del tuo aiuto. *Abbiamo* bisogno del tuo aiuto".
Xander sapeva perfettamente cosa stava succedendo. Donna stava cercando di fargli concoscere qualcuno. Ultimamente stava cercando in lungo e in largo la fidanzata-o-anche-meglio-moglie giusta per lui. Non aveva dubbi che il loro "Oh, il barista ha disdetto" dell'ultimo minuto non avesse nulla a che fare con la mancanza di aiuto e tutto a che fare con le trame di Donna.
"Ti troverò un barista". Xander pensava che avrebbe potuto fermarsi in qualsiasi bar di Elkhorn e mettere una mancia abbastanza alta sul tavolo, e qualcuno si sarebbe proposto per quel lavoro da quattro ore.
"Non voglio che ci trovi un barista. Voglio *te* qui".
"Cosa sta tramando Donna?"
"Niente. È stata una mia idea".
"Un baby shower". Xander sbuffò. "Stai organizzando un baby shower per tua moglie e le sue amiche. Le sue amiche single e disponibili, immagino".
"Non essere paranoico". Lunga pausa. "Perché ti sorprende che le persone più vicine a te ti vogliano bene e vogliano passare del tempo con te? Vogliamo che tu partecipi ai momenti importanti della nostra vita".
Sapeva cosa stava per succedere. Ken stava per tirare fuori la carta del "migliore amico".
"È troppo chiedere un favore al mio migliore amico?".
"Eccoci, stronzo".
Xander e Ken erano cresciuti insieme, avevano frequentato l'università insieme, fondato un'azienda insieme, guadagnato il loro primo milione insieme e si erano quasi sposati nello stesso weekend. Un paio di anni fa. A Las Vegas. Da allora, il matrimonio di Ken con Donna era stato solido. Il matrimonio di Xander è rimasto nella categoria "quasi". Si era *quasi* sposato.
Poi, tutto era cambiato per lui e per il mondo.
Sei mesi dopo, con la pandemia di Covid che stava devastando il mondo, avevano venduto la loro azienda, avevano fatto le valigie e avevano lasciato New York. Ken e Donna si erano stabiliti in un quartiere di grandi e belle case alla periferia di Elkhorn, in Colo-

Jane Austen Cannot Marry!

rado, una città del boom argentiero ai piedi di quella stessa montagna. Xander voleva una bella vista e, soprattutto, voleva privacy. Così aveva comprato un terreno e una casa vicino a una vetta che la gente del posto chiamava Artiglio del Diavolo.

Ken era felice del matrimonio e della pensione. Oltre a imparare a pescare e a sciare, stava anche iniziando a dilettarsi con la scrittura di romanzi.

Xander, invece, era irrequieto. Aveva già iniziato a cercare un'opportunità in un'altra start-up.

"Bel modo di parlare a un futuro padre molto sensibile e probabilmente in preda agli ormoni. Non solo sono il tuo migliore amico, sono il tuo *unico* amico. E anche questo è da vedere".

Xander si schernì, ma era praticamente vero.

"Davvero, sei parte della famiglia. Vogliamo che tu ci sia".

Ken lo stava mettendo alle strette in un momento di vulnerabilità. I quattro giorni di conferenza al centro congressi e all'hotel lo avevano lasciato stanco morto. E le due ore di viaggio da Denver erano diventate cinque a causa del tempo e di un incidente sulla statale. E la strada ghiacciata non lo aiutava.

Né lui né Ken avevano fratelli. Erano come fratelli fin dall'infanzia. *Erano* una famiglia.

Una serie di fulmini esplose in un bagliore nel cielo e la pioggia ghiacciata iniziò a cadere ancora più forte.

"Ci stai ancora pensando?"

"Ci sto provando. Se tu stessi zitto".

Mentre rallentava, Xander pensò a ciò che il suo amico gli stava chiedendo di fare. Oltre a rattoppare il tetto ormai coperto di neve e ghiaccio del garage in rovina, non aveva nulla da fare quel fine settimana. E se il tempo continuava così, forse non avrebbe voluto comunque lavorare all'aperto.

Diavolo, sfoggiare il suo fascino, versare Mimosa e preparare un Bloody Mary o due non era certo un problema. E Xander sapeva anche dire di no quando voleva. Ultimamente lo faceva spesso. Non era pronto per una relazione. Non una seria. Soprattutto non con una delle amiche di Donna.

Aprì il finestrino per aiutare lo sbrinatore a rimuovere almeno in parte l'alonedi ghiaccio dal parabrezza. Il nevischio sembrava una mitragliata sul tetto e sui finestrini. Pensò di accostare e aspettare che il peggio della tempesta passasse. Ma con la sua fortuna, probabilmente sarebbe stato preso in pieno da uno di quei fulmini. Pazzesco, fulmini in una tempesta invernale. Chi l'avrebbe mai detto?

"Di' qualcosa. Devo sapere che non stai precipitando giù dal fianco di quella montagna proprio adesso. Perché poi dovrò davvero trovare un altro barista".

"Va bene. Lo farò. Verrò al baby shower. Ma sarai in debito con me".

"Puoi scommetterci, fratello. Sarò il testimone al tuo matrimonio. Sarò il barista al baby shower di tua moglie. Sarò..."

Xander schiacciò il tasto per chiudere la chiamata. Non voleva pensare a matrimoni e bambini. Non voleva soffermarsi sul fatto che, a trentotto anni, l'unica volta che era stato tentato di sposarsi era stato con una donna che aveva conosciuto solo tre giorni prima. La stessa che aveva saltato il matrimonio ed era scomparsa mentre Xander stava in piedi come un pazzo davanti a un sosia di Elvis con Ken e Donna pronti a fare da testimoni.

Lo aveva piantato in asso.

Piantato. In. Asso.

Il sesso era facile. Le relazioni erano complicate. E il matrimonio? Lei non lo conosceva nemmeno da abbastanza tempo per sapere che era uno stacanovista. E che faceva schifo nelle relazioni.

Beh, qualcosa l'aveva portata a cambiare idea.

Una raffica di vento scosse il pick-up. Cercando di tenere le mani rilassate sul volante, si costrinse a pensare all'offerta che aveva per le mani a Denver. Un altro progetto. Un'altra attività.

Questa volta non aveva dovuto investire denaro proprio. Gli investitori tecnologici e il trio di ingegneri volevano che fosse lui a gestire l'operazione come amministratore delegato. Avevano offerto a Xander una collaborazione per la sua reputazione nel gestire la pressione. Aveva già portato un'idea sul mercato e ottenuto grandi guadagni. Aveva trasformato il carbone in diamanti, in senso figurato.

Aveva detto loro che li avrebbe richiamati.

Era già pronto a uscire dalla pensione? Era così annoiato?

Una forte raffica di nevischio attraversò il marciapiede lucido. Xander accese gli abbaglianti e vide il riflesso di un paio di occhi. Subito, una forma massiccia si profilò sulla traiettoria dell'auto.

Rallentò il pick-up a passo d'uomo.

Un alce grande come la Statua della Libertà era proprio in mezzo

Jane Austen Cannot Marry!

alla strada. Se ne stava lì, a fissarlo. L'animale aveva il petto come un cavallo Clydesdale. Il collo era coperto da una folta criniera di pelo scuro. E aveva un palco di corna largo almeno due metri e mezzo, che si estendeva in tutte le direzioni come zampe di ragno.

"Accidenti", sussurrò Xander, un brivido gli percorse la schiena. Fermò la macchina.

"Ciao, grosso amico ".

Mai in vita sua aveva visto qualcosa di così imponente.

"È un piacere conoscerti, finalmente".

Nel negozio di articoli sportivi giù a Elkhorn, la gente del posto parlava di un leggendario alce gigante. Alcuni sostenevano di averlo visto. Lo chiamavano il "Toro Ragno", per la forma delle corna. I cacciatori lo cercavano da anni, ma l'alce era troppo intelligente per loro. Uno scettico sosteneva che l'animale non fosse altro che un mito inventato dalle guide per vendere le battute di caccia.

"Eppure, eccoti qui. Il Re della montagna".

Xander rimase immobile, sentendo il cuore martellare nel petto. Non aveva intenzione di affrettare quel momento.

"E non preoccuparti. Non dirò a nessuno di averti visto quassù".

L'alce si girò e si trovò di fronte al pick-up. Il nevischio, misto a neve, luccicava sul muso largo dell'animale.

I due si guardarono.

"Posso stare qui tutta la notte. E tu?"

L'alce scalpitava sul selciato ghiacciato.

Strisce di fulmini attraversarono il cielo e Xander vide qualcosa sulla strada oltre l'animale.

"Cos'hai lì?"

All'improvviso, l'alce alzò la testa ed emise un verso che Xander non aveva mai sentito prima. Iniziò come un basso ringhio e salì di tono e intensità, profondo e risonante.

"Santo..." Si bloccò quando l'alce fece un passo verso il pick-up.

Per un momento, Xander pensò che stesse per caricare. Poi, con aria disinvolta, l'animale si voltò e si allontanò lentamente dalla strada. Quando raggiunse la linea degli alberi, balzò senza sforzo sulla collina e scomparve nella notte.

"Wow", mormorò Xander. Il suo cuore batteva come un tamburo d'acciaio in una metropolitana.

Aveva trascorso la maggior parte della sua vita adulta nell'affollata New York e dintorni. Non aveva mai vissuto lontano dai rumori del traffico e della gente. Eppure, eccolo qui, circondato da ettari di natura selvaggia così remota e aspra da poter essere percorsa solo a piedi o a cavallo.

Ken e Donna lo rimproveravano per essere diventato un eremita, ma da quando si era stabilito qui, Xander amava perdersi per un giorno o una settimana tra queste foreste e cime di montagna, dove gli unici segni di presenza umana erano i sentieri, alcuni cartelli e magari qualche baracca o miniera abbandonata. Vivendo qui, aveva acquisito un nuovo senso del mondo e del suo posto in esso, oltre a un nuovo apprezzamento per i letti morbidi e i bagni funzionanti.

Fissò la collina dove il Toro Ragno era scomparso. Facendo un altro respiro profondo, diede al suo battito il tempo di rallentare. Era un momento speciale.

Un altro lampo illuminò la notte. Xander inserì la marcia, si avvicinò e osservò. Rocce e ghiaccio erano caduti dalla collina sulla strada, ostruendo parzialmente il suo percorso. Ma non era questo il problema.

Davanti a lui, una cassa di legno si trovava in diagonale sulla strada, bloccando la via.

"Ma che diavolo?"

Studiò l'oggetto. Era alto circa un metro e mezzo, largo un metro e mezzo e lungo circa due metri.

Cavolo, quella scatola sembrava proprio una bara.

Capitolo Tre

APPOGGIANDOSI AL VOLANTE, fissò la cassa che ostacolava il suo tragitto verso una doccia calda, un comodo letto e dieci ore di sonno.

"Tu non dovresti essere lì".

Oltre a Xander e agli occasionali turisti smarriti, la strada di servizio era utilizzata soprattutto dal Servizio Forestale. Una settimana prima, durante un'escursione nella foresta demaniale, si era imbattuto in un ranger che dirigeva un gruppo di volontari che stavano iniziando a smantellare una vecchia cabina di estrazione. Quella struttura fatta di tronchi risaliva probabilmente alla corsa all'oro degli anni '50 o '60 del XIX secolo.

Che vita dura era stata la prima cosa a venire in mente a Xander alla vista di quella capanna abbandonata. Niente tubature interne e niente elettricità. Solo un pavimento di terra battuta e spifferi tali ai muri che non avrebbero impedito a una persona di congelare durante i lunghi e freddi inverni del Colorado.

Avevano intenzione di preservare il più possibile la capanna, trasportarla fino a Elkhorn usando quella strada e rimetterla insieme.

"Per proteggere una reliquia della storia del Colorado". Così aveva detto uno dei volontari.

Xander aveva prestato poca attenzione alla storia durante la sua infanzia. Anzi, l'aveva ignorata il più possibile. Lo stesso valeva per la letteratura. L'unica lettura che lo attirava era quella di un rompicapo o di un gioco. Aveva il lato sinistro del cervello più sviluppato. Era razionale. Un tipo da matematica. Era così e si sentiva perfettamente a suo agio.

La sua quasi-moglie era stata l'esatto contrario. Anche se il tempo trascorso insieme era stato breve, aveva imparato che lei amava i libri. I romanzi. La poesia. Non riusciva a capire come mai lui non riuscisse a nominare un solo libro che avesse letto nell'ultimo anno. Negli ultimi due anni. Cinque anni.

Poi lui le aveva fatto una lezione sull'importanza dei numeri. La matematica non era soggettiva. Ogni domanda aveva una risposta chiara. O avevi ragione o avevi torto. Non c'erano zone grigie. L'evidenza empirica era suprema.

Xander ricordava di averle detto: "I dati sono potere. Immaginate quanti problemi si potrebbero evitare se tutto si basasse su dati oggettivi anziché sulle emozioni".

Lei gli mostrò cosa pensava della sua opinione. Lo lasciò in piedi nella cappella con i suoi "dati" che oscillavano nella brezza.

Il rumore dei tergicristalli disperse i ricordi e lui si concentrò sulla cassa a forma di bara che era stata abbandonata sulla strada. Chiunque l'avesse persa era probabilmente a casa in questo momento, seduto davanti a un caldo fuoco.

"Andiamo, Xander", mormorò. "Nessuno sposterà quella cosa per te".

Infilò cappotto e cappello e scese dal furgone. La pioggia gelata gli pungeva il viso. Il vento lo sbatteva di lato mentre si avvicinava. Immaginava che fosse caduta dal retro di uno dei camion del gruppo di volontari.

Con tutta l'attenzione che avevano prestato a ogni possibile artefatto in quella capanna, prima o poi qualcuno avrebbe cercato questa cassa. Bastava spingerla sul ciglio della strada e sarebbero tornati a cercarla.

Un altro fulmine esplose nel cielo e il nevischio si trasformò in un attimo in grandine.

Xander si fermò di botto. Sfere di ghiaccio di dimensioni importanti lo colpivano.

La scatola era esagonale. Era *davvero* una dannata bara. La grandine rimbalzava sulla sua sommità.

Si avvicinò incerto. Legno nuovo. Non macchiato. Tuttavia, la possibilità che delle vecchie ossa si muovessero lì dentro lo fece rabbrividire.

Proprio in quel momento, alcuni massi grandi come palloni da basket e una massa di ghiaia e ghiaccio crollarono a valanga sul bordo della strada, facendo aumentare di nuovo il suo battito cardiaco.

"Ok, facciamolo prima di essere seppelliti qui".

Si posizionò a un'estremità della bara. Spingendo e sollevando allo stesso tempo, la fece muovere. Il legno raschiò sul catrame bagnato mentre si avvicinava un'estremità alla spalla. Si raddrizzò e si avviò verso l'altra estremità, ma si fermò di botto e saltò all'indietro. Qualcosa si muoveva all'interno.

"Ma che..."

Rischiò di uscire di testa quando tre colpi decisi provennero dall'interno della bara. Poi altri.

Fissò incredulo la scatola mentre la parte superiore si sollevava di un centimetro. Non era inchiodata!

Tanti film dell'orrore iniziano proprio così, immediatamente seguiti da un personaggio che fa qualcosa di stupido e diventa la vittima numero uno.

Una bara nel bel mezzo del nulla. Con dentro qualcosa che cercava di uscire. Cosa fare?

Vattene da qui.

Il coperchio si sollevò di nuovo, ma invece di correre verso la macchina, Xander si ritrovò improvvisamente seduto sulla scatola, cercando di tenerla chiusa.

Non era quello che aveva previsto.

"Ottimo. E ora che si fa, genio?".

Tirando fuori il telefono dalla tasca, controllò se c'era campo. Neanche una cazzo di tacca. Lanciò un'occhiata al suo furgone. I tergicristalli si muovevano forsennatamente avanti e indietro.

La grandine si era di nuovo trasformata in nevischio, ma scendeva con la stessa intensità. Se fosse riuscito a tornare al pick-up, sarebbe stato ridicolo, e oltremodo pericoloso, tornare indietro e scendere lungo la montagna fino a Elkhorn.

Sentì dei colpi contro il sedere attraverso il legno e abbassò lo sguardo sulla cassa. Doveva esserci una spiegazione perfettamente ragionevole per quella situazione. Diavolo, poteva esserci un animale lì dentro. Giusto, un animale che si era infilato in una bara

nel bel mezzo del nulla e poi si era tirato addosso un pesante coperchio. Ok, forse no.
Ma forse qualcuno aveva messo un animale lì dentro e...
"Aiuto!" Una voce di donna.
Alla faccia della teoria appena elaborata.
Xander si alzò, tolse il coperchio e lo gettò di lato.
Rimase immobile per un attimo, incapace di credere ai suoi occhi. *Era* una donna ed era in difficoltà. Appena tolto il coperchio, si alzò a sedere, tossendo violentemente e cercando in tutti i modi di riprendere fiato.
"Cosa...? Come...? Cosa ci fai lì dentro? Come sei arrivata qui?".
Era concentrata sul suo prossimo respiro e non sulle domande di lui. I fari illuminavano i suoi capelli scuri, intrecciati e appuntati sulla testa. Si accovacciò, cercando di pensare a come poterla aiutare.
Il suo corpo tremava per il rantolo della tosse. Inspirava aria ma non riusciva a espellerla. Lui riconobbe il problema. Il rumore tra un respiro affannoso e l'altro era un indizio.
"Stai avendo un attacco d'asma. Hai un inalatore?".
Lei annuì e le sue dita si aggrapparono ai bordi della scatola. Lui le afferrò il gomito e la aiutò ad alzarsi.
Il suo corpo bloccava la luce dei fari del camion e lei stava nella sua ombra. Vide che indossava un pesante mantello di lana su quello che sembrava essere un abito d'epoca. Xander si chiese se facesse parte di un gruppo di rievocazione. O forse qualcuno stava girando un film quassù. Aveva visto *The Revenant*. Sapeva che facevano film in ogni tipo di ambiente.
Ma come era finita in quella situazione?
Armeggiando con il bottone alla gola, riuscì finalmente a slacciare il mantello. Quando se lo tolse dalle spalle, lui lo afferrò. La pioggia gelida cominciò a bagnarle il vestito. Una borsa di pelle pendeva dalla sua spalla, ma le sue dita non riuscivano ad aprirla. I colpi di tosse sembravano dolorosi e cominciava a vacillare leggermente.
"Lascia che ti aiuti".
Si tolse la borsa dalla spalla e gliela porse.
La borsa era fatta a mano, dello stesso stile antico del vestito. Non appena slacciò il nodo in alto, lei gliela strappò di mano e infilò la mano nella borsa, rovistandovi dentro.

Jane Austen Cannot Marry!

"So com'è fatto un inalatore", le disse. "Forse posso trovarlo per te".

Quando la grandine si trasformò nuovamente in pioggia gelata, voltò le spalle a Xander e si chinò sulla sua preziosa borsa, ancora tossendo e ansimando.

Scosse la testa. "Sai, non c'è niente lì dentro che vorrei".

Lei lo ignorò e continuò a cercare. Lui non poteva far altro che aspettare.

Sua madre soffriva di asma. Ricordava alcune corse di mezzanotte al pronto soccorso, suo padre che guidava come un pazzo e Xander che guardava impotente dal sedile posteriore dell'auto di famiglia.

Beh, chiunque fosse e comunque fosse finita in questa situazione, non aveva intenzione di lasciarla qui. Capì che i suoi piani per la notte erano appena cambiati. Tempesta o non tempesta, doveva portarla a Elkhorn. Sicuramente qualcuno la stava cercando.

Un paio di cose caddero dalla borsa nella cassa in cui si trovava ancora. Non vi prestò attenzione, continuando a cercare la sua medicina. Da quello che poteva sentire, faceva davvero fatica a respirare. Xander sentì il bisogno di respirare per lei.

"So con cosa hai a che fare", le disse. "Siamo a più di diecimila piedi di altezza sul livello del mare. La tua saturazione sta precipitando. Lascia che ti aiuti a trovare l'inalatore".

Mentre le prendeva la borsa, lei estrasse un piccolo oggetto e lo portò alla bocca. Fece un paio di respiri veloci.

L'erogatore era molto più compatto degli inalatori che sua madre aveva in giro per casa. E sembrava funzionare più velocemente. Tossì una volta, poi il suo respiro cominciò immediatamente a rallentare e a tornare normale.

Il volto di lei rimase nella sua ombra mentre infilava di nuovo il dispenser nella borsa.

"Devo sapere il nome di quella medicina. Ero sicuro che saremmo dovuti correre giù per la montagna per portarti in ospedale".

Alzò rapidamente lo sguardo e la borsa le scivolò dalle mani nella bara.

"C'è campo per il cellulare?", chiese. "Io non ne ho. Probabilmente vorrai contattare qualcuno per fargli sapere che sei al sicuro".

Non rispondeva. Si limitava a fissarlo. Forse era sotto shock.

May McGoldrick

Forse aveva una commozione cerebrale dovuta all'impatto della bara con il pavimento.

Si mise di lato per lasciare che i fari le illuminassero il viso. Voleva vederla meglio.

Le parole, le domande, l'intero filo dei suoi pensieri gli sfuggirono in un istante.

No. Non era possibile. Doveva esserselo immaginato.

I grandi occhi marroni erano fissi sul suo viso. "Xander?"

Lì, in piedi, vestita in abiti d'epoca e con la pioggia gelata che le scendeva sul viso, c'era la sua *quasi* moglie.

"Nadine? Nadine Finley?"

Capitolo Quattro

UN GIORNO, lei era lì.

Il giorno dopo, non c'era più.

Dopo la sua scomparsa, Xander era impazzito nel tentativo di trovarla. Ogni ora che passava, diventava sempre più preoccupato. Niente di tutto ciò aveva senso. Non c'era nessuna prenotazione a suo nome nell'hotel, nonostante quello che lei gli aveva detto su dove alloggiava. Nelle sue ricerche su Internet e sui social media non compariva nessuna "Nadine Finley" che gli sembrasse familiare. Alcuni testimoni oculari avevano visto i due insieme, ma nessuno era in grado di dire da dove venisse o dove fosse andata.

Nadine gli aveva detto di essere venuta a Las Vegas per l'addio al nubilato di un'amica. Ma nei tre giorni in cui erano stati insieme, Xander non aveva mai visto nessuna amica. Non che ce ne fosse stata l'occasione: avevano passato quasi ogni minuto insieme. In quel momento ci aveva pensato a malapena, ma quando lei se n'era andata, non aveva altri nomi da rintracciare.

Era così preoccupato che era andato alla polizia per denunciare la scomparsa.

-*La ragazza con cui ho passato gli utlimi tre giorni è scomparsa.*

-*Non credo che mi abbia detto il suo vero nome.*

-*Ha anche mentito sul fatto di essere di Filadelfia.*

-*Sospetto che non sia stata del tutto onesta sul suo lavoro e sulla sua famiglia. Almeno, non posso confermare nulla di ciò che mi ha detto.*

-No, non ho una sua foto. Ha detto che non le piaceva farsi fotografare.
-No, non le ho dato accesso alle mie carte di credito.
Il loro responso finale: *"Sei a Las Vegas, amico"*.
Una perdita di tempo.
Xander si asciugò la pioggia dal viso e fissò la donna che tremava davanti a lui.
"Sei reale?"
Quando gli prese il mantello, le sue dita sfiorarono quelle di lui. Erano fredde come il ghiaccio. Si gettò l'indumento di lana intorno alle spalle. "A te cosa sembri?"
"Cosa ci fai qui?" Indicò la bara. "Dentro quella?"
Lei guardò la strada e le colline scure e boscose intorno a sé. Era come se le vedesse per la prima volta.
"Sparisci da Las Vegas e poi ti ritrovo qui in Colorado. Che cosa sta succedendo?".
Uscì scavalcando i bordi della bara, camminò barcollando fino al precipizio, guardò giù e indietreggiò rapidamente. Lui si ricordò che aveva paura delle altezze. O almeno, questo era ciò che gli aveva detto.
Quando lei tornò verso di lui, il suo sguardo si fissò sulle gocce di pioggia che luccicavano sul suo viso. Gli zigomi, gli occhi, il naso. Una bellezza classica. Non sembrava diversa dall'ultima volta che l'aveva vista.
"Nadine", disse bruscamente, cercando di attirare la sua attenzione.
Gli occhi di lei tornarono a posarsi su quelli di lui.
"Ti chiami davvero così?".
"Certo. Non ti mentirei mai sul mio nome".
"Davvero? Mi hai mentito su tutto il resto".
"Potremmo *non* fare questa conversazione proprio adesso? Sarebbe bello ripararsi da questo tempo pessimo".
La fissò. A parte la loro storia personale, quello che era appena successo era sconcertante. Se non fosse stato per l'alce, Xander non avrebbe rallentato e probabilmente avrebbe colpito quella cassa. Lei sarebbe rimasta schiacciata sotto i suoi pneumatici. Oppure la cassa, con dentro Nadine, sarebbe precipitata giù per il fianco della montagna.
Si scrollò di dosso quel pensiero morboso.
Non riusciva a capire perché lei, o chiunque altro, dovesse infi-

larsi in una bara. E come era finita su quella strada? La sua mente si affrettò a elaborare alcuni scenari.
Forse qualcuno l'aveva messa in quella cassa... ma non aveva inchiodato la parte superiore.
Forse l'avevano drogata e messa lì dentro... ma ora lei era lì, e i suoi occhi non erano affatto annebbiati.
Forse era *davvero* entrata lì di sua volontà, ma per quale motivo? E per quanto potesse sembrare assurdo, non avrebbe dovuto cercare di uscire quando la cassa era caduta dal camion?
Nessun veicolo lo aveva superato in direzione della statale e di Elkhorn. Questo significava che doveva essere lì da un po'. A meno che il camion non si fosse diretto verso la cima della montagna, ma lui non ne aveva visto nessuno...
"Xander?"
La sua voce lo fece voltare. Era lì in piedi e tremava. Era fradicia e il mantello non bastava a tenerla al caldo.
"Possiamo andarcene da qui, per favore?".
"Dove vuoi andare?"
"Ovunque tu stia andando".

Xander non era un gran giocatore. Non gli piaceva il vantaggio che i casinò avevano sui giocatori. Non andava a Las Vegas per divertirsi. Era lì per due motivi. Una conferenza tecnologica di tre giorni. E poi Ken e Donna sarebbero arrivati alla fine della settimana per sposarsi. Doveva fare da testimone.
Ricordava il giorno in cui aveva conosciuto Nadine come se fosse ieri.
Le slot machine più economiche erano il massimo contributo che era disposto a dare al Casinò Luxor. I due dollari e cinquantacinque centesimi che aveva perso fino a quel momento non avevano intaccato molto la fiche da cento dollari che il comitato di accoglienza della conferenza aveva messo in ogni borsa regalo. Dopo essersi registrato un paio d'ore prima, Xander stava ora ammazzando il tempo fino all'apertura del cocktail di incontro. Con un occhio al videopoker e l'altro al banco della registrazione, stava pensando di sgranchirsi le gambe e andare in piscina.
L'aveva notata la prima volta che gli era passata accanto. Furono i

suoi occhi e la sua bocca ad attirare la sua attenzione. Aveva lo sguardo di quella splendida attrice iraniana di *Body of Lies*. Golshifteh Farahani. Il suo viso attirava tutti gli sguardi. Poi si rese conto che era vestita per le piste da sci, non per il deserto. Cappotto pesante, cappello invernale, stivali e guanti. Ma non fece caso alla sua scelta di abbigliamento: dopotutto, era febbraio e la gente arrivava a Las Vegas da tutto il paese. La guardò scomparire attraverso l'affollata sala da gioco.

Dieci minuti dopo, la donna comparve di nuovo nel suo campo visivo. Aveva tolto il cappello e i guanti. Teneva il cappotto infilato sotto un braccio. Si era fermata per chiedere indicazioni a qualcuno che lavorava al casinò. Questa volta, al suo passaggio, i loro occhi si incontrarono. Era la sua immaginazione o lo sguardo di lei si era soffermato per un attimo? Cavolo, era bellissima.

Non credeva nell'attrazione istantanea. Almeno, a lui non era mai successo. E non andava nemmeno a caccia di donne. Per i suoi soldi o per il suo aspetto, di solito erano loro a venire da lui. Ma quando lei passò accanto a Xander, si ritrovò a sperare che fossero lì per la stessa conferenza.

La terza volta, la stava cercando. E poi eccola lì, tra la folla. Afferrò la giacca e si alzò in piedi.

La donna si fermò vicino a lui e spostò il cappotto da un braccio all'altro.

"Hai bisogno di aiuto?", chiese.

"Questo posto è un dannato rompicapo. Mi sono fermata a chiedere indicazioni una dozzina di volte, ma mi fanno girare in tondo". Indicò i dispositivi di sicurezza sul soffitto. "Credo che quei bastardi lassù si stiano divertendo a guardarmi vagare".

"Forse posso aiutarti". Afferrò un tovagliolo da cocktail dal tavolo più vicino e iniziò a disegnare una mappa. "Tu sei qui. Questi sono gli ascensori che hai appena superato... e le porte di uscita per la Strip sono qui".

Si avvicinò. Chinò il viso oltre il braccio di lui per vedere meglio. I suoi morbidi capelli castani gli sfiorarono il mento e Xander sentì il suo profumo. Inebriante.

"A proposito, io sono Xander Nouri".

Quando lei gli sorrise con i suoi profondi occhi marroni, lui si sentì completamente perso.

"Nadine. Nadine Finley". Gli tolse il tovagliolo di mano, lo

accartocciò e lo mise su un vassoio vicino. "Forse puoi mostrarmi tu la strada".
"Certo. Dove vuoi andare?"
Rimase in silenzio solo un momento. "Ovunque tu stia andando".

Capitolo Cinque

LA DOCCIA calda a casa di Xander sembrò un assaggio di paradiso e, mentre l'acqua le scorreva sul corpo, Nadine pensò a quello che era appena successo. E ai rischi di essere uno Scriba Custode.
La vita come Scriba Custode non era una questione di scelta per Nadine. Era una questione di sopravvivenza.
Nel suo mondo, le persone si dividevano in due gruppi. Quelli che vivevano la loro vita quotidiana nel presente e pochi eletti che viaggiavano, per professione, avanti e indietro nel tempo. Il suo lavoro era top secret e necessario, ma non era certo il più sicuro dei mestieri.
Questi pendolari quantistici, di cui Nadine faceva parte, erano stati organizzati da tempo in divisioni concise.
Gli Assassini. Le Guardie del Corpo. Gli Scribi Custodi. E altri.
Tutti i viaggiatori erano sottoposti a controlli approfonditi e a un addestramento ancora più approfondito. Nadine era scrupolosamente preparata per le missioni che le venivano affidate. Sapeva esattamente cosa fare e cosa non fare. Era ben informata sui regolamenti. Ed era abile nell'uscire da situazioni pericolose se qualcosa andava storto.
Quindi, con i guardacoste che la stavano inseguendo in quel vicolo di Hythe, il protocollo era chiaro. Doveva spostare un lasso di tempo sufficiente a far sì che le persone che la inseguivano perdes-

Jane Austen Cannot Marry!

sero interesse, non trovandola da nessuna parte. Poi, dopo aver fatto un breve salto quantico - un paio d'ore o mezza giornata - avrebbe potuto portare a termine il compito per cui era stata inviata.

Il compito di Nadine era quello di recarsi nell'Inghilterra della Reggenza per impedire a Jane Austen di incontrare il capitano Charles Gordon. Se avesse fallito la missione, la giovane scrittrice non sarebbe mai arrivata a Londra. Non avrebbe mai raggiunto la casa del fratello Henry, che le avrebbe fatto da agente letterario. Non avrebbe mai lavorato con il tipografo per la maggior parte del mese di maggio per preparare il suo primo libro per la stampa. E una volta che il romanzo, *Ragione e sentimento,* fosse stato pronto per essere pubblicato, non sarebbe mai tornata a Chawton con l'intenzione espressa di rivedere il suo manoscritto *Prime Impressioni* per renderlo quello che alla fine sarebbe stato pubblicato come *Orgoglio e Pregiudizio*. In breve, sarebbe stato un disastro per il mondo della letteratura.

Le istruzioni erano semplici: Jane Austen non poteva sposarsi.

La strategia di Nadine consisteva nel convincere il capitano Gordon a scortarla a Plymouth su richiesta del "padre" di lei, un ammiraglio che in realtà il capitano conosceva. Aveva bisogno che Gordon fosse lontano da Hythe il martedì.

Nessuno in paese lo sapeva, ma la tempesta si sarebbe intensificata e avrebbe prodotto i peggiori acquazzoni degli ultimi decenni. Le acque impetuose di un fiume ingrossato avrebbero spazzato via un tratto della strada sterrata verso Canterbury, costringendo Jane a passare la notte del martedì a Hythe. Nell'attesa che le strade venissero riaperte, avrebbe casualmente riallacciato i contatti con il capitano di marina, un ex amico. Jane e Gordon si erano già incontrati - e avevano sentito nascere l'amore - quando Jane si trovava a Sidmouth dieci anni prima.

Quello era il rischio dei viaggi nel tempo. Un altro pendolare quantico aveva creato un leggero cambiamento nella storia. L'effetto a catena stava raggiungendo Jane e il capitano, e gli Scribi Guardiani non potevano aspettare che la storia si correggesse da sola.

Nadine doveva tenere separati Austen e Gordon. In questo modo, i due non si sarebbero innamorati di nuovo e la storia letteraria sarebbe rimasta intatta.

Tuttavia, qualcosa era andato storto. Non aveva mai avuto intenzione di viaggiare dall'Inghilterra del 1811 al Colorado del XXI secolo. La sua mente le aveva giocato un brutto scherzo, o forse era stata poco concentrata. Ma da qualche parte nel suo subconscio, un pensiero parallelo riguardante un altro potenziale matrimonio si era fatto strada in superficie. Il destino aveva separato Jane Austen e Charles Gordon anni prima, e allo stesso modo il destino aveva impedito a Nadine di sposare Xander Nouri in quella calda giornata di febbraio a Las Vegas.

Nei tre giorni trascorsi con Xander, erano stati come due atomi carichi; l'attrazione tra loro era innegabile. Non aveva mai provato una tale passione, un legame così immediato con un altro essere umano.

Allo stesso tempo, veniva dal futuro ed era stata nel tempo di Xander solo per una missione specifica. Non poteva spiegare chi era, da dove veniva o cosa sapeva. Lui non le avrebbe creduto.

Nonostante ciò, Nadine aveva cercato di ingannare se stessa, accettando di sposarlo. Ma sapeva che quello che c'era tra loro non poteva durare.

Aveva pensato a Xander molte volte da quando se n'era andata. Ogni volta che saltava fra i vortici della storia nel suo tempo. Ogni volta che immaginava di vederlo tra la folla. Ma mai i sentimenti che provava per lui avevano interferito con il suo compito. Fino ad ora.

Ogni pendolare quantico aveva una strumentazione che lo assisteva nei salti temporali, ma era pensata per i principianti. Nadine era una viaggiatrice esperta e i suoi pensieri erano sufficienti per avviare il trasferimento.

Doveva essere stata l'intensità dei ricordi di Xander e dei sentimenti che provava per lui, affiorati al momento del salto, a causare la distorsione. Le ore erano diventate secoli. Era passata da Hythe al Colorado. E nel farlo, Nadine era riuscita in qualche modo a portare con sé la bara. Un'altra novità nella sua esperienza.

Appoggiò una mano contro le piastrelle della doccia e lasciò che l'acqua calda le colpisse la testa e la schiena. Ogni trasferimento attraverso il tempo era faticoso per il corpo. Più lungo era il salto, più grave era la reazione e più lungo il tempo di recupero.

Anche il freddo gelido non aveva aiutato, perché aveva rallentato la sua ricomposizione molecolare. E anche l'attacco d'asma aveva complicato la situazione. Non sapeva quanto tempo fosse rimasta in quella scatola prima che Xander la trovasse.

Jane Austen Cannot Marry!

In che anno si trovava esattamente? Doveva guardare il calendario e riorganizzare il suo programma. Il problema era che un altro trasferimento le sarebbe stato impossibile per almeno tre giorni. Era il tempo minimo di cui le sue cellule avevano bisogno prima di poter subire un altro colpo.

Al momento del salto, mancavano quattro giorni all'arrivo di Jane a Hythe. Nadine stava rischiando, ma ci sarebbe stato ancora tempo per correggere la storia se avesse rispettato una serrata tabella di marcia.

Chiuse l'acqua, prese un asciugamano dallo stendino riscaldato e se lo avvolse addosso. Le erano mancati l'acqua calda, il sapone profumato e gli asciugamani morbidi quando era tornata nel 1811.

I suoi abiti ottocenteschi erano appesi sul retro della porta. Tutto era ancora umido. Portò il vestito al naso e si ritrasse immediatamente all'odore della lana bagnata. Avrebbe dovuto lavare i vestiti prima di tornare.

Doveva anche trovare un modo per portare con sé quella bara. Sono stati i piccoli intoppi come questo - un mobile fuori posto, un cappotto dimenticato, la foto di un viaggiatore del tempo che trasporta uno strumento tecnologico del futuro - a stravolgere le linee temporali e a cambiare la storia.

Sulla strada di montagna, aveva aiutato a caricare la cassa sul retro del suo camion, con la testa che le girava per lo sforzo fatto così presto dopo il trasferimento. Almeno, la bara era ora al sicuro. Xander aveva portato il suo pick-up in un edificio separato che usava come garage.

Aprì la porta del bagno di uno spiraglio e sentì ilclangore di pentole e padelle. Non sembrava felice.

Nadine era del tutto ignara dell'errore che aveva commesso, finché non aveva riconosciuto Xander sulla strada.

La barba folta era diversa. Ma a parte questo, non sembrava molto più vecchio di quanto ricordasse. Alto un metro e ottanta, con le spalle larghe. Asciutto e muscoloso. Aveva occhi scuri e capelli mossi per gentile concessione dei suoi antenati iraniani, e il suo viso era bello da morire.

Si chiese come fosse cambiata la sua vita dall'ultima volta che si erano incontrati. Aveva una moglie? Figli? Una fidanzata? Come andava l'azienda che lui e il suo amico avevano fondato?

Almeno, ricordava il suo nome. Ma aveva mai pensato a lei? L'aveva perdonata per averlo abbandonato?

Probabilmente non era la cosa più intelligente da chiedere, decise.

Xander aveva rispettato i suoi desideri una volta saliti sul suo furgone. Non aveva fatto nessuna domanda e aveva guidato in silenzio.

Il viaggio era durato solo pochi minuti, ma in quel lasso di tempo non avevano superato nessuna casa. Per quanto aveva potuto vedere, non c'erano vicini né segni di vita.

Aveva lasciato la strada asfaltata di montagna e percorso un lungo vialetto prima di entrare in un'area aperta, dove si erano accese delle luci automatiche che illuminavano due edifici.

La spaziosa struttura a due piani era fatta di legno, pietra e scandole, e metà del secondo piano aveva pareti di vetro che, dovevano offrire una bella vista sulla valle e sulle montagne. Superò l'edificio fino ad arrivare al garage separato, oltre alcuni alti abeti.

Il remoto rifugio di montagna era esattamente il tipo di posto di cui Xander aveva parlato quando aveva parlato del futuro che avrebbero potuto avere insieme. All'epoca lavorava e viveva a Manhattan, ma sognava di andarsene dalla città. E la vita che gli aveva descritto era allettante.

Quasi senza volerlo, si era lasciata sfuggire che era quello che voleva anche lei, pur sapendo che era una vita che non avrebbe mai potuto avere. Lei veniva dal futuro. La sua vita era un pendolo che oscillava avanti e indietro nel tempo. Non era lei a decidere dove sarebbe stata la prossima settimana, il prossimo mese o il prossimo anno.

Xander aveva parcheggiato il pick-up nel garage e l'aveva accompagnata a casa sua attraverso la neve. Dopo essere entrati da una porta al piano terra, avevano salito una rampa di scale fino a un grande salone aperto. Da lì, lui l'aveva guidata in un ampio corridoio sulla destra e verso un bagno, indicandole una camera per gli ospiti dall'altro lato del corridoio.

Sentendolo in una zona lontana della casa, Nadine prese i suoi vestiti da dietro la porta e uscì dal bagno. In fondo al corridoio alla sua destra, la porta di quella che sembrava essere una suite padronale era aperta. Alla sua sinistra, il corridoio riportava alla sala grande.

Jane Austen Cannot Marry!

Entrò nella camera da letto e chiuse la porta, sperando che ci fossero vestiti asciutti da indossare. Passare del tempo con Xander vestita solo di un asciugamano non era la migliore delle idee. La camera degli ospiti era immacolata, una stanza dall'aspetto molto maschile. Diversi toni di marroni su pareti in legno dipinto. Un letto matrimoniale Queen size, un comò, una poltroncina imbottita con una lampada, una scrivania e una sedia. Alle pareti, fotografie di montagne incorniciate. Le lenzuola, le coperte e i cuscini erano belli ed eleganti, come in un bell'albergo di quel periodo. Immaginò che avesse una governante che si occupava di quelle cose. Le grandi finestre erano coperte da tende trapuntate.

Nell'arredamento non c'era alcun accenno di tocco femminile. Non c'erano altre foto personali, né libri, né nulla che indicasse chi abitasse con lui, né che tipo di amici venivano a trovarlo, se esistevano.

Appese i vestiti bagnati e la borsa nell'armadio vuoto. Lui le aveva preso le scarpe infangate e il mantello bagnato quando erano entrati in casa.

Sul letto erano stati stesi una maglietta a maniche lunghe, una felpa, dei pantaloni della tuta e un paio di calzini di lana spessa. Appartenevano tutti a Xander, suppose, visto che sembravano della sua taglia. Premette la felpa contro il viso e i ricordi del tempo trascorso insieme le tornarono alla mente.

Dannazione.

"La cena è pronta tra cinque minuti", gridò dalla cucina. Aveva aspettato di sentire che lei era uscita dal bagno.

I pantaloni della tuta le andavano larghi, ma li strinse in vita. Avrebbe potuto indossare la maglietta come un vestito, quindi la infilò dentro i pantaloni. La felpa le pendeva da una spalla. Non aveva biancheria intima, maera sicuramente più comoda del corsetto che indossava prima.

Dando un'occhiata al suo riflesso nello specchio appeso all'interno della porta, si attorcigliò i lunghi capelli bagnati e li spinse dietro di sé. Le serviva un elastico con cui legarli. Il suo viso era pallido. In questo momento aveva bisogno di liquidi, cibo e sonno.

Quando Nadine aprì la porta della camera da letto, squillò un cellulare e Xander rispose. Lei rimase immobile, ascoltando la conversazione.

"No. Sto bene". Pausa. "C'era una frana di roccia e ghiaccio un paio di chilometri più avanti. Sì, l'ho aggirata".

Rimase sulla soglia, fissando la porta del bagno e aspettando che Xander dicesse a chiunque stesse parlando della sua scoperta.

"No, sto bene. Non c'è niente che non va". Pausa. "Ce la farò sabato. Non c'è problema".

Sabato. Che giorno era oggi? In che anno?

Sgattaiolò silenziosamente lungo il pavimento di legno lucido e si fermò all'ingresso dell'ampio soggiorno dai soffitti alti. Qualche tempo dopo che lei era scomparsa dentro il bagno, lui aveva acceso tutte le luci.

Le fiamme crepitavano in un camino in pietra. Le persiane coprivano le finestre a tutta altezza sia sul fronte che sul retro della casa. C'erano gruppi di divani e sedie imbottiti dall'aspetto confortevole e bei tappeti persiani coprivano le ampie assi del pavimento.

Alla sua sinistra, le scale che avevano usato prima portavano al piano terra. Alla sua destra, una zona pranzo e una scrivania di legno dove erano state gettati alcuni documenti e della posta. Si mosse in quella direzione. La posta aveva delle date. Doveva localizzarsi esattamente nel tempo.

Xander si muoveva in cucina, lavorando alla cena al di là di un alto bancone.

Aspettò, ascoltando.

"Sono solo stanco. Devo andare".

Chiuse la telefonata senza tradirla. Era un brav'uomo.

Setacciò rapidamente la posta finché non trovò una data su una lettera. Aprile. 2022. Aveva lasciato Hythe il 12 aprile 1811. Il giorno rimase lo stesso. Quel giorno... quella notte doveva essere il 12 aprile.

Tre giorni. Doveva convincerlo a tenerla lì per tre giorni. Ma lui l'avrebbe lasciata restare dopo quello che gli aveva fatto tempo prima? Ne dubitava. E se gli avesse detto la verità? Nei volumi di regolamenti e istruzioni non c'era nulla che le impedisse di farlo, anche se era altamente sconsigliato. La segretezza preservava lo status quo e manteneva la pace. La gente non reagiva bene a ciò che non aveva sperimentato in prima persona, come i viaggi nel tempo, che la maggior parte delle persone avrebbe ritenuto una fantasia.

Avrebbe dovuto provarci, con Xander. Dopotutto, era più intelligente di quasi tutti quelli che aveva incontrato nei suoi viaggi.

Jane Austen Cannot Marry!

Nadine aveva bisogno di un rifugio. Un posto dove stare al sicuro per tre giorni. Poi, le sarebbe rimasto ancora un giorno per impedire a Jane Austen di innamorarsi e rovinare la storia d'amore di tanti lettori con la letteratura dell'epoca Regency.

Solo tre giorni.

Capitolo Sei

MENTRE PARLAVA AL TELEFONO, Xander finì di mettere via la spesa e guardò il pasto notturno che stava preparando. Non si aspettava di avere compagnia a casa, quindi era contento di avere carne e prodotti freschi per sfamarla. Il servizio di consegna aveva rifornito l'armadietto a prova di orso vicino alla porta del piano di sotto mentre lui era via.

Panini con bistecca e insalata. Ecco cosa avevano mangiato per cena.

Xander chiuse la telefonata con Ken e tornò a tagliare i pomodori per l'insalata.

A prescindere da quanto fossero vicini, non avrebbe detto una parola al suo amico sul fatto di aver trovato Nadine su quella strada. Non ancora. Non finché non avesse avuto delle risposte. Molte risposte.

Non l'aveva messa sotto pressione perché gli spiegasse qualcosa, anche se moriva dalla voglia di sapere cosa cazzo stesse succedendo. Aveva aspettato a lungo per chiederle di Las Vegas e della sua scomparsa dalla faccia della Terra. Tuttavia, poteva quasi giustificare la sua decisione di non presentarsi alla cappella. Dopo tutto, si conoscevano solo da tre giorni. Si erano fatti prendere dalla foga del momento. Beh, *lui* l'aveva fatto.

Ma che dire di quella notte? Apparire dal nulla in una tempesta di neve e a un chilometro e mezzo da casa sua? In una bara, per l'amor di Dio, e vestita com'era? E perché non aveva voluto chiamare subito qualcuno? Far sapere dove si trovava. Che stava bene. Niente di tutto ciò aveva senso.

Ok, era ancora arrabbiato per il fatto che lei non avesse almeno detto qualcosa prima di sparire due anni fa. O che non lo avesse chiamato o non gli avesse mandato un messaggio per dirgli che stava bene. Non si rendeva conto di quanto lui fosse preoccupato? Finora, quella sera, aveva mantenuto la calma. Dopo tutto, Xander era il maestro delle emozioni represse. Era il prodotto della sua educazione. Suo padre, un immigrato iraniano, era il maestro dei maestri in quel campo.

Hakim Nouri era stato un ottimo padre. Lo era ancora. Aveva avuto una buona carriera lavorando come ingegnere per la stessa azienda per più di trent'anni prima di andare in pensione. Era un buon marito per la madre di Xander. Linda era una studentessa americana in scambio in Francia quando i due si erano conosciuti a Lione. Amore a prima vista, dicevano sempre. Si stabilirono a Brooklyn per crescere il loro bambino. Hakim non si stancava mai di dare lezioni a Xander su quelli che chiamava i suoi segreti per sopravvivere in questo Paese. Purtroppo, non aveva mai superato la sensazione di essere uno straniero e un estraneo in mezzo a quella gente.

Non mostrare mai che sei vulnerabile, figlio mio.
Xander prese un altro pomodoro da tagliare.
Sei triste? Ricomponiti. Hai paura? Non darlo a vedere.
Taglia. Taglia. Taglia. I pomodori finirono nell'insalatiera.
Sei frustrato? Fattene una ragione. Non interessa a nessuno.
Afferrò un altro cetriolo e iniziò a tagliarlo.
Non lamentarti mai, non dare mai spiegazioni. I tuoi sentimenti e le tue opinioni non contano.
Taglia. Taglia. Taglia.
Rabbia? Soffocala. Se la esprimi, ti etichettano come il ragazzo mediorientale arrabbiato.

"Mamma, sei una santa", mormorò Xander, prendendo altra lattuga.

Si fermò. L'insalatiera stava già traboccando sul bancone.

"Non c'è da stupirsi che io sia così bravo nelle relazioni", mormorò ironico sottovoce. Poco importava che gli stesse venendo un'ulcera.

May McGoldrick

Mise il coltello e il tagliere nel lavello e fuori dalla finestra della cucina. Nelle notti di luna poteva vedere l'Artiglio del Diavolo da qui, ma non quella sera. Il nevischio ghiacciato aveva lasciato il posto a una neve pesante.

"C'è un profumo incredibile qui dentro".

Si girò e fece un passo verso il bancone che dava sulla zona pranzo e sull'ampia sala. Lei era in piedi accanto alla sua scrivania. Le sue curve erano invisibili all'interno della felpa e dei pantaloni larghi. Non era truccata. I capelli erano bagnati e messi dietro le orecchie. Era incredibilmente bella.

Si ricordò di lei in piedi accanto alla finestra della sua camera d'albergo a Las Vegas, con indosso solo una delle sue magliette. Aveva una cicatrice sopra al fianco destro. Una piccola voglia a forma di luna tra i seni. Anche allora era a corto di vestiti: la compagnia aerea aveva perso la sua valigia. Se non l'avessero fatto, lui li avrebbe pagati per perderla.

Non farlo, Xander, pensò, allontanando l'immagine. *Non pensarci nemmeno*.

Raccolse l'insalatiera e la spostò sul bancone, aumentando la barriera tra loro.

Aveva acceso tutte le luci della casa mentre lei era sotto la doccia. Non voleva essere "romantico". Non voleva perdersi nel suo odore, nei toni morbidi della sua voce. Niente sesso sul bancone o contro il muro o nella doccia o nel suo letto.

Un ceppo acceso crepitò nel camino dell'altra stanza, interrompendo i suoi pensieri. Ok, aveva acceso il fuoco, ma non era una cosa romantica. Era una necessità. La temperatura sarebbe scesa sotto lo zero durante la notte. È vero, aveva un sistema di riscaldamento in grado di mantenere accogliente anche il Ritz-Carlton di Reykjavík, ma la prudenza non era mai troppa.

"Hai fame?"

"Da morire".

Le sue dita percorsero la superficie della scrivania mentre si avvicinava a lui. Una settimana di pubblicità, riviste e posta di scarsa importanza giaceva lì, intatta. Quella scrivania l'aveva rifinita lui stesso. Un hobby che aveva preso dopo essersi trasferito in Colorado. Era sorprendente quanto tempo extra avesse, ora che non era più incollato al computer 24 ore su 24, sette giorni su sette.

"Mangi ancora carne?".

Jane Austen Cannot Marry!

"Sì".
"Perché stavo per dire che altrimenti c'è un sacco di insalata".
"Le prendo entrambe". Si avvicinò al bancone. "La doccia è stata piacevole. Ottima pressione. E acqua calda".
"Hai dovuto sguazzare in un torrente ghiacciato per lavarti al... dovunque tu fossi?".
"Non esattamente. Ma quasi". Lei guardò oltre di lui. "Come posso aiutarti?"
Le tovagliette e le posate erano già in tavola. La bistecca era in caldo nella padella e il pane era nel forno. Xander lo tirò fuori e iniziò ad assemblare i panini.
Le lanciò un'occhiata. "Potresti iniziare spiegando alcune cose. Anzi, molte cose".
Prese l'insalatiera dal bancone e la portò sul tavolo. "Come te la sei cavata con il Covid? L'hai preso?"
Xander le passò un panino. "Non mi interessa parlare della pandemia. Quello che voglio sapere è...".
"Posso avere un bicchiere d'acqua?".
Lui la fissò. Si era rimboccata le maniche e faceva avanti e indietro tra il tavolo e il bancone. Spostava saliere e pepiere. Piegava qualche tovagliolo. Un lavoro impegnativo.
"Nadine". Aspettò che lei si fermasse e lo affrontasse. Notò quanto fosse pallida. "Vuoi qualcosa di più forte?".
"No. Solo acqua".
Xander riempì due bicchieri dallo sportello del frigorifero e li posò sul bancone di fronte a lei.
Lei bevve tutto il bicchiere. Lui osservò il movimento della gola. Da vicino, sembrava più magra di un paio di anni fa. Si chiese se fosse stata malata.
"Ti dispiace se ne prendo un altro po'?".
"Certo che no. Fai pure".
Travasò il bicchiere di lui nel suo e bevve anche quello, prima di aggirare il bancone della cucina e dirigersi verso il frigorifero.
Quando Nadine gli stava passando accanto, la sua felpa larga si impigliò nella maniglia di un cassetto. Uno dei calzini di lana scivolò sul pavimento di piastrelle. Xander allungò un braccio intorno a lei. Il bicchiere colpì il suo piede mentre cadeva e rotolò via sul pavimento. Le mani di lei si strinsero contro il petto di lui per stabilizzarsi.

May McGoldrick

Nonostante le sue buone intenzioni di mantenere le distanze, si ritrovò con entrambe le braccia intorno a lei. Lei si aggrappò al retro della sua camicia di flanella, con il viso contro il suo petto. Avrebbe potuto lasciarla andare, ma invece la strinse a sé. Xander aveva voluto farlo dal momento in cui aveva visto chi era in piedi in quella cassa sulla strada.

Tutto sembrava giusto. Nella sua mente, il tempo cambiò. Erano di nuovo a Las Vegas, nella sua stanza d'albergo, abbracciati. Xander le stava chiedendo di sposarlo. E lei stava per dire di sì.

Quel giorno non aveva pensato minimamente al domani o ai giorni successivi. A dove sarebbero andati a vivere. E che dire del suo lavoro? Lei aveva dichiarato di essere una bibliotecaria. Se da giovane avesse incontrato una bibliotecaria bella e sexy come Nadine, forse non sarebbe cresciuto evitando i libri.

E c'erano altre domande importanti. Come l'avrebbe detto ai suoi genitori. E come avrebbe reagito la famiglia *di lei* a ciò che avevano fatto. Le opinioni della famiglia erano importanti nella cultura in cui era cresciuto.

Alla fine, non fu importante.

E una volta che lei era scomparsa e lui aveva accettato che fosse davvero sparita, l'idiozia di ciò che avevano quasi fatto divenne assolutamente evidente. Erano due estranei.

In quel momento, però, lei non si sentiva un'estranea per lui.

Xander la lasciò andare e lasciò cadere le mani sui fianchi, mentre le domande che si portava dietro lo assalivano. La logica si scagliava contro il sentimento che cercava di impossessarsi di nuovo di lui.

Aveva bisogno di risposte. Ora.

"Parlami di questa notte. Come sei finita su quella strada?".

Lei si allontanò da lui, fece un passo indietro e si appoggiò al bancone. Lui fece lo stesso contro il bancone opposto, incrociando le braccia sul petto. Non voleva avvicinarla di nuovo.

"Qualcuno ti ha messo in quella bara?".

"No, sono entrata da sola in quella cassa".

"Come ha fatto la bara a finire sulla strada? È caduta dal camion di qualcuno?".

"No. Sono stata io".

"Quindi, hai guidato tu il camion e l'hai spinta fuori dal retro? ".

"Non c'era nessun camion".

"Elicottero?"
"No".
"Un carro trainato da cavalli? Seguendo una processione di altri attori? Questo spiegherebbe il tuo abbigliamento".
"No, non è stato così complicato".
"Non è complicato, dice lei". Cercò di valutare la sua espressione, chiedendosi se lo stesse prendendo in giro. Il suo volto era serio. "Bara. Strada. Tu al suo interno. Che ne dici se smetto di tirare a indovinare e mi spieghi?".
Lei lo fissò per qualche battito di cuore prima di parlare di nuovo. "Ok, ti meriti la verità".
"Grazie. Sì, la merito".
"Ma..."
"Ma?"
"Ma non mi crederai".
"Sai cosa ho passato dopo la tua scomparsa? Quanto ero preoccupato? Quante porte ho buttato giù, cercando di assicurarmi che non ti fosse successo nulla di male?".
"Posso immaginarlo".
"Ok, allora. Spara".
"Credimi, Xander. Non mi crederai".
"Ti rendi conto che non hai ancora detto nulla? Non hai spiegato nulla. Ma stai già trovando delle scuse".
"La verità..." Fece un gesto vago. "Penserai che ho perso la testa".
"*Hai* perso la testa?"
"No, certo che no".
Si passò una mano frustrata tra i capelli, poi si chinò a raccogliere il bicchiere dal pavimento e lo mise nel lavandino. Ne prese uno pulito dal mobile e lo riempì d'acqua prima di porgerlo a lei. "Qualunque cosa tu mi dica, non può essere peggio di quello che ho immaginato".
Bevve l'acqua e riprese a camminare verso il frigorifero, facendo attenzione che i suoi vestiti non si impigliassero in nulla.
"Prima devo mangiare qualcosa. Poi potremo tornare a parlare di questo".
Di questo? Non c'era un *questo*. Lei non aveva detto nulla. Tuttavia, i suoi geni iraniani dell'ospitalità si fecero sentire. Era stato un pessimo padrone di casa per non averle dato prima da

mangiare. La sua educazione aveva di nuovo preso il sopravvento sul buon senso.
"Certo." Tagliò i panini a metà, prese i piatti e si diresse verso il tavolo. "Affamata. Assetata. Pallida come un fantasma. Da quanto tempo eri in quella cassa?".
Lei lo seguì fuori dalla cucina, portando i bicchieri d'acqua.
"Duecentoundici anni".
"Divertente".
"Te l'ho detto".
Si sedettero e lui la osservò mentre si avventava subito sul cibo. Aveva *davvero* fame.
"Duecento undici anni da quando hai bevuto acqua. Duecento undici anni dall'ultima volta che hai mangiato. Che anno era... il 1811?".
"È un sollievo che tu sia bravo in matematica". Parlava con la bocca piena. "E sì, stai cominciando a capire".
"E dove stanno organizzando questa rievocazione? A Elkhorn? A Denver?"
"Non è una rievocazione".
"Film, allora".
"Non è un film".
"Sei un'attrice?" Avrebbe potuto crederlo.
Lei fece una pausa, fissando l'ultimo boccone del panino che aveva in mano. "Ho recitato in passato".
"Teatro? Cinema? Televisione?"
"Nella vita".
"Con me? Con noi?"
Inclinò la testa di lato e alzò lo sguardo verso quello di lui. Scosse leggermente la testa.
"Ho bisogno di sentirtelo dire".
"I giorni che abbiamo trascorso insieme erano reali. Nessuna finzione. Quello che ti ho detto allora era la verità".
"Tutto?"
"Tutte le parti che contano".
Xander non aveva ancora risposte, ma la sincerità del modo in cui lei parlava lo spiazzò.
"E adesso stai facendo la stessa cosa? Voglio dire, riguardo al dire la verità?".

Jane Austen Cannot Marry!

"Ora cercherò di fare di meglio. Ti racconterò tutto, ma penso ancora...".

"Che non ti crederò", la interruppe, sentendo crescere la frustrazione.

La sua attenzione tornò al piatto, mise in bocca l'ultimo morso del suo panino e annuì. "Ne sono certa".

"Posso farti un altro panino?".

"No. Mi capita sempre... di mangiare e bere troppo e troppo in fretta dopo un trasferimento. Poi finisco per avere la nausea. Stasera cercherò di agire meglio". Anche mentre lo diceva, però, ammucchiava insalata nel suo piatto.

"Trasferimento?" Xander spinse via il piatto e appoggiò i gomiti sul tavolo. "I bibliotecari vengono trasferiti?".

"Non è un trasferimento di lavoro. Sono stata io stessa a portarmi qui. Ho fatto un casino".

"Mi hai davvero perso". Tutto ciò che usciva dalla sua bocca era vago e inaspettato. Stava tessendo un'equazione diofantea irrisolvibile. Lui era un tipo matematico. Era bravo a risolvere i problemi. Ma in questo caso c'erano troppe variabili. Non c'era modo di risolverla. Niente gli stava diventando più chiaro. "Come hai fatto a fare un casino? Che cosa significa?"

Lei si sedette e si premette il lato dello stomaco. "Stavo scappando da alcune persone che mi stavano inseguendo. Mi sono infilata in quella cassa per nascondermi. Il problema è stato che la mia mente pensava a te. A noi".

Xander si considerava un uomo ragionevolmente intelligente, ma non riusciva a trovare nessun filo logico in quello che lei gli stava dicendo.

"C'era gente che ti inseguiva", ripeté, cercando di capirci qualcosa. "Era la polizia? Ti stavano inseguendo anche due anni fa? È per questo che sei scappata? Sei una criminale?".

"No, non sono una criminale". Indicò il suo piatto. "Pensi di mangiarlo?".

Xander spinse il piatto dall'altra parte del tavolo. Lei non aveva toccato l'insalata.

"Lavori per qualche agenzia governativa? Sei una specie di spia? O è una cosa da protezione testimoni?".

"Tu guardi troppi film". Prese un mezzo panino e lo addentò.

Le spie non dovevano confessare quello che facevano. E nemmeno le persone sotto protezione testimoni. Pensare a lei come a una di loro aveva più senso di qualunque altra ipotesi. Non esisteva su Internet. La gente le dava la caccia. Si nascondeva in una cassa in mezzo al nulla. Forse Nadine Finley non era nemmeno il suo vero nome.

"Ok, visto che stiamo giocando a Venti Domande, vorrei davvero sentire la risposta a questa".

Nadine si fermò con il cibo a metà strada verso la bocca.

"Sei sposata?"

Lo sguardo di lei si fissò in quello di lui e lui vi scorse della tenerezza.

"No, Xander. Non sono sposata. Non lo sono mai stata. E non ho mai immaginato che lo sarei mai stata... prima di conoscere te".

Cazzo. Sapeva come prenderlo. Si alzò in piedi. Doveva stringerla.

Anche Nadine si alzò in piedi in un istante.

Si avvicinò a lei. "Ascolta, io..."

"Aspetta! Sto per sentirmi male".

Girando i tacchi, corse verso il bagno.

Capitolo Sette

NADINE SI SVEGLIÒ con la testa annidata tra due spessi cuscini. Il resto del suo corpo era avvolto nel piumone.

Sebbene fosse sempre riuscita a portare a termine i suoi incarichi, il suo curriculum di salti quantici effettivi non era *perfettamente* immacolato. C'era stata quella volta in cui si era ritrovata in una fogna parigina. E altri casi. Una stalla scandinava, un bordello della corsa all'oro in California. Una volta si era risvegliata con il sole del deserto messicano che le batteva addosso e un semicerchio di avvoltoi che la guardavano famelici.

Stavolta era infinitamente meglio. Si sentiva una mummia molto coccolata.

Tuttavia, la notte scorsa era stata dura. Per tre volte era corsa in bagno. Ogni volta, Xander si era presentato alla porta, in boxer e maglietta, proponendo di portarla all'ospedale o almeno di tenerle i capelli indietro mentre lei si aggrappava al water. Lei si era rifiutata, pregandolo di tornare a letto. Ci era già passata. Sapeva cosa non andava in lei. Un lungo salto e un improvviso eccesso di liquidi e cibo non andavano mai d'accordo. L'ideale sarebbe stato darsi un ritmo, permettendo al corpo di adattarsi. Lo sapeva per esperienza, ma il corpo non sempre obbediva a ciò che il cervello gli diceva di fare.

La relazione con Xander a Las Vegas era stata un'ulteriore prova di quello scollamento tra mente e corpo.

Spingendo via i cuscini e le coperte, Nadine si alzò a sedere nel letto. Dopo l'ultimo viaggio in bagno, aveva aperto le tende della camera da letto. Ora, fuori dalla finestra, poteva vedere il cielo azzurro e le cime degli alberi mosse dalla brezza.

Guardò l'orologio del comodino. L'1:20.

Sorpresa, si chinò per guardare meglio. "Davvero?"

Un momento di panico la colpì. Il tempo era prezioso e aveva bisogno di sapere quanto ne aveva sprecato dormendo.

Saltando giù dal letto, aprì i cassetti della scrivania, alla ricerca di un calendario di qualche tipo. Niente. Era la casa di un appassionato di tecnologia. Ovviamente non aveva un calendario fisico in giro. Ma in uno dei cassetti trovò della carta e una penna. Dovevano bastare.

Abbozzò la griglia di un calendario, segnando il giorno in cui aveva lasciato Hythe e il giorno del futuro arrivo di Jane Austen. Ancora una volta, ricordò a se stessa le regole. Le date rimanevano costanti, ma il giorno della settimana cambiava a seconda dell'anno. In questo momento doveva tenere conto del numero di giorni.

Il momento più vicino per tornare al 1811 sarebbe stato la notte prima dell'arrivo di Jane. E una volta arrivata a Hythe, Nadine avrebbe dovuto agire in fretta. Doveva far credere il capitano Gordon all'urgenza della sua richiesta e poi farlo andare via di corsa dal villaggio nel bel mezzo di una tempesta ululante. Doveva portarlo via prima che arrivasse la carrozza di Austen.

Ieri sera aveva avuto troppe cose per la testa per comprendere appieno quanto sarebbe stato fitto il programma, ma ora se ne rendeva conto.

Nadine infilò il calendario di fortuna nel cassetto della scrivania e indossò la felpa e i pantaloni della tuta. Ieri sera aveva dormito con la maglietta e i calzini di Xander e si chiedeva se sarebbe riuscita a resistere con quegli stessi vestiti fino al momento del rientro.

I morsi della fame le attanagliarono le viscere.

La casa era silenziosa quando si affrettò a passare dalla camera da letto al bagno. Guardandosi allo specchio, Nadine si sentì sollevata nel vedere che il viso aveva ripreso un po' di colore, anche se la mancanza di trucco la faceva sentire nuda. Accanto al lavandino c'era un sacchetto con il logo della farmacia. La sera precedente non c'era. Vi trovò uno spazzolino nuovo, un dentifricio, una spazzola e alcuni elastici per capelli. C'era anche un kit da viaggio con un assortimento di articoli da toilette.

Jane Austen Cannot Marry!

Guardò in direzione della porta e poi di nuovo verso gli oggetti, immaginando Xander che correva al negozio per lei quella mattina. Aveva fatto la stessa cosa per lei a Las Vegas, quando si era presentata al momento giusto ma nel posto sbagliato. Era andato al negozio a prendere le cose che le mancavano. Il suo trasferimento avrebbe dovuto portarla in una stazione sciistica del lago Tahoe, ma era finita a Las Vegas.

Mentre apriva la confezione dello spazzolino, la sua mente tornò a tutte le domande che erano rimaste senza risposta ieri sera. Lui era una brava persona. Un grande uomo. L'uomo migliore che avesse mai incontrato in tutta la sua vita. E di certo aveva bisogno di essere trattato meglio di come lo aveva trattato prima.

Pochi minuti dopo, uscì nella sala.

"Buongiorno", disse a voce alta. "O dovrei dire, buon pomeriggio?".

Nessuna risposta.

"Xander?", chiamò scendendo le scale.

Niente.

Non avevano avuto modo di parlare di cosa stava facendo lui in quei giorni. Il Colorado era molto lontano da New York, dove aveva sede la sua azienda. Ce l'aveva ancora? Se sì, si trattava di un lungo viaggio. Sapeva bene cosa era successo durante la pandemia di Covid. Molti lavoratori erano rimasti isolati. Lui era uno di loro?

Non che lei avesse il diritto di fargli domande, visto che la sua intera esistenza era un mistero per lui.

Nadine si fermò al centro della grande stanza aperta. Il fiato le si bloccò nel petto. Le tende che avevano coperto le pareti di vetro dal pavimento al soffitto erano ora aperte. La vista era davvero incredibile. Guardando fuori dalle finestre anteriori della casa, lasciò vagare lo sguardo sul paesaggio innevato. Il vialetto che partiva dalla casa era stato spalato. Durante la notte erano caduti diversi metri di neve, a giudicare dalla profondità dello strato spalato.

"Hai trovato un bel posto per te, Xander. Mi fa piacere".

In lontananza, un'ampia valle era stata scavata nelle montagne da un fiume primordiale. L'ampio nastro d'acqua si snodava ancora tra scogliere rocciose e alti abeti coperti di neve. Nebbie tenui si alzavano sopra la corrente scintillante e tumultuosa.

Voltandosi, guardò fuori dal vetro oltre il tavolo da pranzo. In quella direzione, il terreno si alzava in onde scintillanti di verde e bianco fino a cime rocciose al di sopra della linea degli alberi. Tutte insieme, le cime sembravano una grande mano che sorreggeva il cielo blu intenso.

La tristezza le strinse le viscere. Sapeva cosa sarebbe successo. Tra cinquant'anni il cielo non sarebbe più stato blu.

Nella sua vita finita, come trentacinquenne dell'anno 2078, Nadine non poteva nuotare in un lago o mettere i piedi nell'oceano. Non poteva toccare la neve, camminare sotto la pioggia o vedere un animale selvatico... al di fuori di uno zoo virtuale. La natura, così come era stata registrata dagli storici, non esisteva più nella forma che adesso stava guardando.

C'erano stati degli avvertimenti. Molti. E l'umanità aveva fatto del suo meglio per salvare il clima della Terra. Ma quando aveva iniziato a farlo seriamente, era troppo tardi. Le conseguenze previste si erano verificate... e rapidamente.

L'aumento delle temperature aveva causato un maggiore scioglimento delle calotte glaciali, le correnti oceaniche avevano cambiato rotta, alterando gravemente i climi. Laghi e fiumi erano evaporati, provocando tempeste più grandi e violente. Le piogge acide avevano contaminato la terra e l'oceano, facendo ammalare la maggior parte della popolazione. Quando qualcosa scendeva dall'alto, tutti correvano al riparo.

Per quanto pericolosa fosse la sua professione, essere una pendolare quantistica era l'unico modo in cui Nadine aveva l'opportunità di sperimentare la Natura come era stata concepita. Ed eccola di nuovo qui, davanti a un capolavoro assoluto della creazione.

Una brace scoppiettò nel caminetto dietro il paravento di metallo, attirando la sua attenzione. Fu allora che notò la libreria lì accanto.

"Beh, cosa abbiamo qui?".

Ieri sera non l'aveva vista e ora si fermò a curiosare tra gli scaffali. Titoli di saggistica sulla costruzione di mobili. Una pila di riviste. Libri di auto-aiuto. Memorie e biografie di titani dell'economia. *Meditazioni di Marco Aurelio*, *L'arte della guerra* di Sun Tzu, *Il principe* di Machiavelli. Toccò il dorso di un grosso volume dello *Shahnameh*, il Libro dei Re iraniano. Una raccolta di poesie di Rumi. Un'altra raccolta del poeta Hafez.

Sotto c'era un intero scaffale di romanzi d'avventura, thriller e gialli. Nadine sorrise mentre faceva scorrere le dita sulla fila di libri a

Jane Austen Cannot Marry!

tema western. Romanzi di Louis L'Amour, Zane Grey, Larry McMurtry, Leslie Marmon Silko, N. Scott Momaday. Altri di Nik James, Patrick deWitt, Winston Groom, David Nix, Jeff Mariotte. E sotto di loro, un interessante assortimento di classici. *Jane Eyre, Casa desolata, I racconti di Canterbury,* l'*Opera completa di Shakespeare, Don Chisciotte, Quel che resta del giorno, Il crollo, Il signore delle mosche, Lo zen e l'arte della manutenzione della motocicletta* e altri.

Ogni scaffale conteneva libri di cui lei gli aveva parlato a Las Vegas. Nadine ricordò come gli avesse detto che nessuna casa era completa senza una libreria.

Ne osservò due che la interessavano particolarmente. *Orgoglio e pregiudizio* e *Persuasione*.

"Quindi, Miss Austen ce l'ha fatta".

Tirò fuori il secondo dallo scaffale e lo sfogliò. "Sei ancora una scrittrice, Jane".

Soddisfatta, Nadine rimise il volume sullo scaffale proprio mentre un mucchietto di neve scivolava dal tetto e cadeva oltre la finestra.

L'aria aperta la chiamava.

Da quanto tempo non respirava aria pulita di montagna? Da quanto tempo non sentiva lo scricchiolio della neve sotto i piedi? Doveva uscire.

A un'estremità del grande salone, una porta scorrevole in vetro dava su quella che sembrava una terrazza molto ampia. Accanto alla porta, vide uno scaffale con diverse paia di stivali e una collezione di cappotti appesi ai ganci. Xander aveva appeso lì il suo mantello ieri sera.

"Sì!", ha esclamato. "Andiamo".

Decidendo che il mantello ottocentesco era insufficiente per il freddo e la neve, prese uno dei cappotti di Xander. Gli stivali erano di quattro o cinque taglie più grandi, ma non importava. Ne indossò un paio e li allacciò il più stretto possibile. Non aveva intenzione di andare lontano. Chiuse il piumino, aprì il vetro scorrevole e uscì.

L'aria era frizzante, fredda e pulita e profumava della foresta di pini e abeti che circondava la casa di Xander. La brezza era leggera; Nadine si trovò nella neve fino alle ginocchia e fece alcuni respiri profondi. Dio, quanto le piaceva.

Al centro del portico si trovava un focolare, circondato da una mezza dozzina di sedie. Un tavolo e delle sedie per mangiare all'a-

May McGoldrick

perto erano accostati alla ringhiera. I mobili erano coperti di tela e la neve ricopriva tutto. Diversi abeti crescevano proprio accanto al portico e sui rami sporgenti brillavano cristalli di ghiaccio.

Si spostò verso la ringhiera che dava sul retro della proprietà di Xander. Il pavimento del portico era scivoloso a causa dello strato di ghiaccio sotto la neve polverosa. Raccolse la neve dalla ringhiera a mani nude, assaporandone la sensazione sulla pelle. Formò una palla e la lanciò lontano sulla distesa di neve. Si spostò in un angolo del portico, dove un imponente abete rosso si ergeva sopra di lei. Si appoggiò alla ringhiera e guardò le cime lontane.

Nonostante l'aria fredda, il sole era caldo e Nadine alzò il viso al cielo. Chiudendo gli occhi, pensò che quello era forse il più perfetto dei luoghi. Era il paradiso.

Proprio in quel momento, un po' di neve cadde da un ramo sopra di lei, che aprì gli occhi proprio mentre artigli affilati si aggrappavano al suo viso rovesciato.

Capitolo Otto

XANDER GIRÒ la testa in direzione dell'urlo.
"Nadine?"
Il suono proveniva dal portico sul lato opposto della casa.
Era sul tetto del garage da meno di un'ora, per spalare via la neve prima di togliere le vecchie tegole. Per metà scivolando e per metà aggrappandosi, si affrettò a percorrere il pendio scivoloso verso la scala.
Nadine continuava a urlare. Stava lottando contro qualcosa. Ma cosa?
Un orso? Dio sa quanti ce ne sono su questa montagna. Da quando aveva comprato quella casa, Xander si era trovato faccia a faccia con diversi esemplari durante le escursioni. Gli orsi neri delle Montagne Rocciose non erano le docili creature che rovistavano nei cassonetti a est. E nonostante la tempesta di ieri, stavano uscendo dal letargo. Ed erano affamati. La gente del posto aveva già segnalato degli attacchi.
Un leone di montagna? Aveva sentito i leoni di montagna urlare di notte e al mattino presto, aveva visto le impronte delle loro grandi zampe a quattro dita con il tallone a forma di M nella neve e nel fango. Una volta, aveva trovato delle tracce proprio nella radura sul retro della casa.
I coyote? Si avvicinavano in continuazione. I loro latrati erano comuni come il suono delle sirene a Manhattan.

Finalmente raggiunse la scala. Si calò dal tetto e iniziò a scendere.

Xander non sentì il ringhio di nessun predatore, ma Nadine avrebbe potuto essere in balia di uno qualsiasi di loro. Era improbabile che un cervo, un alce o un wapiti salisse i gradini del portico, ma lo scorso settembre aveva visto un orso che premeva il muso contro il vetro.

Le urla continuarono. "*NO! Via!*"

"Vai dentro!", urlò, rendendosi conto che lei non lo avrebbe sentito con il rumore che faceva.

Saltò l'ultima mezza dozzina di pioli e atterrò in un cumulo di neve.

"Vattene! *Vattene!*", gridò.

Estraendo il martello dalla cintura degli attrezzi, Xander si lanciò nella neve verso la casa. Iniziò a salire i gradini che portavano direttamente al portico, ma poi si rese conto di non voler mettere alle strette l'animale che si trovava lassù. Si diresse verso l'ingresso del piano terra, aprì con uno strattone la porta e salì le scale interne tre gradini alla volta.

Anche se l'aveva trovata da sola sulla strada di montagna ieri sera, Xander aveva la sensazione che Nadine non avesse molta esperienza nella natura. Due anni fa, a Las Vegas, aveva dichiarato di essere nata e cresciuta a Philadelphia. Una ragazza di città. Vero o no, non importava. Da queste parti, anche i residenti erano cauti quando avevano a che fare con la fauna selvatica. E ogni tanto imbattersi in qualche minaccia a quattro zampe era praticamente inevitabile.

Non appena raggiunse la cima delle scale, vide Nadine attraverso il vetro. Gli dava le spalle e si dimenava. Urlando incessantemente, agitava le braccia e indietreggiava lungo la ringhiera.

Ma non c'era nessun orso, nessun puma, nessun coyote. Non c'era nulla di minaccioso sul portico che lui potesse vedere.

Aprì la porta e uscì. "Nadine?"

"Aiutami!" Panico puro. "Allontana questa cosa da me".

"Che cosa?" Si spostò sulla superficie scivolosa e coperta di neve. Lei si girò, atterrò sulla schiena con un tonfo e urlò di nuovo.

"Ecco". Camminando a granchio all'indietro nella neve, fissò la sedia coperta più vicina. "È andato lì sotto".

Nessun predatore di grandi dimensioni sarebbe entrato sotto

quella sedia. E i pochi serpenti che vivevano così in alto sulle montagne non sarebbero comparsi per almeno un paio di mesi.

Xander si accovacciò e individuò l'assalitore.

Due piccoli occhi marroni lo scrutarono. Una noce era stretta tra le fauci pelose.

"Non ti avevo detto di non farti vedere da queste parti?". Guardò Nadine da sopra la spalla. "Sei fortunata a essere viva".

"Oh, mio Dio".

"E tu, mostro, sei intelligente a nasconderti lì sotto. Sei in *un mare* di guai".

Lei si mise in piedi e si avvicinò, guardandolo alle spalle. "Mi è saltato sulla testa, sul viso, ha cercato di entrare nel mio cappotto. Cercava di mordermi".

Le lanciò un'occhiata. "Puntano dritti alla giugulare".

Lei si portò le manialla gola. "Mi ha graffiato? Mi ha morso?".

Non c'erano segni sul viso o sul collo che lui potesse vedere, ma non riuscì a trattenersi. Si alzò, si tolse un guanto e le passò le dita sulla guancia. C'erano un paio di piccole protuberanze leggermente arrossate dove, secondo lui, l'animale doveva essere atterrato su di lei. La sua pelle intatta era morbida come la ricordava. Fissò le sue labbra, così vicine.

Fece un passo indietro e guardò il ramo di abete rosso che pendeva sul balcone. "L'ho avvertito più volte, ma continua a tornare indietro. Comunque, non credo che volesse attaccarti".

"Sono velenosi?"

"Gli scoiattoli?"

"Lo sono?"

"Di sicuro mordono e graffiano se sono messi alle strette. Ma velenosi? No. Pericoloso? Dubito che abbia la fedina penale sporca". Fece un gesto verso la sedia. "Guarda tu stessa".

Si accovacciò. "Quella cosa è un ratto".

"No, non lo è".

"Un ratto", ha ripetuto.

"Non dire nomi a caso. È uno scoiattolo. C'è differenza".

"*Non c'è* differenza. È un ratto".

"Non hai mai visto uno scoiattolo?".

"No. Ma so tutto sui topi".

"Non hai *mai* visto uno scoiattolo?".

"I ratti portano la peste. Possono avere la rabbia".

"Stiamo parlando di due cose diverse. Questo animale è innocuo".

"Sapevi che i topi hanno causato la peste nera?". Lei non lo stava ascoltando.

"Adesso mi farai una lezione di storia, vero?".

"Durante il Medioevo, *milioni* di persone sono morte lungo la Via della Seta a causa di quella cosa". Le sue mani si agitavano in aria mentre teneva la lezione. "Più di *un terzo* degli abitanti dell'Europa occidentale fu spazzato via nei primi anni dell'epidemia. Tutto a causa di questo schifoso roditore".

"Questo è comunque uno scoiattolo. Non è un topo".

"Peste bubbonica, hantavirus, leptospirosi, coriomeningite linfocitaria, tularemia, salmonella. Vuole che continui?".

"È una ricerca seria, già. Ma il mio cliente si dichiara comunque 'non colpevole' di aver causato qualsiasi tipo di peste. Guarda quanto è piccolo e adorabile".

"È solo perché è giovane. Aspetta che diventi più grande".

"Probabilmente è caduto da quell'albero per caso".

"È stato intenzionale. L'ha pianificato".

Lo scoiattolo sfrecciò via sulla neve, saltando sulla ringhiera e poi sul ramo di un albero.

"Ecco. Se n'è andato. Probabilmente si è stancato di essere calunniato".

"Bene". Nadine rabbrividì.

I due erano ancora accovacciati nella neve. Nadine fissava il punto in cui il suo aggressore era scomparso, aspettandosi chiaramente un ritorno. Xander lanciò un'occhiata ai respiri che le sfuggivano dalle labbra e si costrinse ad alzarsi. Le offrì una mano e lei la prese.

"Beh, è stato sicuramente un buon allenamento per me, correre fin qui".

"Mi dispiace. Ho fatto un bel po' di rumore, vero?". Lei non aspettò che lui rispondesse e indicò il martello che ancora portava come un'arma in una mano. "Cosa pensavi di trovare quassù?".

Infilò il martello nella cintura degli attrezzi. "Poteva essere qualsiasi cosa. Un orso, forse. O anche un leone di montagna".

"Vagano liberamente?"

Xander scoppiò a ridere. Lei aveva un modo di dire le cose così

Jane Austen Cannot Marry!

impassibile, come se non avesse mai sentito parlare di una simile possibilità. Era così anche a Las Vegas".
"Ne sono rimasti molti da queste parti?".
"Dubito che li abbiano contati nell'ultimo censimento".
Gli diede un pugno sul bicipite. "Dico sul serio".
"Queste sono le Montagne Rocciose. C'è molta natura selvaggia qui. Non sai molto del Colorado, vero?".
"È la mia prima volta qui". Il suo sguardo rimase incollato al paesaggio oltre il portico. "Sono pericolosi?"
"Alcuni possono esserlo, in determinate situazioni".
"Voglio dire, i topi portano malattie. Questo è già abbastanza grave. Ma gli orsi e i leoni di montagna sono grandi carnivori. *Mangiano* altri mammiferi. Anche le persone".
"Le persone intelligenti non si mettono in pericolo. Certo, c'è sempre qualche testa di rapa".
Si rivolse a lui. "Ne hai visto qualcuno?".
"Di cosa? Teste di rapa?"
"Orsi? Leoni? Qualsiasi altro animale che non sia un topo?".
"Ho visto orsi proprio su questo portico, che premevano il naso proprio lì". Fece un cenno al vetro.
Immediatamente il suo volto cambiò e un sorriso le sbocciò sulle labbra. I suoi occhi scintillavano di eccitazione. "Pensi che possa vederne uno?".
Sempre sorprendente. "Un minuto fa avevi paura di uno scoiattolo, e ora vuoi vedere un orso?".
"Mi piacerebbe molto".
"Manderò un invito. Ma non sono bravi a leggere i messaggi. Forse dovremo aspettare che si facciano vivi il giorno della spazzatura".
"Quando?"
"Lunedì mattina".
Un cipiglio le aggrottò la fronte e fissò le montagne e la valle.
"Sarai ancora da queste parti allora?".
Lei gli lanciò una rapida occhiata e poi distolse lo sguardo. Non era una risposta. O forse lo era.
"Vivi in un posto bellissimo, Xander. È perfetto per te".
Lui fissò il suo profilo. Avrebbe potuto essere perfetto per *loro*.
Xander aveva abbastanza soldi da non doversi preoccupare di lavorare un altro giorno in vita sua. Negli ultimi due anni, c'erano

stati troppi momenti in cui aveva immaginato come sarebbe stata la sua vita se Nadine fosse rimasta. Se si fossero sposati. Se si fossero trasferiti qui insieme.

Merda. Merda. Merda. Doveva fermarsi. Era un vicolo cieco e si stava dirigendo a tutta velocità verso un muro di pietra.

Nadine si voltò verso di lui. "A proposito di ieri sera, voglio che tu sappia quanto mi dispiace di averti svegliato ogni volta che mi sono sentita male".

"Non preoccuparti", rispose Xander. Ma lui era stato preoccupato per lei. Tra l'attacco d'asma durante il viaggio e lei che vomitava le budella in bagno, aveva messo in discussione la sua decisione di non portarla all'ospedale più vicino appena l'aveva trovata. "Come va il tuo stomaco oggi?".

"Potrebbe aver già iniziato a sgranocchiare il mio fegato". Lei guardò attraverso la parete di vetro verso la cucina e poi di nuovo verso di lui.

"Allora, pensi di poter mangiare qualcosa? Voglio dire, dopo quell'incontro ravvicinato con la fauna più pericolosa del Colorado?".

"Pensavo che non me l'avresti mai chiesto".

Mentre entravano, Xander la guardò meglio. Sembrava decisamente più in salute rispetto a ieri sera. Forse era l'aria fredda che c'era fuori. O la battaglia con lo scoiattolo assassino. A ogni modo, il suo viso era più colorito.

"E grazie per aver comprato quelle cose per me".

"È stato un piacere. Le strade erano libere".

Lui si slacciò la cintura degli attrezzi mentre lei si toglieva il cappotto. Glielo prese e lo appese al gancio accanto al suo. Guardarla mentre si toglieva gli scarponi da trekking da neve era divertente. I Kenetrek erano mostruosi accanto ai suoi piccoli piedi. Lei raccolse gli scarponi e li mise sullo scaffale.

"A proposito, c'è qualcuno che devi chiamare o a cui mandare un'e-mail o un messaggio? Qualcuno non vorrà sapere che stai bene?".

"No".

"No?"

Scosse la testa. "È inutile. Loro non riceveranno alcun messaggio".

"Nessuna chiamata. Niente e-mail. Niente messaggi".

Jane Austen Cannot Marry!

"No".

"Perché no?" La seguì in cucina. "E chi sono *loro*?"

"Lei. Il mio capo. Non è possibile farle avere un messaggio. Ma non le importerebbe comunque, anche se ci riuscissi. Vuole solo che il lavoro sia fatto".

Due anni fa aveva dichiarato di essere una bibliotecaria. Non aveva idea di cosa facesse adesso. "E la tua famiglia? I genitori che non sono riuscito a trovare, per quanto ci abbia provato. Ci sarà qualcuno preoccupato per te".

"Nessuno". Si fermò, con una mano sulla porta del frigorifero. "Va bene se mi servo da sola?".

"Fai come se fossi a casa tua".

Cominciò a rovistare nel frigorifero. "So che è pomeriggio, ma posso preparare delle uova?".

"Fai pure".

"Ti piacciono ancora le uova al tegamino?".

"Sì ". Xander fu sorpreso che lei se ne ricordasse. "Io mi occupo del toast".

Iniziarono a cucinare, spesso lavorando fianco a fianco. Lui le mostrò dove teneva le padelle e i piatti, mentre metteva i muffin inglesi nel tostapane e preparava tovagliette e posate. Preparò il caffè, poi versò due bicchieri di succo di frutta e li portò in tavola.

Era così consapevole di lei. Iperconsapevole. Ogni volta che le loro spalle si sfioravano, ogni tocco mentre cercavano un utensile in un cassetto, la loro stessa vicinanza suscitava ricordi che lui aveva cercato di dimenticare. Le sfumature di rosso fra i suoi capelli castani. La lentiggine sul collo, appena sotto l'orecchio dalla forma delicata. Le dita lunghe e affusolate. Cercò di concentrarsi sui suoi compiti, finendo per mettersi davanti al tostapane e fissare i muffin che si stavano dorando.

Mentre tagliava la frutta nei piatti, Nadine gli chiese della sua azienda e del motivo per cui si trovava in Colorado. Lui le spiegò tutto.

"Durante e dopo il Covid, il numero di persone che si sono rivolte allo shopping online è esploso".

"Ma la tua azienda produceva giochi, vero?".

Abbiamo "gamificato" la navigazione o l'acquisto di un prodotto. Abbiamo preso un'attività quotidiana che avrebbe potuto diventare ripetitiva e onerosa per la maggior parte dei consumatori e abbiamo usato la nostra esperienza nel campo dei giochi per trasformarla in qualcosa di molto più interessante."

Xander menzionò alcuni account famosi su cui avevano lavorato. L'espressione vuota del suo viso diceva che non aveva mai fatto acquisti su quei siti.

"Quando la pandemia era in pieno svolgimento, siamo stati contattati da un importante operatore finanziario che voleva acquistare la nostra azienda. E New York City non era il posto dove stare durante il Covid. Così, Ken e io decidemmo di vendere e di trasferirci in Colorado".

Mentre parlavano, lui cominciava a sentirsi come se lei non fosse mai uscita dalla sua vita. Lei faceva commenti sulla casa. Senza apparente malizia o secondi fini, si complimentava con lui per le più piccole cose. E aveva lo stesso senso dell'umorismo che lui aveva trovato così attraente a Las Vegas. Era così sicura di sé, e Xander non poteva fare a meno di sentirsi allo stesso modo.

Nel corso degli anni aveva frequentato altre donne, ma non aveva mai sentito la stessa chimica che aveva con Nadine. Questo era ciò che rendeva tutto peggiore. Pensava che non l'avrebbe più rivista. Non avrebbe mai provato quelsenso di connessione immediato.

"Queste uova". Ne alzò due alla luce della finestra. "Sono vere?"

"Lasciale cadere e lo scoprirai".

"Dalle mie parti, i genetisti sono diventati così bravi a replicare queste cose che è difficile distinguerle. Ma io amo le uova vere".

"Replicarle, eh? Beh, queste sono biologiche. Senza gabbie. Sei in Colorado. Posso mandare un messaggio e scoprire il nome della gallina che le ha deposte. Sono vere".

Lei sorrise e le aprì uno a uno nella padella.

Dalle mie parti, i genetisti sono diventati così bravi a riprodurre queste cose...

Ok. Da *dove* diavolo era venuta? Cosa ci faceva qui? Come era finita a un chilometro e mezzo da casa sua? In una cassa sulla strada?

Xander si chiedeva perché non riuscisse a godersi questi momenti con lei senza la pressione di dover ottenere delle risposte. Fuori, lei gli aveva praticamente detto che non sarebbe stata ancora qui lunedì.

"Quanto tempo pensi di fermarti?".

Jane Austen Cannot Marry!

"Fino alla notte del 15, se non è un problema per te. È venerdì, vero?".
"Mancano solo due giorni".
"Se non ti creo disturbo".
"Nessun problema". Non era fatto per lasciare le cose in sospeso.
"Ma fammi capire bene. Non risponderai ad altre domande, vero? O se lo farai, non saranno comunque risposte sincere. Quindi perché disturbarsi a chiedere? È così?".
"Ti va bene?"
"No, non va bene. Ma non ti caccerò".
Lei spense i fornelli e lo affrontò. "Allora, vuoi davvero la verità".
Lui la fissò. "Certo che voglio la verità".
"Per quanto possa sembrare strana?"
"Mettimi alla prova".
"Ci ho provato ieri sera".
"Non pensare a ieri sera. Ricomincia dall'inizio".
"Va bene". Puntò la spatola verso il tavolo da pranzo. "Porto le uova e ti dico tutto".

Xander si chiese che cosa si sarebbe inventata adesso. Versò due tazze di caffè e portò in tavola quello che poteva. Lei portò i piatti e si sedette di fronte a lui. Mangiarono in silenzio per un paio di istanti, poi lei posò la forchetta.
"Sono uno Scriba Custode".
"È un tipo di lavoro in biblioteca? Mi avevi detto che sei una bibliotecaria".
"In un certo senso. Ma le nostre biblioteche non sono come le vostre. E nel mio lavoro non prestiamo libri. Li proteggiamo".

Cosa sapeva delle biblioteche? Non molto. L'ultima volta che era stato in una di esse era stato quando era ancora all'università. C'era un angolino soleggiato al secondo piano che era stata un buon posto per i suoi pisolini.

"Quindi, lavori nel reparto libri rari di una biblioteca di ricerca?".
"No. Noi... io *proteggo* la letteratura. Mi assicuro che i libri che dovrebbero essere scritti *possano* essere scritti".

Lei vedeva già la confusione nei suoi occhi, ma lui rimase in silenzio.
"E a volte gestisco situazioni in modo che autori e opere speci-

fiche trovino e mantengano il loro posto nel canone letterario. Sto dicendo cose sensate?".
"Non proprio. Sono un tipo matematico".
"Ma ora ha una libreria, vedo. Il mio lavoro ha coinvolto alcuni di questi autori".
Lui sorrise, felice che lei l'avesse notato. "Ok. Allora fammi degli esempi del tuo lavoro. E parla la mia lingua".
"*Moby Dick* e *La morte di Artù*".
Non aveva intenzione di ammettere che del primo aveva letto solo le note di commento e del secondo non aveva mai sentito parlare. Xander la guardò mentre lei si infilava una ciocca di capelli castani dietro l'orecchio. Si costrinse a prestare attenzione.
"Sapevi che *Moby Dick* è stato quasi dimenticato dalla letteratura?".
Era una cosa buona o cattiva? Decise di non dire nulla.
"Quando Herman Melville scrisse *Moby Dick*, non fu esattamente un best seller. Infatti, quando morì nel 1891, i suoi editori qui e in Inghilterra erano riusciti a vendere solo circa 3200 copie. E per i trent'anni successivi, solo pochi studiosi e intellettuali mostrarono interesse per lui. Lui e quel libro furono praticamente dimenticati".
"Purtroppo non sono stati dimenticati. Ho dovuto persino leggerlo".
"Esattamente". Sorrise. "Hai mai sentito parlare di una donna di nome Bess Meredyth?".
"No". Fece cenno alla sua scrivania. "Devo prendere carta e penna e prendere appunti? Sento che sta per arrivare un quiz".
"Niente quiz". Nadine scosse la testa e sorseggiò il caffè. "Bess Meredyth era un'attrice e una sceneggiatrice di Hollywood fin dall'epoca del cinema muto. Molto prolifica e molto rispettata. È stata persino una delle fondatrici dell'Academy of Motion Picture Arts and Sciences".
"Cosa c'entra lei con *Moby Dick*?".
"Tutto. Nel 1926, stava cercando una buona storia per l'attore John Barrymore, che allora era una grande star. Bess entrò in possesso di una copia di *Moby Dick*, la lesse e pensò che sarebbe stata perfetta. Ne scrisse una sceneggiatura, entusiasmò Barrymore e fecero il film".
Non lo avrebbe detto, ma Xander non aveva neanche visto il film.

Jane Austen Cannot Marry!

"Quel film fu un successo così grande che improvvisamente la gente iniziò a leggere il romanzo. Quasi immediatamente, il libro è stato acclamato come un classico americano, e da allora è sempre stato così".

Xander la guardò. I suoi occhi brillavano; il suo viso era arrossato dall'eccitazione. "Una storia interessante. Ma tu cosa c'entri?".

"Ci arriverò tra un minuto". Prese la sua tazza di caffè e la agitò verso di lui. "Prima di tutto, sai come è andata quando le storie di Re Artù e dei suoi Cavalieri della Tavola Rotonda sono state scritte?".

"Lo stai decisamente chiedendo alla persona sbagliata".

"Pronto per una piccola lezione di storia?".

"Sono tutto orecchi".

"Sir Thomas Malory era un cavaliere inglese del 1400. Era un ladro e un assassino. Guidò persino una rivolta contro re Edoardo IV".

"Bess Meredyth ci ha scritto un film?".

"No. Ma senti questa. La rivolta fallì e Sir Thomas fu messo in prigione per un paio d'anni. Mentre era in galera, scrisse un mucchio di storie su cavalieri, dame e maghi e sulla ricerca del Santo Graal".

"Ho sentito parlare di Re Artù".

"Ma Malory ha rischiato di non scrivere le storie".

"Perché?"

"Perché è stato quasi rilasciato dalla prigione prima di avere la possibilità di scriverle. Il re stava per farlo uscire. Ma l'amante dell'arcivescovo di Canterbury fece sapere al re che Malory aveva giurato di guidare un'altra ribellione. Così rimase in prigione, dove scrisse *La morte di Artù*".

"E anche questo ha a che fare con il tuo lavoro?".

"Te l'ho detto. Sono uno Scriba Custode. È mio compito assicurarmi che opere letterarie come queste nascano o continuino a essere lette".

"Sono confuso".

"Quello che sto per dirti non aiuterà molto".

"Fai un tentativo".

"*Moby Dick*. Era una notte di pioggia a Los Angeles. Gennaio 1926. Bevevo con Bess Meredyth in uno speakeasy sul Sunset Boulevard. Fui io a parlarle di *Moby Dick*".

"Gliel'hai detto *tu*. Nel 1926".

Sorrise. "E nel 1468 fui io a comunicare all'amante dell'arcivescovo l'intenzione di Thomas Malory di guidare un'altra ribellione".

Xander non disse nulla per un momento, non sapendo se ridere o chiamare un'ambulanza. Nadine sembrava essere completamente seria. Il che significava che era fuori di testa.

No. Forse era una scrittrice. Gli scrittori dovevano avere un'immaginazione attiva, supponeva. Oppure poteva essere un'attrice. Questo avrebbe spiegato il modo in cui era vestita ieri sera. Aveva sentito parlare di attori che si dedicavano davvero a... come si chiamava... il metodo di recitazione. Attori come Robert De Niro. Angelina Jolie.

Si chinò in avanti e abbassò la voce. "È mio compito viaggiare nel tempo e assicurarmi che certe opere di fantasia vengano scritte o conservate. Vengo dal futuro, Xander".

La risata gli scoppiò. Passò un minuto prima che si rendesse conto che lei non si stava unendo a lui. La sua faccia dritta non cambiò.

"Dove viene girato?"

"Girato?"

"Ci deve essere un copione". Si chinò in avanti, rivolto verso di lei. Di certo era abbastanza bella da poter recitare in un film. "Più ci penso, più ha senso. Mi hai dato un nome che non è il tuo. Gli attori lo fanno sempre. Non vogliono essere scoperti. Sei irrintracciabile. E questo spiega anche come ti ho trovato ieri sera. Dove stanno girando questo film? Deve essere da qualche parte qui intorno".

"*Non sono* un'attrice. Quello che ti ho detto *non è* tratto da un film". Gli prese la mano, guardandolo negli occhi. "Qualche giorno fa ho fatto un salto quantico all'anno 1811. Il mio compito era quello di assicurarmi che Jane Austen non si ricongiungesse mai con una vecchia fiamma e la sposasse. C'è stato un equivoco che mi ha portato qui".

"Un equivoco".

"Ero inseguito da alcuni guardacoste".

Era brava. Davvero brava in qualsiasi ruolo si fosse appena immedesimata. "La Guardia Costiera ha una stazione in Colorado? Non ricordo nessun faro...".

"Hythe, Inghilterra. Sono saltata da lì a qui. Da allora ad oggi".

"È una bella storia, Nadine. E ti meriti ogni centesimo che ti pagano".

Jane Austen Cannot Marry!

Lei si schernì e staccò le mani dal tavolo. "Ok, te l'avevo detto che non mi avresti creduto".

Era deludente che non si fidasse di lui per una cosa del genere, per la verità su ciò che faceva. Avevano dei trascorsi. Sperava che lei sapesse che poteva fidarsi di lui.

"Capisco. È una cosa difficile da capire".

Ora si stava comportando in modo paternalistico.

"Sì. Beh, in questi giorni sono più un tipo da 'vedere per credere'. Credo nelle cose che posso toccare con mano. Cose solide. Come quelle". Indicò gli scaffali di libri. "Sono felice che tu l'abbia notato. La libreria l'ho costruita io".

"È molto bella. E mi piace la tua selezione di libri. Sei un lettore adesso?".

"Un lettore? No. Quei libri sono solo per decorazione".

"Decorazione?"

"Sì, non ne ho letto nessuno. Troppe parole".

Si sedette e incrociò le braccia, sorridendo.

"Ho scelto i libri per il colore delle copertine, ma sto pensando di sostituirli con rilegature in pelle. Darebbe più stile all'ambiente. Non credi?"

"Pelle".

"Ho sentito dire che possono essere anche un buon investimento. Soprattutto se li si mantiene in condizioni immacolate. Evitando di... beh...".

"Di leggerli?"

"Esattamente".

Prima che potesse dire altro, il rumore della porta che si apriva al piano di sotto attirò la loro attenzione.

Nadine spinse la sedia all'indietro, con aria allarmata.

Un attimo dopo, Ken apparve in cima alle scale.

Capitolo Nove

NADINE COMBATTÉ l'impulso di scappare. Non voleva vedere nessun altro. Doveva ridurre al minimo le sue interazioni con le persone di quel periodo. Tuttavia, sparire nella camera degli ospiti e chiudere la porta a chiave era fuori questione. Era già stata individuata. Non c'era modo di scappare.
"Ken". Xander si alzò in piedi. "Che ci fai qui?"
Quindi, questo era Ken. La situazione peggiorava di momento in momento.
"Ti ho lasciato un messaggio prima di venire qui". L'uomo non le toglieva gli occhi di dosso. "Ma quando non hai risposto, ho pensato che stessi lavorando sul tetto".
Ken era rasato, di carnagione olivastra, alto e robusto. E aveva il taglio di capelli perfetto per un contabile o un avvocato. Da quello che le aveva detto Xander, Ken era l'addetto ai numeri e alle finanze della loro start-up.
"Non sapevo che avessi compagnia".
Xander la guardò da sopra la spalla. "Questo è Ken Sola. Il mio vecchio collega. Ricordi che ti ho parlato di lui?".
Cercò di fare un sorriso e un cenno di assenso. Si ricordò. Ken e la sua fidanzata Donna dovevano sposarsi la stessa settimana in cui lei era stata a Las Vegas. E la coppia era in fila per fare da testimoni nella cappella nuziale. Insieme a Elvis.
"Hai intenzione di presentarmi?", chiese il nuovo arrivato.

Lei rispose subito. "Nadine. Nadine Finley".
Si alzò in piedi, ricordando subito che indossava i vestiti di Xander. Ken le diede un'occhiata e il suo sguardo le disse che l'aveva notato.
Poi il nome di lei gli venne in mente. La sua bocca si aprì e si chiuse come un pesce fuor d'acqua prima che le parole uscissero.
"Non è possibile. Nadine? Come... Nadine *di Las Vegas?*". Guardò Xander, che annuì. Ken guardò di nuovo verso di lei. "Quindi, dopo tutto, sei reale".
"Certo che è reale", sbottò Xander. "Dubitavi di me?".
Ignorando la domanda, Ken si avvicinò al tavolo. "Prego, siediti. Muoio dalla voglia di conoscerti". Non attese l'invito e prese una sedia per sé. "Quando sei arrivata?"
Qualunque accordo avesse fatto con Xander sul dire la verità, non valeva in questo caso. Si sedette. "Ieri sera. Tardi".
"Non ho visto altre macchine nel vialetto".
"Non ero in macchina. Il mio volo è stato cancellato a... a...".
"Denver", concluse Xander, raccogliendo i piatti dal tavolo. "Mi ha chiamato e le ho chiesto di prendere un Uber. Ed eccola qui".
Lei gli rivolse uno sguardo riconoscente. I loro occhi si incontrarono e si bloccarono gli uni negli altri.
"Hai avuto fortuna a trovare qualcuno per venire qui con questo tempo. Quanto tempo ti fermi?".
"Sei un bel ficcanaso, eh, amico?". Xander rispose per lei.
Sbuffò al commento dell'amico. "Voglio dire, se tutto va bene, resterai qui per tutto il fine settimana".
"Un paio di giorni al massimo. *Non* per tutto il fine settimana".
La fronte di Ken si aggrottò. "E voi due avete i numeri di telefono l'uno dell'altra fin da Las Vegas?".
"Avevo il suo", si offrì Nadine, osservando Xander mentre andava in cucina a prendere il telefono. Per anni aveva affinato le abilità richieste dalla sua professione. Assumere false identità e inventare storie sulla sua vita era diventata quasi una seconda natura.
"E questa è la prima volta che vi sentite da quando...?".
"Ehi! Ho appena visto il tuo messaggio", intervenne Xander. "Vuoi prendere in prestito il mio barbecue a gas? Cos'ha il tuo che non va?".
"Me ne servono due per sabato".

"È in garage. Hai portato il pick-up?".
"Ehm, sì".
"Bene. Vieni, ti aiuto a caricarlo". Il cellulare di Ken squillò e lui rispose immediatamente. "Ehi, tesoro, cosa c'è che non va? Sei in travaglio?".
Nadine prese la sua tazza e andò alla macchina del caffè.
"Sì". Pausa. "Ne prenderò un po' tornando a casa. Ma aspetta... aspetta. Non crederai a chi c'è qui a casa di Xander in questo momento". Ken si alzò e si diresse verso il camino, parlando a bassa voce con la moglie.
Nadine si mise accanto a Xander. "Avrei dovuto presentarmi con un altro nome. Non fare un collegamento con il nostro passato".
"Lo fai spesso?"
"Ogni volta che salto in un nuovo periodo, in un paese diverso, cerco di adattarmi. In questo viaggio, però, sono rimasta me stessa, Nadine Finley".
"E dove e quando è stato il viaggio?".
"Te l'ho già detto. Hythe, 1811".
Lui sorrise, come se lei avesse appena ripetuto una battuta. "Non condividere nessuna di queste storie con Ken. È un credulone. Non come me".
"Fidati di me. Non lo farò".
Era stata onesta con Xander, ma aveva smesso di cercare di convincerlo. Non era una maga. Non poteva schioccare le dita, sparire e riapparire come se fosse un trucco da festa. Era chiaro che lui stava prendendo tutto quello che aveva detto come una storia fantasiosa. E lei non lo biasimava. La realtà dei viaggi nel tempo era ancora lontana decenni. Anche ai suoi tempi, a meno che non si fosse reclutati nel programma, la gente non ne sapeva nulla.
"Mi dispiace che si sia presentato così". Fece un cenno al suo amico. "Ken e Donna sono brave persone e li considero una famiglia. Ma..."
"Ma?"
"Ora che sanno che sei qui, non ci sarà modo di liberarsi di loro. Lei vorrà conoscerti".
Proprio in quel momento, Ken apparve all'ingresso della cucina, tenendo il telefono all'orecchio.

Jane Austen Cannot Marry!

"Opzione uno: Donna ordina un piatto da asporto e viene qui in macchina, così possiamo cenare tutti insieme".

"Hai intenzione di far guidare tua moglie, incinta di otto mesi, su queste strade pericolose?". Chiese Xander. "Ma che ti prende?"

"Non lo farò. Ecco perché sceglieremo la seconda opzione".

"E cioè?"

"Voi due verrete a cena a casa nostra".

Nadine diede un colpetto sul braccio a Xander. "Perché non vai? Io resto qui".

Una voce gracchiò nel telefono di Ken, che ascoltò per un attimo. "No, non ci interessa cenare con Xander. Lo vediamo sempre. Sei tu quella che Donna è entusiasta di conoscere. Se non vieni, ci riuniremo qui".

"Io non ti ho invitato", protestò Xander.

"Come se questo avesse importanza. Arriviamo. E io ho la mia chiave".

"È incinta di otto mesi?" Chiese Nadine.

"Non otto mesi. Trentasei settimane", risponde Ken. "Il bambino può arrivare in qualsiasi momento. E sì, sono d'accordo. Sarebbe pericoloso farla venire qui in macchina, così lontano dall'ospedale".

"Che ne dite di rimandare?". Chiese Xander. "Io e Nadine abbiamo altri programmi per stasera".

Lui le passò un braccio intorno alla vita e la avvicinò al suo fianco. Il suo stomaco si contorse deliziosamente e lei si appoggiò a lui. Non doveva fingere.

La voce di Donna arrivò attraverso il telefono, forte e chiara. "Possono fare sesso più tardi".

Nadine seppellì per un attimo il viso contro il petto di Xander per nascondere il suo sorriso. Dannazione, aveva un buon odore.

Ken ascoltò la moglie e poi porse il telefono a Nadine. "Ti dispiacerebbe sentire cosa ha da dire mia moglie, molto incinta e al limite dell'isteria?".

"Ho sentito, Ken", disse la voce.

Nadine fissò la mano tesa e capì le sue opzioni. Zero. Aveva già messo Xander in una posizione molto imbarazzante con i suoi amici. Non poteva mentire e dire che aveva un volo da prendere.

Non c'era altro posto dove andare ad aspettare i giorni che le restavano qui.

Guardò il volto di Xander. "A te va bene?"
"Lui non ha diritto di voto", ha detto Ken.
"Vuoi cenare con loro?". Chiese Xander.
"Sono tuoi amici. E sembra che non abbiamo scelta".
"No, non ne abbiamo".

Prese il telefono da Ken. "Ciao, Donna. Sono Nadine. Ci farebbe piacere venire a cena da voi. Cosa possiamo portare?".

Capitolo Dieci

A PARTE l'ovvia preoccupazione per le mille e una domanda che le sarebbero state fatte su Las Vegas, sul perché era scappata e su dove era stata da allora, c'erano alcune piccole complicazioni nell'andare a cena a casa degli amici di Xander.

In particolare, cosa indossare.

La cena era prevista per le cinque, perché Donna era una persona che andava a letto presto a questo punto della gravidanza. Questo lasciava a Nadine meno di due ore per prepararsi.

Non era possibile che andasse con i suoi abiti della Reggenza. E indossare gli abiti di Xander era fuori discussione. Inoltre non aveva denaro di quel periodo e dubitava che i negozi del Colorado accettassero sterline e scellini inglesi del 1811. Gli Scribi Custodi viaggiavano ben equipaggiati per gestire il lavoro da svolgere in qualsiasi periodo storico, ma saltare le anse e atterrare nell'anno 2022 era stato un errore di Nadine. Finché non fosse tornata indietro, sarebbe stata un pesce fuor d'acqua.

Non appena Ken se ne andò, lei sollevò l'argomento. "Non è che per caso hai qualche indumento che un'amica donna... o tua madre... potrebbe aver lasciato qui. Qualcosa che posso prendere in prestito?".

"Mi sono trasferito qui durante il Covid. Sono andato più volte a est a trovare i miei genitori, ma loro non sono ancora venuti qui". Prese le chiavi. "Andiamo. Ti porto a fare shopping".

"Non ho soldi".
"Ti porto a fare shopping", ripeté.
Sapeva da Las Vegas che i soldi erano un argomento delicato per Xander. Era un orso quando si trattava di far pagare qualcosa agli altri, e con lui non si poteva discutere. Quell'uomo era generoso fino all'inverosimile e una sera, quando lei aveva tentato di pagare la cena, si era addirittura offeso. Un po' all'antica. Persino per l'epoca in cui viveva.
"Vai a prepararti".
La preparazione consisteva nel correre in bagno e nel preoccuparsi del viso sbiadito che la fissava dallo specchio.
Mentre cercava di sistemarsi i capelli, le pesava la domanda a cui Xander non aveva risposto. Quando lei aveva parlato di un'amica o di una fidanzata, lui aveva sorvolato. Non era possibile che un ragazzo così speciale non avesse legami. Doveva aver avuto altre relazioni dopo Las Vegas.
Tuttavia, lei sarebbe rimasta solo per altri due giorni. Non aveva davvero il diritto di chiedere.
Nadine si concentrò sui vestiti. Il mantello era funzionale, ma le scarpe no. Erano comunque meglio che indossare gli stivali numero 47 di Xander. Forse poteva trovare qualcosa nella città che lui aveva chiamato Elkhorn.
Neanche dieci minuti dopo, percorrevano le curve della strada di montagna. Guardando fuori dal finestrino, sentì i muscoli dello stomaco contrarsi mentre osservava, oltre il banco di neve alto due metri, il precipizio e la valle molto più in basso. Xander le indicò il punto in cui si era imbattuto in un enorme alce e nella bara. Vide che i detriti della frana erano stati sparpagliati ai lati della strada insieme alla neve.
Nadine aveva ancora dei seri dubbi sul suo arrivo. A Hythe aveva pensato a Xander, questo era chiaro. Ma perché era finita lì? Perché non era arrivata a casa sua? Sotto quel portico coperto di neve? Nel suo garage? O a Las Vegas, dove l'aveva visto l'ultima volta, per esempio?
A quanto pare, era così desiderosa di stare con lui che il suo subconscio aveva controllato il salto. Qualunque cosa fosse, aveva involontariamente infranto tutti i protocolli di viaggio quantico esistenti.
"A proposito, non ho ancora finito di chiederti come sei finita

Jane Austen Cannot Marry!

qui".

Le stava leggendo la mente.

"Stavo pensando esattamente la stessa cosa". Lei si girò sul sedile, studiando il suo profilo.

La curva dell'orecchio di lui la affascinava. Ricordava di averla tracciata mentre erano a letto. Le sue labbra erano turgide e la pelle sorprendentemente morbida. Sotto la barba folta che portava ora, aveva una cicatrice vicino alla fossetta del mento. Le aveva detto che se l'era fatta dopo un incidente in bicicletta quando aveva sei anni. Lo sguardo di lei andò alle sue mani avvolte intorno al volante. Quelle dita avevano fatto cantare il suo corpo.

Staccò per un attimo gli occhi dalla strada. Il suo sguardo sfiorò il viso di lei.

Nadine si ricordò del risveglio nella penombra dell'alba del deserto che illuminava la loro stanza all'hotel di Las Vegas. Quanto rapidamente la tenerezza si era trasformata in fame tra loro, e avevano iniziato a fare l'amore.

"Perché qui? Perché quei vestiti? Che cosa sarebbe successo se non avessi percorso questa strada?".

Grazie al cielo non le stava leggendo nel pensiero proprio in quel momento.

"Saresti potuta essere spazzata via dagli spazzaneve".

"Ti ho già detto come sono arrivata qui, ma non mi hai creduto".

"E quando devi andartene?", chiese. "Ti infili in quella stessa cassa e fai *puff*? Scompari?".

"Questo è il piano".

Un sorriso sollevò un angolo delle sue labbra. "Donna te lo tirerà fuori. È brutale".

"Hai a che fare con una professionista".

"Attrice professionista?"

" Scriba Custode professionista". Si voltò e concentrò lo sguardo sulle montagne al di là della profonda gola. Non voleva vedere la sua reazione.

Viaggiarono in relativo silenzio fino a raggiungere il centro della città. Su una strada principale chiamata Silver Street, Xander parcheggiò il suo pick-up davanti a un locale con delle vetrine.

"È qui che facciamo acquisti?", chiese lei, guardando la vetrina scintillante.

"Certo. Ho sentito dire che ha dei bei vestiti".

May McGoldrick

Il negozio sembrava aver rilevato un vecchio cinema e averlo trasformato. Il tendone sopra le porte in ottone lucido si estendeva sull'ampio marciapiede. Le vetrine, vivaci e colorate, gridavano classe e offerte esclusive. Evidenziati da dettagli d'oro e d'argento, i brillanti colori primaverili quasi esplodevano attraverso le enormi vetrate. Le vetrine comprendevano di tutto, dall'abbigliamento e dagli accessori da donna ai mobili e alle decorazioni per la casa. Dall'aspetto, aveva un'idea abbastanza precisa di quanto sarebbero state costose le cose all'interno. Di certo il marketing non era cambiato molto dai tempi di Xander ai suoi.

I vestiti in vetrina erano bellissimi, ma lei era qui solo per altri due giorni, ricordò a se stessa. Qualsiasi cosa avesse comprato ora sarebbe stata lasciata indietro.

"Mi presti il tuo telefono per un minuto?".

Glielo porse. "Finalmente hai qualcuno da chiamare?".

"Magari. La vostra rete di telecomunicazioni non è *così* buona". Si girò per metà verso di lui e fece un paio di ricerche veloci prima di restituirgli il telefono. "Sono pronta".

"Sai che sono un tecnico. Ora ho la tua cronologia di ricerca".

"Non ti preoccupare. Capirai presto".

Insieme entrarono nel negozio. Due giovani donne si avvicinarono, lanciarono a Nadine una rapida occhiata e poi rivolsero il loro volto sorridente a Xander. Lo conoscevano per nome. Naturalmente.

Notò che alcuni arredi per la casa erano simili a quelli che aveva visto a casa sua.

Lasciandolo con le commesse, Nadine si spostò verso gli scaffali dei vestiti e controllò i cartellini dei prezzi di alcuni maglioni e pantaloni prima di tornare dove poteva incrociare lo sguardo di Xander. Fece un cenno verso la strada e uscì.

Aspettando sul marciapiede, respirò profondamente l'aria fresca e frizzante. Elkhorn era affascinante. Aveva l'aspetto e l'atmosfera di una città del vecchio West che aveva goduto di un boom quando l'argento e l'oro venivano estratti dalle colline circostanti.

Dall'altra parte della strada, un grande edificio in granito aveva un'iscrizione in pietra scolpita che lo identificava come H. D. PATTERSON COURTHOUSE 1881. A poche porte di distanza, un bar e ristorante per cowboy chiamato THE BELLE, dall'aspetto molto autentico.

Jane Austen Cannot Marry!

Xander uscì quasi subito. "Come mai te ne sei andata? Chiudono tra mezz'ora. Pensavo che fossi d'accordo a prendere alcune cose".
"Ero d'accordo".
"E pago io".
"E paghi tu". Lei intrecciò il braccio con il suo e si diresse verso il negozio che aveva trovato durante la sua ricerca. "Da questa parte".

Un'insegna APERTO pendeva leggermente storta all'interno della porta di un negozio dell'usato in una strada secondaria.

"No, tu non farai shopping qui".
"E invece sì".

Prese la mano di Nadine e cercò di fermarla, ma lei spinse lo stesso la porta.

"Sai quanta acqua viene utilizzata per la lavorazione dei tessuti? E non mi far parlare dell'inquinamento, delle emissioni di gas serra e delle discariche".

"Sento che sta per arrivare una lezione".

"Prova a indovinare quanta acqua viene utilizzata per produrre *una* sola camicia?".

Scosse la testa e sorrise mentre la seguiva all'interno del negozio.

"Più di duemilaseicento litri. Acqua sufficiente per una persona per novecento giorni".

"Negalo quanto vuoi; sei una bibliotecaria di ricerca, in tutto e per tutto".

Venti minuti dopo, Nadine aveva finito i suoi acquisti e si guardava allo specchio nel minuscolo camerino del negozio. Un paio di stivali da cowboy, jeans comodi e un top in maglia verde intenso: tutto ciò costava meno di un solo maglione al primo negozio. Raccolse le altre due camicie che Xander l'aveva costretta a prendere e scostò la tenda del camerino.

Lo sguardo di lui le disse che aveva scelto bene.

Tornando al pick-up, Nadine si fermò davanti a un negozio di fiori che stava per chiudere.

"Un'altra cosa", gli disse. "Se non ti dispiace. Non vorrei incontrare Donna a mani vuote".

"Certo". Mentre entravano, Xander indicò la targa accanto alla porta. "Questo era l'ufficio dello sceriffo, un tempo".

"Ora hanno trovato un uso migliore".

"In base alla storia della città che hanno online, direi che ne hanno fatto un buon uso anche all'epoca. Pare che Elkhorn fosse un luogo selvaggio e senza legge. Lo stesso pistolero Caleb Marlowe ha trascorso un periodo in questa prigione".

"Wow!" Nadine non aveva idea di chi fosse Caleb Marlowe, ma sorrise e si diresse verso i bouquet.

Mentre Xander guidava attraverso la città, Nadine osservò il mix di nuovo e vecchio. Alcune strade secondarie del centro avevano visto giorni migliori, ma i lavori di ristrutturazione erano in corso ovunque lei guardasse. In un viale alberato, a pochi isolati da Main Street, più di una dozzina di palazzi vittoriani ricordavano l'epoca più prospera della città.

Xander notò che stava guardando le case signorili. "Qui molte persone hanno fatto fortuna con l'estrazione dell'argento. Hanno fatto fortuna e l'hanno persa. Si dice che un tempo Elkhorn avesse più milionari di New York".

Nadine pensò alle sue esperienze durante la corsa all'oro in California. Il salvataggio del giovane Mark Twain - all'epoca ancora Sam Clemens - da una rissa mortale a causa di carte e whisky in un campo minerario vicino a San Francisco era comunque una storia per un altro giorno.

L'oscurità stava calando rapidamente mentre il pick-up saliva sulle colline sopra la città. Passarono davanti a diversi quartieri, pieni di case di lusso. Dopo aver costeggiato un campo da golf innevato, Xander si diresse superando alcuni bei pilastri di pietra verso uno di quei complessi. Le case che poteva vedere dal finestrino erano grandi e ben illuminate, e la maggior parte era situata alla fine di lunghi vialetti curvilinei. Erano costruite con una grande quantità di legno, pietra e vetro.

Pensò agli amici di Xander. "Prima di arrivare lì, puoi raccontarmi qualcosa di Donna?".

"Certo, cosa vuoi sapere?".

"Qualsiasi cosa. Qualcosa. Quanti anni ha? Che cosa fa? Che tipo di persone frequenta?". Un paio d'anni prima, a Las Vegas, Nadine aveva sentito parlare molto dell'amico di Xander, ma non molto dell'allora fidanzata di Ken.

"Ha trentasette anni. Stanno insieme dai tempi dell'università,

Jane Austen Cannot Marry!

ma si sono sposati solo la settimana in cui io e te ci siamo conosciuti".

Sperava che nessuno di loro si soffermasse su Las Vegas quella sera.

"Io e Ken ci conosciamo da quando eravamo bambini, ma Donna non è di New York. Credo sia cresciuta in Georgia o in Tennessee. Uno di quegli Stati del Sud".

"Sa qualcosa della sua famiglia?".

"Entrambi i suoi genitori sono morti prima che la conoscessi. Non so cosa sia successo. Non ne parla mai. Ha avuto una specie di malattia cronica da bambina. Un altro argomento che non affronta mai. Almeno, non con me. Credo che sia una specie di ipocondriaca. O almeno, si preoccupa molto della sua salute".

"Nadine pensò alla sua situazione e a quanto sarebbe stata diversa la sua vita se fosse stata sana. Niente reclutamento negli Scribi Custodi. Nessun viaggio nel passato, affrontando il pericolo a ogni missione. D'altra parte, se fosse stata sana non sarebbe stata qui ora. "Ho sentito bene? Questa è la sua prima gravidanza?".

"Terza". Xander svoltò in un lungo vialetto. "È rimasta incinta due volte prima di sposarsi ed entrambe le volte ha avuto un aborto spontaneo nel primo trimestre".

Non si erano ancora incontrate, ma il cuore di Nadine era comunque rivolto all'altra donna. "È molto triste".

Guardò la casa mentre si avvicinavano. Parzialmente nascosta dalla strada, aveva uno stile simile alle altre del quartiere. Dall'esterno sembrava perfetta, ma Nadine ricordò un vecchio detto che aveva letto di recente, di uno scrittore persiano. *Se la vita di una persona ti sembra perfetta, non la conosci abbastanza.*

"So che portare a termine questa gravidanza è una cosa importante per loro".

"Ne sono sicura. Donna ha un buon gruppo di sostegno qui a Elkhorn?".

"Non ha fratelli o sorelle. Non ha parenti che la vengano a trovare o che io abbia mai conosciuto. Ma fa volontariato in biblioteca, alla società storica, alla scuola elementare e probabilmente in molti altri posti che non conosco. È da lì che vengono tutti i suoi amici. Tuttavia, non credo che conosca nessuno di loro da molto tempo. Siamo tutti nuovi della zona. Quindi, per quanto riguarda il sostegno, non saprei proprio. Ha Ken".

Quando Nadine era più giovane, aveva qualche amico. Ma quei giorni erano passati. Da quando era stata reclutata come Scriba Custode, non aveva più nessuno da chiamare, sentire o incontrare. Era impossibile per lei mantenere una relazione intatta. Le altre persone potevano pianificare la propria vita. Sapevano di avere un domani, una settimana prossima, un anno dal momento presente. Avevano calendari e potevano segnare i giorni. La sua vita era nel passato.

Per loro, lei era presente un giorno e poi sparita dalle loro vite il giorno dopo. E c'era sempre la possibilità che non tornasse mai più.

"Donna è brusca, però. Dura. O le piaci o non le piaci. E te lo farà capire".

Nadine immaginava che a Donna non sarebbe piaciuta. Dopo tutto, Nadine aveva dato buca al loro amico sull'altare.

"Ha studiato legge e ha fatto il praticantato a New York. Anche se non si è presa la briga di sostenere l'esame di abilitazione all'esercizio della professione in Colorado, se fossi in te mi preparerei a un serio controinterrogatorio stasera".

Ogni volta che Nadine faceva un salto quantico, affrontava quel problema.

La mano di Xander sfiorò la sua. "Sei pronta a dire la verità?".

"Ti ho già detto la verità, ma non mi hai creduto".

"Intendo la *vera* verità".

Nadine fissò la grande casa a più livelli che aveva davanti. Ken aprì la porta d'ingresso, dopo averli visti nel vialetto.

"Non preoccuparti, posso farcela".

Capitolo Undici

INCINTA.

Come aveva già detto Ken, *molto* incinta.

Ma quello non era l'unico modo per descrivere la donna dai capelli rossi e dalla pelle di bronzo che attendeva all'interno della porta. Donna era bellissima. Indossava un maglione a tunica color tortore, che le cadeva benissimo, su leggings neri. Le pantofole marroni di peluche le arrivavano quasi al ginocchio. Faceva sembrare la gravidanza all'ultimo stadio sia chic che comoda.

L'atrio della casa dei Sola colpì Nadine allo stesso modo, con il suo stile informale. Travi grezze sostenevano soffitti alti e spioventi. Oltre il pavimento di ardesia grigia disposto a semicerchio intorno alla porta, larghe assi di legno color miele scuro conducevano a una scala che saliva verso il secondo piano. Un arco con struttura in legno portava al resto della casa.

Ken aprì la porta del guardaroba e Nadine vide uno scaffale pieno di stivali e scarpe e un assortimento di cappotti appesi.

Caldo e accogliente, l'ingresso emanava una sensazione familiare e accogliente. Ma mentre Xander la aiutava a togliersi il cappotto, si rese conto che il giudizio della padrona di casa era ancora in sospeso, la stava valutando in silenzio. Nadine le porse il bouquet.

"Sono bellissimi". Donna passò i fiori al marito.

"Grazie mille per avermi invitato a casa vostra".

"Come potevo lasciarmi sfuggire l'opportunità di incontrare la sposa in fuga?". La sua voce aveva l'attraente accento dolce del Sud americano, ma c'era anche una punta di accusa.

Nadine mise da parte la speranza che la serata non fosse incentrata sul passato. Prima che potesse rispondere, però, fu stretta in un caldo abbraccio. La pancia all'interno dell'ingombrante maglione era solida tra loro, e fu scioccata nel sentire un solido calcio. Nadine fece un respiro profondo e la sua stretta sull'altra donna si fece più forte. Le emozioni spuntarono dal nulla e dappertutto, e lei combatté l'inaspettato accumularsi delle lacrime negli occhi.

"Sono felice che tu sia venuta. E, perché tu lo sappia, questo non era il saluto che intendevo fare".

"L'abbraccio o le parole?" Nadine la stuzzicò.

"Entrambi", sorrise. "Ti prego, non offenderti per quello che dico. In questi giorni le mie emozioni hanno la meglio. Non ho più un filtro e le parole mi escono di getto".

"È una novità?" Xander la stuzzicò.

"Silenzio, tu". Donna si accigliò mentre seguiva Ken oltre l'arco della casa.

Prese Nadine per le spalle e le scrutò il viso. Non era timida nel guardare.

"Sei più bella di quanto immaginassi".

"Grazie".

I suoi occhi si soffermarono sulle guance umide. "E più sensibile".

Nadine si asciugò rapidamente le lacrime vaganti dal viso e indicò il pancione di Donna. "Non ricordo l'ultima volta che ho ricevuto un abbraccio di gruppo".

"Sono un po' impulsiva in questi giorni".

"E sincera nelle tue valutazioni".

"Già. Beh, mi sorprendo delle cose che mi escono dalla bocca".

"Va benissimo così".

"Perché, perché sono incinta?".

Nadine rise. "No. Perché apprezzo la sincerità".

"Davvero? Da quello che ho sentito, non sei stata molto onesta con Xander quando vi siete conosciuti".

A proposito di essere diretti. Era stata avvertita. L'interrogatorio sarebbe stato serio. "Non potevo, in quel momento".

"Perché?"

Jane Austen Cannot Marry!

"Noi due eravamo presi dal momento. Tutto andava troppo velocemente. Mi sono spaventata".

"Andiamo, donna. Hai paura di Xander? Quell'uomo è un orsacchiotto".

"Non avevo paura di *lui*. Avevo paura di me stessa. Stavo uscendo da una relazione difficile. Non era il momento di buttarmi in una nuova. E Xander parlava già di *"per sempre""*.

Un sopracciglio si inarcò e gli occhi del colore del cioccolato fondente la fissarono con un'intensità tale che Nadine era sicura che Donna stesse guardando nella sua anima. Attese la domanda successiva. Invece, ricevette un verdetto.

"Lo capisco. Sa essere intenso. Quando decide cosa vuole, lo insegue". Toccò la manica di Nadine. "A proposito, adoro questo maglione. Dove l'hai preso?".

"Nel negozio dell'usato in centro".

Il sopracciglio si inarcò di nuovo, questa volta per la sorpresa. "Quale?"

"Non ricordo il nome. È vicino a Silver Street, se può servire". Disse il nome della strada.

"Conosco il posto. Ci sono stata la settimana scorsa. Non l'ho visto, altrimenti l'avrei preso io stessa".

"Puoi ancora tenerlo". Nadine pensò a quanto presto sarebbe partita. "Prestami una vecchia maglietta e te lo darò subito".

"Stavo scherzando sull'idea di comprarlo per me. Non mi entrerebbe mai. Guarda che pancia". Si cullava la pancia come se fosse un pallone da basket. "Sono grande come Detroit".

"Ancora per poco. E questo colore ti starà benissimo".

"Non ho intenzione di prendere il tuo maglione".

"Voglio che lo prenda tu". Fece un gesto verso la porta. "Ho un cambio di vestiti in macchina. Corro fuori e...".

Donna prese il braccio di Nadine. "Non vai da nessuna parte. Lo prenderò in prestito quando mi servirà. D'accordo?"

Questa sera sarebbe stata l'ultima volta che avrebbe visto gli amici di Xander, ma non c'era motivo di dirlo. "Affare fatto".

Donna la guidò oltre le scale. "Mi piaci."

"E perché?"

"Non sei come mi aspettavo. È che sei molto aperta, credo".

Ora Nadine si sentiva in colpa. "Anche tu mi piaci".

May McGoldrick

La franchezza di Donna era rinfrescante. Per certi versi, le ricordava Deirdre, la donna che aveva lasciato nel 1811.

"Vuole fare il tour della casa per venticinque centesimi?".

"Mi piacerebbe molto".

"La nursery, però, è riservata al tour da un dollaro".

Nadine sorrise e si tastò la tasca dei jeans. "Si può pagare subito?".

"No. Siamo a posto. Ma prima ti faccio vedere il piano di sotto. Mi ci vuole un po' di tempo per salire".

Le due donne entrarono in un ampio spazio aperto e Donna chiacchierò mentre indicava le caratteristiche della casa. A destra, oltre un tavolo da pranzo già apparecchiato per quattro persone, Nadine vide una cucina con armadietti color castagno, una grande isola e banconi di granito scuro che offrivano un ampio spazio di lavoro. Su una parete, sotto una cappa di rame inclinata, si trovava un fornello di dimensioni da ristorante.

La padrona di casa la condusse oltre il tavolo da pranzo nella zona giorno, delimitata da divani e sedie. I due uomini si trovavano accanto a un camino in pietra. L'intero spazio era ben illuminato. I pavimenti erano coperti da tappeti colorati con disegni dei nativi americani. Su un tavolo in un angolo erano appoggiate delle scatole avvolte in carta regalo a tema bambini e decorate con fiocchi e nastri. Nadine si ricordò che il sabato successivo si sarebbe tenuto il baby shower.

Il fuoco a legna crepitava nel focolare, riscaldando la stanza. Come nella casa di Xander, le grandi finestre si affacciavano su quella che Nadine era sicura fosse una vista sulle montagne. I mobili sembravano comodi e ben tenuti.

Donna si accorse che stava guardando i mobili. "A New York vivevamo in un appartamento. La maggior parte delle cose che avevamo le abbiamo lasciate lì. Quando siamo arrivati qui, ho deciso di comprare tutto usato. Alcuni mobili dovevano essere rifiniti e rivestiti, e Ken e io abbiamo lavorato insieme su molti di questi pezzi".

"Mi piace. Ogni cosa ha la sua storia".

"Esattamente". Donna sorrise e toccò la manica del maglione di Nadine. "In qualche modo, non mi sorprende che tu lo apprezzi".

Era facile immaginare perché Xander provasse tanta simpatia

Jane Austen Cannot Marry!

per i suoi amici. Erano persone con i piedi per terra. La loro casa era davvero accogliente. E lo trattavano come uno di famiglia.

"La cena sarà consegnata tra mezz'ora", annunciò Ken, dando un'occhiata all'orologio. "Cosa vuoi bere, Nadine? Un bicchiere di vino?".

"Per ora sto bene così. Per me solo acqua con la cena, grazie".

"Ragazzi, voi prendetevi da bere".

"Oh, ci stavo giusto pensando", disse Ken ridendo, dirigendosi verso il frigorifero.

Donna accarezzò il braccio di Nadine. "È difficile per me sedermi, stare in piedi o sdraiarmi in questo momento. Ho bisogno di camminare. Vuoi camminare con me fino alla nursery?".

"Con piacere".

Oltre la cucina, una scala posteriore conduceva al piano superiore. A un pianerottolo a metà strada, Donna si fermò per riprendere fiato. "Che cosa fai, Nadine?".

"Sono una consulente bibliotecaria".

"È quello che ci ha detto Xander... dopo che vi siete separati a Las Vegas".

Nadine cercò di non immaginare cos'altro Xander aveva raccontato di lei. Ma non poteva fare a meno di chiedersi se ne avesse parlato bene o male.

"Cosa fa esattamente un consulente bibliotecario?".

Nadine conosceva bene la sua risposta. Prima di diventare uno Scriba Custode, era davvero il suo lavoro, anche se le specifiche erano molto diverse a causa del funzionamento delle biblioteche nel futuro. "Viaggio da un incarico all'altro. Continuo a spostarmi, ovunque abbiano bisogno di me".

"Facendo cosa?"

"Soprattutto lavoro di organizzazione. Le città o le aziende mi assumono se vogliono creare una nuova biblioteca o migliorare la collezione che hanno già".

"Amo le biblioteche. Faccio volontariato in quella locale di Elkhorn. Naturalmente, svolgo solo funzioni altamente qualificate... come rimettere i libri sugli scaffali. E durante il mio turno di lavoro niente va sullo scaffale in basso. Le ginocchia non si piegano così tanto. Beh, non se voglio rialzarmi". Sorrise. "Di cosa ti occupi, nello specifico?".

"Faccio ogni genere di cose. È questo che rende il lavoro interessante. Ma ho una formazione speciale nella conservazione dei manoscritti antichi".

"È affascinante. Intendi i libri e i documenti che finiscono nei musei?".

"A volte".

Arrivarono al piano superiore. Una camera da letto per gli ospiti. Una suite matrimoniale. Guardò ogni stanza con interesse. Una casa come questa, un luogo in cui poter tornare ogni giorno, era un concetto sconosciuto per lei. Nadine non passava abbastanza tempo nel suo appartamento per giustificare la spesa.

"Allora, dove ti portano questi lavori? Costa orientale? Costa occidentale? Fuori dal paese?".

"Dovunque facciano buone offerte. Sono indipendente. Lavoro di progetto in progetto. Mi sposto. Faccio un lavoro e poi passo a quello successivo".

"Deve essere difficile per le relazioni".

"Sono sempre in viaggio. Relazioni? Come con Xander?" Sostenne lo sguardo di Donna. "Sì, è molto difficile".

"E i tuoi genitori? La tua famiglia? Riesci a vederli spesso?".

"I miei genitori se ne sono andati entrambi. Sono morti quando ero giovane".

Parlando con Donna, era facile mescolare frammenti di verità - parti del suo passato - con la finzione che doveva creare. Uno dei motivi per cui era stata reclutata dall'organizzazione come Scriba Custode era che non aveva famiglia.

Un altro motivo? Stava morendo.

Cosa si fa quando non si ha un domani? Si torna indietro nel tempo e si vive nel passato. Ma non tutti nel 2078 avevano avuto la stessa opportunità. Solo quelli cresciuti dallo Stato. Quelli con tutte le cartelle cliniche e il DNA bloccati nel sistema del governo. Era stata scelta per il lavoro ancor prima che le venisse detto qualcosa.

"Quanti anni avevi quando li hai persi?". Chiese Donna.

"Dodici. Sono morti in un incidente in autostrada". Non solo loro, ovviamente. E non proprio un'autostrada, per come Donna intendeva il termine. Più di ottocento persone erano morte a causa del malfunzionamento del sistema di trasporto automatizzato. Fu un disastro.

"Merda".

"È stato molto tempo fa", disse Nadine.

Jane Austen Cannot Marry!

"Ho perso mio padre quando avevo dodici anni. Mia madre è morta la settimana in cui ho compiuto sedici anni".
"Mi dispiace". Nadine mise una mano sul braccio di Donna. Erano in piedi fuori dalla nursery. "È dura."
"Sai com'è. Ci sei passata anche tu".
Nadine seguì Donna nella stanza del bambino. Accogliente e rustica, come il resto della casa, con toni di legno chiaro e tonalità di verde pastello. Sopra la culla bianca, grandi stampe incorniciate di felci verde chiaro. Una comoda poltrona era stata posizionata accanto a una delle finestre, mentre una cassettiera bianca e un fasciatoio coordinato completavano l'arredamento.

Si girò lentamente, osservando tutto. Un bambino si sarebbe trasferito in questa stanza entro poche settimane. Un prezioso essere vivente e respirante. Lo stesso che l'aveva presa a calci per salutarla. Un'altra ondata di emozioni la attraversò. Come sarebbe stato essere madre? Far nascere un bambino? Tenerlo in braccio, cambiargli i pannolini sporchi, nutrirlo e parlargli? Accudirlo mentre cresceva?

Erano esperienze che non avrebbe mai fatto. Non le era nemmeno permesso di sognarle. Si allontanò da Donna e si concentrò sulle decorazioni della parete.

"È davvero bellissimo". Fece cenno ai coniglietti, ai cervi e agli alberi dipinti a mano in alto. "Li hai fatti tu?".

"Mio marito mi avrebbe ucciso se mi avesse trovata su una scala. È stato Ken a fare tutto".

Nadine sorrise con apprezzamento. "Sapete il sesso del bambino?".

Donna si avvicinò alla culla e stese la copertinaripiegata all'estremità.

In una frazione di secondo, il suo sorriso scomparve e l'aria divenne tesa. Nadine si chiese se avesse fatto la domanda sbagliata. Osservò le mani di Donna mentre ripiegava meticolosamente la coperta e la rimetteva dove l'aveva trovata.

"Ken e io abbiamo aspettato così a lungo e provato così tante volte che non volevamo saperlo".

"Alla fine non ha importanza, no?". chiese Nadine, in quello che sperava fosse un tono brillante. "Ti ci vedo già adesso, seduta su quella sedia, a coccolare il tuo bambino".

"Lo spero. O almeno questo è il mio piano. Ma non ho molto da dire al riguardo, vero?".

Nadine vide le lacrime affiorare negli occhi di Donna e si precipitò al suo fianco. "Cosa c'è che non va?"

"È la nostra ultima possibilità. E se qualcosa va storto adesso...".

Nadine immaginava che il nervosismo dell'ultimo minuto fosse indipendente dal tempo e dalle circostanze. "Ci sei quasi".

"È quello che continuo a ripetermi".

"Andrà tutto benissimo. Hai portato a termine la gravidanza e il bambino è sano. Xander è passato in macchina davanti all'ospedale dove partorirai. È a soli tre chilometri di distanza".

Nell'epoca futura di Nadine, portare un bambino a termine nell'utero era una cosa inaudita. Con il diffuso declino della fertilità, la crescita della popolazione si aggirava intorno allo zero, quindi a nessuno era permesso di raggiungere il punto in cui si trovava Donna. Se una donna decideva di non accettare l'ectogenesi completa - la gestazione avviene completamente al di fuori del corpo umano dal concepimento alla nascita - partoriva comunque in anticipo e faceva arrivare il bambino a termine nelle unità di assistenza prenatale dello Stato.

Le lacrime sfuggirono e scesero sul viso di Donna.

"Ehi!" Nadine la avvolse con le braccia. "Che succede?"

"È tutto sbagliato".

"Cosa vuoi dire?"

"Voglio dire... voglio dire che non sarò presente per vedere i primi passi del mio bambino. Non vedrò il primo giorno di asilo. O fare le foto prima del ballo di fine anno. O andare a visitare il college...". Un suono strozzato sfuggì alla gola di Donna. Si staccò e andò verso la finestra.

Nadine cercò in preda al panico dei fazzoletti e trovò una scatola vicino al fasciatoio. Gliela portò. "Vuoi parlarne?".

"Ho perso entrambi i miei genitori a causa del cancro. Ho paura perché ho avuto un cancro al seno quando avevo ventotto anni. All'epoca ho mandato al diavolo i medici quando mi hanno consigliato di fare il test genetico. Sapevo cosa avrebbe significato un risultato positivo". Si soffiò il naso in un fazzoletto e si asciugò le lacrime. "Eliminare tutto. Non avere mai figli".

"Hai fatto ciò che era meglio per *te*. E guardati adesso. In salute. Pronta a far nascere il tuo bambino".

Scosse la testa. "Ora *c'è* qualcosa che non va".
Nadine lanciò un'occhiata alla porta, ricordando quanto Ken fosse allegro a casa di Xander e al piano di sotto. Non si comportava come un futuro padre in preda al panico. "Lui non lo sa. Non posso dirglielo. Non ora. Non prima che arrivi il bambino".
"Cos'è che non sa?".
"Che il cancro al seno potrebbe essere tornato".
Il cuore di Nadine le cadde nello stomaco. Si erano appena incontrate, ma dalla preoccupazione che provava per quella donna era come se si conoscessero da decenni. Sapeva come ci si sente a vedere i propri sogni infrangersi. A non essere mai in grado di pianificare il domani.
"Potrebbe essere? Quindi non lo sai ancora con certezza?".
"Il mio istinto mi dice che è tornato. Il mio medico è d'accordo". Si allungò sotto il braccio e toccò quello che c'era lì. "Domani farò una biopsia. Così lo sapremo con certezza".
"Faranno la biopsia prima dell'arrivo del bambino?".
"Sì, l'ho chiesto io. Non posso vivere con questa cosa sotto il braccio, dove la tocco, la sento, ci penso continuamente. Devo saperlo". Tirò fuori dalla scatola altri fazzoletti e si asciugò gli occhi. "E non posso dirlo a Ken. Non in questa fase. Non posso trasmettergli la mia preoccupazione. È solido come una roccia. Ma diventa una poltiglia quando qualcosa non va con me. Uno di noi due deve essere forte. Essere qui per questo bambino".
Nadine era stata informata del suo destino durante una visita medica virtuale. Era rimasta sola. Nessuno che la abbracciasse, che la consolasse. Nessuna spalla su cui piangere.
"Chi viene con te se non è Ken a farlo?".
Donna scosse la testa.
"Non puoi farlo da sola. Magari uno dei tuoi amici?".
"È il problema di essere nuovi in una zona. Ho conosciuto un bel po' di gente. Ma veri amici? Persone che sanno cosa ho passato prima di questo? Che conoscono il motivo per cui sono terrorizzata? Nessuno".
"Vuoi che venga con te?". Nadine si sentì di chiedere.
Lo sguardo di Donna si sollevò e vide un barlume di speranza negli occhi castani. "Lo faresti per me?".
"Certo, lo farò".

Capitolo Dodici

È incredibile la rapidità con cui queste due donne hanno legato, pensò Xander mentre tornavano a casa.
Prima che la cena finisse, Nadine e Donna stavano praticamente finendo le frasi l'una dell'altra. Sorridendo a quelle che sembravano battute segrete. Ognuna difendeva l'altra nei battibecchi a tavola. Si comportavano come se si capissero da una vita. Sembravano affiatate quanto lui e Ken. E la *loro* amicizia era stata forgiata nel fuoco di più di tre decenni.
La madre di Xander avrebbe detto che quei due avevano "anime antiche".
Ne era felice, naturalmente. Ma quello che *non* gli piaceva particolarmente era che avevano intenzione di passare la giornata insieme domani. E questo stava riducendo il suo tempo con Nadine.
Quando entrarono nel garage di casa sua, Xander le chiese se avrebbe preso in considerazione l'idea di cambiare i suoi piani e di restare per tutto il fine settimana. Così avrebbe potuto essere presente alla festa per il bambino di Donna. Considerando tutto quello che era successo quella sera, pensò che forse lei sarebbe stata d'accordo.
"No, devo andarmene venerdì".
La sua risposta fu brusca e deludente. Xander si trattenne dal chiederle il motivo, perché era sicuro che qualsiasi risposta lei gli

avesse dato non sarebbe stata soddisfacente. Le sue storie erano inverosimili e lui non era dell'umore giusto.

Salirono i gradini fino alla porta della cucina. "Cosa avete in programma per domani?".

"Donna ha un paio di appuntamenti in mattinata. Poi deve fare un po' di shopping per i regali di ringraziamento e i premi dei giochi per la festa del bambino. Non so cos'altro abbia in programma per il resto della giornata".

Una volta dentro, Xander appese i cappotti.

"Non ti dispiace davvero accompagnarmi a Elkhorn domattina?".

"Nessun problema". Avrebbe sfruttato ogni minuto che gli rimaneva con lei e, per come stavano andando le cose, il pendolarismo avanti e indietro da Elkhorn sembrava essere una buona parte di quei minuti.

"Ma sarà presto. Mi vuole a casa loro alle otto".

"Sono una persona che si alza presto".

Xander cercò di immaginare che tipo di appuntamenti potesse avere Donna così presto. Ken sembrò sorpreso quando le due donne annunciarono che avrebbero trascorso la giornata insieme. E no, gli uomini non erano stati invitati a unirsi a loro.

"Quando devo passare a prenderti? Nel pomeriggio? Prima di cena?"

"Non ne ho idea. Posso chiamarti?".

"Non hai un telefono".

"Donna ne avrà uno".

Accese le luci della cucina e del soggiorno e si diresse verso il camino. Accovacciatosi davanti ad esso, accatastò alcuni ceppi di legna e legna da ardere. Erano già le undici passate, ma Xander sperava che lei rimanesse sveglia per poter parlare un po'. La cena e la visita si erano prolungate più di quanto avesse sperato. Gli sembrava che avessero trattato ogni argomento sotto il sole, dalla storia, alla politica, alla legge, all'educazione dei figli e persino all'ingegneria. Nadine si muoveva agilmente in ogni conversazione. Tutto ciò che diceva dimostrava la sua vasta conoscenza di quasi tutti gli argomenti. Era intelligente, sensibile e interessante.

"Grazie per avermi presentato Ken e Donna. Ora capisco molto meglio il tuo legame con loro".

"Per me sono una famiglia. Sono la mia casa lontano dalla mia

famiglia di New York. È stato bello vedere che tu e Donna andate d'accordo".
"Sono rimasto sorpresa di quanto abbiamo in comune".
Accese un fiammifero sulla brace. Quando si accese, lanciò un'occhiata alle sue spalle. Lei era in piedi accanto alla libreria, intenta a sfogliare i volumi. Dopo anni di frequentazione con Ken e sua moglie, poteva vantarsi di conoscere molte cose di Donna. Ma di Nadine? Avrebbe voluto saperne di più su di lei.
"Cosa avete in comune?"
Ci fu una pausa. "Siamo entrambe testarde. Solitarie. Indipendenti. Siamo vulnerabili, a modo nostro, ma lo nascondiamo bene".
Due parole gli rimasero impresse. *Solitarie. Vulnerabili.*
"Entrambe abbiamo avuto un'infanzia non serena. Ora ci circondiamo di persone, ma non è facile per noi fidarci di loro. Nessuna di noi ha molti veri amici".
Un'infanzia difficile. A Las Vegas, lei gli aveva dato qualche indizio sulla sua famiglia. Ma nessuno di questi si era rivelato utile quando lui aveva cercato di trovarla. Alla fine, lui pensò che lei si fosse inventata tutto.
"Le hai detto che stavi uscendo da una relazione difficile quando io e te ci siamo conosciuti".
"Stavi ascoltando?"
"Non avevo scelta. Voi due eravate ancora nell'atrio e temevo che Donna ti avrebbe cacciata in strada".
Sorrise, prese un libro dallo scaffale e lo strinse al petto.
"Sì, anch'io ho avuto qualche dubbio, proprio in quel momento".
"Allora, dicevi la verità sul tuo ex fidanzato?".
"No, me lo sono inventato".
Quanto rapidamente era arrivato a sospettare di molte cose che lei diceva. Lui si alzò in piedi e mise il parafuoco davanti ai ceppi. "Allora perché? Che cosa ti ha spaventato di me?".
"Vogliamo parlarne ancora?".
"Ancora? Non ho mai avuto una vera risposta. Quindi, sì. E questo è un momento come un altro". Si strofinò la nuca, costringendosi a rimanere dov'era. Non voleva andare da lei. Invadere il suo spazio. "Aiutami, Nadine. Non sto cercando di metterti sotto pressione. Ma vorrei davvero sapere. Sono andato troppo in fretta? Ho interpretato male i segnali? Pensavo sinceramente che tu provassi per me lo stesso sentimento che io provo per te. Ero...?"

"Non sei stato tu il problema", interruppe lei.
"Allora cosa?"
"Per tre giorni ho perso la testa. Mi sono permessa di sognare. Ma poi la realtà è tornata".
"E qual era questa realtà?".
"Che non avremmo mai avuto un futuro".
"E perché?"
"Perché veniamo da due tempi diversi".
"Costa orientale, costa occidentale? Ci sono solo ventiquattro fusi orari in tutto il mondo. Le relazioni sopravvivono sempre a questo".
"Non fusi orari. Tempi. Io non esisto nell'anno 2022".
Era tornata al suo mondo narrativo. Sperava che lei non notasse la sua incredulità, ma lo fece.
"Stai di nuovo alzando gli occhi al cielo. Ma tieni a mente questo. Puoi cercare quanto vuoi, non riuscirai a trovarmi".
"Non mi dai abbastanza fiducia. Potrei trovarti se volessi".
Il suo sorriso era gentile. Sicuro di sé. "Non è possibile. Non sei riuscito a trovarmi due anni fa, e non saresti in grado di trovarmi adesso. Questo perché non c'è nessuna traccia di me da trovare".
"Ci deve essere una spiegazione logica per questo. La gente si cancella continuamente da Internet. È quello che hai fatto tu? E quello che hai detto a me? C'è un altro nome?".
"No. Nadine Finley è il mio vero nome. È quello con cui mi presento".
Non ci credeva. "Tu sei reale. Sei in piedi davanti a me. E questo significa che esisti. In qualche modo, *deve esserci* un modo per trovarti".
"Non puoi trovarmi, Xander, perché non sono ancora nata".
"Nadine..."
"Questa è tutta la spiegazione. Devi solo credermi". Tese il libro che aveva preso dallo scaffale. "Ti dispiace se lo porto a letto? Per stanotte?"
"Puoi portare quel libro a letto? Che ne pensi?"
"La tua risposta è sì?".
"Sì, certo, sì. Ti ricordi le conversazioni che abbiamo avuto a Las Vegas?".
"Certo".
"Allora dovresti renderti conto che gli scaffali di quella libreria

sono pieni dei libri di cui *tu* hai parlato". Fece un cenno verso la parete. "Quelle stampe sono opera di Paul Cezanne. Le ho prese solo perché mi hai tenuto una lezione sull'epoca post-impressionista".

I suoi occhi si spalancarono mentre fissava le opere incorniciate.

"E il ripiano centrale del primo mobile della cucina. È pieno di cioccolato fondente e di Oreo a doppio ripieno, anche se non li mangio mai. E tengo sempre una bottiglia di Sauvignon Blanc in frigorifero, anche se io bevo birra". Fece un cenno con la mano allo spazio che lo circondava. "Tutto qui dentro. I mobili, le pareti, tutto. Ti ricordi di aver detto che ti piace la calma dei toni della terra? E che ti piace vedere la neve? Guardarla cadere mentre sei seduta dentro casa, davanti a un fuoco scoppiettante?".

"Mi ricordo", disse dolcemente. "Ricordo ogni conversazione che abbiamo avuto".

"Allora noterai che questa casa è il prodotto del tempo che ho trascorso con te".

Lei si avvicinò a lui. Lui non si mosse.

"Ora lo capisco".

"Non volevo perdonarti, Nadine, ma non volevo nemmeno dimenticarti. Quei pochi giorni hanno significato molto per me".

Lei premette la mano contro il petto di lui. Solo un soffio d'aria li separava. "Quei giorni hanno significato molto anche per me, Xander. Hai significato... e continui a significare molto per me".

La vicinanza, il suo profumo, i suoi occhi, le sue labbra lo attirarono. Xander la baciò e lei ricambiò il bacio. Le loro labbra si unirono e i ricordi tornarono a galla. Ma il bacio finì con la stessa rapidità con cui era iniziato. Nadine fece un passo indietro.

"Sei importante per me, Xander. Sei molto importante. E vorrei che un giorno tu riuscissi a crederci. Spero che tu riesca a capire che ti ho sempre detto la verità. Ma probabilmente non lo capirai mai".

Gli occhi di lei si riempirono di lacrime mentre le sue dita sfioravano appena le labbra di lui. Poi, senza un'altra parola, si voltò e se ne andò.

Capitolo Tredici

A NADINE FU DETTO che la clinica dove Donna le aveva accompagnate aveva sale d'attesa diverse, a seconda del motivo per cui il paziente era lì. Oncologia, chirurgia del seno, diagnostica per immagini, radioterapia.

Le fu permesso di accompagnare la sua nuova amica solo fino alla reception principale. Non molto tempo dopo il loro arrivo, un'infermiera accompagnò Donna all'interno. Erano passati settantasei minuti.

La sala d'attesa era uno spazio ampio e luminoso, con vetrate, sedie comode e riviste sulla salute. Le persone che entravano dal parcheggio a ritmo costante si recavano direttamente al bancone vetrato e facevano il check-in. Mentre si guardavano intorno per trovare un posto a sedere, ognuno di loro lanciava occhiate discrete agli altri che stavano aspettando.

Su un televisore a parete, due persone chiacchieravano. Ma nessuno prestava attenzione allo schermo.

L'attesa era un inferno. Nadine si spostò su una sedia da cui poteva vedere l'orologio appeso dietro il receptionist. Quando non accoglieva i pazienti in arrivo, il giovane calvo passava la maggior parte del tempo a battere su un computer.

Il tempo scorreva lentamente e Nadine cercò di non fissare lo scaffale dei volantini e degli opuscoli, ognuno dei quali era incentrato su una diversa forma di cancro. Prese una rivista che prometteva una salute migliore grazie all'esercizio fisico e la sfogliò, tenendo d'occhio la porta dove Donna era scomparsa.

Nel suo tempo futuro, non c'erano visite mediche in sede. Non c'erano attese in stanze come questa. Si parlava con uno specialista, non di persona, ma attraverso un ologramma trasmesso. Gli esami venivano eseguiti dentro unità mobili che arrivavano davanti all'edificio del paziente all'ora stabilita. Si andava in ospedale solo per interventi specifici o malattie gravi. I medici si erano resi conto che l'attesa era un potente catalizzatore di ansia, frustrazione e disperazione.

Nadine si guardò intorno, osservando la dozzina di persone che al momento erano sedute nella sala d'attesa. Alcuni, immaginava, erano amici e familiari. Altri aspettavano di essere chiamati in quello che lei immaginava come un alveare di stanze piene di macchine, tavoli e api operaie. Quasi tutti gli occhi si rivolgevano all'unisono verso la porta ogni volta che un assistente si affacciava per chiamare il prossimo paziente o qualcuno usciva.

Di fronte a lei, un'anziana donna molto pallida con un berretto di maglia afferrò la mano del vecchio accanto a lei. "Non mi sento bene".

Le diede una pacca sulla mano e si diresse verso il distributore d'acqua, tornando in un attimo con una tazza d'acqua a forma di cono per lei.

Un'infermiera uscì, attirando tutti gli sguardi. Quando chiamò "Linda", due donne si alzarono contemporaneamente. Anche una terza si avvicinò da una finestra sul lato opposto della sala d'attesa.

"Succede ogni volta che vengo qui", le disse la persona seduta alla destra di Nadine. "Troppe Linda vivono a Elkhorn, credo".

Nadine le lanciò un'occhiata. Probabilmente sulla sessantina, indossava un turbante bianco e nero in stile flapper anni Venti e un lungo cappotto di lana. Gli occhi scuri e attenti osservavano con interesse l'intera procedura mentre l'infermiera cercava di chiarire la confusione.

"Immagino che tu non sia una Linda", commentò Nadine.

"No, io sono Jo".

"Nadine".

"Prima volta qui?"

"Sì. Si vede?"

"Sono una cliente abituale. Ho già visto quasi tutti i presenti in

questa stanza. Anche di quelli che non ho visto, posso dirti perché sono qui".
Jo era arrivata molto dopo Nadine. "Perché pensi che io sia qui?".
"Per aiutare un'amica. Tenerle la mano. Sostegno morale".
"Cosa ti fa pensare che io non sia una parente?".
Sorrise. "Esperienza personale e pregiudizio, suppongo. Non ho una grande simpatia per nessuno della mia famiglia. Quindi, quando vedo una persona come te, con un'aria sinceramente preoccupata, mi viene da pensare che deve essere una buona amica".
A Nadine piaceva già Jo. E la sua mente indugiava sulle parole "buona amica". Stamattina, quando Xander aveva accompagnato Nadine, Donna era uscita dalla porta d'ingresso e l'aveva abbracciata. Si erano abbracciate per un lungo momento, con ovvia sorpresa di Ken e Xander.
"Non mi chiedi perché sono qui? Visto che vengo spesso, intendo?".
"Va bene chiedere? Non volevo impicciarmi".
"Certo, non c'è problema. In generale, ho scoperto che le donne sono aperte a parlare con altre donne. E la maggior parte delle pazienti oncologiche, direi, ama condividere le proprie storie. Forse ne hanno bisogno. Anche l'isolamento può uccidere".
Nadine diede una seconda occhiata al turbante di Jo.
"Sì, chemioterapia. Ho la testa rasata. E questa è la quarta volta che combatto contro questo problema".
La chemioterapia non era più un metodo di trattamento del futuro. Si usavano immunoterapie individuali e terapie più mirate. Gli effetti collaterali, come la nausea e la perdita dei capelli, non erano più un problema.
"Come sta andando, questa volta?".
"Fisicamente, lo saprò meglio dopo l'appuntamento di oggi". Un sorriso di sfida increspò il volto di Jo. "Mentalmente ed emotivamente, sto bene. Starò bene".
Nadine desiderò di poter imbottigliare la grinta di quella donna e trasmetterla a Donna. "Come fai? Il tuo atteggiamento è una meraviglia".
"Molto tempo fa, durante il mio secondo ciclo, qualcosa si è mosso dentro di me. Ho smesso di chiedermi: "Perché io?" e ho pensato: "Perché *non* io?". Dopo tutto, non sono diversa da chiunque

altro. La malattia e la tragedia possono capitare a chiunque. Non c'è una vera e propria ragione o un motivo. Succede e basta".

Nadine sapeva che alcune persone avevano avuto più della loro parte di cose brutte nella vita. O almeno questo era ciò che pensavano.

"Tutti noi moriamo prima o poi. Alcuni prima, altri dopo. La vita non è fatta di ciò che ti accade, ma piuttosto di come lo affronti", affermò Jo, raddrizzando il turbante. "E accettare ciò che ti è stato lanciato addosso è il primo passo per affrontare la situazione".

"Nel tuo caso, le situazioni. Sei davvero una guerriera".

"Prima ho detto 'combattere', ma non mi piace molto la terminologia della battaglia. Piuttosto chiamami *'resiliente'*".

"Sei davvero resiliente, allora".

"Grazie. Ma non lasciarti ingannare da questa faccia". Jo sorrise. "Lo shock iniziale ti frega sempre. Ma ora sono più veloce a riprendermi. Dopo di che, è solo: "*Ok, cosa posso fare per sistemare le cose*"".

La porta delle sale interne si aprì e ne uscì un'infermiera che diede un'occhiata alla cartella che teneva in mano. "Jo?"

Contemporaneamente uscì Donna e Nadine si alzò in piedi quando la vide.

Jo e Donna si fermarono mentre si incrociavano in mezzo alla sala d'attesa.

"Ciao, tesoro, stai bene?", chiese la donna più anziana.

"Ho avuto mattinate migliori".

"Ce la farai. E mi sembra di sentire questo piccolo dentro di te, che brontola per la fame".

"Hai ragione". Donna si toccò la pancia rotonda. "Siamo entrambi affamati".

Jo sparì dalla porta e Nadine aiutò l'amica a mettersi il cappotto. Sapeva già che Donna non avrebbe avuto alcun risultato subito, quindi pensò che fosse inutile chiedere.

"Quali sono i tuoi limiti di attività per oggi?", chiese mentre si giravano verso la porta. "Lo sci è troppo faticoso? Possiamo sempre fare bungee jumping e poi fare una degustazione di vini".

"La mia persona preferita". Donna cercò di abbottonare il davanti del cappotto, ma si arrese. "Le ciaspole e lo sci di fondo andranno benissimo. E perché preoccuparsi del vino? Direi di passare direttamente agli shottini di tequila".

Uscirono dalla clinica e Donna si fermò sul marciapiede. Alzò il

Jane Austen Cannot Marry!

viso verso il cielo e alcune lacrime le sfuggirono e caddero sulle guance.

Nadine le prese la mano. "Ascolta. Hai fatto la biopsia. Ora aspetta i risultati. Un piede davanti all'altro. Gioisci per il bambino che sta crescendo dentro di te. E prima che decida di fare il suo ingresso in questo pazzo mondo, viviamo, viviamo e viviamo. Che ne dici?".

Donna prese un fazzoletto dalla tasca e si asciugò il viso.

"Sapevo che eri la persona giusta per venire con me oggi".

Capitolo Quattordici

Dopo aver lasciato Nadine con Donna, Xander bevve una tazza di caffè con Ken e tornò in macchina verso la montagna.
In base al meteo, oggi sarebbe stata l'unica occasione per lavorare sul tetto del garage per i prossimi giorni. I meteorologi tenevano d'occhio una corrente di bassa pressione proveniente dal Pacifico nordoccidentale. Le Montagne Rocciose sarebbero state colpite da intense nevicate prima che la tempesta si spostasse verso le pianure settentrionali. Sembravano esserci condizioni da bufera di neve dal Colorado centrale fino al Minnesota. La tempistica esatta era ancora in sospeso, anche se si propendeva per venerdì.
Sentendo il bollettino meteorologico, a Xander passarono subito per la testa alcuni scenari.
E se fosse arrivata la bufera e Nadine non fosse potuta partire? Sospettava che dovesse essere accompagnata da qualche parte. Aeroporto? Stazione ferroviaria? Fermata dell'autobus? Aveva detto di non avere con sé il portafoglio, quindi non avrebbe potuto noleggiare un'auto. E non aveva detto che qualcun altro sarebbe venuto a prenderla.
Questo lo rincuorò un po', ma solo momentaneamente.
Prima, durante la discesa dalla montagna verso Elkhorn, lui e Nadine non avevano parlato di cosa sarebbe successo una volta che lei fosse partita. Xander non aveva idea se l'avrebbe mai rivista. Diavolo, lei *voleva* almeno rivederlo?

Jane Austen Cannot Marry!

Sapeva che avrebbe sofferto quando se ne sarebbe andata. Gli mancava già. Tuttavia, non aveva intenzione di farle pressione perché rimanesse o di organizzare un modo per farli riavvicinare. Non se lei non voleva.

Con lei era stato un libro aperto. Lei, invece, era ben chiusa. E alcune delle cose che le uscivano di bocca erano, francamente, davvero assurde.

Per la prima volta da quando si era trasferito qui, la casa sembrava vuota e silenziosa. Fissò la tazza di caffè di lei, sciacquata e pronta per essere usata, accanto alla sua vicino al lavandino. Las Vegas era iniziata con il sesso ed era finita con lui che perdeva la testa. Questa visita... non sapeva come descriverla. Il bacio di ieri sera, certamente, lo aveva confuso più di ogni altra cosa.

"Il tetto, amico. Vai". Non poteva restare a fantasticare tutto il giorno. Pensare a quello non lo avrebbe portato da nessuna parte.

Dopo aver chiuso il giubbotto e infilato gli stivali, Xander uscì nel garage.

La mattina precedente aveva spostato la bara dal retro del suo camion sopra un paio di pancali di legno sul pavimento vicino al suo banco di lavoro.

Il fatto di essere arrivato in Colorado e di avere un sacco di tempo libero aveva fatto nascere in lui l'interesse per la lavorazione del legno. Aveva scoperto che gli piaceva lavorare con le mani. E aveva un buon insegnante. Un ebanista semi-pensionato. Aveva un negozio vicino ai binari della ferrovia ed era contento di guadagnare qualcosa in più. La libreria, un paio di tavolini e una piccola cassapanca che Xander aveva costruito erano in casa. Mentre lavoravano, l'artigiano aveva parlato in continuazione del legno e della storia della costruzione dei mobili, ma Xander non si entusiasmava per le sue lezioni. Lui era lì per costruire cose.

Accovacciato accanto alla bara, passò le mani sulla superficie dei lati e del piano. Le tavole erano state piallate a mano e le giunzioni ben incastrate. Si era esercitato a realizzare incastri del genere e ci voleva molta abilità per farli bene. Per quanto vedeva, non era stato usato neanche un chiodo. La cassa era stata curata nei dettagli, più di molti mobili di pregio costruiti al tempo attuale.

Non aveva idea se Nadine l'avrebbe portata via con sé. Non ne aveva fatto cenno. Non l'aveva nemmeno degnata di uno sguardo da quando era arrivata. Forse lui si sarebbe offerto di tenerla per lei, anche se sarebbe sembrata un po' strano, una bara nel suo garage.

Xander pensò ai restauratori della società storica di Elkhorn. Forse potevano dirgli di più. Toccò di nuovo il legno e la sua mente andò alla dichiarazione di Nadine di provenire dall'Inghilterra nell'Ottocento. Il vestito d'epoca. Era ancora appeso nell'armadio della camera degli ospiti.

A prescindere da ciò che aveva detto, l'unica spiegazione razionale di tutto era che fosse un'attrice.

Sollevò la parte superiore della bara e guardò all'interno.

Due cose in un angolo della scatola attirarono la sua attenzione. "Cos'è questo?"

Xander si alzò e accese la luce sopra il banco da lavoro per vedere meglio.

Entrambi gli oggetti stavano facilmente nel suo palmo. Uno era un tubo di metallo molto leggero, lungo circa cinque centimetri e con un diametro di un centimetro e mezzo. di peltro o qualcosa del genere. Non c'erano segni su di esso. Non c'erano saldature. L'interno del tubo era chiuso da entrambe le estremità. Era grande come un burrocacao, ma non riusciva a trovare alcun modo per aprirlo.

Lo sbatté sul banco, pensando che forse si sarebbe aperto. Niente. Infilò un piccolo cacciavite in un'estremità e poi nell'altra.

"Non danneggiarlo", mormorò.

Non sapeva a chi appartenesse. Era di Nadine? Era lì prima che lei entrasse nella cassa?

Guardò di nuovo all'interno della bara, pensando che potesse essere un pezzo di qualcos'altro. Non c'era più niente lì dentro.

Il secondo pezzo sembrava un giocattolo per bambini. Un fischietto di legno... o uno strumento musicale. Lungo circa sette centimetri, largo tre e spesso un centimetro e mezzo. E aveva solo due fori per le dita. Quando Xander lo alzò di nuovo alla luce, poté vederlo da parte a parte. Soffiandoci dentro, però, non produceva alcun suono. Quando lo guardò da vicino, si rese conto che non era vero legno. Era una specie di plastica dura fatta per sembrare legno.

I due pezzi non appartenevano l'uno all'altro. Di questo era sicuro.

Xander ricordava che Nadine aveva rovistato nella sua borsa

Jane Austen Cannot Marry!

sulla strada buia e aveva trovato il suo inalatore. Forse erano caduti allora. Forse lei sapeva cosa fossero. Avrebbe dovuto chiederglielo. I piccoli oggetti erano il suo forte. Ma questi? Scosse la testa. "Mi avetefregato".

Li mise nella tasca del giubbotto e indossò la cintura degli attrezzi. Il tetto lo aspettava.

Capitolo Quindici

"Ho paura delle altezze".

"Saremo a malapena sopra gli alberi".

"Una magra consolazione quando il cavo della cabinovia cede".

L'elenco delle paure che Nadine aveva raccolto nel corso degli anni come viaggiatrice nel tempo era lungo. La tortura e le esecuzioni estreme erano in cima alla lista. Essere bruciati vivi o impiccati, mutilati e squartati non era così attraente. Anche i ratti e la peste bubbonica non erano nella colonna dei pro del passato, insieme alla barbarie delle procedure mediche prima dell'anestesia. C'erano anche altre cose.

E poi c'era la sua innata acrofobia. Odiava la sensazione di ansia, quasi panico, che la attanagliava ogni volta che si trovava in alto.

"Il cavo non cederà. E poi, sul serio, saremo a una decina di metri d'altezza".

"Hai detto che non sei ancora stata su questa trappola mortale", ricordò a Donna.

"Ho visto dei video online".

"Potrei citarti statistiche storiche sui pericoli di...".

"E le colline sono coperte di neve soffice e vaporosa".

"Con dei massi sotto". Un salto di dieci metri era un salto di dieci metri. Il corpo umano non era progettato per sopravvivere a quel tipo di caduta. "Non per niente le chiamano le Montagne Rocciose".

Jane Austen Cannot Marry!

Donna rise, evidentemente non condividendo le preoccupazioni di Nadine.

Dopo aver lasciato la clinica, avevano fatto colazione in un piccolo e caratteristico locale che faceva i pancake, dove erano stati serviti da una cameriera brontolona dai capelli bianchi che doveva lavorare lì dai tempi del boom dell'argento. "Folklore locale", sussurrò Donna.

Dopo di che, le due trascorsero il resto della mattinata a girovagare per la città, fermandosi al dollar store, alla panetteria, al negozio di fiori e in molti altri posti che attiravano l'interesse di Donna.

Durante il viaggio, Nadine apprese che il baby shower di sabato non era stato organizzato per Donna dai suoi nuovi amici. A quanto pare, però, le persone che aveva conosciuto da quando si era trasferita a Elkhorn si aspettavano una festa. E nessuno stava dando una mano. Donna e Ken stavano facendo tutto da soli, con qualche aiuto da parte di Xander.

Nadine avrebbe voluto che le circostanze fossero diverse. Sarebbe rimasta volentieri nei paraggi per aiutare. Ma era fuori questione. Doveva tornare a Hythe prima che Jane Austen arrivasse in carrozza.

Quando finirono le commissioni era già mezzogiorno. Invece di tornare a casa, però, Donna insisteva perché pranzassero in un ristorante in cima a una montagna dall'aspetto piuttosto minaccioso. E sembrava che l'unico modo per arrivarci fosse quello di salire fino a 3000 metri in una minuscola cabinovia, senza dubbio appesa a un filo logoro.

"Non possiamo andare in auto?"

"No. La strada di servizio è chiusa al pubblico per l'inverno e so che non la riapriranno prima di giugno". Donna le diede una pacca sul ginocchio. "Non c'è problema. Ti tengo la mano".

"Io ho già una certa fame". Nadine indicò un ristorante che stavano superando. "Guarda quella steakhouse. Ci sono anche molte macchine parcheggiate davanti, quindi deve essere buono. Perché non ci andiamo?".

"Ho già mangiato lì. Ken ama la bistecca. Credimi, il posto dove stiamo andando vale un po' di nervosismo".

"È facile per te dirlo".

La professione di Nadine richiedeva che fosse preparata ad

affrontare qualsiasi situazione. Si era allenata a gestire la sua paura dell'altezza. Almeno in gran parte. Esposizione graduale a situazioni estreme, se possibile. Respirazione profonda. Rilassamento meditativo. Tuttavia, se avesse potuto scegliere, sarebbe stata lontana dai precipizi, non avrebbe volato e avrebbe evitato gli ascensori di vetro all'esterno dei grattacieli. Non aveva bisogno di sottoporsi a queste situazioni. Saltare le anse del tempo era già abbastanza difficile.

No, non era certo impaziente di entrare in una bolla di plastica sospesa a *chissà* quanti metri da terra... a prescindere da ciò che Donna aveva visto su YouTube.

"Se questo ristorante è così buono, perché tu e Ken non ci siete ancora andati?".

"Ha cambiato gestione prima che ci trasferissimo in Colorado. Poi è stato chiuso per il Covid e hanno fatto una grande ristrutturazione. Il locale ha appena riaperto".

"Ho un'idea fantastica. Che ne dici se ci andate voi due? Potreste organizzare una serata romantica. Indimenticabile, ne sono certa".

"Non avremo tempo prima che arrivi il bambino". Gli occhi scuri lasciarono la strada e incontrarono quelli di Nadine per un breve secondo. Il viso era serio. "È difficile non essere ossessionati dalla biopsia. Ogni volta che il mio telefono squilla, penso che sia il dottore. L'intera faccenda è allarmante *e* deprimente. Avrei proprio bisogno di distrarmi in questo momento. Per favore?".

Come poteva dire di no? Donna era incinta di trentasei settimane e aveva bisogno di un'amica. E Nadine non poteva nemmeno restare abbastanza a lungo per aiutarla con la festa. E soprattutto non sarebbe stata presente quando la sua amica avrebbe avuto i risultati della biopsia. Pranzare con lei, anche se il viaggio sarebbe stato spaventoso, era il minimo che potesse fare.

"Ok, ma è meglio che il cibo sia buono. E intendo *davvero* buono".

Pochi minuti dopo, Donna entrò nel parcheggio. Il cavo della cabinovia correva su per la montagna per un centinaio di chilometri prima di scomparire dietro una cresta. Il parcheggio era praticamente vuoto.

"Non c'è nessuno. Forse non sono aperti", suggerì speranzosa Nadine.

"È aperto. Il volantino che ho ricevuto per posta dice che questa settimana ci sarà un 'soft opening' per il ristorante. C'è un grande lodge che è ancora in fase di ristrutturazione, ma non sarà pronto per gli ospiti prima di quest'estate, almeno".

Nadine fece un respiro profondo per sciogliere il nodo allo stomaco e cercò di concentrarsi sul rilassamento dei muscoli della schiena e delle spalle già contratti. "Ok. Facciamolo prima che io corra fino a casa di Xander".

A uno sportello, presero i biglietti da una ragazza dall'aria annoiata con i capelli viola che continuava a guardare la pancia di Donna. Erano gli unici passeggeri di una cabinovia costruita per quattro, e l'adolescente allampanato e brufoloso che lavorava come addetto a Nadine sembrava molto alto. Tuttavia, tenne gentilmente aperta la porta della cabina per loro.

"Quanto dura il viaggio?", gli chiese.

Stupito dalla domanda, aggrottò il viso. "Otto minuti. Sì, otto minuti". Otto minuti".

"Ci sono mai stati incidenti? Guasti? Cabine che si staccano dal cavo e ruzzolano per i venti chilometri fino al fondo?".

Il ragazzo dovette sforzarsi su questo punto. "No. Non che io sappia".

"È da molto che fai questo lavoro?".

Nadine ignorò la brusca gomitata di Donna.

"Ehm, sì". Annuì. "Da lunedì".

"Va bene, allora. Mi sento molto più sicura. Mettiti comodo, Macduff".

"Veramente mi chiamo Jared". Indicò il suo cartellino.

"Grazie. Lo terrò presente".

La porta si chiuse e Jared spinse la cabina dondolante per qualche metro lungo un binario, finché non raggiunse un punto in cui il cavo mobile la agganciò con uno scatto. E partirono.

Nadine si concentrò di nuovo sul suo respiro. La cabina non era altro che una bolla di plastica trasparente con quattro sedili uno di fronte all'altro.

"Hai intenzione di salire fino in cima con gli occhi chiusi?".

"Mi sembra un buon piano". Aveva con sé il suo inalatore, ma sperava di non avere un attacco d'asma su quell'aggeggio.

"Stiamo per superare un affare di supporto. Sembra molto robusto".

"Un affare di supporto?". La cabina oscillò e sobbalzò, provocando un sussulto di Nadine e una risatina di Donna.

"Stiamo per morire... e tu ridi".
"Ti avvertirò quando arriveremo alla prossima".
"Grazie. Sarò qui". Fece un altro profondo respiro calmante e sbirciò la sua compagna. "Questi sobbalzi e oscillazioni non sono troppo per il bambino?".
"Forse sì, forse no". Donna si guardò la pancia sporgente. "In ogni caso, sono pronta a partorire questo fagotto quando lui o lei decideranno che è il momento giusto".
"Ti prego, fa' che non sia adesso, non in questa cosa".
"Perché? Non hai mai fatto nascere un bambino prima?".
"No. E tu?"
"Sono un avvocato. Ma quanto può essere difficile? Inoltre, ho visto molti video". Lei trasalì e si contorse leggermente sulla sedia, facendo dei respiri profondi. "Non posso farlo da sola, però".

Un po' preoccupata, Nadine si costrinse a guardare dietro di loro e poi su per la montagna. Non riusciva a vedere né le stazioni di carico né quelle di scarico.

"Non avrei dovuto lasciarmi convincere da te. È pericoloso per te stare così lontano dall'ospedale. Sei in travaglio? Hai le contrazioni?".

Nadine si concentrò sul volto della sua compagna. Agli angoli degli occhi le si formò una ruga divertita. Erano quassù perché Donna aveva bisogno di una breve pausa dallo stress del momento. Ma era Nadine a essere in difficoltà e la sua amica a distrarla.

"Stai fingendo, vero?".
"Sì, sto fingendo".

Si sedette e fece un respiro profondo. "Non hai chiamato Ken per dirgli che pranziamo qui, vero?".

"No, non l'ho fatto. Avrebbe cercato di dissuadermi. Ma lo farò adesso". Donna cercò nella borsa il cellulare. Si accigliò. "Non c'è campo. Lo chiamerò quando saremo in cima".

La cabina sobbalzò e ondeggiò quando passarono davanti a un'altra struttura di sostegno e Nadine si aggrappò al sedile. Questa volta non si lamentò. Era con una donna molto incinta che aspettava notizie potenzialmente letali e Nadine stava lasciando che la propria debolezza la controllasse. Non poteva permetterlo.

A quel punto, tenendo gli occhi aperti, si girò di nuovo sul sedile e guardò giù per la montagna. Lo stomaco le si annodò, ma si godette il panorama. Era mozzafiato.

Jane Austen Cannot Marry!

Donna aveva ragione. La cabina stava viaggiando, sfiorando le cime degli alberi. Non riuscì a guardare in basso. Invece, si concentrò sul paesaggio in lontananza, dove Elkhorn sembrava una città giocattolo, incastonata tra due creste montuose che si estendevano fino al sud. L'ampia valle innevata era attraversata da un fiume e, su entrambi i lati, foreste di un verde intenso si stendevano come un manto appuntito fino a che gli alberi si diradavano per poi lasciare il posto a cime rocciose coperte di neve. Mentre guardava, spesse nuvole grigie si rovesciavano come un'onda sulla cima del crinale a ovest, rotolando verso il basso e inghiottendo il pendio boscoso.

Si girò sul sedile verso est, chiedendosi se potesse vedere la casa di Xander. Pensò a lui che lavorava sul tetto. Quella notte e il giorno seguente era tutto ciò che restava loro prima che lei dovesse partire. Lui non si era lamentato, ma lei aveva capito che era deluso dal fatto che lei fosse uscita con Donna oggi. Tuttavia, non era meglio per entrambi? A prescindere da ciò che provava, non poteva permettere che una nuova intimità si insinuasse nel loro rapporto. Andarsene era già doloroso. Quello non avrebbe fatto altro che peggiorare la situazione.

Quando arrivarono alla stazione in cima, un addetto aprì la porta della cabina e aiutò Donna a scendere. Nadine la seguì.

"Conosci Jared?", chiese al giovane.

"Ah, sì. Siamo coinquilini".

"Beh, puoi dirgli da parte mia che è un gran bugiardo. Ha detto che il viaggio dura otto minuti".

"Ehm, sì? E quindi?"

"Siamo stati su quella cosa per almeno due ore e mezza".

"Non farci caso", disse Donna con una risata, rivolgendosi a Nadine. "Ora che sei tornata sulla *terraferma*, guarda bene quel panorama".

Da lì, in cima, la vista era ancora più straordinaria. Doveva ammettere che non aveva mai visto nulla di simile. Ma erano anche molto in alto e si trovavano su una piattaforma sull'orlo di un abisso. La consapevolezza di ciò era troppo grande per lei e lo stomaco di Nadine si ribaltò.

Fece un passo indietro involontario. "Quasi sulla *terraferma*".

"Ok. Andiamo". Donna rise e intrecciò il suo braccio a quello di Nadine.

May McGoldrick

Lasciata la stazione della cabinovia, le due si incamminarono lungo un sentiero fresato e sterrato. La neve era più profonda lassù e l'aria più fredda che in città. Come aveva detto Donna, non c'era traccia di veicoli lassù, a parte qualche motoslitta parcheggiata sotto un capanno ai margini di un boschetto di abeti contorti e piegati dal vento di montagna.

Il ristorante era impressionante. Si trattava di un'enorme struttura in legno, anch'essa arroccata sul bordo di un precipizio. Un'ampio piattaforma di legno sporgeva sul precipizio. Nadine trasalì, certa che le persone che amavano i posti a sedere precari avrebbero adorato cenare lì fuori nei mesi più caldi. Per fortuna, quel giorno non avrebbero servito cibo lì fuori.

Le due donne entrarono nel ristorante, dove l'entusiasta padrona di casa le accolse e le condusse a un tavolo vicino a una delle grandi finestre che si affacciavano sulla parte esterna.

"Torno subito. Devo andare in bagno".

Nadine guardò Donna allontanarsi in fretta.

"Di quanto è?", chiese la padrona di casa.

"Trentasei settimane", rispose Nadine.

"Prima gravidanza?"

"Sì".

"Il mio primo figlio è nato alla trentacinquesima settimana".

"Oh, fantastico". Nadine lanciò un'occhiata verso i bagni. Anche se uno dei rimpianti della sua vita era che non avrebbe mai avuto un bambino, non sapeva molto sul parto. O almeno, non sapeva molto di come lo gestissero nel 2022.

"Quel bambino mi ha fatto fare venti ore di travaglio prima di venire al mondo scalciando e urlando", le raccontò la padrona di casa. Le passò il menu. "I primi bambini si prendono il loro tempo".

Nadine lo sperava proprio.

Mentre la proprietaria si allontanava, Nadine osservò il ristorante. La grande sala da pranzo aperta emanava un'atmosfera al tempo stesso formale e informale. Enormi travi di legno sostenevano il tetto e lampadari fatti di corna pendevano su tavoli coperti da candide tovaglie. Un fuoco di legna scoppiettante crepitava in un ampio focolare.

C'erano solo altre cinque persone sparse per la stanza. Nadine riusciva a scorgere solo una parte della zona bar separata, ma

Jane Austen Cannot Marry!

sembrava che lì ci fossero altre persone che bevevano e guardavano la televisione.

Donna riapparve dopo un attimo e si fermò a fotografare l'interno del ristorante.

Quando raggiunse il loro tavolo, indicò i lampadari e la rastrelliera di corna d'alce montata sopra il camino. "Credo che Gaston abbia fatto le decorazioni".

Nadine non aveva idea di chi fosse Gaston, ma sorrise in segno di assenso. "Stai bene?"

"Penso di sì".

"Forse dovremmo tornare giù".

"Siamo qui. Godiamoci il nostro pranzo". Iniziò a scattare una foto della vista oltre le enormi vetrate, ma il panorama era scomparso. "Oh, guarda. Nevica di nuovo".

Nadine chiuse il menu con uno scatto e saltò in piedi. "Ce ne andiamo. Non resteremo bloccate quassù".

"Non succederà. Ad aprile sulle Montagne Rocciose nevica praticamente ogni giorno. Per favore, siediti". Sorrise, si tolse il cappotto e spostò una sedia per farsi spazio. Si sistemò di fronte a Nadine.

"Stai davvero bene? E non dirmi *Penso di sì*".

"*Penso di sì* è il massimo che posso fare, visto come è iniziata la mattinata".

In realtà, Nadine si meravigliò di quanto bene Donna stesse gestendo tutto.

"Hai intenzione di mandare quella foto a Ken per farlo ingelosire?".

Lanciò un'occhiata al telefono. "Non ho ancora campo. E tu?"

Ne avevano già parlato. Mentre andavano allo studio medico, Nadine le aveva detto che non aveva con sé il cellulare. La sua scusa era che non voleva che il lavoro e il suo capo interferissero con le sue ferie. "Il mio è nella camera degli ospiti a casa di Xander".

"Oh, sì. Me l'hai detto stamattina. Gravidanza e nebbia cerebrale. È una cosa vera. Lo posso testimoniare".

"Ken non si preoccuperà se non lo chiami o non gli mandi un messaggio?".

"Penso che sarebbe più preoccupato sapendo quanto sono lontana da lui e dall'ospedale". Prese il menu. "Lo chiamerò quando torneremo in macchina dopo pranzo. Adesso sto morendo di fame".

Capitolo Sedici

IL TELEFONO di Xander suonava come se fosse la fine di un round e i pugili non smettessero di picchiarsi. Mentre lavorava, i messaggi lo infastidivano. Molti erano solo truffe. E arrivavano a raffica. Un giorno o l'altro avrebbe dovuto ideare un'applicazione che punisse i truffatori. Svuotare i loro conti bancari. Colpirli dove faceva più male.

Alzò il colletto contro il vento freddo, che sembrò soffiare più forte.

Appollaiato sul tetto scivoloso del garage, con un ginocchio su una tegola, un martello in una mano e un chiodo nell'altra, non aveva intenzione di controllare i messaggi. Nadine non aveva un telefono con sé e i suoi genitori avevano le loro abitudini. Lo contattavano su FaceTime ogni sabato a mezzogiorno, ora della East Coast. In costante competizione tra loro per riuscire a dire una parola, si interrompevano a vicenda mentre trasmettevano notizie su tutti quelli che conoscevano. Erano in pensione (e da quando aveva venduto la sua azienda, praticamente anche Xander lo era) e quindi le notizie erano poche. Ma comunque, era un modo per loro per sentirsi vicini. A dire il vero, a Xander piaceva tanto quanto a loro.

Non aveva mai detto loro di Nadine. Dubitava che ne avrebbe parlato anche questa settimana. Dopotutto, per la loro telefonata se ne sarebbe andata da un pezzo. Sua madre desiderava ancora che

Jane Austen Cannot Marry!

Xander si sposasse e le desse dei nipoti. Sarebbe stata felice di sapere che lui aveva una relazione stabile. Conterebbero tre giorni in un anno passato e tre giorni quest'anno?

Abbatté il martello sul chiodo. *No.*

Una breve pausa sul cellulare e poi le chiamate ricominciarono. La prima andò alla segreteria telefonica. Quando il telefono squillò di nuovo, cominciò a preoccuparsi. Infilò il martello nella cintura da lavoro, si tolse i guanti e cercò il telefono in tasca.

Avrebbe dovuto saperlo. "Ken, sono sul tetto. Sarà meglio che sia una cosa importante".

"Hai avuto notizie di loro?".

Xander controllò l'orologio. "Sono le due e mezza del pomeriggio. Non ti aspettavi davvero che fossero già tornate?".

"Donna non risponde al telefono".

"Perché dovrebbe? Si sta divertendo".

"Ha detto che ci saremmo sentiti dopo pranzo".

"Forse non hanno finito di pranzare".

"Non l'ho sentita da quando sono partite, questa mattina. Di solito mi manda un messaggio e mi fa sapere dove si trova ogni due ore".

Quei due erano troppo uniti. Xander sgranò gli occhi. "Hai finito? Posso tornare al lavoro adesso?".

"Puoi mandare un messaggio o chiamare Nadine? Scoprire dove sono?".

"Non ha il cellulare".

"Perché? Dov'è?"

"Non porta mai con sé un cellulare". Questo è almeno quello che gli aveva detto lei.

"Chi non porta con sé un telefono? Aspetta, è una di quelle che credono nella cospirazione del 5G?".

"Ne dubito, ma non lo so davvero".

"Come fanno le persone a entrare in contatto con lei?".

Non aveva intenzione di menzionare le sue storie di provenienza dal futuro e di viaggio nel passato. "Non lo so. In qualche modo se la cava, credo".

"Come ti ha chiamato la prima sera dall'aeroporto?".

"Deve aver usato un telefono pubblico".

"Telefono *pubblico*? Ne è rimasto qualcuno?".

"Senti, amico, non ho tempo per le chiacchiere", lo rimproverò

May McGoldrick

Xander. "Sto cercando di finire questo dannato tetto perché questo fine settimana devo partecipare a una festa per un bambino, tra tutte le cose. Quindi perché non vai a lavorare su qualsiasi lista Donna ti abbia lasciato per oggi? Torneranno presto".

"Ok, ma..."

"Ma cosa?"

"Hai controllato il meteo oggi?".

"L'ho fatto stamattina".

"La situazione è cambiata da allora. La tempesta di cui si parlava per il fine settimana arriverà prima del previsto. Qui il vento soffia come un bastardo. In città sta già nevicando".

Xander strizzò gli occhi al vento e guardò il cielo a ovest. Aprile era il secondo mese più nevoso dell'anno in Colorado. L'anno scorso c'erano state tre tempeste di buone dimensioni che avevano scaricato lì circa due metri di neve. Il tempo in montagna, però, cambiava rapidamente e i giorni successivi erano spesso a 15 o 20 gradi, quindi la neve non durava. Solo una di quelle nevicate di aprile dell'anno scorso era stata definita una bufera di neve.

Con Ken ancora al telefono, controllò le previsioni. Merda. Avevano aggiornato la tempesta e la definivano un potenziale "ciclone bomba". Neve abbondante e venti a oltre ottanta chilometri orari.

"Merda".

"Ora capisci perché sono preoccupato?".

"Ora sì". Xander si accigliò. Pensava che Donna avesse i suoi posti abituali per fare shopping e andare a mangiare. Ma essendo in fase avanzata di gravidanza, doveva essere al corrente del tempo e delle condizioni delle strade. "Senti, se in città sta nevicando, probabilmente Donna sta già tornando a casa".

"Forse. Ma non so perché non risponde al suo dannato telefono".

"Smettila di lamentarti. Probabilmente sta entrando nel vialetto proprio ora".

"Lo spero".

Dannazione! Se la tempesta si fosse trasformata in qualcosa di serio, non voleva che Nadine rimanesse bloccata a casa di Ken. Questa era la sua ultima notte a Elkhorn.

"Mi chiami quando le senti? O quando arrivano?".

"Se non tornano a casa entro mezz'ora, vado a cercarle".

Xander controllò di nuovo il meteo sul suo telefono. Le

tempeste di neve più pesanti avrebbero dovuto raggiungere Elkhorn entro due o tre ore. Ma mentre lo guardava, la previsione cambiò di nuovo. Le bande blu scuro divennero improvvisamente molto più ampie. Si prospettava una bella nevicata.

"Ti chiamo tra un'ora. A quel punto, che tu le abbia sentite o meno, verrò a casa tua. Probabilmente a quell'ora saranno già sedute nella tua cucina".

Lo sperava, comunque, fissando il cielo grigio acciaio attraverso la valle.

Capitolo Diciassette

CIBO italiano come Nadine non l'aveva mai provato prima.
"Questo pranzo è fantastico", esclamò mentre aspettavano l'arrivo del piatto principale, il secondo. Lei e Donna avevano già trascorso l'ultima ora circa a gustare con calma l'antipasto e i primi. Il vassoio degli antipasti era stato un pasto a sé stante. Porzioni di formaggi, carni affumicate, salsicce, olive, sardine, verdure fresche e sott'aceto, peperoni, funghi ripieni e vitello brasato a freddo. I primi piatti consistevano in una selezione di risotti, gnocchi, zuppe, lasagne, pasta e un delizioso brodo.
Non riusciva a credere che la sua amica avesse insistito per ordinare anche un piatto principale. Donna le spiegò che anche se avesse dovuto mandar giù a forza fino all'ultimo boccone, l'avrebbe fatto. Quel pranzo era molto probabilmente l'ultimo pasto elaborato che avrebbe fatto prima che iniziassero i giorni caotici della maternità.
Il menu era italiano e lungo quattro pagine. Nadine lo guardò e chiese a Donna di ordinare per entrambe mentre lei scappava alla toilette.
Il suo lavoro non l'aveva portata troppo spesso in questo decennio e gli unici cibi italiani che conosceva erano la pizza, gli spaghetti e le lasagne. Non aveva idea di cosa ordinare e non voleva attirare l'attenzione su questa sua lacuna.
Nel 2078, l'anno da cui proveniva, andare a mangiare fuori non

era un'esperienza del genere. Raramente un commensale vedeva esseri umani che preparavano e servivano il cibo. Il monitor nutrizionale personale che le persone indossavano tracciava e personalizzava l'ordine del commensale, in base alle sue esigenze dietetiche, alle sue restrizioni e al suo budget. Per Nadine e altre persone del suo tempo, andare a mangiare fuori non era un sovraccarico di piacere sensoriale come quello offerto da quell'esperienza.

La cameriera spiegò i piatti principali (gnocchi con calamari e creste di gallo alla bolognese) mentre li metteva in tavola. Quando Donna disse che avrebbero condiviso il cibo, furono portati anche due piatti più piccoli.

"Cosa ne pensi?" Chiese Donna quando la giovane donna si allontanò. "Ho scelto bene?"

"Entrambi sono una novità per me". Nadine fissò ogni piatto. "Ma non credo che dovresti mangiare i calamari".

"Perché?"

"Queste creature sono animali da fondo che vivono in acque ampiamente contaminate. Posso tenere una lezione di mezz'ora sui pericoli e gli effetti collaterali dei calamari come cibo. In realtà, tutti i pesci hanno i loro pericoli". Fissò i tentacoli stropicciati nel piatto. "Ora che ci penso, *insisterò* perché tu stia lontana dai calamari. Non si può dividere. Puoi prendere la creste di gallo".

"Voglio almeno assaggiarli".

Mentre Donna si avvicinava, Nadine prese il piatto e lo mise davanti a sé, fuori dalla sua portata.

"Non puoi mangiarlo mentre sei incinta. Devi essere stata avvertita, no?".

"Va bene, signorina bibliotecaria di riferimento. Argomenta la tua opinione. Perché dovrebbe farmi male".

A partire dalla sera prima, durante la cena, mettere alla prova le conoscenze di Nadine si era rivelato una fonte di divertimento per Donna. La interrogava in continuazione su argomenti oscuri e su nozioni casuali.

"Davvero?"

"Davvero".

"Ok, ecco qui. La contaminazione batterica e le sostanze chimiche tossiche presenti nel pesce possono causare cancro, degenerazione cerebrale e perdita di memoria, danni al fegato, disturbi del sistema nervoso, danni al feto, diossina e intossicazione alimentare. Potresti ingerire sostanze radioattive come lo stronzio 90 e altri pericolosi contaminanti, oltre a cadmio, mercurio, piombo, cromo e arsenico". Indicò la pancia rotonda di Donna. "Questo piatto potrebbe causare danni ai reni del bambino e comprometterne lo sviluppo mentale. Gli alti livelli di mercurio possono portare ad Alzheimer, Parkinson e autismo. Vuoi che continui?".

Donna si sedette. "Ho appena perso l'appetito".

"Bene. Possono far incartare entrambi i piatti e tu puoi portarli a casa da tuo marito che sta morendo di fame".

Nadine si guardò intorno. Erano rimaste solo loro due nella sala da pranzo. E non c'era traccia della cameriera o della padrona di casa che le aveva fatti accomodare.

Dall'altra parte del ristorante, Nadine poteva vedere il barista, alcuni avventori e un paio di addetti alla cucina che fissavano uno schermo televisivo dietro il bancone. Da dove era seduta non riusciva a vedere l'intero schermo, ma sembrava che ci fosse una mappa del tempo con previsioni di nevicate. Sperava che quello che stavano guardando non fosse il meteo locale.

Donna si intromise nei suoi pensieri: "Sei una brava cuoca?".

Nadine rivolse l'attenzione alla sua amica. "Mi piacerebbe diventarla, ma non passo abbastanza tempo in un posto per affinare le mie capacità".

"Dove andrai ora? Quando partirai, domani?".

Poteva essere sincera al riguardo. "In Inghilterra".

Donna inarcò le sopracciglia per la sorpresa. "Dove in Inghilterra?"

"Hythe, un piccolo villaggio sulla costa meridionale del Kent".

"Ci sei già stata?"

"Sì".

"Quando?"

"La settimana scorsa".

"Quindi, tornerai indietro".

"Devo farlo. Il mio lavoro lì non era finito".

Nadine si guardò di nuovo alle spalle, sperando di vedere qualcuno che lavorava in sala da pranzo. Non c'era nessuno. Poteva alzarsi e cercare di trovare la loro cameriera. Stamattina aveva preso in prestito dei soldi da Xander. La verità era che lui aveva insistito per darle i soldi. Aveva abbastanza per pagare il pranzo. E *preso in*

prestito era inesatto, visto che non avrebbe avuto la possibilità di restituirglieli.
"Era una vacanza, venire in Colorado?".
"Mi sembra di sì, da quando mi hai portata quassù". Una forte raffica di vento sbatté la neve contro la vetrata. Il tempo stava peggiorando rapidamente. "Che ne dici se vado a cercare la nostra cameriera?".
"Eccola qui". Donna fece un movimento nell'aria, chiedendo il conto.
La giovane donna annuì e scomparve nell'area del bar.
"Ti prego, lascia che sia io a pagare".
"Assolutamente no. Mi hai fatto un grande favore a venire oggi. Sei mia ospite. Ma grazie per esserti offerta".
Un'altra cosa su cui doveva riflettere era se sarebbe stato maleducato insistere o meno per pagare. Nel futuro non si pagava il conto dopo un pasto. Non c'erano file alle casse per la spesa, per i vestiti o per qualsiasi altra cosa. I sistemi di sorveglianza tenevano traccia di ciò che chiunque comprava, mangiava e persino cercava di rubare. Tutto veniva addebitato automaticamente sul conto corrente bancario di una persona.
Donna aveva un'espressione perplessa.
"Che cosa c'è?" Chiese Nadine.
"Credo... è solo che non ho mai incontrato una persona come te prima d'ora. Sei unica, Nadine. Diversa".
"Grazie. Lo prendo come un complimento".
"Sì, dovresti. Assolutamente". Donna bevve un sorso d'acqua, ma i suoi occhi rimasero su Nadine. "Ne abbiamo parlato ieri sera. Non è facile per me fidarmi delle persone. Non ho veri amici qui. Ma tu... in qualche modo sei entrata nella mia cerchia di fiducia. Mi sento a mio agio con te, e ci conosciamo da meno di ventiquattro ore".
"È una cosa negativa?"
"No, non lo è affatto. Cioè, se riuscissi a capirti un po' meglio".
"Pensavo che l'avessi fatto. Siamo così simili. Per questo andiamo d'accordo".
"Ti capisco qui". Donna indicò il proprio cuore. "Sei estremamente intelligente e hai una memoria incredibile. Ma ho qualche problema a collegare i puntini di chi *dici* di essere".
Nadine guardò la neve fuori, trasportata dal vento, chiedendosi

perché la cameriera ci stesse mettendo così tanto a portare il conto. Non voleva intraprendere quella conversazione.

"A essere sincera", continuò Donna, "non credo a quello che dici su quello che fai. E i pochi dettagli che hai condiviso sulla tua vita e su dove sei stata - sul fatto che non hai una base, una casa e una famiglia, che sei sempre in movimento - non quadrano. Per esempio, non so...".

"La mia vita non è normale", la interruppe. "Il mio lavoro mi impedisce di stabilirmi in un posto. Non ho una routine o una stabilità come la maggior parte delle persone".

"Forse è vero quando si è appena usciti dal college. E sono sicuro che ci sono anche persone più adulte che corrispondono a questa descrizione. Ma c'è di più in te. Lo sento. Non sei chi dici di essere. Quello che hai condiviso della tua vita è superficiale. Sembra che tu abbia scritto un copione. Mi hai lasciato vedere solo... la facciata di ciò che sei".

Prima che Nadine potesse dire altro in propria difesa, Donna proseguì.

"Tu *sai* tutto. Sei un'enciclopedia ambulante. Sei molto colta. È come se nel tuo cervello ci fosse il chip di un computer in grado di sputare informazioni".

"Fa parte del lavoro che svolgo".

"Ma manca qualcosa. Qualcosa che riguarda la vita quotidiana nel qui e ora".

"Non capisco cosa intendi".

Nadine lo sapeva, naturalmente. Non era preparata a presentarsi nel 2022 e ad affrontare questo tipo di interazione con le persone. Un paio di anni fa, aveva delle conoscenze che erano rilevanti in quel momento. Ma il lavoro a Lake Tahoe avrebbe dovuto richiedere meno di un giorno per essere completato. Dopodiché, avrebbe dovuto semplicemente stare a riposo fino a quando non fosse riuscita a fare il salto quantico per tornare nel futuro. L'atterraggio per errore a Las Vegas le aveva regalato tre giorni indimenticabili in una stanza d'albergo con Xander, ma non aveva avuto bisogno di informarsi molto sull'attualità.

"Aspetta, è l'avvocato che è in te a fare queste domande?".

"Forse. Le nostre scelte lavorative e le nostre personalità sono collegate. Non possiamo mai separare le due cose, vero?".

"Se siamo fortunati. Se abbiamo questa scelta".

Jane Austen Cannot Marry!

Donna si chinò verso di lei, il volto serio, lo sguardo diretto.
"Stai dicendo che *non hai* scelto la tua professione?".
No, non l'aveva fatto. Non aveva altra scelta, in realtà.
O accettare l'offerta del governo o morire. Non esisteva una cura per la sua malattia, quindi non poteva *rifiutare l'*offerta. Il viaggio nel passato aveva fermato la progressione della malattia. Quindi, doveva tornare indietro nel tempo. Più e più volte. Naturalmente, così facendo, aveva avuto l'opportunità di incontrare persone di cui aveva solo letto. E poteva vivere.
"Il mio lavoro *si adatta* alla mia personalità. Mi interessa sapere da dove veniamo, come vivevamo e cosa pensavamo. La storia sociale. Le lingue. Le diverse versioni della storia, a seconda di chi la registrava. Ecco perché è così importante conservarla. Sono appassionata della parola scritta. Non dobbiamo dimenticare o perdere nulla di tutto ciò. Questo è ciò che faccio".
"Ora sento parlare la ricercatrice. Che mi dici della vera te?".
"Cosa vuoi dire?"
"*Nomi... Cose... Città... Cantanti... Cibo e bevande... Frutta e verdura...*".
Nadine fissò l'altra donna confusa. "Stai chiedendo cosa preferisco di queste categorie?".
"Hai mai fatto un gioco da tavola, Nadine?".
"Non ho molto tempo per questo".
"E con tutti i tuoi viaggi, probabilmente non ne possiedi neanche uno".
"In realtà, no ".
"E non hai mai sentito parlare di *Nomi Cose Città*?".
"Immagino che sia un gioco".
Donna si schernì. "Leggi i giornali?"
"Qualcuno lo fa?"
"Probabilmente no. Dimmi dove prendi le notizie di spettacolo. O qualsiasi altra notizia, se è per questo".
"Internet. Non sono una luddista". Nadine stava bluffando, ma stava camminando sul filo del rasoio. Se le si chiedeva di parlare degli scrittori più importanti di quel decennio, quelli che erano sopravvissuti alla prova del tempo, poteva parlare in modo approfondito delle loro opere. Ma la sua conoscenza dei film, della politica o di tutto il resto era lacunosa.

E Donna stava vedendo il suo bluff. "Chi è in prima pagina adesso?".

Nadine scrollò le spalle. "Non lo so davvero. Non seguo le notizie... accidenti, non so da quanto tempo".

"E la musica? La ascolti?"

"Naturalmente".

"Il tuo gruppo preferito?"

"I Beatles".

"Non contano. Dimmi un gruppo musicale attuale che ascolti. O l'artista che ha fatto l'halftime show al Superbowl quest'anno. O degli ultimi *cinque* anni".

La mente di Nadine si affannava a trovare un gruppo che fosse pertinente a questo momento, ma non riusciva a trovare nulla. "È importante chi ascolto?".

"Normalmente no. Ma per me sì, perché sto cercando di dimostrare una cosa".

"E cioè?"

"Che non sai nulla di *adesso*".

"Senti, solo perché sono stata sommersa dal mio lavoro, non puoi dire...".

"Che cos'è questo?" Donna lo interruppe. Prendendo un foglio di carta e una penna dalla borsa, vi tracciò sopra un grande segno di spunta arrotondato. "Lo sai?"

"È un segno di spunta".

"E se fosse sui vestiti... o sulle scarpe? A cosa si riferisce?".

Marche. Donna la stava mettendo alla prova sulle marche. Merda. Merda. Merda.

"Ok, che ne dici di questo?". Disegnò un occhio di bue sul foglio. "Ed è rosso. E tu fai la spesa lì".

"Non sono un granché come acquirente. L'ho detto ieri. Preferisco comprare nei negozi dell'usato, piuttosto che acquistare cose nuove".

Scuotendo la testa alla risposta di Nadine, Donna disegnò un sorriso, o forse un ghigno, sul foglio. "E questo? È sulla fiancata di ogni furgone in America".

"Un sorriso?"

Donna si chinò in avanti, battendo la penna sul tavolo. I suoi occhi si fissarono in quelli di Nadine. "Chi sei? Voglio dire, chi sei *veramente*? O forse dovrei chiederti: da dove vieni?".

Jane Austen Cannot Marry!

Dannazione. Le pareti si stavano chiudendo.
Per fortuna, proprio in quel momento, la cameriera attraversò di corsa la sala da pranzo.
"Può incartare questi piatti per noi?". Nadine chiese rapidamente, prima ancora che la cameriera arrivasse al tavolo.
"Sì, certo. Ma mi dispiace molto, signore", rispose, posando un libretto di pelle sul tavolo in mezzo a loro. "Il direttore mi ha chiesto di dirvi che la cabinovia è chiusa".
Se Nadine cercava un diversivo, quell'annuncio funzionava alla perfezione. Entrambe fissarono incredule la giovane donna.
"Come sarebbe a dire *"chiusa"*?". Donna sbottò.
La cameriera fece cenno alla finestra. Nevicava così forte e il vento soffiava così ferocemente che cominciava a sembrare che fosse scesa la notte.
"Non è quello che si aspettavano", disse con tono mortificato. "Ma il vento è già troppo forte per azionare la cabinovia. È una vera e propria bufera di neve. E dicono che potrebbe continuare per tutta la notte".
"Tutta la notte?" Chiese Nadine, non riuscendo a trattenere la nota di sgomento dalla sua voce.
La cameriera annuì. "Temo che siamo tutti bloccati qui".

Capitolo Diciotto

LE PREVISIONI e la telefonata di Ken preoccuparono abbastanza Xander, che mise via la scala e gli attrezzi. Mise alcune cose per sé e per Nadine in una borsone, per ogni evenienza, e si mise in viaggio.

A prescindere dalle previsioni di neve precedenti, i meteorologi avevano segnalato che la tempesta si sarebbe ulteriormente rafforzata. Ora si prevedevano da tre a cinque centimetri *all'ora* a Elkhorn, con nevicate più abbondanti alle pendici dei monti, che sarebbero aumentate con l'avanzare della sera. Le precipitazioni totali sembravano essere impressionanti.

Il suo piano era di andare a casa di Ken e Donna, visto che era lì che Nadine si sarebbe diretta. Tornare a casa sua la sera sarebbe stata probabilmente una sfida. Non importava. I suoi amici avevano un sacco di spazio per ospitarli per la notte.

Prima di uscire di casa, chiamò di nuovo Ken. Non aveva ancora avuto notizie di sua moglie. Non gli aveva scritto e non l'aveva richiamato. Aveva anche controllato alcune delle tappe abituali di Donna. Niente.

Xander aveva appena tirato fuori il suo pick-up dal garage quando iniziò a nevicare. Anche il vento soffiava forte, costringendolo a muoversi lentamente.

Il pick-up stava praticamente strisciando giù dall'insidiosa strada di montagna. La neve che cadeva rapida lo aveva raggiunto molto prima dell'ultimo bollettino meteorologico. E gli spazzaneve sareb-

Jane Austen Cannot Marry!

bero arrivati qui solo dopo che le strade principali erano state sgomberate.

"Beh, Nadine", disse ad alta voce mentre passava davanti al punto in cui l'aveva trovata due notti prima. "Forse questa tempesta cambierà i tuoi piani".

Da quella mattina era sceso un nuovo cumulo di roccia, terra e neve. Ora stava invadendo la carreggiata.

Gli venne in mente che non aveva idea di come lei avesse intenzione di andarsene. Stamattina gli aveva detto di non avere né soldi né carte di credito. Diavolo, non sapeva nemmeno se fosse in grado di guidare.

Pensò alle due donne in giro da sole nella tempesta. Donna guidava solo in città e aveva sempre dichiarato la sua avversione per le uscite in caso di maltempo. Era anche incinta di trentasei settimane. Ovunque si trovassero, sperava che chiamasse Ken per farsi venire a prendere.

Xander era a metà strada per la montagna quando il suo telefono squillò. Non riconobbe il numero, ma saltò comunque a rispondere.

"Ciao".

Il suo sollievo nel sentire la voce di Nadine fu immenso.

"Hai sentito della tempesta? La chiamano già bufera di neve. Dove sei? Vengo a prenderti".

"Penso che sarebbe un po' difficile", ha detto. "Anzi, direi che è impossibile in questo momento. Per via della tempesta".

In sottofondo c'erano delle persone che parlavano e Xander riconobbe la voce di Donna.

"Ci siamo tutti in mezzo. Ma tu dove sei esattamente?".

"Diglielo", chiamò Donna in sottofondo. "Nadine, digli di farlo per me".

"Fare cosa per lei? Siete in pericolo? Siete bloccate da qualche parte? Cosa c'è che non va?". Sentì la pressione schizzargli alle stelle.

"Xander, ascoltami", disse Nadine con calma. "Lascia che ti dica cosa vuole, così posso tranquillizzarla".

La linea era disturbata da frammenti di conversazione di Donna. Continuava a cercare di interrompere.

"Vuole che tu... Donna vuole che tu vada a casa loro, che stia con Ken e che ti assicuri che non faccia niente di stupido".

Ora si stava davvero preoccupando. "Che cosa è considerato stupido?".

May McGoldrick

Donna si mise in linea. "Xander? Dove sei?"
"A mezz'ora, forse un'ora da casa tua. Le strade sono un disastro. Dove sei?"
"Valley qualcosa. Oh... Valley View. No, non è così. Era il vecchio nome. Ho un vuoto mentale". Ora era Nadine a parlare in sottofondo. "Esatto. Il Rifugio Nido dell'Aquila. Il ristorante in cima alla stazione della cabinovia. L'hanno ristrutturato".
Gli ci volle un secondo prima di registrare la loro posizione. Lanciò un'occhiata a ovest, ma riusciva a malapena a vedere oltre il bordo della strada. Le mani di Xander si strinsero sul volante mentre il pick-up sbandava. Si mise a sterzare e superò la curva a gomito.
Quel rifugio si trovava a tremila metri di altezza in più rispetto a lui. Per quanto la neve e il vento fossero tremendi lì dov'era, dovevano essere molto peggiori nel luogo in cui si trovavano loro.
"Cosa ci fate lì? Hai guidato? La strada di servizio... è aperta? Ken sa dove siete?".
"Pranzo... no... no... sì".
Lasciò a Donna il compito di rispondergli in codice.
"Stai dicendo che non c'è modo di raggiungervi?".
"Sì. Esattamente! La cabinovia è chiusa. La strada è chiusa. Siamo bloccate, e non sappiamo per quanto tempo. *Bloccate*".
Donna sembrava più in preda al panico di quanto l'avesse mai sentita prima. E l'aveva vista in situazioni piuttosto stressanti. Era la regina della freddezza... di solito.
"Xander, ti supplico", disse in fretta e furia. "Ti prego, raggiungi Ken. Resta con lui. Chiudilo in casa finché non passa la tempesta. Quando riavvieranno la cabinovia, scenderemo. Ha quasi perso la testa quando gli ho detto che eravamo venute qui a pranzo e siamo rimaste bloccati. Stava minacciando di salire in macchina, anche se la strada è chiusa".
Sapendo che Ken era un futuro padre nervoso, Xander non avrebbe esitato. Ma avrebbe rischiato la vita nel farlo. Le tempeste sulle Montagne Rocciose erano mortali. Probabilmente lo avrebbero trovato tra qualche settimana in fondo a una gola, congelato.
"Gli ho detto che qui siamo al sicuro. Il rifugio ci ha offerto una stanza, anche se non è ancora pronta. Stanno trovando un posto per tutti quelli che sono rimasti bloccati qui".
"Glielo hai detto?"

Jane Austen Cannot Marry!

"Sì, ma tu lo conosci. Non mi stava ascoltando. Ti prego, Xander. Non posso permettergli di impazzire adesso. Abbiamo un bambino in arrivo. Ho bisogno di lui. Tu mi capisci. Non è vero?"
"Sì. Lo capisco".
Ken era ferocemente protettivo quando si trattava di Donna. Sarebbe stato lo stesso con il bambino.
"Gli impediri di fare qualcosa di stupido per me?".
"Lo fermerò", promise. "Ma tu stai bene? Ti senti bene?"
"Sto bene".
"Ok. Passami Nadine".
Ci fu uno scambio di battute attutito dalla mano di Donna sul telefono. Infine, Nadine entrò in scena.
"Sta davvero bene?"
"È preoccupata per Ken". Nadine abbassò la voce. "Da quello che ho sentito della loro conversazione, non è stata piacevole".
"Immagino che non sia stata una tua idea salire lassù per il pranzo, visto il tuo amore per le altezze".
"No, decisamente", ridacchiò lei. "Te lo ricordi".
Ricordava tutto, ogni parola, ogni minuto del tempo trascorso insieme.
"Mi ha fatto pressione. Mi ha colpevolizzato. Ho protestato per tutto il tempo. Ma non potevo rifiutarmi".
Perché non poteva rimanere a casa *sua* durante la tempesta?
"Non sapevo che questi metodi funzionassero con te. La prossima volta mi impegnerò di più".
"Forse... forse dovresti".
Il suo tono gli diede subito una scossa allo spirito. Non voleva sperare, ma non poteva farne a meno. Forse domani non era la fine di tutto.
La voce di Donna in sottofondo tornò a farsi sentire.
"Posso richiamarti a questo numero?". Chiese Xander. "C'è campo per i cellulari lassù?".
"Stiamo usando la linea fissa del ristorante. Hanno solo una linea. Mancano ancora un paio di mesi all'apertura del rifugio. Il gestore ha detto che il ripetitore che avevano qui è stato messo fuori uso durante la tempesta di ghiaccio della scorsa settimana".
"Quindi non c'è un telefono nella stanza dove vi mettono?".
"Non lo so. Ma non l'abbiamo ancora vista. Almeno abbiamo un

letto su cui dormire. Questo è certo". Scambiò qualche parola soffocata con Donna. "Sì, ci mostrano la camera proprio ora".
"Mi chiami quando vi siete sistemate?".
"Ci proverò. Ma che ne sarà di Ken? Puoi impedirgli di uccidersi, cercando di salire quassù?".
"Non preoccupatevi. Prendetevi cura di voi stesse. Gli terrò la mano finché non passerà la tempesta".

Capitolo Diciannove

L'UNICO TELEFONO collegato al mondo esterno si trovava nell'ufficio del ristorante, accanto al bar, e Nadine e Donna chiesero di avere a disposizione la stanza più vicina.

La suite che fu loro offerta consisteva in due stanze e in un bagno che era stato utilizzato dai responsabili dei lavori. In una stanza c'erano due letti singoli, pannelli scuri e moquette. Nell'altra, un divano, un paio di sedie pieghevoli su un tavolino, un televisore a parete e una piccola cucina con frigorifero, piano cottura portatile, forno a microonde e una caffettiera malridotta.

Dall'odore di muffa, Nadine intuì che l'alloggio non era stato utilizzato da tempo. A caval donato non si guarda in bocca, certo, ma ebbe la sensazione che alcuni degli altri dipendenti del ristorante e degli avventori che erano rimasti bloccati stessero optando per le sedie della sala da pranzo.

La tempesta e la loro situazione avevano distratto Donna a sufficienza da farle dimenticare la discussione che avevano avuto al ristorante. Nadine ne fu sollevata. Il suo unico desiderio, in questo momento, era quello di riportare la sua nuova amica da suo marito e di tornare nel 1811 prima che fosse troppo tardi.

Non avevano bagagli. Nessun cambio di vestiti. Nessun articolo da toilette. Lasciando i cappotti e le borse invernali in camera, Nadine e Donna tornarono al ristorante.

Quasi tutti quelli che erano rimasti erano incollati alla TV del bar. Altri stavano alle finestre a guardare la neve sferzata dal vento. Lei e Donna facevano parte di quel gruppo. La tempesta non accennava a placarsi. Chiamarono di nuovo Ken verso le otto. Xander era con lui e Donna fu sollevata nell'apprendere che aveva intenzione di passare la notte a Elkhorn.

Nadine riuscì a scambiare solo poche parole con Xander, perché c'era una fila di persone in attesa di usare il telefono.

Tornata in camera, Donna si mise subito a letto. Dopo essersi rigirata un po', Nadine si addormentò, ascoltando il rumore della neve contro la finestra e il basso ronzio di un generatore.

La terribile tempesta sembrava essersi intensificata, se possibile, e Nadine veniva costantemente svegliata da qualche schianto o botto casuale all'esterno. Guardare fuori dalla finestra non aiutava. Non riusciva a vedere altro che le ombre degli edifici e degli alberi che si piegavano alla forza del vento.

Anche Donna era inquieta, ma non mostrava alcun interesse per ciò che accadeva fuori. Faceva continuamente avanti e indietro per andare in bagno. Durante uno dei suoi viaggi, notò Nadine vicino alla finestra.

"Mi dispiace di tenerti sveglia", disse mentre si abbassava sul letto. "Ho letto che la vescica è uno degli organi più vulnerabili durante la gravidanza. Stanotte la metterò alla prova al massimo".

"Non mi tieni sveglia. È questo tempo". Nadine prese due coperte dall'armadio e le mise ai piedi del letto. La stanza era fredda. Il riscaldamento non teneva il passo con la temperatura gelida dell'esterno. "Posso portarti qualcosa? Fare qualcosa per te?"

"No, vai a letto. Una di noi dovrebbe dormire un po'. Ne avremo bisogno".

Nadine non sapeva cosa significasse, ma si infilò nel suo letto. Al risveglio successivo, il letto di Donna era vuoto. La porta del bagno era aperta, ma la luce era spenta. I flash colorati provenienti dal soggiorno le dissero che la televisione era accesa.

Controllò l'orologio sul comodino. Ore 5:40. La tempesta era ancora feroce, faceva tremare le finestre e batteva sui muri.

Spostandosi verso la finestra, fissò l'esterno incredula. La neve continuava a scendere forte e il vento sembrava creare un'enorme onda contro l'edificio. La finestra era mezza coperta. Fuori, l'alba stava facendo un inutile tentativo di illuminare il paesaggio. Non riusciva a vedere più di qualche metro oltre il vetro. Gli altri edifici,

Jane Austen Cannot Marry!

gli alberi e quel poco di identificabile che c'era prima erano spariti, sommersi dalla neve. Non aveva mai visto condizioni meteorologiche del genere.

Avvolgendosi una coperta intorno alle spalle, andò a controllare l'amica.

Il suo cuore mancò un battito alla vista che la accolse. Nell'angolo cottura, Donna era pesantemente appoggiata al bancone, stringendolo con entrambe le mani. La testa era abbassata. Emetteva brevi gemiti e faticava a riprendere fiato.

Nadine sapeva abbastanza da riconoscere cosa stava accadendo. Il bambino stava per nascere.

Si affrettò a raggiungerla. "Ehi, stai bene?"

Sembrarono ore prima che Nadine potesse rispondere.

"Ok. Ok". Donna si raddrizzò. "Scrivi l'ora. Ecco, su questo pezzo di carta".

Nadine fissò il foglio su cui era stata scarabocchiata una mezza dozzina di volte. "Sei in travaglio".

"Scrivi l'ora".

Controllò l'orologio del microonde e annotò l'ora.

"Quanto tempo è passato dall'ultima volta?". Donna chiese, tenendosi la pancia con una mano e stringendo il bancone con l'altra.

"Ventiquattro minuti".

"Questo è buono. Quello prima di questo?".

"Sette".

"E prima di questo?"

Nadine fece un rapido calcolo nella sua testa. "Ventinove minuti".

"Le contrazioni sono irregolari. E distanti tra loro. Quindi, non c'è motivo di farsi prendere dal panico. Abbiamo... abbiamo tutto il tempo".

"Quant'è *tutto il tempo?*"

"Giorni, forse".

Nadine non ci credeva. L'aveva vista accasciata solo un minuto prima. "Vado al ristorante. Chiamo casa tua".

"No". La mano di Donna le afferrò il braccio. "Non chiamare Ken".

"Perché?"

"Hai guardato fuori? Si ammazzerà, cercando di venire qui".

"È tuo marito. Dovrebbe saperlo".

Le lacrime scesero sulle guance arrossate di Donna. "Non mi perdonerò mai se gli succede qualcosa. Questo bambino non può perderci entrambi".

"Lui... o lei... non perderà nessuno dei due. Dai a Ken fiducia che farà la cosa giusta", disse Nadine con calma, massaggiando la schiena di Donna. "Ho guardato fuori. Non c'è modo di salire qui. Non credo che sarebbe così pazzo da provarci".

"Forse hai ragione". Si accasciò e lasciò andare il braccio di Nadine.

"Ma ci devono essere altri modi, oltre alla strada e alla cabinovia. Non c'è una sorta di servizio di emergenza per una situazione come questa? Ci deve essere un modo per portare un medico quassù".

"Gli elicotteri di soccorso non volano durante le bufere di neve".

"E i jetpack?"

Donna lo fissò e poi rise. "Ok, Flash Gordon".

La mente di Nadine correva, cercando di ricordare in quale anno i jetpack individuali erano stati approvati per i salvataggi. Era abbastanza sicura che la tecnologia esistesse già adesso. Tuttavia, non aveva senso parlarne di nuovo.

"Se pensi di stare bene per qualche minuto, vado a fare quella telefonata a tuo marito. Torno subito".

"Non prima che sorga il sole. Ken non reagisce bene quando è mezzo addormentato".

"Ascoltati", lo rimproverò Nadine. "Voi due state insieme da più di dieci anni. Ma non ti fidi di dirgli della possibile recidiva del cancro al seno e non ti fidi che sappia che stai per partorire. Cosa c'è di sbagliato in questa situazione?".

Donna chiuse gli occhi e sospirò.

"Ti fidi di lui o no?".

"Sì. Certo che sì".

"Bene. Allora aspettami qui".

Nadine si precipitò in camera da letto e cominciò a vestirsi. Un attimo dopo apparve Donna.

"Vengo con te. Ha bisogno di sentire la mia voce, altrimenti penserà che sia peggio di quello che è".

Nadine non riusciva a immaginare uno scenario peggiore di questo. Ma mentre si infilava gli stivali, decise di tenere quel pensiero per sé.

Jane Austen Cannot Marry!

Pochi minuti dopo, le due si incamminarono lungo i corridoi freddi del rifugio. Si muovevano tra le scatole di materiale da costruzione accatastate sul massetto di legno nudo.

Nadine aveva infilato l'elenco degli orari delle contrazioni nella tasca dei jeans, pensando che potesse essere un'informazione importante per Ken.

"Parlami di questa cosa del jetpack", disse Donna, guardandola di traverso.

Nadine preferì non entrare nel merito. "Devo aver pensato a qualche film o video...".

"Pensavo che non guardassi film", disse Donna ironica.

"Non lo so. Forse l'ho letto da qualche parte. In effetti, credo che sia stato un articolo che ho trovato online".

"Come vuoi. So che è una cosa vera. Sono stati avvistati una dozzina di esemplari solo all'aeroporto di Los Angeles. Naturalmente, il governo si affretta a smentire qualsiasi notizia del genere. L'ultima volta è stata scattata una foto dal finestrino di un aereo di linea. Si *vedeva* l'uomo che lo pilotava. Ma il rapporto ufficiale diceva che si trattava di un pallone di mylar". Scosse la testa e diede un colpetto a Nadine. "Allora, cosa avevi letto tu? Dai, ho bisogno di distrarmi adesso".

"Vediamo." Nadine pensò alle informazioni di base che poteva condividere, sperando che non fossero troppo futuristiche. "Mi sembra di ricordare che si tratta di un aggeggio con un piccolo motore a reazione legato alla schiena di una persona. E ci sono due motori a reazione più piccoli da indossare su ciascun avambraccio. Danno una spinta diretta dove il pilota lo ritiene necessario. In questo modo, la persona può librarsi in aria o muoversi in qualsiasi direzione e a qualsiasi velocità".

"C'era scritto se il pubblico può averli adesso?". Si aggrappò al braccio di Nadine, ma continuò a parlare. "Ken ne vorrebbe uno. Il mio uomo ha *più* giocattoli di quanti tu possa immaginare. Ne comprerebbe uno in un batter d'occhio".

Ai tempi di Nadine, la gente lo faceva. "Non lo so davvero. L'articolo si concentrava sugli usi di emergenza".

Donna si fermò di colpo, poi si voltò e appoggiò entrambe le mani al muro. Il suo volto mostrava il dolore che stava provando. I suoi respiri erano di nuovo brevi e irregolari.

"Dimmi cosa devo fare", chiese Nadine, sentendosi impotente.

"Tempo", ansimò Donna. "Registra l'ora".

Si affannò a prendere il telefono di Donna dalla borsa. Controllò l'ora e la scrisse sul foglio. "Sette minuti dall'ultima".

Rimasero in piedi insieme, con Nadine che la sosteneva fino a quando le contrazioni non si attenuarono. Sette minuti erano preoccupanti, soprattutto per il dolore che aveva provato questa volta.

"Questa contrazione è durata di più", disse Donna. Il suo viso era ancora arrossato per lo sforzo. "La prossima volta voglio che tu tenga il conto di quanto dura".

"Ok, che altro".

"Quando chiamiamo Ken, dobbiamo essere calme. Non c'è fretta. Nessuna emergenza. Il falso travaglio per le mamme alle prime armi è una cosa normale. Così come il superamento della data di scadenza. Anche questo è un comune. Sono solo alla trentaseiesima settimana. Trentasei settimane. A questo bambino mancano ancora quattro settimane".

"Ok. Calma. Restiamo calme".

"Nessuna di noi due dirà nulla sul fatto che le contrazioni diventano più forti".

"Calma. Stiamo calme", ripeté Nadine, chiedendosi come diavolo potessero ancora dormire tutti con questa tempesta. Perché non avevano incontrato nessuno?

Cosa sarebbe successo se la prossima contrazione fosse stata tra due minuti? E se fosse stata pronta a partorire?

"E dopo la telefonata, torneremo nella nostra stanza", disse Donna. "Rimarremo lì fino a quando non sarà passata la tempesta".

"Bene. Torniamo in camera". Pessima idea. Davvero una pessima idea.

Nadine pensò alla padrona di casa che li aveva fatti accomodare a pranzo ieri. Aveva detto di aver avuto un bambino. C'erano almeno una mezza dozzina di donne che erano tornate al ristorante dopo la chiusura della cabinovia. Ognuna di loro doveva sicuramente saperne più di lei sul parto.

Se Donna era pronta ad avere quel bambino, avevano bisogno di aiuto.

"Non voglio avere questo bambino davanti a un gruppo di estranei", disse Donna come se le leggesse nel pensiero.

"Capito. Faremo un passo alla volta".

Nella sala da pranzo non c'era nessuno. Attraverso le grandi fine-

stre di vetro, la vista della tempesta era a dir poco scoraggiante. La neve e il vento continuavano senza sosta.
Erano davvero tagliati fuori da qualsiasi aiuto esterno. Nessuno sarebbe stato in grado di attraversare la tempesta.
Manteniamo la calma.
Nella zona del bar, il barista dormiva su una poltrona. Tutti gli altri dovevano essere stati sistemati nelle camere degli ospiti non ancora ristrutturate.
Il passo di Donna accelerò man mano che si avvicinavano alla meta. Nadine rimase abbastanza vicina da darle una mano e sorreggerla se un'altra contrazione l'avesse colta. La porta dell'ufficio era aperta e la luce era accesa.
Ken rispose al primo squillo e Nadine si avvicinò abbastanza da poter sentire chiaramente la sua voce.
"Cosa c'è che non va, tesoro? Stai bene?"
"No, non sto bene", annunciò Donna mentre le lacrime scoppiavano e le scorrevano sulle guance. "Sono in travaglio, tesoro. Le contrazioni arrivano velocemente e sono forti. Per tutta la notte è stato un maledetto circo. E merda, merda, merda...".
Lasciò cadere il telefono sulla scrivania.
"Cosa c'è che non va?" Nadine e Ken lo chiesero contemporaneamente.
"Mi si sono appena rotte le acque".
Nadine decise che avevano superato la fase di calma.

Capitolo Venti

XANDER ERA in piedi davanti all'isola della cucina quando il suo amico chiuse la telefonata. Poco prima di riattaccare, Donna stava pregando Nadine di provare a chiamare qualcuno che potesse aiutarla. Ken si seppellì il viso tra le mani e poi alzò lo sguardo. La sua espressione era quella di un uomo a cui hanno strappato le viscere.
"Dobbiamo fare qualcosa. Devo andare".
"Non andrai da nessuna parte. Non finché non smette di nevicare e non arrivano gli spazzaneve".
Non potevano fare nulla. Non potevano andare da nessuna parte. Il vento aveva spinto la neve in cumuli di almeno due metri. Il suo pick-up era sepolto fino ai finestrini. Anche se fossero riusciti in qualche modo a uscire dal vialetto, non sarebbero mai usciti dal quartiere. E rimanere bloccati là fuori nella tempesta non avrebbe aiutato nessuno.
Erano in un mare di merda senza una barca.
Proprio in quel momento saltò la corrente.
"Non avete un gener...?". Xander si fermò quando il generatore incorporato si accese.
"Chiamo la sua ostetrica".
La segreteria telefonica squillava e squillava e squillava. Anche all'ospedale non rispondeva nessuno. Com'era possibile?
Il 911 della contea di Elkhorn era occupato le prime otto volte.

Jane Austen Cannot Marry!

Alla fine rispose una centralinista, ma li mise in attesa. Dopo venti strazianti minuti, la donna dalla voce agitata tornò a rispondere e prese in carico il messaggio. Per il momento non poteva fare altro. Altri minuti di passi avanti e indietro in cucina e Ken li chiamò di nuovo. Questa volta rispose una voce maschile. La risposta fu la stessa dell'ultima volta. Vedevano il nome di Ken sulla lista e sapevano che Donna era in travaglio, ma non potevano fare nulla finché la tempesta non si fosse calmata.

"Mi ascolti, signore. Siamo in piena modalità di salvataggio", disse a Ken. "Il governatore ha già dichiarato lo stato di emergenza. Stiamo dicendo a tutti di ripararsi sul posto. Questa non è la solita tempesta del Colorado".

"Ma mia moglie sta per avere il nostro bambino *proprio adesso, cazzo*".

"Ce l'ha detto. Ma non possiamo raggiungerla ora e non sappiamo quando potremo farlo. Non è sicuro volare con un elicottero. E anche se potessimo, l'ospedale di Elkhorn non ha corrente e i generatori non sono in grado di sostenere tutti i macchinari di supporto vitale. La nostra priorità in questo momento è evacuare alcuni di questi pazienti in altri ospedali. E questo è un processo lento. Ora, ho bisogno che lasciate queste linee aperte per altri...".

Con Ken ancora al telefono, Xander preparò il caffè e poi si avvicinò alla finestra che dava sulla grande sala, fissando il temporale che ululava fuori. Controllò le ultime previsioni del tempo e le notizie sul suo telefono.

La bufera di aprile ha scaricato più di un metro e mezzo di neve in tutto il Colorado, bloccando le principali autostrade, facendo saltare la corrente e lasciando gli automobilisti bloccati in situazioni di pericolo di vita. La Polizia di Stato e il Dipartimento dei Trasporti sono attualmente ostacolati da...

Pensò a Nadine e si chiese ancora una volta come la tempesta avrebbe influito sui suoi piani. Era già venerdì. Lei aveva detto che sarebbe partita quella sera, ma lui non riusciva a immaginarlo. Non era possibile che le autostrade fossero aperte o che gli aeroporti tornassero a funzionare così velocemente.

Richiamò il numero che aveva per il rifugio. Dopo una quindicina di segnali di occupato, la chiamata passò. Rispose una donna che, dopo aver sentito chi era e perché stava chiamando, passò il telefono a Nadine.

"Come te la cavi?", chiese. Aveva bisogno di sentire la sua voce, di sapere che stava bene. Xander si sentiva responsabile di tutto ciò che stava accadendo a Nadine.

"Molto meglio, ora che Donna ha convenuto che tornare nella nostra stanza e chiuderci dentro non era la scelta migliore".

"Aveva davvero intenzione di farlo?".

"Era piuttosto irremovibile sulla privacy. Per fortuna, il buon senso ha preso il sopravvento. È meglio stare vicino al telefono".

"Come hai fatto a farglielo capire?".

"Non sono stata io. Abbiamo appena parlato al telefono con un'ostetrica a cui ci ha indirizzato il medico. È stata la cosa migliore che potesse accadere. Hanno avuto una conversazione molto positiva. Seria, ma positiva".

Xander dovette dire a Ken che Donna era riuscita a contattare lo studio medico. Guardando alle sue spalle, però, trovò il suo amico che stava urlando a qualcuno al telefono.

Sfogare la sua rabbia era un modo per tenere Ken qui ed evitare che facesse qualcosa di folle, come mettersi in viaggio.

"Sapevi che le mamme alla prima esperienza possono rimanere in travaglio per giorni?". Chiese Nadine.

"No, non lo sapevo".

"È una barbarie".

Lui era d'accordo.

"Lei sta bene... bene... bene... e poi il dolore colpisce. E colpisce *davvero*. Non riesce nemmeno a parlare. È in vera agonia. Mi sento così impotente".

"Come sta adesso? È ancora arrabbiata? Come quando parlava con Ken?".

"No, non è arrabbiata. È... beh, è difficile da descrivere. Ha il numero di telefono diretto dell'ostetrica, nel caso in cui le contrazioni diventino più forti e ravvicinate". La sua voce si abbassò. "Anche se sta succedendo tutto questo, ora è molto più calma. Ha il controllo".

"Questo sembra più da Donna".

"È davvero impressionante. Come sta Ken?"

"Se riesce a contattare il governatore al telefono - e forse è a lui che sta gridando in questo momento - manderanno la Guardia Nazionale su quella montagna per raggiungere sua moglie".

"Cos'è la Guardia Nazionale?"

Jane Austen Cannot Marry!

Lui sorrise. Lei era solita fare così, cogliendolo alla sprovvista con le sue battute spiazzanti. Si guardò alle spalle, cercando Ken e chiedendosi se volesse parlare di nuovo con sua moglie. Non c'era traccia di lui in cucina.

"Dov'è Donna adesso?"

"È in piedi, sta consumando il pavimento del ristorante. È quello che ha raccomandato l'ostetrica. Continua a camminare. Anche i bagni e le docce vanno bene. Ma questo significa tornare in camera, cosa che *non faremo* assolutamente. Lì dentro si gela e non sono sicura che ci sia acqua calda".

"Chi c'è con lei?"

"Alcune delle donne che sono rimaste bloccate qui".

"Quante persone ci sono?"

"Non lo so. Forse una dozzina o più, compreso il personale del ristorante", ha detto. "Stanno iniziando a venire tutti al ristorante. Alcune donne hanno avuto un bambino o conoscono qualcuno che ha avuto un bambino. Vogliono aiutare, il che è fantastico, e la distrazione di avere altri intorno è una buona cosa per Donna".

"Mi dispiace di averti messa in mezzo". Se solo si fosse rifiutato di andare a cena da Ken e Donna o avesse trovato una scusa per non portarla di nuovo a casa loro ieri mattina.

"Non l'hai fatto. Mi sono offerta io di uscire con lei", disse. "E questo? Tutto questo? Quello che stiamo passando...".

La sua voce vacillò e ci fu un momento di silenzio. Xander avrebbe voluto avvolgere le braccia intorno a lei e stringerla. "Stai bene?"

"Sto molto più che bene. È una situazione molto speciale. Anzi, incredibile. Essere qui con Donna. Anche per fare il poco che sto facendo ora. Sta per avere un bambino. Un bambino, Xander. Non avrei mai pensato... non avrei mai immaginato che sarebbe stata una cosa che avrei vissuto nella mia vita. Forse avrò anche la possibilità di tenerlo in braccio". Si sentì un fiato e si schiarì la voce. "Devo andare. Sta avendo un'altra contrazione".

La telefonata terminò e Xander fissò il suo riflesso nella finestra. L'aveva contagiato. Anche lui si sentì un nodo alla gola. Si girò e vide Ken che scendeva le scale, con un mucchio di asciugamani e coperte sotto il braccio.

"Li metto in macchina per quando potremo metterci in viaggio".

Xander gli raccontò della telefonata che aveva appena avuto con Nadine e di come Donna fosse in contatto con un'ostetrica.
"Bene. Meglio di niente". Ken lasciò cadere la pila che portava sul bancone. "Ha detto a che distanza sono le contrazioni?".
"No".
"Quanto erano lunghe?"
Xander scosse la testa.
"Si vede la testa?".
"Non so cosa significhi", disse. "Sono sicuro che Donna sarà felice di sentire la tua voce se la chiami".
"Hai ragione. Lo farò".
Chiamò, ma la donna che rispose disse che Donna non poteva parlare ora. Volevano che la linea telefonica fosse aperta perché l'ostetrica stava richiamando.
Ken si muoveva nella stanza come un leone in gabbia. Sembrava pronto a scoppiare.
"Fanculo tutto. Devo andare da lei".
"Ma tu non sei un medico. Non puoi andare lì e riportarla in ospedale in tempo, lo sai?".
"Non importa. Devo raggiungerla. Abbracciarla. Stare con lei. Non posso permetterle di affrontare tutto questo da sola... in un posto sconosciuto, con un gruppo di estranei intorno a lei. Lei è parte di me. Tutto di me". La sua voce si incrinò mentre lottava per far uscire le parole. "Cosa succede se qualcosa va storto? Non posso lasciare che sia lassù, ad affrontare tutto questo da sola".

Xander aveva sempre saputo che il rapporto tra quei due era speciale. E dopo quello che avevano passato, le altre delusioni, non poteva permettersi di promettere a vuoto che tutto sarebbe andato bene. Che Donna e il loro bambino sarebbero stati bene. Non era disposto a offrire false speranze.

Ma Ken aveva ragione. Dovevano fare qualcosa. Le autorità erano sopraffatte.

All'improvviso, dal nulla, gli venne un'idea. Quando si era trasferito sulle Montagne Rocciose, aveva letto di un gruppo di ricerca e salvataggio senza scopo di lucro. Si occupavano di aiutare gli escursionisti e gli scalatori che si perdevano o si facevano male nella natura selvaggia. Sostenevano i vigili del fuoco. E rispondevano alle chiamate per aiutare gli automobilisti bloccati da tempeste come questa.

Jane Austen Cannot Marry!

Avevano i loro spazzaneve. Erano indipendenti dalle risorse dello Stato, della contea e del comune. Aprì internet sul suo telefono, cercò il loro numero e lo trovò.

Ottenne solo una risposta dalla segreteria telefonica. Naturalmente. Lasciò comunque un messaggio dettagliato, spiegando la situazione di Donna e chiedendo se potevano portarli sulla strada di servizio fino al rifugio. Disse anche che avrebbero pagato.

Le ore successive furono insopportabilmente lente. La tempesta continuava a pieno ritmo, ma Xander non poteva più restare in casa. Prendendo una pala dal garage di Ken, liberò il suo pick-up come meglio poteva.

Si stava assicurando che l'auto partisse quando uno dei soccorritori lo richiamò. Poteva aiutarli a salire.

Tornato dentro, sentì Ken al telefono con qualcuno del rifugio.

Le contrazioni erano a distanza di quattro minuti l'una dall'altra.

Un'ora prima, Nadine aveva chiesto al personale del ristorante di aiutarla a preparare tutto.

La scrivania dell'ufficio era stata sgomberata e spinta contro il muro. Gli schedari erano stati spostati in un angolo e le sedie che non servivano erano state portate fuori. Fu portata una brandina e coperta con lenzuola pulite. I cuscini erano impilati a un'estremità e sulla scrivania erano pronti asciugamani e coperte. Era stato portato tutto il kit di pronto soccorso disponibile. Il personale della cucina aveva pentole di acqua calda sul fornello.

Nadine si augurò che qualcuno con esperienza medica si facesse vivo prima dell'arrivo del bambino.

Donna non voleva più parlare con nessuno al telefono. Nemmeno con Ken. Si concentrava sul suo respiro e sul muoversi il più possibile tra una contrazione e l'altra. Nadine si occupò di parlare con l'ostetrica e di ricevere istruzioni specifiche sul da farsi.

L'ufficio aveva una porta, ma Donna chiese a Nadine di cacciare tutti gli uomini dall'area del bar. Anche se un paio di loro volevano aiutare, non avevano alcuna preparazione medica. Essere padre non contava. Nemmeno essere stati in sala parto con la propria moglie era sufficiente.

Cinque donne si erano offerte di assistere al parto. Mentre si trovavano davanti alla porta dell'ufficio, fu subito chiaro che una di loro era un uccello del malaugurio. Continuava a tirare fuori statistiche su quanto fosse pericoloso partorire in un ambiente non ospedaliero. Come se avessero avuto scelta in quella situazione.

Vedendo che le sue chiacchiere stavano aumentando lo stress di Donna, Nadine allontanò la donna dalla porta e le disse di aspettare nella zona pranzo. Non era d'aiuto.

Per più di dieci anni, Nadine aveva viaggiato indietro nel tempo in situazioni e ambienti sconosciuti e talvolta estremamente pericolosi. Ma mai, prima di oggi, aveva avuto così tanta paura. Nemmeno quando aveva infilato i manoscritti nella tasca di un cappotto e aveva condotto Virginia Woolf al sicuro evitando le bombe del Blitz di Londra.

In passato, la posta in gioco era quasi sempre la sua stessa vita, il rischio di fallire nella sua missione e di perdere il suo posto di Scriba Custode. La perdita di un'opera letteraria per il mondo era importante, ma fallire significava morte certa per lei.

Quello era diverso.

Oggi erano in gioco due vite. E Nadine non era certo un'esperta di parto. Non aveva ricevuto settimane di formazione. Non aveva conoscenze, né strumenti, né mezzi per sfruttare i progressi medici del futuro per far fronte alla crisi che lei e Donna stavano affrontando. Nemmeno farmaci come quelli che aveva dato al figlio asmatico di Deirdre.

Fissò gli strumenti e i materiali di base che l'ostetrica le aveva chiesto di raccogliere. Era oltremodo barbaro pensare che un bambino sarebbe venuto al mondo con così poca assistenza.

Oh, sì. Era terrorizzata.

Chi era l'uccello del malaugurio adesso? Avrebbe dovuto cacciare se stessa dalla stanza.

Non poteva e non voleva fare questo a Donna. Nadine spostò l'attenzione e si concentrò sulle istruzioni dell'ostetrica.

Le responsabilità furono divise tra le donne rimaste. Naturalmente, nessuna volle assumersi l'incarico di ricevere il bambino. Questo compito fu affidato a Nadine, la meno esperta di tutte.

"C'è una prima volta per tutto", disse Donna, spostandosi goffamente verso di lei.

Sospettava che la sua amica avesse ascoltato le conversazioni. "Per entrambe".

Jane Austen Cannot Marry!

"Nervosa?"

"È troppo tardi per il nervosismo", disse Nadine in quello che sperava fosse un tono sicuro. "Ti avevo avvertito che non avevo mai fatto nascere un bambino prima d'ora. Non ho mai visto nessun video".

"Sì. Me l'hai detto". Donna si asciugò una goccia di sudore dalla fronte.

"Mi dispiace che stia succedendo tutto questo". Indicò la sala parto improvvisata. "Qui, intendo. E non nella sicurezza di...".

"La vita non è sempre una questione di scelte. Giusto? Dobbiamo fare quello che possiamo con quello che abbiamo. Non è vero?"

"Sì, assolutamente". C'erano molte cose nella sua vita su cui Nadine non aveva voce in capitolo. Il suo passato. Il suo futuro. La sua salute. Le sue relazioni. Pensò a Xander. "Poteva andare peggio. Avresti potuto avere il bambino in quella cabinovia".

"Esattamente".

"Con Jared al capolinea".

Entrambe rabbrividirono.

"Andrai alla grande". Donna la abbracciò. "Mi fido di te".

Le due si tennero strette fino a quando la contrazione successiva fece piegare in due Donna.

Prima che la contrazione finisse, l'ostetrica era di nuovo in linea e con calma disse loro cosa fare, passo dopo passo.

"Ci siamo", ansimò Donna.

E meno di un'ora dopo, Nadine teneva tra le braccia una bambina tranquilla dal viso rotondo.

Capitolo Ventuno

Lo SPAZZANEVE ARRIVÒ a casa di Ken due ore dopo la chiamata del gruppo di soccorso. Xander guidò, non fidandosi di Ken al volante, e seguirono il mezzo attraverso Elkhorn.

I semafori, spenti a causa dell'interruzione di corrente, ondeggiavano selvaggiamente sopra le loro teste nel vento impetuoso. Non c'era un essere umano in vista. Nessun segno di vita da nessuna parte. I cumuli di neve coprivano auto e pick-up e formavano grandi mucchi contro gli edifici lungo tutto il percorso. Gli abitanti della città sarebbero rimasti chiusi in casa finché non fosse tutto finito. Poi si sarebbero rialzati come avevano fatto tante volte in passato. Ma per il momento Elkhorn assomigliava più al set di un film post-apocalittico sui sopravvissuti che alla fiorente località che era.

Mentre lasciavano la città, la neve cominciò a diminuire leggermente e il vento scuoteva solo di tanto in tanto la fiancata del pick-up. Più o meno nello stesso momento, Xander notò un'ambulanza di soccorso di Elkhorn che li seguiva, con le luci lampeggianti. Indicò il veicolo all'amico.

"Era ora che mandassero soccorsi a quel cazzo di rifugio", disse Ken, con note di frustrazione e speranza che si scontravano nella sua voce.

"Il tizio davanti a noi probabilmente gli ha fatto sapere che stava liberando la strada".

Il suo amico rimase in silenzio per un momento.

Jane Austen Cannot Marry!

"Spero che non sia...". La voce di Ken si interruppe.

Troppo tardi. Xander sapeva cosa stava pensando. Non si sapeva quanto tempo ci sarebbe voluto per risalire il fianco della montagna. In quel momento si procedeva molto lentamente.

E con il passare dei minuti, il viaggio non diventata più veloce.

Con dislivelli di decine e poi centinaia di metri da un lato e pareti rocciose a strapiombo e foreste dall'altro, non c'era molto spazio di manovra per la carovana di tre veicoli. Più volte si erano dovuti fermare e aspettare mentre lo spazzaneve davanti a loro lavorava avanti e indietro per liberare e superare un tratto pericoloso. Di tanto in tanto, la strada passava attraverso fitti boschi.

"Accidenti", disse Ken guardando gli alti pini. "Spero che nessuno di questi mostri sia caduto e abbia bloccato la strada.

Xander annuì torvo, pregando per la stessa cosa.

Con l'approssimarsi della sera, la temperatura si abbassò e il loro passo rallentò fino a diventare un'andatura strascicata. Per fortuna, gli ultimi sprazzi di tempesta sembravano essere passati. Tra le nuvole cominciarono a comparire chiazze di cielo stellato.

Il telefono di Xander squillò verso le sette. Rispose, sorpreso che fosse arrivata una chiamata, considerando il servizio discontinuo che c'era in montagna.

Era Nadine. Non avevano più parlato con loro da quando erano usciti di casa, lasciando libera la linea telefonica del rifugio per comunicare con l'ostetrica. Questo aveva quasi ucciso Ken.

"Xander, è con te?".

"Sono qui", disse Ken, con la voce incrinata.

Xander conosceva il suo amico. Si aspettava il peggio.

"Congratulazioni, papà. Vuole parlare con sua moglie e sua figlia?".

La testa di Ken affondò nelle sue mani. Xander vide le sue spalle tremare mentre lottava per controllare i singhiozzi. Gli diede una pacca sulla schiena.

"Sì. Sì. Per favore".

Donna entrò in scena, con la voce stanca ma felice. "Ken, è proprio qui. Sdraiata a pancia in giù...". Un'interferenza tagliò le parole successive, la sua voce arrivò in modo irregolare. "... entrambe bene... l'ostetrica ha detto che arrivano i soc... entrambe bene...".

La linea cadde prima che uno dei due potesse dire qualcos'altro.

Xander lanciò un'altra occhiata all'amico. Si stava asciugando gli occhi. "Congratulazioni, amico. Una bambina. Una figlia".

"Stanno bene. Stanno bene entrambe", ripeté Ken, guardandosi alle spalle.

Xander sapeva che si stava assicurando che i paramedici fossero ancora dietro di loro. A distanza di sicurezza, le luci lampeggianti lo rassicuravano.

"Sono padre, Xander". Ken sorrise e sbatté la mano sul cruscotto. "Ho una bambina. Non puoi far andare più veloce questa cazzo di cosa?".

Erano passate da qualche minuto le otto quando raggiunsero il rifugio. Le luci all'interno del ristorante erano accese. All'esterno, le luci brillavano su un piccolo spazzaneve che lavorava per liberare il parcheggio quando arrivarono. Non era un'impresa da poco, considerando la profondità della neve che c'era lassù. Alcuni cumuli dovevano essere alti tre metri.

L'ambulanza di soccorso li aggirò e si fermò davanti alla porta del ristorante.

Un paramedico saltò fuori e scomparve all'interno, portando con sé una borsa. Altri due aprirono il retro, estrassero una barella e seguirono il loro collega.

La macchina di Xander non si era ancora del tutto fermata accanto al veicolo d'emergenza che il neo padre spalancò la portiera e corse dentro a sua volta.

Parcheggiò il suo pick-up in un'area sgombra oltre l'ambulanza, prese il cappotto da dietro il sedile e rimase seduto per un momento, elaborando tutto quello che era successo.

Xander aveva pagato in anticipo l'organizzazione di soccorso e l'autista che aveva fatto da guida fino a qui aveva tecnicamente finito il lavoro. Ma il tizio non era nemmeno sceso dalla cabina del suo spazzaneve e stava aiutando a finire di sgomberare il terreno.

Xander uscì, si stiracchiò e si mise in piedi accanto al suo pick-up. La brezza era frizzante e fredda, ma l'aria era cambiata. La robusta struttura di tronchi bloccava il vento, riducendolo quasi a zero. Tuttavia, si infilò il cappotto e infilò le mani nelle tasche.

Solo poche nuvole sparse solcavano il vasto cielo senza luna e un milione di stelle brillavano luminose sulla tela blu notte. Vagamente consapevole del ronzio pulsante di un generatore, di voci lontane e

Jane Austen Cannot Marry!

del rumore degli spazzaneve alla fine del terreno, respirò il profumo di pino e di neve fresca.

Con la stessa forza e velocità con cui era arrivata, la tempesta era ormai passata. Ma tutto era cambiato.

Era già venuto qui una volta, durante l'estate. Non aveva mangiato qui; il ristorante era stato chiuso a causa della nuova gestione e della ristrutturazione. Al centro del lotto c'era un grande ovale di erba verde. Gli escursionisti scendevano dalla cabinovia, organizzando i loro zaini e l'attrezzatura, controllando le mappe dei sentieri e dirigendosi verso la natura.

Ora era tutto diverso. La tempesta di neve aveva cancellato tutto ciò che ricordava. Nell'oscurità, non c'era traccia dell'inizio del sentiero. L'ovale erboso era ora solo un'isola di bianco coperta da cumuli di neve. Anche il rifugio e il ristorante erano diversi, quasi irriconoscibili sotto il manto bianco.

Per due volte Nadine era entrata nella sua vita, e anche lei era una tempesta.

La prima volta si era lasciata dietro disordine e caos. Lo aveva cambiato. Gli aveva fatto immaginare una vita... un futuro... che lui non sapeva nemmeno di desiderare. Prima di incontrarla, pensava di sapere in che direzione sarebbe andata la sua vita. Molto tempo prima, aveva formulato il suo piano, aveva preso in spalla il suo zaino e si era incamminato sul suo sentiero chiaramente segnato.

Durante i tre giorni trascorsi a Las Vegas, però, quella traccia era scomparsa. Nadine era l'unica donna a cui si era sentito così legato. L'unica con cui avesse mai immaginato un futuro. Aveva fissato l'asticella altissima e nessuno l'aveva eguagliata... né prima né dopo di lei.

La verità era che il suo cuore e la sua mente non avrebbero permesso a nessuno di eguagliarlo.

E poi era scomparsa. Come neve che si scioglie, era evaporata in un cielo senza nuvole.

Quello che era iniziato come puro sesso si era trasformato in qualcosa di profondamente emotivo. E quando lei se ne andò, a lui rimasero solo i ricordi e la remota speranza che lei tornasse.

E adesso? Ancora una volta, lei aveva fatto irruzione nel suo mondo, apparendo dal nulla. Durante una tempesta, per giunta. E se ne stava andando. Di nuovo.

May McGoldrick

Un paramedico uscì dall'edificio, prese una coperta dal retro e rientrò.

Voleva entrare, ma non era pronto. Fissava l'edificio, ma i suoi piedi non volevano portarlo lì. Le emozioni laceravano il cuore di Xander, che si sentiva combattuto.

Cercò di capire perché.

Forse perché ogni aspetto della vita che conosceva era davvero cambiato. Era cominciata una nuova era. Il suo migliore amico, un uomo che gli era vicino come un fratello, era diventato padre. La paternità implicava la responsabilità per qualcun altro oltre che per se stessi.

E non era tutto. Strinsel'attaccatura del naso fra le dita e i suoi occhi furono attratti dal portone dell'edificio che si apriva.

"Nadine", mormorò.

"Xander?", lo chiamò. Non indossava né cappotto né cappello, niente che la proteggesse dal freddo.

Lui si avviò verso di lei e lei attraversò il terreno innevato.

"Ti congelerai qui fuori", disse mentre la raggiungeva.

Lui si tolse rapidamente il cappotto, ma prima che potesse avvolgerlo intorno a lei, Nadine gli passò le braccia intorno alla vita e premette il viso contro il suo petto. Lui le mise il cappotto e la strinse più forte tra le braccia.

"Oh, mio Dio, Xander. È stato bellissimo, spaventoso e incredibile. È stato... è stato miracoloso. Non ho mai creduto nei miracoli. Non ho mai capito come le persone possano avere fede in qualcosa che è al di là di loro. Ma era lì. Ciò a cui ho assistito andava oltre la scienza. Era al di là della natura. Sembrava diverso. *Era* diverso".

Lei era diversa. Era cambiata. I sentimenti che fluivano da lei in modo sincero e diretto gli dicevano quanto fosse commossa da questa esperienza. E quanto fosse entusiasta di parlarne.

"Un momento Donna soffriva di dolori atroci. L'attimo dopo subentrava un senso di calma. Una forza esterna a noi, al di sopra di noi, ha diffuso un senso di pace nella stanza. Non so come altro descriverlo". Fece un respiro profondo. "E poi Donna ha preso il comando. *Sapeva* cosa fare. Il suo corpo sapeva cosa fare. Il bambino sapeva cosa fare. Noi altri eravamo solo spettatori. A guardare. Lei ha fatto tutto il lavoro. Ed è stato bellissimo. È stata la cosa più bella che abbia mai visto in vita mia".

Lei sollevò il viso dal suo petto. Le lacrime le scendevano sulle

Jane Austen Cannot Marry!

guance. Nuvolette di vapore sfuggivano dalle sue labbra tremanti. Era la cosa più bella che avesse mai visto.
Le baciò le sopracciglia. Le guance. Le labbra. E lei ricambiò il bacio con più passione di quanta ne avessero mai condivisa.
Si abbracciarono a lungo.
Da qualche parte, lontano, il ramo di un albero si spezzò per il freddo e la neve. Il latrato rauco di una volpe lo raggiunse.
Nonostante il freddo della montagna, Xander sentiva solo una cosa. Ed era Nadine, avvolta al sicuro tra le sue braccia.
"Non dimenticherò mai questo giorno", sussurrò lei, ritraendosi e alzando lo sguardo su di lui. "Grazie per avermi dato questa possibilità. Per avermi fatto conoscere Donna".
Scosse la testa, non volendo prendersi il merito di un'amicizia che era destinata a nascere.
"Ti amerò *sempre*, Xander... ma devo tornare".
Il suo cuore ebbe un'impennata e un crollo nello stesso momento. La fissò in viso.
"Dobbiamo parlare". Non era il luogo adatto per la conversazione che voleva fare. "Le chiavi sono nel pick-up. Alza il riscaldamento". Le baciò di nuovo le labbra. "Dirò a Ken che ce ne andiamo. Ti riaccompagno a casa mia".
"Xander..."
"Torno subito".
La lasciò lì e corse dentro. L'ufficio accanto alla zona bar era affollato di medici. Stavano preparando la barella per trasportare Donna, che teneva in braccio un piccolo fagotto.
Ken lo vide alla porta e si avvicinò. "Stanno preparando Donna e il bambino per il trasferimento. Noi andremo all'ospedale di Elkhorn. Lì hanno la corrente. Hanno detto che posso accompagnarla".
"Bene. Ottimo. Ci vediamo a Elkhorn. Fai le congratulazioni a Donna da parte mia".
"Dov'è Nadine? Non ho avuto modo di parlarle. È corsa fuori".
"Mi sta aspettando nel pick-up".
"Ti prego, ringraziala. Ringraziala un milione di volte da parte mia".
Xander diede una pacca sulla spalla all'amico. "Lo farò".
Notò il cappotto e la borsa di lei sul bancone e li prese. Fuori, lo spazzaneve che li aveva portati su per la montagna non c'era più. Il

piccolo trattore era ancora al lavoro per liberare i sentieri che portavano alla stazione della cabinovia. Il pick-up di Xander era fermo dove l'aveva parcheggiato. Ma fu scioccato nel constatare che il motore non era acceso.

Aprì la porta. "Morirai di freddo".

Il suo cappotto giaceva sul sedile del conducente. Ma non c'era traccia di Nadine.

Si guardò intorno nel parcheggio.

"Nadine!", gridò nella notte.

L'unica risposta fu l'affievolirsi del sussurro del vento tra gli alberi.

Capitolo Ventidue

Così freddo.
Nadine si chiese se stesse sognando. Non poteva essere. Se fosse stato un sogno, come avrebbe potuto avere così freddo?
E cos'era quel suono basso e impetuoso? Acqua? Vento? Uno schianto, poi un basso gorgoglio. Era risacca?
La coscienza cominciò a tornare, a poco a poco. Le sensazioni cominciarono a penetrare nel suo cervello. Il terribile sapore di salmastro e di pesce morto le riempiva il naso e la gola. Le sue articolazioni erano rigide e congelate.
I muscoli delle braccia e delle gambe erano morti, inutili.
Le rocce ruvide e sabbiose la graffiavano e le premevano sul viso. Si sentiva come se fosse stata fatta cadere da una grande altezza.
E la pioggia fredda e ventosa che la colpiva.
Non stava dormendo. Ma sembrava comunque un incubo. Un senso di vago terrore le gravava addosso come un peso, penetrando e permeando il suo essere.
Dov'era?
Nadine cercò di girare la testa, solo per sentire gli aghi della pioggia che le pungevano la guancia e il collo, fin dentro l'orecchio. Gli occhi le bruciavano quando cercava di aprirli. Erano pieni di sale e di sabbia.
Il rumore della risaccaera vicino e lei cercò di schiarirsi le idee. Forse si era arenata su qualche spiaggia. Forse era annegata.

May McGoldrick

Costringendo gli occhi a rimanere aperti, vide attraverso la nebbia che era giorno, più o meno. Cercò di nuovo di muoversi, ma gli arti non rispondevano. Mise a fuoco la sua visione annebbiata su una mano, che giaceva vicino a lei su una massa di pietre scure e umide. Doveva appartenere a lei, decise, poiché era attaccata all'estremità del suo braccio insensibile. Ma per quanto si sforzasse, non riusciva a far muovere le dita.

Un attimo dopo, scoprì quanto fosse vicina la riva quando un'onda si infranse e l'acqua gelida e salata si riversò su di lei, circondandola e scuotendo il suo corpo immobile. Le schizzò sul viso, riempiendole la bocca.

Scosse la testa, sputò l'acqua salata del mare e riaprì gli occhi. L'acqua si ritirò rapidamente, tornando indietro con quel suono gorgogliante sulle pietre. Ma sapeva che sarebbe arrivata un'altra onda.

Nadine si rese conto di avercela fatta. Dalla cima di una montagna innevata a una spiaggia fredda e bagnata dalla pioggia, aveva fatto il salto quantico. Ma era atterrata nel posto giusto? Nel tempo giusto?

Era ancora tutto confuso.

Ricordava di aver lasciato il cappotto di Xander sul sedile del guidatore, di essersi seduta e di aver chiuso gli occhi. Aveva bisogno di tornare al 1811, al villaggio di Hythe.

Ma ora aveva perso la cognizione del tempo. I giorni si fondevano. Con i sensi confusi, era impossibile distinguere le ore.

L'onda successiva si infranse e, in qualche modo, le sue membra si ricordarono di funzionare. Riuscì a sollevarsi sulle mani e sulle ginocchia prima che il mare la avvolgesse. La nausea, fin troppo familiare, la attanagliò e vomitò un paio di volte, sputando bile calda nell'acqua sotto di lei.

Dio, aveva così sete.

Acqua, acqua, ovunque, e nemmeno una goccia da bere. Coleridge e il suo antico marinaio. Quell'uomo era stato così autodistruttivo, persino per un poeta.

Si scrollò di dosso il ricordo della missione passata. Doveva concentrarsi su quella attuale. Era ancora in tempo per fare la differenza? Lasciando il Colorado, non ebbe il tempo di tornare a casa di Xander per raccogliere le sue cose.

In quel momento la stava di sicuro cercando. Per due volte era

Jane Austen Cannot Marry!

scappata senza salutare. Questa era la fine per loro, ne era certa. Non lo avrebbe mai più rivisto e la tristezza le faceva male al cuore.

Era ancora carponi quando un'altra onda si infranse. La schiuma luccicava nella luce grigia e fioca del giorno. Aspettò che i piccoli sassi ricadessero a terra, seppellendole le mani e accumulandosi contro le sue ginocchia. Quell'onda si era alzata di più. La marea si stava alzando troppo velocemente. Se non voleva annegare, non poteva rimanere dov'era.

Una consapevolezza la colpì duramente. Era giorno. Non andava bene. Sarebbe dovuta essere ancora notte. Da quanto tempo era svenuta?

Jane Austen stava arrivando e Nadine doveva essere presente se voleva intervenire. Ogni ora, ogni minuto era importante.

Cominciò a strisciare risalendo la spiaggia. Le sue dita intorpidite scavavano nel pendio roccioso, in cerca di un punto d'appoggio. La pioggia fredda e penetrante continuava a battere su di lei.

La domanda era... dov'era? Che giorno era? Da quanto tempo era sdraiata lì sotto la pioggia?

Le raffiche di vento le pungevano il viso, mentre Nadine osservava con attenzione ciò che la circondava.

Era atterrata su una spiaggia, ma non riusciva a capire se fosse quella giusta. L'arenile di Hythe era una distesa di piccole pietre come questa, ma lo erano anche centinaia di spiagge simili lungo la costa meridionale dell'Inghilterra. Poteva trovarsi a quindici chilometri o a ottanta dalla sua destinazione.

Raccogliendo le forze, Nadine si costrinse a sedersi. Si pulì sabbia dalle labbra e dal viso e sbatté le palpebre. Era fradicia e infreddolita fino alle ossa. Doveva essere sdraiata lì da un bel po'.

C'erano tutti gli effetti familiari di un salto quantico. Lo stomaco si sentiva pronto a rivoltarsi, senza ricordare che si era già svuotato. Sentiva le gambe deboli e insensibili, come se non le appartenessero.

"Dannazione".

La pioggia fredda e ventosa la colpì di nuovo.

Nadine cercò di raccogliere le idee e i fatti che aveva a disposizione. Se fosse atterrata nella parte giusta della Gran Bretagna, alla data giusta, la tempesta avrebbe continuato a intensificarsi. Ci sarebbero stati alcuni dei peggiori acquazzoni che l'Inghilterra costiera avesse mai sperimentato. E le acque impetuose di un fiume ingrossato avrebbero spazzato via la strada delle carrozze verso Canterbury, costringendo Jane Austen a passare la notte del martedì a Hythe.

Ma Nadine era arrivata davvero nel giorno giusto? Gli eventi del Colorado le tornarono in mente. Donna aveva partorito la sua bambina venerdì sera. Alle 6:39, per l'esattezza. Una delle donne presenti nella stanza aveva annunciato l'ora e aveva detto che la bambina era nata il 15 aprile. Ci fu una risata generale quando qualcuno disse che era il giorno delle scadenza delle dichiarazioni dei redditi. Nadine se ne era andata solo un paio d'ore dopo.

Sapeva che l'ora a Hythe era avanti rispetto al Colorado. Ma di quante ore? Sei? Sette? Se era così, *sarebbe dovuto* essere martedì 16 aprile, poco prima dell'alba. Ma non era l'alba. La pioggia battente e la nebbia vorticosa rendevano impossibile capire se fosse mattina o pomeriggio. Era rimasta lì priva di sensi, ma per quanto tempo?

Quindi, anche se fosse capitata nel posto giusto, Nadine non aveva idea di quanto tempo mancasse all'arrivo dell'autrice emergente. Peggio ancora, forse Jane Austen era già qui.

Nadine cercò la borsa a tracolla, sperando ma sapendo che non c'era. Guardò di nuovo verso il bordo dell'acqua. Non c'era traccia. L'ultima volta che l'aveva vista era stata al rifugio. Durante il travaglio di Donna, era tornata nella loro stanza, aveva raccolto tutte le loro cose e le aveva portate al ristorante.

Dov'era il suo abbigliamento d'epoca? Uno dei due set di vestiti che aveva portato con sé nel tempo era a casa di Xander. Anche la bara in cui aveva viaggiato era a casa di Xander.

Indossava jeans attillati, stivali da cowboy e un top di maglia fatto a macchina. Non si sarebbe fatta notare in un villaggio dell'Inghilterra della Reggenza. Per niente.

"Una vera professionista, Nadine", mormorò. Presentarsi a Hythe con questi vestiti sarebbe stato un disastro.

È così che molte anomalie erano state immortalate in foto storiche o citate in testi antichi. Quello che aveva fatto, spostando gli oggetti da un secolo all'altro e poi lasciandoli indietro, poteva causare solo un minimo disturbo. Ma, d'altra parte, *qualsiasi* errore poteva creare un'onda dirompente e avere un forte impatto sul futuro. Nadine era qui a causa dell'errore di un altro viaggiatore del tempo. Jane Austen e il capitano Gordon non avrebbero mai avuto

Jane Austen Cannot Marry!

la possibilità di incontrarsi oggi se non si fosse innescato un effetto a catena.

Troppo tardi per preoccuparsene, pensò. Fece un respiro profondo, un secondo, un terzo. I suoi polmoni si stavano comportando bene, per quanto possibile. Una cosa a cui doveva stare attenta era mantenere la calma. Lo stress era la causa principale dei suoi attacchi d'asma. Lo stress e una serie di fattori ambientali scatenanti. Non aveva con sé né l'inalatore né i farmaci. Erano nella sua borsa in Colorado.

Un'onda si sollevò e si infranse contro la riva prima di scivolare su per la spiaggia sassosa. La raggiunse quasi. La marea si stava effettivamente alzando. Guardò dietro di sé, ma non si vedeva nulla attraverso la fitta nebbia e la pioggia.

Nadine si alzò a fatica. La sua priorità era scoprire esattamente dove si trovava... e quando.

Le articolazioni erano ancora rigide e doloranti per il salto temporale e camminare era doloroso. Un po' più avanti sulla spiaggia, vide un capannone lungo e basso. Le barche erano state tirate su dal mare e lasciate in fila sopra la linea di marea. Le reti pendevano dalle pareti del capannone.

Quando le gambe cominciarono a raddrizzarsi, lo stomaco le si rivoltò di nuovo. Lottò contro la nausea, facendo respiri profondi mentre si muoveva il più velocemente possibile verso il capannone. Al di là di esso, lunghi tavoli a doghe si estendevano per una trentina di metri o poco più. Rastrelliere per l'essiccazione del pesce che pescavano.

Si diresse verso l'interno del capannone e riuscì a trovare la stradina che saliva dalla spiaggia. Se questa era davvero Hythe, la "Porta di Merfolk", come la chiamavano gli abitanti del luogo, sarebbe stata presto visibile.

Ci vollero solo un minuto o due.

Il sentiero passava proprio attraverso una coppia di massicce pietre in posizione verticale, alte quasi quattro metri e larghe due. Un'enorme pietra di copertura si trovava sulla loro sommità, formando una porta aperta.

Nadine sapeva che era stata eretta nel neolitico, ma la leggenda locale voleva che la porta fosse stata costruita subito dopo il Diluvio Universale dai figli di Noè, in segno di gratitudine per il popolo del mare che aveva guidato l'Arca fino ad approdare qui in Inghilterra.

Non c'erano altri complessi di monoliti come quello lungo la costa britannica e le speranze di Nadine aumentarono. Era a Hythe.

La pioggia stava diminuendo un po', per il momento, ma la nebbia si faceva più fitta man mano che si inoltrava nell'entroterra. Il sentiero si sarebbe presto allargato fino a diventare la strada che portava al villaggio. E sarebbe passato vicino al cottage di Deirdre.

Gratificata dai piccoli miracoli, si inoltrò nella nebbia vorticosa e sotto la pioggia leggera. Non molto dopo la Porta di Merfolk, Nadine scivolò sul sentiero fangoso che passava attraverso un basso avvallamento. Attutì la caduta, atterrando sulle mani, ma il fango acquoso schizzò sui suoi vestiti già bagnati. Quando riuscì a rialzarsi, uno dei suoi stivali si incastrò nel fango e per poco non cadde di nuovo di faccia.

Liberatasi, si incamminò verso la strada. La pioggia riprese a scrosciare e lei tremava come una foglia. I capelli erano appiccicati alla testa e l'acqua le scendeva sul viso.

Un sentimento di dubbio cominciò a farsi strada nella sua mente. Era sola lì e, per la prima volta dopo tanto tempo, si chiese se fosse all'altezza del compito. Aveva commesso degli errori in quella missione. Non che Xander fosse una distrazione, di per sé, ma i suoi sentimenti per lui non sarebbero svaniti. Era sempre lì, nascosto nel suo cuore e in agguato nei recessi della sua mente.

Nadine si scrollò di dosso quei pensieri.

La missione non era finita. Poteva ancora portare a termine il suo compito con successo. Ma che ora era? Questa era la chiave.

Due volte al giorno una diligenza passava da Hythe, una per ogni direzione. Dalle sue ricerche preparatorie, sapeva che la diligenza di Jane Austen diretta a est si sarebbe fermata al Cigno quel giorno, verso mezzogiorno. Nadine pregò di avere abbastanza tempo per tornare nella sua stanza alla locanda, cambiarsi e andare a Churchill House. Doveva ancora capire come avrebbe potuto evitare che il capitano Gordon incontrasse Austen. Aveva perso il suo vantaggio a causa dei tre giorni trascorsi in Colorado.

Prima, però, doveva superare l'oste.

Abbassò lo sguardo sulla maglia e sui jeans infangati e rabbrividì.

Cosa pensava di fare? Non sarebbe neanche mai arrivata al Cigno. Quei vestiti avrebbero attirato attenzioni indesiderate. Non appena avesse raggiunto la periferia del villaggio, sarebbe stata fermata e interrogata. Probabilmente sarebbe stata trascinata

Jane Austen Cannot Marry!

davanti alle autorità. Come avrebbe potuto spiegare la sua presenza, una donna vestita in quel modo?

Man mano che il sentiero si allargava, passò davanti a un paio di casette. La pioggia e la nebbia nascondevano il fumo che usciva dai camini, e nessuno dei due emetteva rumore.

All'improvviso, un grido giunse alle sue spalle. Due guardie costiere si stavano avvicinando a lei dalla direzione della spiaggia. Probabilmente l'avevano notata e immaginavano che fosse appena sbarcata. Senza dubbio un agente francese, un messaggero delle forze d'invasione di Napoleone. Per quale altro motivo qualcuno avrebbe dovuto trovarsi laggiù con questo tempo?

"Non di nuovo".

Ma questa volta era peggio. Non era stata qui abbastanza a lungo per poter fare neanche un breve salto nel tempo. E non aveva nulla con cui proteggersi. Uno sguardo a lei, al modo in cui era vestita...

Nadine aveva solo una scelta.

Correre.

Con le loro grida che la spronavano ad andare avanti, Nadine correva più forte che poteva, sperando che le nebbie vorticose la nascondessero.

Gli stivali erano pesanti di fango, ma almeno i jeans le davano un vantaggio rispetto a un vestito. L'adrenalina le pompava il sangue.

Passò davanti a qualche altro cottage e, quando raggiunse il piccolo vicolo che conduceva alla casa di Deirdre, si guardò indietro per vedere se le guardie fossero in vista. Niente. La pioggia stava di nuovo scendendo forte e lei riusciva a malapena a vedere a qualche metro di distanza attraverso la nebbia. Ringraziando il cielo, girò per il viottolo. Il cottage della sua amica emerse dalla nebbia e Nadine attraversò rapidamente il giardino.

Bussò piano, chiamando a bassa voce attraverso la porta.

Un attimo dopo, la porta si aprì e Nadine fu trascinata all'interno.

Deirdre la fissò con occhi spalancati.

"Dannazione, signorina! Che cosa diavolo ti è successo?".

Capitolo Ventitré

NADINE SE N'ERA ANDATA. Xander non riusciva a credere che stesse accadendo per la seconda volta.

I suoi occhi scrutarono il parcheggio. Non c'era traccia di lei, ma non si sarebbe allontanata senza il cappotto e la borsa. Il vento che soffiava ancora da ovest era gelido. Non voleva pensare a lei là fuori in quelle condizioni.

Tornando di corsa nel ristorante, si fermò e interrogò una giovane donna che portava un cartellino con scritto *"Proprietaria"*. Sapeva che Nadine non poteva essere passata davanti a lui quando era entrato, ma chiese lo stesso. L'unico suggerimento fu che forse era tornata nella stanza che avevano preparato per lei e Donna.

Entrò nel rifugio, ma la stanza era vuota e anche le sue domande al personale del ristorante non portarono a nulla. Nessuno l'aveva vista da quando aveva lasciato l'edificio dopo l'arrivo dei soccorritori.

Ken, Donna e il loro bambino erano già sull'ambulanza quando lui tornò fuori. La squadra di paramedici era quasi pronta a partire. Donna chiese di Nadine. Voleva parlarle.

"È dentro", mentì, non volendo rovinare la loro felicità con la preoccupazione. "Uscirà presto, ma ci vedremo in ospedale".

Le porte posteriori si chiusero e Xander osservò il mezzo di emergenza dirigersi verso la fine del parcheggio.

Jane Austen Cannot Marry!

La preoccupazione lo divorava. L'ultima volta che era scomparsa, erano a Las Vegas. Una città con aeroporti, autonoleggi e una dozzina di altri modi per spostarsi. Ma qui? Nel bel mezzo del nulla? Il piccolo trattore stava spingendo via la neve da un sentiero all'estremità del parcheggio. Cercava una risposta.

Lo spazzaneve del gruppo di soccorso era già sparito quando Xander tornò al suo pick-up. L'unica risposta logica era che Nadine avesse chiesto a loro un passaggio. Chiamare il numero del gruppo si rivelò inutile dato che il telefono non prendeva.

Eppure, non aveva senso. Il freddo fuori era brutale. Lei aveva lasciato il suo cappotto in macchina. Lui aveva quello di lei. Non se ne sarebbe andata da una baita in cima a una montagna con questo tempo, nel cuore della notte. Non erano ancora arrivate altre auto. E la cabinovia non sarebbe stata in funzione a breve.

La sua mente continuava a tornare allo spazzaneve. Doveva aver chiesto un passaggio. Ma perché? Xander l'avrebbe accompagnata ovunque volesse andare, e lei lo sapeva. Che cosa aveva fatto per farla andare via con uno sconosciuto? Era colpa sua? Perché non gli aveva detto che non poteva aspettare?

Non sapeva più a cosa credere quando si trattava di Nadine. Un minuto prima era un fascio di emozioni e gli diceva di amarlo. Un attimo dopo era sparita. Non meritava una spiegazione? Tutto ciò che lei gli aveva detto era una bugia?

Una fitta di risentimento si insinuò nel cervello di Xander, ma arrendersi non era nella sua natura. Ricacciò indietro quel sentimento. Voleva ancora credere che lei avesse un motivo valido e logico per quello che aveva fatto. E che lui potesse trovarla.

Si convinse a mettersi in viaggio. Le uniche due persone che Nadine conosceva a Elkhorn erano dirette all'ospedale. Immaginò che se ci fosse stato un posto dove sarebbe andata, sarebbe stato a casa sua. Se non altro, avrebbe voluto le cose che aveva lasciato lì.

Nel tempo in cui riuscì ad attraversare Elkhorn e a risalire la montagna verso casa sua, lo spazzaneve aveva liberato una sola corsia. Questo aumentò un po' le sue speranze. Ma l'assenza di tracce nella neve sul suo vialetto non spalato spense il suo ottimismo.

Xander non voleva rischiare di rimanere bloccato nella neve alta che portava a casa sua. Fu una lotta anche solo per uscire dalla strada. Aveva infilato il cappotto dietro il sedile quando aveva lasciato la baita e non si preoccupò di prenderlo in quel momento. Si chiuse il gilet, prese la borsa e si inoltrò nella neve. La casa era al buio. Quando si avvicinò, i sensori di movimento accesero le luci esterne. La neve intorno alle porte era indisturbata.

Tuttavia, non era ancora pronto a perdere del tutto la speranza.

Entrò, chiamando: "Nadine?".

Senza preoccuparsi di togliersi gli stivali, Xander accese le luci e salì le scale tre alla volta. Non c'era traccia di lei. La cucina e il soggiorno erano bui. Il camino era spento. Le tende erano chiuse, proprio come le aveva lasciate il giorno prima. Nella camera degli ospiti, il letto era fatto. Nell'armadio erano ancora appesi gli stivali e il vestito d'epoca con cui Nadine era arrivata.

Sulla scrivania trovò uno schizzo disegnato a mano di un calendario per la settimana. La giornata di oggi era cerchiata ripetutamente. Sotto la griglia, altri appunti attirarono la sua attenzione.

Venerdì 15 aprile = lunedì 15 aprile
Tenere conto della diff. di tempo.

Non aveva idea di cosa significasse. Controllò i cassetti della scrivania alla ricerca di altri appunti. Niente. Il libro che aveva preso in prestito la sera prima era sul comodino.

Persuasione. Di Jane Austen

Era contento che lei avesse scelto quel libro in particolare. Era un oggetto da collezione. Un'edizione del 1909, con ventiquattro illustrazioni a colori di C.E. Brock. La maggior parte delle edizioni presenti nella sua libreria erano state acquistate da antiquari. Quel volume gli era costato più di mille dollari. Le illustrazioni erano opere d'arte.

Non era un lettore, ma gli piaceva l'idea di avere una collezione. Se aveva intenzione di spendere i soldi, perché non comprare un volume di valore, qualcosa che doveva essere conservato?

Prese il libro e lo aprì, sperando che lei avesse lasciato un biglietto all'interno. Qualunque cosa. Qualche indizio su dove potesse essere andata.

"Ma che diavolo?"

Sfogliò il volume. Su alcune pagine l'inchiostro era sbiadito. Su altre, le parole erano completamente scomparse.

Era una cosa stranissima. Era come se qualcuno avesse preso una gomma e avesse cancellato alcune parole. Le illustrazioni erano tutte scomparse. Non ne era rimasta nemmeno una.

Jane Austen Cannot Marry!

Osservò la copertina e la rilegatura in tela. La stessa scritta decorativa dorata sul dorso. Era lo stesso volume. Il colore e la consistenza invecchiata della carta erano immutati. Anche l'odore di muffa della carta era lo stesso.

"No. C'è qualcosa che non va qui".

Xander infilò il volume sotto il braccio mentre usciva dalla stanza degli ospiti e scendeva le scale verso la porta d'ingresso.

Fuori, la temperatura stava scendendo e il vento stava aumentando di nuovo. La neve continuava a sollevarsi in mulinellie le tracce che aveva lasciato vicino alla porta cominciavano a riempirsi.

Si strinse il colletto del giubbotto intorno alla gola, pregando che Nadine non fosse da qualche parte nella tempesta. Senza un buon abbigliamento protettivo, nessuno poteva sopravvivere a lungo a quel freddo.

Xander arrancò nella neve alta per raggiungere il garage. Accortosi che l'apriporta a distanza era nel furgone, si diresse verso la porta laterale. Era aperta, ma chiusa dal ghiaccio.

"Fanculo". Assestando una spallata alla porta, sfogò un po' della sua crescente frustrazione. La porta si aprì con un forte schianto.

Accese la luce. La cassa era ancora lì, appoggiata sul pavimento accanto al banco di lavoro, esattamente dove l'aveva lasciata.

Mentre attraversava il pavimento di cemento per raggiungere la bara, la borsa di Nadine e il libro della Austen divennero improvvisamente pesanti. Cosa ancora più strana, qualcosa nella sua tasca si stava surriscaldando. Al punto che cominciava a bruciargli la pelle attraverso i diversi strati di tessuto. In piedi davanti alla cassa, lasciò cadere la borsa e il libro al suo interno e cercò in tasca ciò che lo stava bruciando.

Le sue dita si posarono sulle due strani, piccoli oggetti che aveva trovato prima nella bara. Uno di essi, l'oggetto che sembrava un fischietto di legno, scottava da morire.

In quel momento, una strana sensazione di stordimento lo colpì. Arrivò dal nulla e poi tutto ciò che si trovava nel garage venne improvvisamente messo a fuoco in modo iper-nitido prima di allontanarsi da lui. Xander si chinò e si aggrappò al lato della cassa per tenersi in equilibrio.

"Nadine..."

Non appena toccò il legno, le luci si spensero completamente.

Capitolo Ventiquattro

ALMENO UNA PERSONA nel cottage non aveva fatto domande.
Seduto a gambe incrociate sul pavimento con la schiena rivolta verso la stufa, il piccolo Andrew batteva la colonna di blocchetti di legno che avevano impilato insieme, deliziandosi quando Nadine esultava nel vederli cadere a terra.
"Vuoi giocare ancora un po'?".
Il bambino annuì felicemente, raccogliendo i blocchi e ricominciando.
Fuori il vento continuava a ululare e la pioggia batteva sulla finestra accanto alla porta. L'ultima volta che aveva guardato, il viottolo oltre il cancello del giardino si era trasformato in un fiume di fango.
Avvolta dalla testa ai piedi in una coperta, Nadine si alzò e andò alla finestra per la terza volta in mezz'ora di permanenza. Per fortuna, da quando era arrivata alla porta di Deirdre, non aveva visto alcun segno dei guardacoste che la stavano inseguendo, né di nessun altro.
Era bagnata fradicia e tremava in modo incontrollabile quando Deirdre la tirò dentro. La giovane donna le aveva subito ordinato di togliersi quegli "strani" vestiti, le aveva dato una coperta in cui avvolgersi e l'aveva messa davanti al fuoco caldo.
Deirdre aveva anche un centinaio di domande a cui Nadine promise di rispondere più tardi. Per il momento, doveva prendere in prestito dei vestiti e raggiungere la locanda.

Jane Austen Cannot Marry!

Mentre il tempo prezioso scivolava via, Deirdre cercò dei vestiti che Nadine potesse prendere in prestito. O almeno, quello era ciò che sosteneva di fare.

Entrambe sapevano che i vestiti della giovane madre non le sarebbero andati bene. Le due donne avevano una corporatura molto diversa. Deirdre aveva una struttura più esile ed era molto più bassa. La scarsa alimentazione dell'epoca limitava la crescita infantile. E aveva un solo mantello. E no, Nadine non poteva prenderlo in prestito.

Tuttavia, aveva pile di vestiti che aveva preso da riparare. Grazie agli abitanti del villaggio e agli uomini che lavoravano sul canale militare che lasciavano i loro indumenti, aveva un'attività costante, facendo orli e rammendando ciò che aveva bisogno di essere aggiustato.

"Questi pantaloni che indossi. Non sono indumenti da donna, vero? E questo materiale. Non ho mai visto un twill di cotone così pesante".

I blue jeans, come sarebbero stati chiamati, non avrebbero fatto la loro comparsa che sessant'anni più tardi. Nadine vide la sua amica studiare i pantaloni bagnati come se fossero una delle meraviglie del mondo. "Deirdre, ti prego, sbrigati. Devo andare".

"Indossare abiti da uomo porterà sicuramente degli sguardi in paese, lo sai".

"Lo so! Per questo stai cercando qualcosa da prestarmi".

L'altra donna non aveva mostrato alcun interesse per il top in maglia o gli stivali da cowboy. Ma i jeans l'avevano conquistata dal primo momento in cui li aveva visti.

"E la stoffa non ha certo mantenuto bene il suo colore. Penseranno che li abbiate presi a un vagabondo, non ho dubbi".

"Per favore, non è importante ora. Mi serve solo un vestito per tornare nella mia stanza al Cigno, *senza* attirare l'attenzione. E un cappotto. Prometto di restituirteli domani".

"Ci sto lavorando". Sollevò i jeans. "Certo, questi *sono* pantaloni da uomo. E di un uomo piuttosto magro, direi".

Nadine sospirò. Deirdre non si sarebbe arresa e non aveva senso opporsi ad ogni suo passo. Era in balia della fiducia e della gentilezza della giovane madre... e della sua curiosità. Forse, quanto prima le avrebbe dato delle risposte, tanto prima l'avrebbe lasciata andare via di qui.

"Sì, un uomo magro".
"Come hai fatto a convincerlo a darti i suoi pantaloni?".
"Li ho comprati io".
"Perché? Cosa c'era di sbagliato nei *tuoi* vestiti? E dove sono, a proposito?".
Nadine si guardò intorno nel cottage, alla ricerca di un orologio. Non ne vide nessuno. La tempesta aveva cancellato ogni possibilità di sentire la campana della chiesa suonare l'ora.
"Te l'ho detto. Ti spiegherò tutto dopo il mio ritorno. Ma ora *devo* sbrigarmi".
"Molto bene". Deirdre avvicinò un cesto di rammendi, poi riprese in mano i jeans. "Ma questi rivetti di metallo sulle cuciture e sulle tasche... A cosa servono?".
"Non lo so. Decorazione?"
"Costoso. Mi chiedo sempre perché la gente sprechi i propri soldi in queste sciocchezze". Ci passò sopra le dita, verificando come erano fissati al tessuto. "Aiutano a tenere le cuciture. Ma questa è la cosa più curiosa. Non ho mai visto nulla di simile".
Alzò i pantaloni perché Nadine potesse vedere la cerniera.
Oh, no.
"Una cerniera".
"Cos'è una cerniera?"
Ora si parlava di una tecnologia lontana un secolo. "Le usano al posto dei bottoni. Funziona così". Glielo mostrò.
Con gli occhi spalancati, Deirdre aprì e richiuse il davanti dei pantaloni e alzò lo sguardo.
"Notevole". Lo provò più volte, sorridendo ogni volta che la cerniera faceva il suo dovere. "È sorprendente. Dove hai conosciuto l'uomo che ti ha venduto questi pantaloni?".
"Londra". Nadine rabbrividì nel profondo. Altre bugie.
"Ne aveva altri come questi?".
"Ha un negozio".
"Non sono mai stata a Londra, ma ho sentito parlare dei sarti che vi operano. In quale strada è il suo negozio?".
Dalla sua preparazione su quel periodo, sapeva che le signore più chic frequentavano i negozi alla moda di Oxford Street o Bond Street a Mayfair, mentre i negozi e i club per gentiluomini erano raggruppati nelle vicinanze di St. James's Square.

Jane Austen Cannot Marry!

"Non ricordo la strada. Aspetta, sì. Credo che fosse Ormond Yard".

La risposta fu accolta con un'alzata di spalle da Deirdre. "Beh, mi sorprende che venda pantaloni a una donna".

"Londra è un posto molto diverso da Hythe".

"Ne sono sicura. Ma *perché* li hai comprati?".

Le domande sembravano non avere fine. "Hai un orologio, per caso? Devo sapere che ora è".

"Sta evitando la domanda, signorina. A che cosa servirebbero i pantaloni se davvero non dovreste portarli in giro?".

"Ho sempre freddo. E come te, anch'io sono rimasta colpita dalla cerniera. Ho pensato che avrei potuto indossarli... indossarli sotto l'abito".

"Avevi questi pantaloni, sotto il vestito, quando ti ho visto la settimana scorsa?".

"Assolutamente". Un'altra bugia.

Deirdre la guardò scettica. "Beh, so che non indossavi quegli stivali".

Era una buona osservatrice. "No, non li avevo. Ma indossavo i pantaloni". Andrew abbatté di nuovo i blocchi. Nadine esultò.

"Ancora?", chiese.

"Ancora", sorrise Nadine, poi si rivolse alla madre. "A proposito del vestito che mi stai prestando...".

Deirdre fece fatica a staccare gli occhi dai jeans, ma li posò in grembo e annuì. "Ti serve un abito da sera. Ne ho uno in quella pila che dovrebbe andare bene. Ha tre bottoni dietro e si può allentare sulla testa. Ti serve anche una chemise, un corsetto...".

"Il vestito sarà sufficiente". Vedendo l'espressione stupita di Deirdre, Nadine pensò bene di spiegare. "Ho tutto quello che mi serve nella mia stanza al Cigno. Ho solo bisogno di qualcosa da indossare per arrivare lì. Se lo hai anche uno scialle, magari, per tenermi all'asciutto".

"Ti propongo uno scambio per lo scialle".

"Naturalmente". Pensava che Deirdre avrebbe chiesto altre medicine per Andrew. Ma Nadine le aveva dato quello che poteva. Le era rimasto solo l'inalatore, che era nella sua borsa sulle montagne del Colorado. "Posso pagarti... quando torno".

"Non soldi. Scambio uno scialle con questi pantaloni con la... cos'era? Oh sì, la cerniera".

May McGoldrick

Le passò per la testa la potenziale complicazione di dare quei pantaloni a Deirdre. La giovane madre avrebbe senza dubbio mostrato i jeans ad altri nel villaggio. Avrebbe anche potuto portarli al giorno del mercato. La voce si sarebbe sparsa. Un ingegnere o un inventore sarebbe potuto venirne a conoscenza. Sarebbe potuto essere un disastro.

Se Nadine fosse riuscita a preservare la storia, la cerniera non avrebbe fatto il suo debutto fino all'Esposizione Universale di Chicago del 1893. E anche allora non avrebbe avuto molto successo. I primi prototipi erano ingombranti, costosi e non erano considerati adatti all'abbigliamento. Il vero successo sarebbe arrivato solo nel 1917, quando Gideon Sundback, un ingegnere progettista svedese-americano, riuscì a sviluppare una cerniera funzionante che utilizzava denti ad incastro che si univano e separavano facilmente grazie a un tiretto collegato.

Dare quei jeans a Deirdre avrebbe potuto creare più di un'increspatura nella storia. In quel periodo, la tecnologia non era ancora abbastanza avanzata per replicare il meccanismo, ma avrebbe potuto indirizzare la rivoluzione industriale in modi inaspettati. Quell'increspatura si sarebbe potuta trasformare in un'onda. E se la persona giusta, o quella sbagliata, fosse entrata in possesso di quei jeans, l'onda sarebbe potuta diventare uno tsunami.

"Non dovevi uscire?". Deirdre fece un gesto verso la porta. "Che fine ha fatto la fretta, la fretta, la fretta?".

"Ho davvero fretta".

"Uno scialle per i pantaloni".

"Non posso, Deirdre. Me la caverò senza scialle".

"I pantaloni per il vestito e uno scialle. E puoi tenerli".

Nadine lanciò un'occhiata all'altra donna. "Sta dicendo che non mi presterai un abito se non ti lascio quei pantaloni?".

L'angolo delle labbra di Deirdre si sollevò. "Sono una sarta. Apprezzo le novità. E non ho forse protetto i tuoi segreti?".

"Non ho... segreti".

Deirdre rise di gusto. "Questa è una frottola, e lo sappiamo entrambi. Ma non ti ho forse aperto la porta e accolto in casa mia anche se giri in abiti maschili?".

Era l'unica persona di Hythe di cui Nadine potesse fidarsi. Era la sua unica alleata. "È vero. Hai fatto tutto questo".

"So che per te non è altro che una nuova moda. Ma per me? È un

Jane Austen Cannot Marry!

tesoro". Fece scorrere la cerniera su e giù un altro paio di volte. "Vuoi stare al caldo e all'asciutto? Ti presterò anche il mio mantello".

Deirdre era insistente, come minimo. Forse Nadine poteva farle promettere di non mostrare i jeans a nessun altro. Ma non c'era alcuna possibilità, pensò.

Forse, pensò Nadine, si stava preoccupando troppo. Certo, in quell'epoca non c'erano cerniere, elastici o velcro, ma la gente non aveva comunque problemi ad allacciare i vestiti con bottoni, lacci, ganci, spille e fibbie. E poiché la tecnologia non era abbastanza avanzata da produrre una cerniera, forse nessuno ne avrebbe visto il potenziale.

"Molto bene. Faremo uno scambio. Puoi avere i pantaloni. Ma solo se mi trovi qualcos'altro da indossare in questo momento".

Sembrava che il sole fosse sorto all'interno del cottage. Deirdre irradiava gioia. E subito tutto ciò di cui Nadine aveva bisogno in fatto di vestiti apparve miracolosamente davanti a lei.

Si cambiò rapidamente. Il vestito era stretto sulle spalle, ma Nadine riuscì a infilare le braccia nelle maniche. Deirdre glielo abbottonò sulla schiena. Il mantello era troppo corto, ma non importava. Trovò il piccolo Andrew seduto accanto alla porta, che si toglieva il fango secco dagli stivali. Nadine baciò i capelli del ragazzo e glieli tirò indietro.

"Ti stai ancora chiedendo che ora è?". Chiese Deirdre.

"Avete un orologio nel cottage?".

Deirdre tirò fuori dal vestito un piccolo orologio grande come un medaglione. "Mancano cinque minuti alle undici. È meglio che ti sbrighi".

Non aveva chiesto l'ora quando era appena entrata all'interno del cottage? Nadine era certa di sì, e la risposta era stata di ascoltare le campane della chiesa. Scosse la testa per non pensare alla furbizia dell'altra donna.

Aveva il tempo di andare a cambiarsi alla locanda? Sarebbe arrivata troppo tardi. Doveva andare direttamente a Churchill House e ritardare il capitano.

"Ti sembro un'abitante del villaggio?". Si mise dritta.

"Ah, i tuoi segreti", disse Deirdre. "Attenta all'accento, non parlare troppo e non mettere in mostra i tuoi stivali. *Potresti* ingannarli".

May McGoldrick

Nadine sperava proprio in questo. Doveva ingannare molte persone per realizzare ciò che doveva fare.

La pioggia scendeva ancora più forte di prima e le campane della chiesa lontana suonarono debolmente le undici, confermando l'ora. Il vento la sballottava e il giardino era un pantano paludoso. Il fango le risucchiava i tacchi degli stivali e il mantello e il vestito sotto di esso erano schizzati di fango fino alle ginocchia già dopo qualche passo. Non avrebbe fatto una bella figura a Churchill House, chiedendo di vedere il capitano, ma non c'era modo di evitarlo.

Mentre si avvicinava al cancello del vialetto, Nadine scivolò su una pietra piatta e il cappuccio del mantello le cadde in avanti sugli occhi. Mentre si rialzava per schiarirsi la vista, il suo piede andò a sbattere contro un blocco solido. Non riuscì a frenare la caduta e ruzzolò, atterrando sulle mani e sui gomiti sopra una lunga cassa.

Non una cassa, una bara.

"Non può essere", mormorò.

Non c'era nessuna bara all'interno del cortile quando era arrivata. Non c'era nemmeno pochi minuti prima, quando si era affacciata alla finestra.

"Oh, no".

Da quello che poteva vedere, era la stessa che l'aveva trasportata in Colorado. Ma come poteva essere tornata qui?

Si rimise in piedi con una spinta.

Può un oggetto lasciato indietro in un salto temporale seguire il viaggiatore? Non le era mai successo prima.

Sentì un rumore e il coperchio si mosse. Qualcuno lo stava spingendo dall'interno.

Il cuore le batteva all'impazzata, si alzò di scatto e rimase a guardare. Stentava a credere a ciò che stava accadendo.

Stupita, Nadine guardò mentre il coperchio della bara veniva spinto da parte e Xander si alzava a sedere.

Capitolo Venticinque

"Xander?"

La voce proveniva dall'estremità di un lungo tunnel.

Sbatté le palpebre alla luce, per quanto fioca e grigia. Dove si trovava? Su una collinetta, c'era una casetta con il tetto di paglia e un orto. Almeno, sembrava un orto. In questo momento era una palude di fango. L'edificio sembrava uscito dal set di un film. Immediatamente ebbe un conato di vomito per l'odore. L'odore di merda di animale faceva a gara con quello di pesce morto. Sembrava che la merda di animale stesse vincendo.

Ma che diavolo? Era seduto in una cassa. Era la bara che un minuto prima era nel suo garage. Ma ora poteva benissimo essere una barca, visto il modo in cui l'acqua fangosa scorreva tutto intorno, lungo il sentiero. La pioggia gli batteva sulla testa, sulle spalle e sulle gambe, bagnandolo.

"Xander, che ci fai qui?".

Nadine. Riconobbe la voce. Dove si trovava? La sentiva, ma non la vedeva. Ed era troppo difficile muovere la testa.

Il suo cranio doveva pesare almeno un centinaio di chili. La voce di lei proveniva da un luogo lontano tra le nuvole. Cercò di alzare una mano per togliersi la pioggia dal viso, ma le braccia sembravano spaghetti troppo cotti. Doveva essergli passato sopra un bulldozer. E il dolore non finiva lì. Il suo cuore batteva all'impazzata e all'improvviso gli era venuto un mal di testa martellante. Era la madre di tutti i mal di testa.

Stava avendo un attacco di cuore? Forse solo un attacco di panico, pensò speranzoso. Non poteva essere morto, altrimenti non avrebbe sofferto così tanto. Cosa gli stava succedendo? "Fanculo", borbottò, sentendo lo stomaco rivoltarsi. Cavolo, stava per vomitare.

Xander si voltò e cercò di scavalcare il bordo della cassa. Un attimo dopo era a quattro zampe nel fango freddo. Le sue mani affondarono nel fango.

Fece un respiro profondo per evitare di vomitare, ma non fu una buona idea. L'odore di terra e di letame gli riempì la testa e tutto ciò che aveva nello stomaco uscì fuori. Ruttò un paio di volte e cercò di respirare mentre l'acqua fangosa che scorreva portava via il suo vomito.

Trauma cranico. Commozione cerebrale. Doveva essere così. Aveva tutti i segni. L'ultima cosa che ricordava era di essere caduto nel garage. Il pavimento doveva essere scivoloso. Non ricordava di aver toccato terra, ma doveva essere successo. Doveva aver sbattuto la testa con forza.

La voce di Nadine ora sembrava più vicina. "Non riesco a spiegarmelo, Xander. Non so cosa stia succedendo. Non dovresti essere qui".

"Il mio posto è qui", riuscì a mormorare, solo per controbattere, anche se non aveva idea di dove fosse *qui*. Sapeva solo che pioveva, soffiava un vento freddo e tutto aveva un cattivo odore. Ma almeno Nadine era qui.

"Dobbiamo spostarti. Non puoi stare seduto qui. Se qualcuno ti vede, siamo in guai seri".

"No, sarebbe una buona cosa. Ho bisogno di un medico. E non sono seduto".

Non riusciva più a vedere né a sentire le mani nel fango gelido. Il terreno lo stava inghiottendo. In pochi minuti sarebbe scomparso. Sepolto. Sentiva già i vermi strisciargli sulle braccia.

"Cazzo, toglimi queste cose di dosso". Si spinse indietro sulle ginocchia. Tirando le maniche fino al gomito, cercò di raggiungere le creature striscianti. "Andate via."

"Va tutto bene. È tutto a posto. Quello che senti, quella sensazione inquietante e strisciante, non è reale. La stai immaginando.

Jane Austen Cannot Marry!

Succede quando si fa un salto nel tempo. I nervi del tuo corpo si stanno ancora sistemando, ricollegando i punti. Credimi, Xander. Non c'è niente".

Si guardò le braccia nude, ormai macchiate di fango. Nadine aveva sempre una risposta. Anche se non aveva quasi mai senso. "Forse non sei nemmeno qui", disse lui. "Forse sto immaginando la tua voce".

"Xander, guardami".

Non aveva intenzione di rendersi ridicolo. Continuò a fissarsi le braccia, chiedendosi perché non riuscisse a vedere i vermi che sentiva ancora strisciare sulla pelle. Solo la pioggia lo colpiva.

"Te ne sei andata. Ho battuto la testa. Avevi promesso di rimanere in macchina ad aspettarmi. Ma non hai nemmeno voluto salutarmi. Due volte, ormai. Due volte l'hai fatto. E dannazione, Nadine, fa male".

"Xander, ho cercato di dirtelo".

"Sto sognando che tu sia qui. *Voglio* che tu sia qui. Ma non otteniamo quello che vogliamo, vero? Non con te. Mai con te".

"Siamo entrambi qui. Mi hai seguito". Il volto di lei si spostò nel suo campo visivo. Il suo bel viso, incorniciato da un cappuccio. Era accovacciata davanti a lui. "Non so cosa sia successo o come tu abbia fatto, ma mi hai seguita nel tempo, Xander. Non credo che sia mai stato fatto prima. Non da qualcuno del 2022".

Stava di nuovo raccontando le sue folli storie. Ma era il suo viso a incantarlo in quel momento. Le gocce di pioggia scintillavano come gioielli sulle sue ciglia e sulle guance. Le sue labbra erano bagnate. Sbatté le palpebre, aspettando che lei sparisse. Era certo che l'avrebbe fatto. Ma la sua immagine divenne solo più chiara.

"Ascoltami", continuò. "Sei in pericolo. Siamo entrambi in pericolo se qualcuno ti trova qui, vestito così".

Si chinò per dare un'occhiata a ciò che indossava lei. Un vestito grigio sotto un mantello con cappuccio, bagnato e infangato. "Hai lasciato i tuoi vestiti nel mio armadio. Come li hai recuperati? C'è un reparto guardaroba su questo set? Quelli del cinema ti decurtano lo stipendio quando lasci qualcosa?".

"Non puoi dire cose del genere", disse in fretta, guardandosi intorno. "Cerca di alzarti. Prendi la mia mano. Siamo entrambi troppo esposti qui".

La madre di tutti i mal di testa si era trasformata nella madre di tutti i sogni. Avrebbe preso la sua mano e l'avrebbe seguita all'inferno, se lei glielo avesse chiesto. Xander allungò una mano sporca di fango e lei lo aiutò ad alzarsi.

Lui non si reggeva in piedi e rischiò di cadere, ma lei lo prese per il gomito e lo aiutò a stare dritto.

Il mondo intorno a lui si inclinò per un momento, ma la pioggia pungente sul viso lo aiutò a rimettere dritte le cose, e Xander si concentrò. Il suo primo pensiero era corretto. Doveva essere il set di un film. O uno di quei "musei viventi" come la Plimoth Patuxet Plantation o Old Williamsburg. Era sicuramente vestita così per quello.

Il cottage più vicino sembrava uscito da un film televisivo sulle streghe di Salem. C'erano un capanno malridotto con una bassa staccionata di legno intorno e una dépendance in fondo al giardino. Fuori dal cancello, un viottolo fangoso si snodava verso altre due case, a una certa distanza. Gli edifici continuavano ad apparire e scomparire nella nebbia vorticosa e nella pioggia battente. Tutto aveva un aspetto grigio. Era come se vedesse il mondo attraverso un filtro.

Tutto quello che poteva dire era che avevano fatto un gran lavoro per rendere realistici anche gli odori. Anche se, per quanto lo riguardava, non riusciva a capire perché si fossero dati tanto da fare per un film. Lui era cresciuto in città, ma anche per lui questo fango puzzava di merda di mucca. Nell'aria c'era un altro odore sgradevole, dolce e nauseabondo, e dopo un attimo si ricordò di cosa si trattava. Maiali. Ne aveva incrociati alcuni in Pennsylvania.

"Fai un passo, Xander".

Il mondo ricominciò a girare nel momento in cui mosse un piede in avanti. Nadine ci provò, ma non riuscì a reggere il suo peso, e lui cadde pesantemente sulle ginocchia.

Strano, pensò. Non aveva sentito niente.

"Dammi la mano. Riproviamo".

"No, sto bene qui, grazie". Non ricordava di essere così stanco da secoli, forse da sempre. Forse aveva l'influenza e tutto questo era il prodotto della febbre e delle allucinazioni. Doveva essere così. Cos'era successo al Colorado?

Xander si mise a sedere nel fango e appoggiò la schiena contro la cassa. I suoi pantaloni erano fradici. Il vento era gelido e il fango in cui era seduto era freddissimoo, ma la temperatura era comunque

Jane Austen Cannot Marry!

molto meglio di quanto ricordasse, considerando la bufera di neve che c'era appena stata.

"Si è sciolta in fretta. Che fine ha fatto tutta la neve?".

"Non siamo più nel 2022. Non sei in Colorado. Hai viaggiato nel tempo. Siamo a Hythe, in Inghilterra. Io e te siamo degli intrusi qui. Mi stai ascoltando? Non possono trovarci. La gente qui non vede di buon occhio gli estranei".

Le frasi erano taglienti. La voce di Nadine stava aumentando di intensità, diventando sempre più forte.

"Per quanto mi piacerebbe stare sul set del film a guardarvi lavorare, ora ho bisogno di un letto. Ho bisogno di un pisolino".

"*Non puoi* fare un pisolino. Aiutami, Xander. Mi sta salendo l'ansia. E quando ho l'ansia, la mia asma ricompare. E questo sarebbe un disastro. Non ci sono medici né ospedali con qualcuno che abbia idea di come affrontarla. Non qui. Non nell'anno in cui ci troviamo. Ho lasciato le mie medicine al ristorante in Colorado".

Xander si tastò le tasche del giubbotto. Aveva con sé qualcosa di lei, ma non riusciva a ricordare cosa fosse.

Un animale belava da qualche parte in lontananza. Con il vento che soffiava, riusciva a malapena a sentirlo, ma gli sembrava una capra.

"Credo di immaginarmi delle cose. Voglio davvero dormire. Solo qualche minuto".

"Ti prego, Xander. Alzati. Potrebbe arrivare qualcuno".

Il suono del respiro affannoso gli riportò alla mente un vecchio ricordo. Anche sua madre era qui? Xander alzò lo sguardo e trovò Nadine china su di lui. Il suo viso era arrossato, i suoi respiri irregolari.

La sua borsa non era al ristorante. L'aveva con sé nel garage. Ce l'aveva ancora? Cercando dietro di sé nella scatola, ci mise subito la mano sopra. La tirò fuori.

"Ce l'ho io. È proprio qui".

"Grazie a Dio". Nadine gliela prese e cercò all'interno, tirando fuori il dispositivo delle dimensioni di un pollice che le aveva visto usare in precedenza. La guardò fare un paio di respiri profondi. Il farmaco fece effetto quasi istantaneamente.

"Possiamo fermarci in farmacia? Voglio prendere un paio di questi ".

"Certo, ci andremo più tardi". Aprì la parte anteriore del

mantello e fece passare la borsa sulla spalla, tirando il mantello sopra di essa. "Avanti. Alzati."
"Serve una prescrizione medica per quello?".
"Ti farò avere una ricetta".
Sentì altre cose strane. Il nitrito di un cavallo. Poi lo scricchiolio di un carro. E delle voci. Due uomini che discutevano. Non riusciva a distinguere gli accenti.
Nadine gli tirò con forza il braccio e Xander collaborò, cercando di alzarsi in piedi. Lei lo spinse avanti, passo dopo passo.
"Dove stiamo andando? Posso aggiungermi alle comparse?".
"*Sei* già un'aggiunta", ha sussurrato. "Un problema aggiuntivo di cui non ho bisogno in questo momento. Abbassa la voce".
Lui e Nadine arrancarono il più velocemente possibile nel fango. Su entrambi i lati del sentiero, spuntavano file di piante, ma le giovani foglie verdi erano state sbattute nel fango dalla pioggia. Tra i filari c'erano pozze d'acqua.
Pensava che Nadine lo stesse conducendo al cottage. Invece, lo guidò verso il capanno.
Alle sue spalle, scorse un carretto sgangherato trainato da un piccolo cavallo. Era appena visibile attraverso la nebbia. Due uomini conducevano a piedi il cavallo.
Il vicolo passò proprio davanti al cancello in fondo al giardino. Anche loro erano in costume d'epoca. Xander capì che la discussione non era seria, perché uno di loro rise prima di scoppiare in un attacco di tosse.
Nadine scavalcò il basso recinto e lo portò con sé nel cortile. Scivolarono a lato del capannone. Due capre li fissavano da sotto una bassa sporgenza.
La pioggia cominciò a scendere più forte. Nadine si spinse contro di lui, premendo la schiena di Xander contro il muro. Voltò il suo viso verso quello di lui. La sua voce era il più lieve dei sussurri.
"Viaggio nel tempo. Ti ricordi cosa ti ho detto?".
Xander la guardò accigliato. Non aveva mai creduto alle sue storie. Le aveva semplicemente riconosciuto il merito di essere una brava narratrice. Ma ancora non ci credeva.
"Rinfrescami la memoria".
"Mi sto ripetendo, ma è essenziale che ricordi queste cose. Siamo nell'anno 1811. Questa è Hythe, in Inghilterra".
"Ho dormito durante il volo?"

Jane Austen Cannot Marry!

"È una cosa seria, Xander. Non è uno scherzo. Io e te potremmo essere arrestati entrambi. Potremmo essere giustiziati". Fece una pausa. "Shh."

Il carretto passò proprio davanti al cancello del giardino. Xander la guardò negli occhi. La preoccupazione in essi era reale. Non l'aveva mai vista così agitata. Nemmeno quando era stata attaccata da quello scoiattolo assassino sul suo portico.

"Non abbiamo fatto nulla di male", sussurrò. "Perché dovrebbero arrestarci?".

"Le leggi in questo tempo sono diverse. Noi siamo diversi. Veniamo dal futuro. Ma la gente del posto non ci crede". Fece una pausa, ascoltando.

Il carretto scricchiolante e le voci si stavano allontanando.

Xander si guardò intorno, cercando telecamere, persone dietro le quinte. Niente. Solo triste pioggia che scendeva a catinelle e puzza.

Nadine riportò l'attenzione su di lui. "Abbiamo fatto un salto quantico in un periodo di disordini. C'è grave incertezza e diffidenza verso gli estranei. Il Paese è in guerra".

"In guerra con chi?"

"Con i francesi. La gente che vive qui è alla ricerca di spie. Pensano che Napoleone sia pronto a invadere da qualche parte lungo questa costa. E non serve provare a dire che non siamo francesi. Non gliene importerà nulla".

Stava *davvero* per dirlo. Lei gli aveva rubato la battuta.

Una delle capre si era avvicinata. La creatura stava mordicchiando la gamba dei jeans di Xander. Lui la scacciò.

"Ti prego, fai attenzione. Abbiamo un aspetto diverso e parliamo in modo diverso. Penseranno che siamo spie, che lavoriamo per i francesi". Scrutò l'edificio. "Se ne sono andati... per ora.

"E ricordati che in questo periodo, in Inghilterra, la maggior parte dei crimini sono punibili con l'impiccagione".

Si schernì. "Tipo quali crimini?".

"Furto con scasso. Furto di pecore. Sodomia. Furto di corrispondenza. Contraffazione di documenti". Si sistemò una ciocca di capelli bagnati dietro l'orecchio e lo guardò intensamente. "Ed essere stranieri".

"Ci impiccheranno perché siamo stranieri?".

"*Amano* impiccare gli stranieri. È tipo lo sport nazionale". Lei gli

tastò la tasca. "Hai il portafoglio?".
Si tastò la tasca dei pantaloni. "Sì".
"Ci sono dei soldi dentro?".
Annuì.
"Diranno che sono contraffatti. E che la foto sulla patente è opera del diavolo".
"È un modo per descrivere la Motorizzazione".
Nadine esalò un lungo respiro e scrollò le spalle. La sua voce era un sussurro. "In qualche modo ti ho coinvolto, ma cercherò di tirarti fuori. Di rimandarti indietro. Ma devi fidarti di me, Xander. *Devi* fidarti di me e fare quello che ti dico".
"Va bene". Era bravo a seguire gli ordini... quando gli faceva comodo.
"Torno subito".
Xander si appoggiò alla capanna mentre lei scavalcava la recinzione per tornare nel giardino.
Si sentiva più stabile sui piedi. La nausea si era attenuata. Anche l'intorpidimento delle braccia e delle gambe era migliorato. Anche la sensazione di vermi che strisciavano su di lui era sparita.
Ora il suo stomaco brontolava. Era affamato. Ripensandoci, non riusciva a ricordare l'ultima volta che aveva mangiato. Né lui né Ken avevano mangiato niente di sostanzioso dopo che Donna era entrata in travaglio. Aveva portato con sé del caffè e delle barrette proteiche in macchina. Ma niente di più.
Era ieri? Oggi? Aveva davvero viaggiato dall'altra parte del mondo? E non solo in un altro fuso orario... in un altro secolo? Si frugò in tasca e tirò fuori il cellulare. Lo schermo era nero. Provò a riavviarlo, ma non si vide nulla. L'apparecchio era morto.
Pensò a ciò che gli aveva detto Nadine. Non aveva motivo di mentire. Non ora. Era sinceramente preoccupata per la loro sicurezza. E lui non glielo aveva chiesto, lei gli stava offrendo informazioni.
Ma era tutto così difficile da credere.
Aveva così tante domande. Ma la sua storia con Nadine era così. Era così difficile capire in cosa fosse coinvolta. Da dove venisse e dove andasse quando spariva.
Almeno, era con lei. L'aveva trovata. Era già qualcosa. E non era quello che voleva? Nadine gli aveva detto di fidarsi di lei.
Sentì un tonfo sordo provenire dall'altra parte del giardino.

Jane Austen Cannot Marry!

Quando sbirciò dietro l'angolo del capanno, vide che Nadine era scivolata sul sentiero fangoso. Si stava dirigendo verso la cassa. La seguì e si mise proprio dietro di lei.
"Dobbiamo nasconderla. Se la lasciamo dov'è, solleverà troppe domande".
"Ok. Dove?"
"Mettiamola dietro il capanno".
Xander rimise a posto il coperchio e insieme trasportarono la bara lungo il sentiero del giardino. Le capre uscirono sotto la pioggia per guardarli lavorare. Nadine indicò un mucchio di tela grezza lì vicino, con cui coprirono la cassa.
"Dovrebbe andare bene", disse. "Non so se avremo bisogno di questa per riportarti in Colorado, ma almeno sarà qui, in caso".
Batté il piede sulla cassa. "Quindi questa è la nostra DeLorean? Questo fa di te Doc Brown e di me Marty McFly".
"Non ho idea di chi o cosa tu stia parlando".
"Certo che no. Allora, qual è la prossima mossa?".
Nadine aggrottò le sopracciglia e guardò il casolare. "Dobbiamo andare, ma prima dobbiamo fermarci qui. Spero che la mia amica abbia dei vestiti che ti vadano bene. È lei che mi ha prestato questi".
"Cosa c'è di sbagliato in quello che ho addosso?".
"Un solo sguardo e ti ritroverai addosso una folla molto cattiva".
"Giusto".
Si avviarono verso il cottage e Xander le prese la mano quando il suo stivale scivolò sul fango. La sua pelle era calda e la presa forte.
"Questa donna è la nostra unica amica qui. Ma lascia che sia io a parlare. Meno è meglio, da te".
"Meno è meglio", ripeté.
Prima che raggiungessero il cottage, la porta si aprì di scatto.
"Smettete di rovinare il mio giardino, voi due, e spiegatevi. Subito".
Xander ora capiva cosa diceva Nadine a proposito degli accenti. Queste persone parlavano in modo diverso.
La donna stava sulla porta con le mani ben piantate sui fianchi. I capelli biondo scuro erano sollevati e appuntati sulla nuca. I suoi occhi marroni erano grandi e ardevano come fuoco. Indossava un lungo abito grigio con un grembiule bianco con qualche macchia. Le maniche erano arrotolate fino ai gomiti e sembrava abbastanza in forma da combattere con entrambi.

Un bambino sbirciava da dietro le sue gonne con occhi grandi come piattini. Non c'era da stupirsi che fosse pronta a combattere. Nadine si rivolse a Xander. "Questa è la mia amica Deirdre. Ci aiuterà".
"Aiutarvi? Sei impazzita? Che cosa pensi di fare portando uno strano uomo alla mia porta?". Puntò un dito contro Xander. "È spuntato nel mio giardino mentre tu eri dentro? Da dove viene? Chi è?"
"Questo è mio marito". Nadine gli strinse la mano e la lasciò andare. "Il signor Finley. È *appena* arrivato a Hythe".
Finley, pensò Xander. Gli stava dando il suo cognome, il che andava benissimo. Non sapeva come il suo stesso cognome, Nouri, di origine persiana e araba, sarebbe stato accolto nel mondo dell'Inghilterra del 1811.
Un momento. Stava perdendo la testa? Stava davvero iniziando a credere a ciò che stava accadendo? Viaggi nel tempo? Sbirciò all'interno del cottage buio, sperando di vedere una troupe televisiva. Niente.
"La diligenza non arriva prima di mezzogiorno".
"Diligenza privata".
"Da dove viene? Perché non ti ha aspettato al Cigno?".
"È arrivato da Londra".
"Davvero? E suppongo che si sia presentato *per caso* alla mia porta? Vestito così... così?". Il suo sguardo lo percorse dalla testa ai piedi. "E poi, che cosa indossa?".
"Beh, il sarto di cui ti parlavo...".
"Non ti disturbare, signorina. Non ascolterò nessuna frottola. Di te posso occuparmi. Ma voi due insieme?". Lo sguardo del bambino andava da Nadine a lui e viceversa. Deirdre spinse il bambino dietro di sé, lontano dalla vista. "Conoscete la mia situazione. Non posso permettermi di essere arrestata per aver aiutato quelli come voi due a portare pericolo al villaggio".
"Non sono... non *siamo* pericolosi. Posso pagare qualsiasi cosa prendiamo in prestito e spiegare tutto".
"Fammi indovinare. Mi spiegherai più tardi. Più tardi. Sempre più tardi. E questo dopo che avrai preso in prestito altri vestiti e sarai tornata qui con altri due come te. Non faccio la carità, signorina. E sono stanca dei tuoi segreti. Che ragione ho di fidarmi di voi?". Fece un cenno verso la strada. "È già abbastanza grave che

Jane Austen Cannot Marry!

indossiate il mio mantello. Ora andate per la vostra strada, o griderò chiedendo aiutoe vi farò accerchiare dai guardacoste ".

I guardacoste. Xander ricordava che Nadine gli aveva detto di essere stata inseguita dai guardacoste quando l'aveva trovata su quella strada in Colorado. Non le aveva creduto.

Deirdre fece un passo indietro per chiudere la porta.

"Posso dire una cosa?" Intervenne Xander. Immaginava che loro due dovessero fare una certa impressione. Come due topi infangati e mezzi annegati.

Deirdre tenne la porta leggermente socchiusa, fissandolo con diffidenza. Nadine scosse la testa.

"Signorina Deirdre. È un grande piacere conoscerla". Si sentiva come un venditore di pannelli solari che va di porta in porta. "Prima di metterci in cammino, vorrei ringraziarla. Sono Xander... Finley. E le sono molto grato per la sua gentilezza nei confronti di Nadine dal primo momento in cui vi siete incontrate".

"Come fai a sapere della mia gentilezza? Sei appena arrivato".

"Era... la sua lettera". Xander non era uno storico, ma non era del tutto sprovveduto. "Nadine mi ha mandato delle lettere e la mia amata moglie mi ha parlato di lei... e con grande affetto. Lei e suo figlio...".

"Andrew", ha aggiunto Nadine.

"Sì. Andrew".

La porta si aprì di qualche centimetro e Deirdre lanciò un'occhiata a Nadine.

"Dove ha mandato le lettere? Dove eri?"

"Vivo in America".

"Beh, questo spiega perché parli in modo così strano". Lei fece una smorfia, e poi il sospetto le offuscò di nuovo il volto. "Ma la conosco da meno di quindici giorni. Come hanno fatto le sue lettere a raggiungerti? E ora sei qui? Niente di tutto questo ha senso".

"*Vengo* dall'America, ma sono stato a Londra". Sorrise. Fin da quando era piccolo e combinava guai nel loro appartamento nel Queens, sua madre diceva sempre che con il suo sorriso poteva incantare un coccodrillo. Cercò anche di parlare in modo antiquato, immaginando che potesse essere più simile al modo in cui si parlava nel 1811.

"E come ha detto la mia cara moglie, sono arrivato oggi e sono venuto a cercarla". Quando si trattava di luoghi e distanze e di quanto tempo ci voleva per spedire una lettera a Londra o per viaggiare da lì a qui, Xander poteva solo sperare di aver indovinato. Stava facendo un po' di confusione... piiù di un po'. "Comunque, ora ce ne andiamo. Grazie ancora per la sua gentilezza e ospitalità".

Si inchinò di nuovo e prese la mano di Nadine.

"Lei è un gentiluomo, non è vero?". Commentò Deirdre, spalancando la porta. "Beh, perché non entrate e vedrò cosa posso fare".

Capitolo Ventisei

Quindici minuti. Nadine aveva quindici minuti per arrivare a Churchill House prima che la carrozza arrivasse al Cigno. Con un po' di fortuna, le piogge a ovest l'avrebbero rallentata.

Deirdre era di nuovo la sua migliore amica, grazie a Xander, il suo finto marito. Nadine fu sorpresa dalla reazione della giovane madre. Una donna sposata, con un figlio e un marito assente, aveva una grande posta in gioco se fosse stata accusata di aiutare le spie nemiche. Tuttavia, il bell'aspetto e la presenza carismatica di Xander la conquistarono.

Senza alcuna esitazione, gli aveva offerto un cappotto e un cappello a cilindro, che Xander aveva accettato con un gesto di gratitudine. Il cappello apparteneva al marito scomparso, il cappotto a un cliente, e lei non aveva mostrato alcuna propensione al baratto. Anzi, non gli aveva creato alcuna difficoltà e non c'erano state domande a raffica.

Con le guance arrossate, Deirdre sembrava ipnotizzata dal fascino di Xander e non riusciva a fare abbastanza per lui. Non sembrò nemmeno notare il suo gilet, anche se la cerniera, i bottoni automatici e il tessuto con l'isolamento sintetico erano diversi da qualsiasi cosa avesse mai visto o *avrebbe visto* in vita sua. Non c'era bisogno di trovare una camicia, un gilet, una giacca o dei pantaloni per lui. Non ancora. L'impermeabile era abbastanza grande da coprire i jeans, il gilet e il maglione di Xander. I suoi stivali erano già sporchi di fango e non avrebbero attirato l'attenzione.

Deirdre era visibilmente rattristata quando dovettero andarsene. Non potevano restare oltre, ma Nadine accettò la mezza pagnotta che la donna le porse, avvolta in un panno. La infilò nella borsa, consapevole degli ulteriori effetti collaterali che Xander avrebbe dovuto affrontare a breve.

Uscendo dalla casa di Deirdre, le venne in mente che, anche se la presenza di Xander creava serie complicazioni, sarebbe stato molto più facile muoversi in paese con un uomo al suo fianco. La vista di una donna sola, estranea alla città, le aveva già causato dei problemi.

Mentre si dirigevano verso la parte bassa del villaggio, valutò le sue prossime azioni. Il piano originale era ormai chiaramente andato in fumo. Non sarebbe stato possibile portare Charles Gordon fuori da Hythe prima dell'arrivo di Jane Austen. Sospettava che la pioggia avesse già cancellato la strada verso Canterbury. Con l'arrivo imminente della tempesta, nessuno avrebbe lasciato il villaggio in nessuna delle due direzioni.

Aveva bisogno di un nuovo piano.

Anche se non sapeva esattamente come avrebbe portato a termine la sua missione, aveva senso incontrare il capitano prima che lui e Austen si riunissero. A quel punto si sarebbe potuta presentare un'opportunità e Nadine avrebbe potuto improvvisare man mano.

Mettendo da parte quel pensiero per il momento, si concentrò sui suoi problemi immediati. Quando le erano stati dati i dettagli dell'incarico, non c'era stato modo di sapere *quando* durante la giornata i due ex piccioncini si sarebbero incontrati. Sarebbe stato quella sera? L'indomani? La pioggia avrebbe continuato a cadere e le strade non sarebbero state percorribili per un giorno o due. Semplicemente non si poteva sapere che direzione avrebbe preso la storia d'amore tra Austen e Gordon.

"Buongiorno".

Scossa dai suoi pensieri, Nadine alzò lo sguardo sorpresa quando Xander si toccò la tesa del cappello e fece un cenno a una donna che passava davanti a loro. L'abitante del villaggio stava trascinando un bambino accanto a lei e lo guardava con interesse, nonostante la pioggia battente.

Jane Austen Cannot Marry!

"Non parlare con la gente", avvertì Nadine a bassa voce. "Non attirare l'attenzione su di noi".

Stavano arrancando lungo il viottolo fangoso verso il ponte del canale.

"Mi ha sorriso".

"Ovviamente".

L'uomo era alto più di un metro e ottanta, aveva una barba folta ed era uno straniero, ma i modi gentili e l'ampio sorriso di Xander erano destinati a far girare la testa.

"Se qualcuno mi sorridee, io ricambio il gesto".

"Non ti stai candidando a sindaco di Hythe".

"Com'è amministrata la città? *Hanno* un sindaco? Quante persone vivono qui?". Non aspettò la risposta. "Sembra una bella cittadina. Un po' umida, ma carina".

Lei si schernì. "Faremo una passeggiata vicino al patibolo più tardi".

"Qui accettano i dollari americani?".

"No, loro..."

Xander non attese la risposta. Cambiando direzione, si diresse verso un paio di negozi. Uno di questi era una panetteria. Nadine gli afferrò il braccio e lo riportò sulla retta via.

"Sarà uno shock per te sapere che non accettano denaro stampato duecento anni nel futuro. Inoltre, non abbiamo tempo per fermarci".

"Se non abbiamo soldi, come faremo a comprare il cibo? Dobbiamo mangiare".

"Beh, grazie al fatto che hai portato la mia borsa, ho alcune monete d'epoca. E nella mia stanza al Cigno, la locanda dove alloggio, ho anche delle banconote che possiamo usare".

"Posso prendere in prestito dei soldi da te, adesso?".

"No".

"Puoi andare e fare quello che devi fare".

"No".

"Quando hai finito, puoi tornare a cercarmi".

"Assolutamente no. Non posso perderti di vista".

Guardò malinconicamente alle spalle la panetteria dietro di loro. "Non ricordo davvero di aver mai avuto tanta fame. E tanta sete".

"Ti ricordi quanto sono stata male la prima notte che sono arrivata in Colorado?".

"Come potrei dimenticare?"

"Ho mangiato e bevuto troppo e troppo in fretta. Quando si fa un salto quantico, è meglio aspettare e darsi un ritmo".

"Sono d'accordo sul ritmo. Ma dobbiamo pur cominciare da qualche parte, no? Non mi hai ancora offerto nulla da mangiare".

Aveva ragione. Le dispiaceva per lui. Frugando nella borsa, tirò fuori il pane incartato e glielo porse.

"Cos'è questo?"

"Pane, ma è tutto quello che puoi avere fino a dopo".

"Quanto dopo?"

"Te lo farò sapere quando lo saprò io stessa".

Xander aprì il tovagliolo e diede un morso mentre camminavano.

Si fermò di botto. "Accidenti, non avevi detto che era pane? Sa di gesso".

"Sì. Beh, ci sono ingredienti che in un futuro non troppo lontano verranno utilizzati nei detersivi per il bucato".

"Ci credo. Come può la gente mangiare questa roba?".

"Vuoi sapere qual è l'aspettativa di vita media in quest'epoca?".

I suoi occhi si restrinsero. "No, sto bene così".

Incartò il pane e glielo restituì.

"E, per il futuro, è più sicuro bere la birra che l'acqua".

"Perché?"

"Colera. Tifo. La qualità dell'acqua è insalubre, se non letale".

Rimise il pane nella borsa, sapendo che sarebbe stata solo una questione di tempo prima che lui cedesse e lo chiedesse di nuovo. Aveva mangiato cibo molto meno appetitoso nei suoi anni di viaggio.

"Sarebbe molto più facile se mi spiegassi cosa sta succedendo. Perché sono qui?"

"Per quanto riguarda il perché o il come sei arrivato qui, non ne ho idea".

Niente aveva senso. Solo gli Scribi Custodi erano addestrati a saltare nel tempo. Dopo aver completato i training specifici per le missioni, gli apprendisti passavano la maggior parte del tempo ad allenarsi. Più volte al giorno, per mesi, aveva dovuto fare flessioni, trazioni, addominali e squat, oltre a sollevare pesi e correre. A parte il condizionamento psicologico, i loro corpi dovevano abituarsi a disperdere particelle atomiche nell'universo durante il salto attra-

Jane Austen Cannot Marry!

verso i circuiti spazio-temporali, per poi riprendersi all'arrivo. La forza e i muscoli aiutavano nella transizione.

Lanciò un'occhiata a Xander. Non lo vedeva nudo da due anni, ma non aveva dimenticato la sensazione del suo corpo contro il suo. Aveva idea che sotto quei vestiti avesse ancora lo stesso fisico mozzafiato. Chiaramente, era abbastanza in forma.

Ma come poteva aver iniziato il salto? *E* individuare in tempo la sua posizione? Anche se non lo usava più, Nadine aveva nella borsa un dispositivo di mobilitazione sub-molecolare che aiutava ad avviare il salto quantico. Ma anche con quello, un principiante non sarebbe mai stato in grado di gestirlo.

Era un mistero che non aveva tempo di risolvere ora.

"Non so come sono arrivato qui". Lui la guardava accigliato. "Ma cosa ha portato *te* qui?".

"Ho cercato di dirtelo in Colorado, ma non mi hai creduto".

Si stavano avvicinando al ponte sul canale. Con l'arrivo della marea e le forti piogge, l'acqua aveva superato i muri di pietra del canale e stava risalendo le sponde fangose. La gente si affrettava il più possibile per uscire dal diluvio, ma una coppia di operai era in piedi sul ponte, a guardare l'acqua che saliva sotto di loro. Le borse degli attrezzi pendevano dalle loro spalle e la pioggia scorreva sui loro cappelli a tesa larga e sui loro impermeabili.

I due si voltarono e li guardarono mentre passavano. Xander si toccò la tesa del cappello e gli uomini annuirono bruscamente prima di allontanarsi.

Cominciando a risalire la collina verso l'arteria principale della città, Nadine cominciava a sperare che avrebbero fatto in tempo. Churchill House si trovava oltre la High Street, in un vicolo a ovest della chiesa.

"Avevo tutte le ragioni per pensare che ti stessi inventando tutto", continuò Xander. "I viaggi nel tempo non esistono nel 2022, a parte quello che si vede in qualche programma televisivo o nei film. E tu stessa sapevi che quello che dicevi sembrava inverosimile. Ecco perché non ne hai parlato un paio di anni fa, quando eravamo a Las Vegas. Ad essere sincero, è ancora difficile per me capire come stanno le cose".

Aveva ragione su Las Vegas. Ed era certa che non le avrebbe creduto nemmeno in Colorado, anche se aveva fatto del suo meglio

per essere sincera. Per lui le sue spiegazioni erano solo questo: storie inverosimili.
"La maggior parte delle persone nel mio tempo, nel futuro, non lo capisce", ammise lei. "È difficile credere che sia possibile... finché non si fa un salto temporale".
Il cuore di Nadine si fermò alla vista di due guardie armate che scendevano dalla collina verso di loro. Combatté l'impulso di voltarsi e correre. La loro attenzione, però, era concentrata sull'allagamento del canale e li guardarono a malapena mentre passavano.
"Non parlare mai con quelli come loro", avvertì una volta che furono fuori dal loro raggio d'azione.
"Perché?"
"È grazie a loro che sono finita in quella bara e ho fatto il salto quantico in Colorado. Mi stavano inseguendo".
Si fermò e si voltò a guardarli. "Quei due?"
"Non so se siano stati proprio quei due. Potrebbero essere stati loro o altre due guardie. Era notte e stavo correndo. Andiamo". Gli tirò il braccio, ma non riuscì a spostarlo. "Xander, cosa stai facendo?".
Lui la fissò con il suo sguardo cupo e le prese la mano tra le sue. "Devo tornare indietro e ringraziarli. Immagina come sarebbe stata diversa la mia vita se tu non fossi mai apparsa su quella strada nel bel mezzo della tempesta".
"Sì, diversa e migliore".
"No, peggiore. Non mi importa che il mondo sia un po' più burrascoso da quando sei arrivata, Nadine. Tu *sei* la tempesta. Per due volte sei entrata nella mia vita e l'hai stravolta".
Nadine non riusciva a credere che lui le stesse facendo quel discorso adesso. La faceva sciogliere dentro.
"Dopo la tua scomparsa, mi sei mancata. Mi sei mancata più di quanto tu possa immaginare". Le premette le labbra sul palmo della mano. "Nella mia mente, quegli uomini hanno fatto un miracolo. Credo di avere un debito di gratitudine nei loro confronti... per te".
Le parole erano romantiche, ma gli occhi di Xander dicevano molto di più. Lei intuì che sarebbero stati d'accordo nel togliersi i vestiti e fare l'amore proprio lì. E che il lavoro che doveva fare poteva benissimo aspettare.
Capiva come si era sentita Deirdre. Quest'uomo sapeva come esercitare il suo fascino, come essere irresistibile. Fissandolo in viso,

Jane Austen Cannot Marry!

non dubitava che lui intendesse ogni parola che diceva. Assolutamente scopabile. Erano due anni che non faceva sesso. Due lunghi anni. Dall'ultima volta che erano stati insieme a Las Vegas. Ma non si trattava solo di attrazione fisica. Il fatto era che lei lo amava. E sapeva che nessuno nell'universo, passato o futuro, era felice come Xander semplicemente per il fatto di stare con lei. Accettandola così com'era. Desiderandola.

Un carro che scricchiolava e sbatteva, mentre un cavallo malandato attraversava a fatica il ponte, la scosse dalle sue riflessioni. Il buon senso si fece subito sentire.

"*Non* sono certo miracolosi". Lei esalò un respiro frustrato e gli tirò il braccio. "Se farai come ti dico e mi darai un paio d'ore per rimettere in piedi questa missione, ti spiegherò come il viaggio nel tempo sia una questione di scienza della relatività, di geometrie dello spazio-tempo e del continuum in espansione e in contrazione delle circonvoluzioni. Non c'è nessuna magia o miracolo o destino coinvolto".

Su sua sollecitazione, ricominciò a camminare accanto a lei.

"Da quale anno del futuro provieni?".

"Nella mia vita finita, è il 2078".

"Questo ha senso. È normale che la tecnologia e la scienza siano progredite molto in cinquantasei anni, no?". Non aspettò che lei rispondesse. "Se guardassimo *indietro* di cinquantasei anni, immagina l'incredulità di chi viveva nel 1966 se una persona avesse cercato di spiegare gli iPhone, le app per computer, le e-mail, i selfie, Netflix, Costco e le Tesla".

Aveva risvegliato la mente curiosa dell'ingegnere.

"Esisterà ancora nel 2078?".

"Chi?"

"Elon Musk".

"Non ho tempo per questo adesso, Xander".

"E Jeff Bezos?"

"Più tardi. Risponderò alle tue domande più tardi. Per ora, devi comportarti in modo da far credere alla gente che apparteniamo a questo luogo nel 1811".

"Sarà difficile. Non so nulla di questo tempo e di questo luogo".

"Segui le mie indicazioni".

Un attimo dopo raggiunsero la High Street.

In entrambe le direzioni, la strada acciottolata era generalmente invisibile, sommersa da profonde pozze d'acqua battute dalla pioggia. Persino le strette passerelle rialzate che si affacciavano sui negozi erano inondate in molti punti. La nebbia non era così fitta lì, ma sapeva che, quando sarebbe scesa la notte, la visibilità sulla stretta strada sarebbe stata quasi inesistente. Alcune persone stoiche si affrettavano a entrare nei negozi. C'era molta meno gente in giro di quanto ricordasse dall'ultima volta che era passata da quell'incrocio di giorno. In fondo alla strada, vicino alla taverna Cervo Bianco, un venditore di ostriche e un ragazzino spingevano un carretto e proponevano a gran voce la loro merce.

Nadine tirò un sospiro di sollievo. Davanti al Cigno non c'era nessuna carrozza, ma un paio di stallieri attendevano accanto all'ingresso ad arco del cortile interno e delle scuderie.

La donna accompagnò Xander in un vicolo che passava tra due edifici e saliva sulla collina tra alti muri e siepi.

"Dove stiamo andando? Cosa vuoi che faccia o dica quando arriviamo?".

"Non devi dire nulla. Parlerò io". Riflettendoci, decise che sarebbe stato meglio se gli avesse dato una breve spiegazione. "Stiamo andando a Churchill House, che si trova su quella collina oltre gli edifici lungo la High Street. Vedi la cima del campanile quadrato della chiesa lassù?".

"Sì?"

"Non è lontano da lì".

"Chi ci vive?"

"Sir Thomas Deedes e sua moglie, prima Margaret Gordon, vivono a Churchill House. Il fratello di Lady Deedes, il capitano Charles Gordon, è in visita in questo momento. La mia missione è trovare un modo per distrarre il capitano e impedirgli di riallacciare i rapporti con Jane Austen mentre lei è bloccata a Hythe".

"*Quella* Jane Austen".

"Sì, *quella* Jane Austen".

Xander sembrava abbastanza colpito.

"Ma perché lo stai facendo?".

"Ricordi quello che ti ho detto su *Moby Dick* e...".

"E di *Re Artù* e di come tu sia uno Scriba Custode e protegga la letteratura".

"Stavi ascoltando. Hai prestato attenzione".

Jane Austen Cannot Marry!

"Presto sempre attenzione. Ma parlami ancora di Jane Austen. Qual è il problema?".

"Te l'ho appena detto. Devo impedire al capitano Gordon di incontrarla oggi".

"Ma perché?"

"Perché quei due hanno una storia. Si sono incontrati dieci anni fa e l'esperienza è stata più che amichevole. C'erano vere e proprie scintille tra loro. Sarebbe potuta diventare una cosa seria, se lui avesse avuto delle prospettive. Ma lui era ancora un giovane ufficiale della Marina, più o meno squattrinato, e lei si è convinta ad andare avanti".

"È un peccato".

"Quello che ti ho appena detto è rilevante per la nostra... per la mia missione solo se si incontreranno di nuovo oggi".

"Perché...?"

"Perché grazie a questo incontro casuale, la vecchia storia d'amore si riaccenderà. L'ipotetico cambiamento di rotta per la storia è che Austen e Gordon alla fine si sposeranno".

Quando i cancelli di Churchill House furono vicini, Xander si fermò di nuovo. "Il tuo compito è quello di interrompere la loro storia d'amore?".

Da quello che poteva vedere, non c'era nessuno lì fuori. Nessuno andava o veniva. Sperava che il capitano Gordon fosse felicemente rinchiuso in casa in una giornata così terribile.

"Nadine? È per questo che sei qui? Per impedire a due persone di avere una seconda possibilità in more?".

Una seconda possibilità in amore.

Capì cosa stava facendo. Stava facendo un parallelo tra la relazione di Austen e Gordon e la loro.

"Loro non sono noi, Xander", disse con fermezza. "Vivono in un'epoca diversa. La loro situazione è unica".

"Io e te viviamo in epoche diverse e direi che anche la nostra situazione è unica".

"Loro non sono *noi*". Gli premette l'indice sul petto, scandendo ogni parola. "Cosa sai del suo passato? Come mai è diventata una scrittrice?".

Diede un'altra occhiata alla casa. Tuttavia, non usciva nessuno. "Niente".

May McGoldrick

"È questo il punto". Lei sostenne il suo sguardo. Aveva bisogno di sentirselo dire. "Jane Austen ha rifiutato opportunità di relazioni a lungo termine con diversi uomini durante la sua vita. In questo momento, è una zitella di trentacinque anni sull'orlo della grandezza. Non c'è mai stato un Mr. Darcy o un romantico "vissero tutti felici e contenti" per lei. Ed è per questo che è diventata una delle più grandi scrittrici della lingua inglese. *Ragione e Sentimento, Orgoglio e Pregiudizio, Emma, Persuasione*, tra gli altri. Credeva che il matrimonio potesse avere successo solo se venivano soddisfatti determinati criteri. Finanziari e sociali, oltre che intellettuali. I partner dovevano avere rispetto reciproco. Ma anche se queste condizioni erano soddisfatte, c'erano delle responsabilità che andavano di pari passo con l'accordo matrimoniale. Purtroppo, in quest'epoca, esistono responsabilità e aspettative che le impedirebbero di diventare *quella* Jane Austen".

"Capisco quello che dici, ma ci sono eccezioni a tutto. Forse Gordon è diverso. Forse le permetterà di essere tutto ciò che vuole essere. Continuo a non capire come tu possa rompere la loro relazione...".

"Senti, sono qui per fare un lavoro". Nadine non voleva che il sentimentalismo offuscasse la logica. Non operava nel mondo delle *possibili* eccezioni. La storia non poteva essere riscritta, non nel suo lavoro. "Tu non hai nulla da perdere in questa situazione. Non voglio essere dura, ma la tua comprensione della questione è irrilevante. Ora, andiamo. Dobbiamo concludere questa faccenda".

Arrabbiata, fece un paio di passi verso la casa e si rese conto che lui non la stava seguendo. Voltandosi, lo vide in piedi dove l'aveva lasciato. La pioggia gocciolava dalla tesa del cappello a cilindro. La stava prendendo sul personale. Non poteva lasciarlo lì.

Allo stesso tempo, non poteva spiegare che la *sua* vita dipendeva dal completamento di questo incarico. I fallimenti non erano tollerati nel programma degli Scribi Custodi. Non c'erano tre tentativi. Se fallivi, eri fuori. E se lei era fuori, i suoi giorni di vita erano contati.

"Xander, c'è una ragione per fare quello che faccio". Gli tese la mano. "Ti prego. Devi fidarti di me".

Con un cipiglio, lui colmò la distanza e si avvicinarono insieme alla casa.

Oltre i cancelli aperti, un vialetto di ghiaia chiara circondava una grande aiuola erbosa. La pioggia scrosciava sulle ampie pozzanghere.

Jane Austen Cannot Marry!

Nadine aveva visto le immagini satellitari prima di venire in missione e sapeva che Churchill House era un'imponente residenza di campagna. Era anche venuta qui ogni giorno, chiedendo del capitano Gordon, prima di fare il salto in avanti all'epoca di Xander.

L'edificio in pietra si elevava per tre piani, con quattro timpani a punta e l'ala sud che correva parallela alla linea delle colline. File di finestre rettangolari ornavano la facciata dell'edificio e una dozzina di camini erano visibili sopra il tetto di ardesia lucida.

Un passaggio ad arco conduceva a una terrazza in pietra che si affacciava sul mare, ora invisibile a causa della pioggia battente. Sulla destra, il vialetto conduceva alle stalle e infine ai campi e alle fattorie oltre di essi.

L'adrenalina le accelerò il battito mentre salivano i gradini, e la sua mente analizzò le menzogne che stava per proporre.

Il collegamento che aveva pensato di usare inizialmente poteva ancora funzionare. Suo "padre" era un ammiraglio che in realtà conosceva il capitano. Dalle sue ricerche preparatorie, Nadine sapeva che a quell'epoca 650 ufficiali della marina erano irlandesi, o meglio anglo-irlandesi di nascita. Alcuni avevano il grado di ammiraglio e l'uomo che il capitano Gordon conosceva a Portsmouth era l'ammiraglio James Finley.

Lanciò un'occhiata a Xander, il suo finto marito. La complicazione che si presentava ora era che lei si presentava come *signora* Finley. Anche se avesse usato la scusa che lei e Xander erano cugini, entrambi sposati e quindi condividevano lo stesso cognome, perché avrebbe dovuto avere bisogno dell'assistenza di Gordon per qualcosa quando aveva un marito robusto al suo fianco?

Pensa, Nadine. Pensa.

E cosa sarebbe successo se fossero stati invitati a *entrare*? Xander indossava abiti del XXI secolo sotto il mantello. E il suo vestito, sotto il mantello, non era certo alla moda o ben aderente. Sembrava un abito preso in prestito, non l'abito della figlia di un ammiraglio.

Dannazione. Era nei guai.

Il tempo per elaborare una strategia finì quando la porta si aprì e un cameriere apparve sulla soglia. Lo riconobbe. Era la stessa persona che aveva corrotto per ottenere informazioni la settimana scorsa. Solo il minimo inarcamento di un sopracciglio dimostrò che l'aveva riconosciuta. Il cameriere lanciò un'occhiata a Xander e poi concentrò lo sguardo dietro di loro.

May McGoldrick

Frugò nella borsa. Da qualche parte, nelle sue profondità, c'era una custodia. All'interno della custodia c'erano dei biglietti da visita. I biglietti erano un accessorio necessario per una signora che si rivolgeva ad amici o conoscenti. Con la pioggia che cadeva, aprire la borsa per cercarli sarebbe stato un disastro. Nadine decise di procedere senza presentare il biglietto.

"Il capitano Gordon, se non le dispiace", disse lei. "Siamo il signore e la signora Finley. Siamo qui per una questione urgente e abbiamo bisogno di vedere il capitano".

"Le mie scuse, signora. Ma il capitano non è qui, al momento. Volete che vi annunci a Sir Thomas? O a Lady Deedes?".

Aveva evitato di incontrare la sorella e il cognato durante le visite della settimana scorsa, e avrebbe fatto lo stesso ora.

"Il capitano ha già lasciato Hythe?", chiese speranzosa.

Era stata via più di tre giorni. Era sempre possibile che un errore causato dal salto di un altro Guardiano si fosse verificato mentre lei era in Colorado. Forse la situazione si era autocorretta, dopotutto.

"No, signora. È giù in paese".

Lo stomaco di Nadine sprofondò.

"Crede che tornerà presto?".

"Sì, signora. Sta aspettando al Cigno la carrozza di mezzogiorno. Sta arrivando un caro amico del capitano, un altro ufficiale di marina".

La carrozza di mezzogiorno. La stessa su cui viaggiava Jane Austen.

Capitolo Ventisette

NADINE ERA COME POSSEDUTA. Afferrando il braccio di Xander, si affrettò a uscire dai cancelli e a ridiscendere la collina verso la High Street.
"Cosa facciamo adesso?"
"Incontriamo Jane Austen alla stazione delle carrozze".
"E per fare cosa?".
"Distrarla. So abbastanza della storia della sua famiglia e della situazione attuale dei suoi fratelli per trovare un collegamento".
"E pensi che funzionerà?".
"Dobbiamo solo tenerla concentrata su di noi. Se riusciamo a farlo, forse non si accorgerà del capitano Gordon".

Una folata di vento fece cadere il cappello a cilindro di Xander e spinse indietro il cappuccio del mantello di Nadine. Lei aspettò con impazienza, aggiustandosi il cappuccio.

Pensò a quante persone ci sarebbero state sulla carrozza proveniente da Plymouth e Brighton. Austen sarebbe stata l'unica donna ad arrivare oggi? In caso contrario, Nadine l'avrebbe riconosciuta?

Aveva buone immagini di molti scrittori inglesi del XVIII e XIX secolo. Le immagini di George Eliot, Charles Dickens, Thomas Hardy e molti altri erano note grazie ai ritratti esistenti e, più tardi, alle fotografie. Jane Austen non aveva mai posato per un ritratto formale. Durante la sua vita, non divenne mai famosa o ricca

May McGoldrick

come Fanny Burney, Maria Edgeworth, Mrs. Radcliffe o Sir Walter Scott; e la sua famiglia non si aspettava che arrivasse a tali livelli.

Nonostante ciò, Nadine disponeva di diversi reperti che ne aiutavano l'identificazione. L'immagine più affidabile era uno schizzo a matita e acquerello realizzato da Cassandra Austen, la sorella maggiore di Jane, quando Jane aveva circa trentacinque anni. Quel ritratto informale sarebbe stato dipinto nell'autunno di quell'anno ed era ancora appeso alla National Portrait Gallery di Londra. Cassandra raffigura la sorella con guance rotonde e rosee e un naso lungo e appuntito. Grandi occhi nocciola e riccioli castano scuro. Portava uno dei suoi berretti preferiti al posto della cuffietta.

C'era anche un altro quadro, dipinto dal reverendo James Daniel Clarke, bibliotecario del Principe Reggente. Pareva che avesse realizzato il dipinto per se stesso dopo che l'autrice aveva visitato Carlton House, la residenza del Principe, nel 1815. Il futuro re Giorgio IV era un grande ammiratore dell'opera della Austen e i documenti dimostravano che teneva diversi volumi delle sue opere in tutte le sue residenze. Il dipinto fu trovato nel "libro dell'amicizia" personale di Clarke e ritraeva Jane vestita in abiti d'epoca per la visita. Il dipinto, tuttavia, non aveva migliorato di molto l'immagine che Nadine aveva della scrittrice, a eccezione della conferma della forma del suo viso.

Oltre a questi due manufatti, ciò che aveva a disposizione erano le descrizioni fornite da persone che conoscevano Jane Austen.

Un vicino di casa la descrisse come "bella e corretta, esile ed elegante, ma con le guance un po' troppo piene". Dopo la sua morte, il fratello di Jane, Henry, scrisse: "La sua statura era di vera eleganza. Non avrebbe potuto essere di più senza superare la media altezza... I suoi lineamenti erano singolarmente belli... La sua pelle era liscia". Non del tutto utile.

Secondo Austen-Leigh, un pronipote di Jane, "di persona era molto attraente; la sua figura era piuttosto alta e snella, il suo passo leggero e deciso, e tutto il suo aspetto esprimeva salute e animazione. Nel complesso, era una ragazza mora dal colorito sano; aveva guance piene e rotonde, con bocca e naso piccoli e ben formati, luminosi occhi nocciola e capelli castani che formavano riccioli naturali intorno al viso".

Tutte le ricerche effettuate da Nadine prima di partire per quella missione confermarono che Jane Austen era magra e alta per gli

Jane Austen Cannot Marry!

standard del suo tempo, con una buona postura e una bella carnagione. Era abbastanza ottimista sul fatto che l'avrebbe riconosciuta.

Il sentiero era scivoloso e li rallentò, ma lei e Xander raggiunsero la High Street in pochi minuti.

La carrozza, che bloccava la maggior parte della strada, si trovava davanti alla locanda.

"Oh, no", mormorò.

Una società privata gestiva le carrozze che attraversavano Hythe. Potevano trasportare sei passeggeri all'interno e altri sopra. Non doveva essere un viaggio comodo con quel clima, anche se Nadine non l'aveva mai provato. Normalmente, la sosta sarebbe durata solo una ventina di minuti, per dare il tempo agli stallieri di cambiare i cavalli e ai passeggeri di sbrigare le loro faccende personali.

Tuttavia, dal cortile della scuderia non era stata portato nessun nuovo cavallo. Il locandiere dal volto cupo era in piedi davanti alla porta d'ingresso del Cigno, a parlare con l'autista e la guardia armata seduta sulla pedana. I passeggeri erano già scesi dalla carrozza e, a giudicare dalle loro facce, avevano appena appreso che la strada per Canterbury era completamente allagata.

"Che cosa farai adesso?".

Nadine si affrettò verso la folla radunata sotto la pioggia. "Se riesco a trovarla, sono ancora in tempo. Anche se lo ha visto, cercherò di attirare la sua attenzione e di mantenerla. Non esiste l'amore a prima vista".

"Non sono d'accordo", si schernì.

Lo stava facendo di nuovo. Stava paragonando la loro relazione a quella di Austen e Gordon. Non aveva tempo di discutere con lui.

Avvicinandosi, Nadine la vide. Jane Austen, con una borsa da viaggio in mano, era esattamente come l'aveva immaginata. Alta e composta, sveglia e attenta a ciò che stava accadendo, si trovava sotto l'arco d'ingresso del cortile, al riparo dalla pioggia. Sorrideva e ascoltava un signore alto e dalle spalle larghe in uniforme navale, che le parlava dando le spalle. Un altro ufficiale si trovava a una discreta distanza e osservava con interesse.

"È lei?" Chiese Xander, fermandosi accanto a Nadine, il cui passo aveva vacillato.

"Sì, è lei".

"E quello è il suo capitano Gordon?"

"Non è il *suo* capitano Gordon. Non ancora".

May McGoldrick

"Direi che ci sono quasi".

Non voleva crederci. "Cosa te lo fa pensare?"

"Guarda come si sporge verso di lui mentre parla. Guarda il suo sorriso. I suoi occhi non si sono mai staccati dal suo viso".

Merda. Merda. Merda. I piedi di Nadine erano inchiodati a terra. Non sentiva più la pioggia che le cadeva addosso. Non c'era nulla che potesse fare. Non in quel momento. L'unica possibilità di salvezza riguardava l'etichetta del tempo. Il capitano non poteva e non voleva portare Jane a Churchill House. Anche se si erano già incontrati, le regole delle relazioni sociali erano chiare. Se voleva rinnovare la loro conoscenza e portarla avanti, per invitare Austen a casa di sua sorella sarebbe dovuto torare con Lady Deedes o con una lettera di lei.

Jane rise per una frase del capitano.

Dannazione. Forse Jane era disposta a farsi portare dal capitano a casa di sua sorella. Come aveva detto Xander, il suo linguaggio del corpo suggeriva che poteva andare così.

Sperava che il protocollo di corteggiamento della Reggenza, in cui si consigliava agli uomini di non intraprendere il corteggiamento con leggerezza e alle donne di non concedere affetti troppo facilmente, non fosse una cazzata.

Jane rideva come un'adolescente mentre chiacchierava. E da dietro, il capitano sembrava piuttosto animato mentre conversavano.

Xander aveva ragione. Quella donna stava flirtando. Nadine avrebbe avuto bisogno di tempo per metterle i bastoni tra le ruote.

"Sono fottuta", disse sottovoce quando Jane fece un ultimo cenno e strinse brevemente la mano del capitano. Poi si voltò e scomparve nella locanda.

Il capitano Gordon la guardò andare via e poi raggiunse il suo amico. I due uomini sembravano non avere fretta di liberarsi della pioggia. Mentre parlavano, lanciavano occhiate alla locanda. Dal volto del capitano, Nadine capì che l'uomo era entusiasta dopo l'incontro casuale. Anzi, forse la parola migliore era *"determinato"*.

Mentre gli stallieri e l'autista manovravano la carrozza nel cortile della locanda, Nadine si prese un momento per studiare Charles Gordon. Prima di accettare questo incarico, aveva guardato tutti gli adattamenti video dell'opera della Austen che erano stati realizzati. E stando così vicina al Signor Quasi Giusto, giudicò che l'aspetto del

Jane Austen Cannot Marry!

capitano assomigliava in qualche modo a quello di Rupert Penry-Jones, che aveva interpretato Wentworth in un vecchio adattamento di *Persuasione*. Alto, bello, sicuro di sé, attento. Non il giovane Colin Firth, spilungone e distaccato, che interpretava Mr. Darcy.

Nadine prese il braccio di Xander e si avvicinò a Gordon e al suo amico. Mentre passeggiavano vicino ai due uomini, Nadine colse parte della conversazione sopra le grida del conducente e il rumore dei cavalli.

"... Sidmouth... dieci anni fa... immutata, bella e vivace come la ricordavo... si ritira per oggi... mia sorella... domani le presentazioni".

I due ufficiali di marina si avviarono lungo la High Street e un attimo dopo svoltarono lungo la passerella verso Churchill House.

La buona notizia? Il capitano non avrebbe visto Jane Austen fino a domani. La cattiva notizia? La sua infatuazione per lei sembrava essere più forte che mai.

"E adesso dove andiamo?" Chiese Xander, del tutto indifferente alla gravità della situazione.

Erano in piedi davanti alla porta della locanda, mentre Nadine rifletteva sulla sua prossima mossa. Visto il tempo inclemente, era improbabile che Austen si avventurasse fuori. Avrebbe preso una stanza al Cigno per riposare dopo il viaggio. Guardando attraverso una delle finestre appannate che si affacciavano sulla strada, vide che la sala da pranzo era piena. Non riuscì a capire se Jane fosse lì dentro.

Nadine sapeva che Xander aveva bisogno di mangiare. Lo sapevano entrambi. Era necessario mangiare, riposare e riflettere seriamente.

Quando si voltò verso di lui, le cadde la mascella. Teneva in braccio un cane. Un cane tozzo e con un occhio solo.

Kai. L'animaletto feroce accoccolato contro il petto di Xander non mostrava alcuno dei ringhi e degli scatti che in precedenza aveva riservato a lei. In effetti, Kai non prestò alcuna attenzione a Nadine.

"Dove hai trovato questa cosa? Mettilo giù".

Si guardò intorno alla ricerca di Elizabeth Hole, la ficcanaso della città. Non c'era traccia di lei.

"Il piccoletto si è avvicinato trotterellando, si è seduto e si è appoggiato ai miei stivali. Credo che mi stesse usando per ripararsi un po' dalla pioggia. Guardalo. Sta tremando". Xander avvicinò il viso al muso del cane e ricevette un bacio sul naso. "Bestiolina adorabile. Non è vero?"

"No, non è affatto adorabile. È un piccolo topo cattivo. E non fidarti di quella finta innocenza. Quella bestia ha seri problemi di rabbia. L'ultima volta che l'ho visto ha cercato di mordermi la caviglia".

"Cosa ti aspetti se lo chiami topo?".

"La nostra antipatia reciproca è iniziata molto prima di arrivare a chiamarci per nome". Cercò di nuovo intorno a sé la proprietaria. La signora Hole si stava affrettando lungo la strada, guardando a destra e a sinistra e chiamando il suo cane.

"Oh, no! Eccola che arriva". Nadine si rivolse a Xander. "Per favore, mettilo giù. Andiamo dentro. Non vogliamo avere a che fare con questa donna. È cattiva come il cane. Anzi, peggio".

Il cane appoggiò la testa sulla spalla di Xander e guardò compiaciuto Nadine.

"Piccolo..."

"Kai!" Il grido di scoperta giunse dall'altra parte della High Street. "Il mio Kai!"

"Oh, Dio. Troppo tardi".

Elizabeth Hole continuava a chiamare il suo cane mentre cercava freneticamente di aggirare le pozzanghere per raggiungerli.

Nadine guardò incredula mentre Xander, ancora con il cane in braccio, scendeva in strada per aiutarla.

"È finita", mormorò. "È finita. Siamo finiti".

Non c'era modo di evitarlo. La missione era finita. Era come una comparsa sul set di un kolossal, il dilettante che non ha idea di doversi mimetizzare e non creare disturbo. Non aveva idea della posta in gioco. Non aveva idea di quanto fosse importante per lui fare esattamente ciò che lei gli aveva chiesto.

Alzò brevemente il viso verso il cielo, permettendo alle gocce di pioggia di raffreddare il suo panico crescente. Ad eccezione di quei pochi e preziosi momenti nel cottage di Deirdre, era stata fredda e bagnata tutto il giorno. Era esausta e affamata e aveva bisogno di un bagno e di un letto comodo. Niente di tutto ciò era in vista.

Quello che invece *era* in vista era un breve salto dal patibolo, a seconda di come sarebbe andata a finire con la signora Hole.

Jane Austen Cannot Marry!

Sospirò. Quello scenario era abbastanza probabile, in effetti. L'unica cosa positiva era che non c'erano guardie costiere in giro.

Mentre Nadine li guardava, Kai passò da Xander alle braccia della vecchia impicciona. Poi, con suo grande sgomento, i due si avviarono verso di lei, a braccetto. Si preparò a quello che sarebbe successo.

"Perché, mia cara! Ci incontriamo di nuovo. Perché non mi ha detto che suo marito l' avrebbe raggiunta qui a Hythe?".

Mia cara! Vedendo il sorriso sul volto di Elizabeth Hole, Nadine sbatté le palpebre per accertarsi che si trattasse della stessa persona.

"Le ho fatto una sorpresa, signora Hole".

"Che uomo affascinante che siete, signor Finley. È un vero piacere".

"Il piacere è tutto mio, signora".

Nadine non riuscì a trovare le parole.

"Ed è straordinario incontrare qualcuno che viene dall'America e non è un barbaro. Che gentilezza! Non c'è da stupirsi che il mio Kai si sia rifugiato da voi, signore. È un ottimo giudice di carattere, voglio che lo sappiate".

Xander le aveva detto questo? Avevano parlato solo per pochi secondi!

Elizabeth Hole lanciò a Nadine uno sguardo laterale. Evidentemente, l'opinione che aveva di lei non era cambiata molto... nonostante i suoi "mia cara".

"Appena ho visto Kai dall'altra parte della strada tra le vostre braccia, mi sono detta: quel bel ragazzo è *sicuramente* un gentiluomo". Finalmente lasciò andare Xander. "E avevo ragione. Ora, se non vi dispiace, ditemi per quanto tempo pensate di rimanere a Hythe. Mi piacerebbe molto invitarvi per un tè e una torta di semi. Oggi pomeriggio, se per voi va bene. Oppure venite a cena, se preferite".

"Tè e torta di semi sarebbero perfetti...".

"Grazie, signora Hole, per il suo premuroso invito", interruppe Nadine, sapendo che Xander era abbastanza affamato da seguire quella donna fino a casa. "Ma come sa, mio marito è appena arrivato e deve sistemarsi. Le andrebbe bene se la chiamassi più avanti nella settimana, in modo da poter decidere una data?".

Il volto dell'anziana donna si offuscò subito di sospetto. "Suo marito era via, eppure lei stessa è stata assente da Hythe per tre giorni. Dove si trovava?".

Niente "mia cara", notò Nadine. Evidentemente, la diffidenza della signora Hole nei suoi confronti non si era attenuata. "Stavo..."

"Era con me", interviene Xander, attivando il suo fascino. "A Londra. Le ho fatto una sorpresa e siamo tornati qui insieme".

Il resoconto che avevano fatto a Deirdre ed Elizabeth Hole era molto diverso, ma era ridicolo pensare che le due si sarebbero riunite per confrontarsi.

"Molto bene. Mi aspetto che venga a trovarmi, signora Finley", disse la signora Hole a Nadine, prima di rivolgere un sorriso luminoso a Xander. "Kai e io aspetteremo con ansia la vostra visita, signore".

"Non vedo l'ora, signora". Allungò la mano e accarezzò il piccolo mostro. "Fai il bravo, Kai".

La signora Hole sospirò e sembrò sul punto di sciogliersi sul selciato.

Nadine aspettò che la donna e il suo cane fossero abbastanza lontani da High Street prima di rivolgersi a Xander.

"Per due volte hai salvato la situazione. Grazie".

"Mi devi una torta di semi, qualunque cosa sia. E spero che sia più buona del pane".

"Andiamo, dentro potremo trovare qualcosa per te".

"Significa che anche lì c'è un letto su cui dormire?".

Lei sorrise e intrecciò il suo braccio a quello di lui, conducendolo sotto l'arco verso una porta che conduceva dal cortile interno alla locanda. "Sì, ma abbiamo ancora un altro ostacolo prima che tu possa sistemarti per il pomeriggio".

"E cioè?"

"L'oste. È sospettoso e inospitale come un riccio. E anche se ho pagato una settimana in anticipo, non giurerei che non abbia dato via la mia stanza mentre ero in Colorado".

"Ok. Beh, dimmi quello che devo sapere di questo posto. Forse posso parlare io dentro ".

In qualsiasi altro momento, Nadine gli avrebbe fatto una ramanzina sulla sua capacità di operare senza un maschio che parlasse per lei. Aveva portato a termine molte delle sue missioni come Scriba Custode senza l'assistenza di un uomo. Ma quello che sentiva, in questo momento, era... come vuoi. Per due volte oggi Xander era

Jane Austen Cannot Marry!

riuscito ad affascinare una persona del posto. Stava andando alla grande.

Sotto la copertura protettiva di un ballatoio che si affacciava sul cortile della scuderia, lei gli disse a cosa andava incontro.

"Mescolando termini antichi e moderni, una locanda è una stazione di posta in una rete di percorsi in tutta la Gran Bretagna. È una pensione per cavalli, un'officina per la riparazione di veicoli, un ristorante, una taverna e un albergo. La maggior parte funge anche da ufficio postale".

Osservò l'attività vicino alla carrozza. I cavalli erano stati sganciati e la guardia aveva messo da parte l'archibugio. Stava consegnando una cassetta di sicurezza al conducente, mentre un addetto alla scuderia si fermava a chiacchierare con loro.

"Qui al Cigno, l'oste lavora generalmente nella sala da tè e sua moglie fa la governante. C'è un ragazzo che aiuta nella sala da tè e sembra una versione in miniatura dell'oste. Un paio di giovani lavorano come camerieri, ma li ho visti anche fare commissioni. Due o tre ragazze aiutano il cuoco, che non ho mai visto. Queste ragazze puliscono anche le stanze e fanno qualsiasi altra cosa venga loro richiesta".

"La cosa più importante... com'è il cibo?".

"Un giorno è buono, il giorno dopo è orribile. Non c'è una logica o una ragione che io riesca a comprendere".

"C'è un altro posto qui intorno dove potremmo mangiare?".

"Il Cervo Bianco è una taverna a poche porte di distanza, ma non l'ho mai provata. Il Cigno ha due sale da pranzo private in cui i clienti possono pagare un extra per mangiare. Sulla strada, ci sono un ristoro e una sala da pranzo pubblica che chiamano Sala Caffè'. Ho consumato la maggior parte dei miei pasti nella CoffeeSala Caffè, ma mi sono anche fatto mandare un vassoio in camera".

L'autista li incrociò mentre entrava nella locanda. Lanciò un'occhiata curiosa agli stivali di Xander, ma non disse nulla.

"Sto iniziando a raggrinzire come una prugna dentro questi vestiti", disse Xander. "C'è la possibilità di trovarne di asciutti?".

Sorrise, sollevata dal fatto che Xander stesse finalmente prendendo a cuore tutto ciò che stava dicendo. Non c'era nessuna presa in giro, nessun accenno di incredulità per quello che gli stava dicendo.

"In paese non ci sono abiti già pronti, che io sappia. Saliamo in camera. Manderò un messaggio a Deirdre. Visto che l'hai incantata in quel modo, potrebbe essere disposta ad aiutarti a trovare un abbigliamento adeguato".

"Incantata? Ero solo il simpatico me stesso di sempre".

All'interno, la Sala Caffè era piena di commensali, ma il ristoro era fumante e affollato, con un forte odore di tabacco e di corpi di uomini. I viaggiatori bloccati costituivano solo una piccola parte della folla, e sembrava che il maltempo avesse fatto uscire un bel po' di gente del posto per un pomeriggio di dadi, carte, dama e boccali di birra.

Nadine si fece strada tra la folla fino al bar e l'espressione perennemente cupa dell'oste si illuminò quando vide Xander in piedi alle sue spalle. Prima non era arrivata in carrozza e non era stata accompagnata da un familiare o da uno chaperon. Ora, avendo presentato Xander come suo marito, aveva improvvisamente acquisito una legittimità.

Con grande sollievo di Nadine, la stanza che aveva pagato la settimana scorsa era stata tenuta per lei, nonostante la sua assenza. Era pronta per loro e il cibo sarebbe stato inviato immediatamente al piano di sopra.

Decidendo che era abbastanza sicuro lasciare Xander a parlare con l'oste per qualche istante mentre assaggiava la birra, Nadine fece capolino nella Sala Caffè, alla ricerca di Jane Austen. La sala da pranzo era più civile della taverna, ma solo leggermente più quieta, poiché le voci e le risate della sala accanto si sentivano facilmente attraverso il muro. Jane non era tra i commensali.

Dopo aver prelevato Xander dalla sala da tè, si diressero su per le scale. Le due sale da pranzo private al piano superiore erano vuote, così i due scesero lungo un corridoio stretto e buio fino alla stanza di Nadine, che dava sulla High Street.

Con grande sorpresa e sollievo, tutto era come l'aveva lasciato.

I suoi vestiti di ricambio erano ancora appesi in uno stretto armadio contro la parete. Cercando sopra di esso, trovò il suo pacchetto di banconote.

"Beh, abbiamo i soldi per sfamarti", disse a Xander.

"Vuoi dire che non *ceneremo* con la tua cara amica, la signora Hole?", rispose lui, con un sorriso sulle labbra.

Lei si schernì mentre lui si toglieva il grande cappotto. Prese il mantello che lei aveva preso in prestito da Deirdre e appese

Jane Austen Cannot Marry!

entrambi ai chiodi vicino alla porta. Appoggiarono gli stivali sotto di essi.

Oltre all'armadio e alla finestra che dava sulla strada, la stanza aveva tutto il necessario. Un tavolino e una sedia. Un lavabo. Uno specchio alla parete. E un letto. Un letto stretto.

Abbastanza comodo per un singolo occupante, ma non abbastanza largo da permettere a due persone di sdraiarsi senza entrare in contatto con tutto il corpo. E sicuramente non abbastanza largo per due persone che non riescono a tenere le mani lontane l'una dall'altra.

Nadine lanciò un'occhiata a Xander. Anche lui guardava il letto e non sembrava affatto scontento della situazione. Anzi, sembrava felice.

Bussarono alla porta e Nadine aprì. Nel corridoio c'erano due cameriere.

"Il bagno che ha ordinato suo marito, signora Finley".

Uno di loro portava una piccola tinozza e una grande brocca fumante. L'altro portava altre due brocche.

"Un momento". Chiuse la porta e si rivolse a Xander. "Chiedere che questo venga mandato su è insolito, sai. In quest'epoca la gente fa il bagno ogni poche settimane... o mesi".

"Mesi? Non fanno il bagno o la doccia dopo aver fatto sesso?".

Il suo corpo prese fuoco. Lo guardò negli occhi e vide che anche lì la fiamma era accesa. Erano passati due anni da quando avevano trascorso il loro tempo insieme a Las Vegas. Due anni.

In quel momento, il mondo letterario stava per capovolgersi. I lettori dei secoli a venire stavano per perdere Emma Woodhouse e il signor Knightly e le sorelle Dashwood e Fanny Price e Elizabeth Bennet e Darcy... e Anne Eliot.

Ma nonostante ciò, il pensiero di un pomeriggio e una notte da sola con Xander faceva formicolare la pelle di Nadine.

Aprì la porta. "Portalo dentro".

Capitolo Ventotto

NADINE stese gli asciugamani sulla vasca fumante e accompagnò rapidamente le donne di servizio fuori dalla porta.
Il bagno ovviamente avrebbe aspettato.
Appena restarono soli, Xander la attirò a sé. Aveva aspettato quel momento dal momento in cui, un paio d'ore prima, aveva aperto gli occhi e si era reso conto di averla ritrovata.
Per renderlo reale, aveva bisogno di abbracciarla, di toccarla, di sapere che era vera. Che non si trattava di un sogno incredibile in cui si era ritrovato. "Devo darmi un pizzicotto" gli era passato per la testa almeno una dozzina di volte.
Lei lo strinse a sé, lo baciò e tutti i dubbi che lui aveva in mente sulla realtà di tutto ciò si dissolsero quando il bacio si trasformò in passione e sesso. Un'ora dopo erano entrambi sdraiati sul letto, nudi e senza fiato.
"Non è così che abbiamo iniziato a Las Vegas?".
"Abbiamo cenato prima", rispose.
"Servizio in camera. Ma non ricordo di aver toccato nulla del cibo fino a dopo il sesso". Lei premette la fronte contro la sua, baciandolo. "Ricordi?"
Oh, se lo ricordava. Le scintille fuori dal comune si erano trasformate in molto sesso, ma anche in un legame immediato. L'idea di lasciar crescere piano le relazioni non si applicava a loro due. Nadine sapeva che la loro non sarebbe durata. Xander non la

Jane Austen Cannot Marry!

pensava così. Eppure, facevano in modo che ogni minuto trascorso insieme contasse.

"Ho sperato di replicare da quando sei apparsa su quella strada di montagna".

"Mi sto maledicendo per non averlo fatto prima". Sorrise. "Ci siamo persi un bel po' di divertimento".

"Siamo ancora in tempo".

"In realtà, no". Si sedette sul bordo del letto e si avvolse un asciugamano intorno. "Ho un lavoro da fare, Xander. Devo andare a cercare Jane Austen. Alloggia in questa locanda. Potrebbe essere la mia unica occasione per parlarle".

"Quanto sarebbe folle se ti presentassi alla sua porta e le dicessi la verità?".

"Assolutamente folle. Non mi crederebbe mai". Nadine attraversò la stanza fino al lavabo, prese una saponetta sferica e si avvicinò alla vasca.

Xander giudicò che Nadine avrebbe potuto entrare in quella vasca, ma non ci sarebbe stato abbastanza spazio per due. Neanche per sogno.

Tirò via gli asciugamani dalla parte superiore della vasca e il vapore si alzò in nuvole intorno a lei.

"Quando ho iniziato la missione, non avrei mai dovuto avuto a che fare con lei direttamente. Non pensavo nemmeno di vederla. La mia intenzione era di portare Gordon fuori da Hythe prima del suo arrivo".

Xander si sedette contro la robusta testiera di legno e la osservò. Aveva un milione di domande sul suo lavoro e sul futuro in cui viveva. Ma tutto ciò perse d'importanza quando la guardò entrare nella vasca.

"Ora ho bisogno di un approccio diverso. Una storia diversa. Una storia unica per lei. È solo all'inizio della sua carriera editoriale, ma è già una narratrice provetta. Non crederà mai a un racconto incompleto raccontatole da un'estranea".

"Da quanto tempo fai questo lavoro? La Scriba Custode, intendo".

"Sono stata reclutata a ventidue anni. Ora ne ho trentacinque".

"È molto tempo. Questo dà un significato del tutto nuovo a tutte le storie che mi raccontavi in Colorado. Hai molta esperienza. Troverai una soluzione".

May McGoldrick

"Sì, la troverò. Devo farlo". Guardò il soffitto. "Smettila di essere così agitata, Nadine".

"Hai bisogno di rilassarti per pensare?". Xander scese dal letto e si avviò verso di lei.

Fissò per un attimo il petto nudo di lui prima di lasciar vagare lo sguardo lungo il suo corpo.

"Mi aiuterai a pensare, conciato così?".

"Il sesso allevia lo stress e l'ansia innescando il rilascio di un ormone del benessere. L'ossitocina".

"Ma abbiamo già fatto sesso e non sono più vicina a trovare una risposta".

"Quello non contava. È stato troppo veloce".

"Stai dicendo che fare di nuovo sesso mi aiuterà a inventare una storia credibile?".

"È esattamente quello che sto dicendo".

Gli angoli delle sue labbra si sollevarono in un sorriso. "Molto convincente".

Improvvisamente sveglio, Xander giaceva al buio, disorientato.

Nessuna luce blu di telefoni o orologi nella stanza. Nessun ronzio soffuso di apparecchi elettronici. Nessuna illuminazione riflettente dai fari che aveva installato all'esterno della casa.

Anche i suoni gli erano estranei. La pioggia batteva sulle lastre di vetro sferraglianti e il vento fischiava attraverso le fessure dei muri e delle finestre.

Sollevò la testa e scrutò nell'oscurità. Si ricordò dove si trovava.

Il suo sguardo andò subito al corpo caldo rannicchiato accanto a lui nel letto stretto e bitorzoluto. Nadine. Il suo sollievo fu enorme.

Niente di tutto questo era un sogno. Era con lei.

La vasca dove si erano lavati a vicenda era ancora nell'angolo. Un basso relitto scuro con le macchie bianche degli asciugamani che pendevano sui lati. La sedia del tavolo era appoggiata contro la parete dove era stata rovesciata. Sorrise al ricordo.

Un cigolio acuto attirò i suoi occhi sull'armadio. Una delle ante era leggermente socchiusa e veniva spinta avanti e indietro da una brezza invisibile. Era questo che lo aveva svegliato.

Adesso le credeva. Credeva a tutto ciò che lei gli aveva detto.

Jane Austen Cannot Marry!

Era una viaggiatrice del tempo. Una Scriba Custode. E questo cosa lo rendeva? Uno stalker che attraversava i secoli. Per quanto potesse sembrare assurdo, aveva viaggiato indietro nel tempo. Nel 1811. In Inghilterra. In un piccolo villaggio chiamato Hythe.

Essere rimasti bloccati a Heathrow dopo aver perso una coincidenza era l'unica volta che Xander era stato in Inghilterra. Se quello contava. Avrebbe voluto studiare meglio la storia. Nadine aveva detto che gli inglesi erano in guerra con la Francia e che Hythe si trovava sulle rive della Manica. Gli unici corsi di storia che aveva seguito al liceo e all'università riguardavano la storia americana. E quando si trattava di letteratura? I siti di appunti e lo scambio di compiti di matematica e calcolo per l'aiuto con le tesine di inglese erano stati sufficienti a fargli superare i pochi corsi obbligatori.

Jane Austen, la donna al centro della missione di Nadine, era un mistero per lui. Avrebbe dovuto leggere i libri che aveva collezionato, invece di metterli semplicemente su quegli scaffali.

La sua mente tornò al volume che aveva trovato accanto al letto di Nadine nella stanza degli ospiti. Il libro con l'inchiostro mancante dalle pagine. Non aveva avuto modo di parlargliene. *Persuasione*.

Cosa ne ha fatto? L'aveva con sé quando era entrato nel suo garage. E poi c'era stata la caduta. L'aveva fatto cadere? O forse il libro aveva viaggiato indietro nel tempo con lui?

Era possibile. La borsa di Nadine era nella bara. Ma non aveva guardato per vedere cos'altro ci fosse lì dentro. Guardò con cipiglio i sottili vetri della finestra, imbrattati dalla pioggia e dal vento. Avrebbe voluto tornare nel cortile di Deirdre e controllare la scatola. Ma non ci sarebbe andato senza Nadine.

Russava dolcemente, con il viso semisepolto sotto la coperta. Anche al buio, era così bella.

Lo stomaco di Xander brontolava abbastanza forte da svegliare i morti, ma lei dormiva. Gli venne in mente che non aveva idea di che ora fosse.

Al piano di sotto, aveva fatto in modo che la cena venisse mandata su. Il servizio in camera, però, non era proprio come sarebbe stato in futuro. Il cibo non era mai arrivato. Ma ora che ci pensava, forse invece sì. Forse erano troppo presi l'uno dall'altro per sentire bussare.

May McGoldrick

Xander si alzò dal letto il più delicatamente possibile, si infilò i boxer e si avvicinò alla porta. Aprendola di qualche centimetro, guardò nel corridoio. Sul pavimento, fuori dalla porta, c'era un piatto di legno con del cibo. Quando si chinò per raccoglierlo, una piccola creatura scura saltò giù dal piatto e scappò via.

Un topo? Un topo? Essendo cresciuto a New York, aveva visto molti roditori. Ma dopo la lezione di Nadine sui ratti e la peste bubbonica, aveva avuto un'impressione diversa di quei piccoli animaletti.

Rabbrividì di disgusto e spinse il vassoio con il piede lungo il corridoio.

"È tutto tuo, amico", mormorò, chiudendo la porta.

Il suo stomaco brontolò di nuovo mentre stava in piedi al buio. Non poteva negare la sua fame, ma non aveva intenzione di svegliarla per lamentarsi. Prima di addormentarsi, i due avevano finito il pane che Deirdre aveva dato loro. Il fatto che non avesse un cattivo sapore la diceva lunga su quanto fosse affamato.

Considerò il cibo in corridoio, ma si rese conto di non potercela fare. Doveva trovare qualcos'altro.

Xander decise che non poteva essere troppo tardi. Non era mai stato uno che dorme a lungo. Tuttavia, non aveva idea se qualcuno stesse ancora lavorando al piano di sotto, in cucina.

Diavolo, non l'avrebbe mai saputo se non fosse andato laggiù. Cominciò a mettersi addosso i vestiti. Se la cucina era ancora aperta, forse poteva farsi mandare un nuovo vassoio.

Fece una pausa, guardando i suoi vestiti. I pantaloni e il maglione erano molto diversi da quelli che aveva visto indossare alla gente del posto. Anche il giubbotto di piumino era fuori discussione. Mise una mano sul cappotto. Era ancora bagnato.

Diavolo, non aveva intenzione di lasciare la locanda. E quante persone potevano esserci di sotto, qualunque ora fosse?

Finora, dire che era venuto dall'America sembrava essere la scusa perfetta per il suo modo di parlare e di comportarsi. Forse avrebbe funzionato anche per il modo in cui era vestito.

"Fanculo", mormorò. Infilandosi gli stivali, Xander uscì.

Il corridoio era solo leggermente meno buio della loro stanza. Una candela in un'applique sulla parete in cima alle scale tremolava debolmente, ma illuminava il percorso.

Jane Austen Cannot Marry!

Al piano di sotto non c'era anima viva. La taverna dove aveva parlato con l'oste era vuota e il bar stesso era chiuso da assi.

Xander guardò nella grande stanza che Nadine chiamava Sala Caffè. Aveva detto che era lì che consumava la maggior parte dei suoi pasti.

La stanza aveva circa una dozzina di tavoli e sedie. All'inizio pensò che non ci fosse nessuno, ma poi una brace morente spuntò nel camino sulla parete, attirando la sua attenzione. Una donna stava seduta vicino al focolare, con una candela sul tavolo. Aveva una penna in mano.

"Miss Austen? Miss Jane Austen?"

Capitolo Ventinove

"Sì?" La testa di lei si inclinò leggermente per la sorpresa e si alzò in piedi.

La luce della candela era fioca, ma riuscì a vedere che Jane Austen indossava uno scialle scuro su un abito lungo che poteva essere grigio o marrone. I capelli erano raccolti sotto una cuffia che assomigliava a un berretto floscio.

Il suo volto non era né amichevole né ostile. Solo attento e cauto. Anche con quella luce, poteva vedere che i suoi occhi erano ben puntati su di lui, un po' come un leone di montagna che una volta aveva spaventato mentre attraversava la strada.

"Spero di non disturbare. Sono Xander Finley". Fece un piccolo inchino come aveva visto fare ad altri nel pomeriggio.

Lei ricambiò la cortesia con un cenno del capo e un leggero inchino.

Peccato che i cellulari non fossero ancora stati inventati. Avrebbe mandato un messaggio a Nadine in questo momento. Quante possibilità c'erano di trovare la scrittrice quaggiù da sola?

"Piacere di conoscervi, signor Finley".

Xander notò che la donna aveva dato un'occhiata ai suoi vestiti.

"Ci conosciamo?"

"Sì, beh, no. Mia moglie vi conosce. Anche se non personalmente. Quando siete arrivati in carrozza oggi pomeriggio, mi ha fatto notare la vostra presenza".

"Sua moglie?"
"Sì, Nadine Finley", disse. "Per caso, sapete che ora è?".
Nascose un sorriso e diede un'occhiata alla stanza. "Non lo so esattamente. Ma sospetto che sia quasi mezzanotte".
"Oh, così tardi". Xander si appoggiò allo schienale ispezionando il corridoio. Non c'era anima viva in giro.
Austen tappò una bottiglia d'inchiostro, raccogliendo frettolosamente fogli e penne. Era nervosa. Diavolo, aveva tutto il diritto di esserlo con un estraneo che si presentava dal nulla.
Ma non voleva che se ne andasse. Non finché non avessero stabilito un qualche tipo di legame.
"Conoscete la strada per la cucina, Miss Austen?".
"La cucina?"
"Sì".
"Posso chiedere perché?"
"Non ricordo l'ultima volta che ho mangiato qualcosa di sostanzioso. E nemmeno mia moglie. Devo ordinare del cibo da mandare su in camera".
Smise di raccogliere le sue cose. "Non so esattamente dove sia la cucina, ma uno dei camerieri viene ogni tanto a controllarmi.
"Ok".
"*Ok*? È una parola curiosa, signor Finley. Non siete di qui?".
"Sono americano. Io e mia moglie siamo sposati da poco. Il locandiere ha fatto arrivare la cena, ma è stata lasciata fuori dalla nostra porta. Quando l'ho trovata, un inquietante ladro a quattro zampe stava assaggiando i piatti".
"Venite dall'America?", chiese rapidamente.
Dalla sua espressione accigliata, Xander intuì che era più turbata da questo che dal fatto che un topo si fosse impossessato del suo cibo.
"Sì. E mi scuso per il modo in cui parlo e per come sono vestito. Siamo appena arrivati in Inghilterra. I nostri bagagli sono stati smarriti e non ho avuto modo di andare da... un sarto".
C'erano sarti nel 1811? Non ne aveva idea, ma suonava bene.
"Questo spiega molte cose, signore. Anche se devo dire che non ho mai incontrato nessuno proveniente dall'America".
"Spero che non abbia una cattiva opinione di loro... di noi".
Il suo cipiglio fu sostituito da uno sguardo di cautela. "State chiedendo la mia opinione sugli americani?".

Fece qualche passo nella stanza, dandole modo di correre verso la porta se avesse sentito il bisogno di fuggire. "Naturalmente. Mi piacerebbe sentire la sua opinione".

"La mia opinione sincera?"

"Se non vi dispiace condividerla".

Ci fu una leggera pausa mentre lei lo studiava di nuovo dalla testa ai piedi.

"Dovrei avvertirvi che alcune persone di mia conoscenza mi considerano un po' un'intellettualoide".

"Un'intellettualoide?".

L'accenno di un sorriso le tirò le labbra. "Non ci sono intellettualoidi in America?".

"Non ne sono sicuro. Cosa sono?"

"Sono donne che osano discutere di temi controversi, come la guerra e la politica. Per quanto possa sembrare scioccante, leggono anche libri. Filosofia. Scienza. E non solo, *insistono* per avere un'opinione".

"Allora sono felice di dire che ne abbiamo... a pacchi".

"*A pacchi?*"

"Voglio dire, ne abbiamo parecchi".

"Devo dire che sono sorpresa".

"Perché?"

"Molti uomini sono inorriditi dal pensiero di donne istruite con opinioni".

"Io non lo sono. E mi piacerebbe comunque conoscere la vostra opinione sull'America".

"Molto bene. Se insistete". Il suo mento si sollevò. C'era del fuoco nei suoi occhi. "Credo che l'America abbia un'influenza negativa sul mondo. A mio parere, l'America è un luogo pericolosamente radicale e non religioso, dove persone di bassa nascita e di carattere scadente possono avanzare socialmente e materialmente, nonostante la loro indegnità".

Soppresse l'impulso a ridere di gusto, ma sorrise. "Ci sono parecchie persone in America che sarebbero d'accordo".

Era affascinante pensare che la Rivoluzione americana fosse ancora considerata storia recente per persone come Jane Austen. E la Guerra del 1812 era alle porte. Era naturale che, in quanto cittadina britannica, si risentisse della perdita delle colonie. Immaginava che potesse anche aver perso qualcuno durante i combattimenti.

"Ma avete detto di non aver mai incontrato un americano prima d'ora".
"La mia opinione si basa sulle mie letture, signor Finley". La sua voce si addolcì. "Vi ho offeso, non è vero?".
"Niente affatto. Avete espresso un'opinione. E io rispetto le opinioni degli altri. Avete il diritto di averne".
"*Rispettate* l'opinione di una donna". Nei suoi occhi c'era uno sguardo dubbioso, anche se divertito.
"A proposito della vostra affermazione, però... da quello che ho visto, molte persone in America sono profondamente religiose. Ma, come dite, molti sono andati lì con l'espressa speranza di migliorare la loro sorte nella vita. Non la vedono come una cosa negativa".
"Capisco". Austen sorrise e fece cenno alla sedia di fronte a lei al tavolo. "Se volete unirvi a me per qualche istante, credo che il cameriere verrà a controllarmi da un momento all'altro. Credo che possiate ordinare il vostro cibo da lui".
"Grazie".
Aveva il coraggio di correre di sopra a chiamare Nadine? Jane Austen se ne sarebbe andata prima che tornasse? Non poteva rischiare. Xander le fece cenno di sedersi e poi la seguì.
"Devo dire che, sentendo come avete accolto amabilmente le mie offese...".
"Opinioni", la corresse con un sorriso.
"Molto bene. Opinioni". Fece una pausa e cambiò direzione. "Ditemi, considererebbe sua moglie ordinaria nelle sue opinioni e nel suo modo di pensare?".
"Ok, ci risiamo. Essere ordinaria è come essere un'intellettualoide?".
I suoi occhi color nocciola danzarono di malizia. "Proprio il contrario. Essere considerata una donna ordinaria è un grande complimento tra le persone che contano".
"Le persone che contano?"
"L'alta società, signor Finley".
Xander rise. "Beh, devo dire che mia moglie non dà molto peso a questo tipo di complimenti. È intelligente, colta e pronta a dire la sua. È eccezionale sotto tutti i punti di vista. E sono molto orgoglioso di lei. Ma sono incuriosito. Le cose che mi state dicendo sulla società britannica sono da pazzi".
"*Da pazzi*. Un'altra deliziosa espressione americana, immagino".

"Sì, scusatemi".

"State dicendo che non avete mai trascorso del tempo tra l'aristocrazia britannica?".

"No, signora. È la prima volta che vengo in Inghilterra".

"E dite di essere arrivato da poco?".

"Siamo appena arrivati".

"Se posso chiedere, di cosa vi occupate, signor Finley?".

"Può chiedere tutto quello che vuole, Miss Austen". La programmazione informatica e la progettazione di applicazioni erano fuori discussione. "Sono un inventore".

"Interessante. Possedete una manifattura per produrre le cose che inventate?".

Xander esitò. Avrebbe dovuto abbreviare la risposta, ma non voleva intralciare la missione di Nadine. "Ho venduto da poco la mia attività".

"Allora, cosa vi porta in Inghilterra?".

"Sono qui per comprare altre... manifatture".

"Siete ricco, allora. Sono indiscreta, lo so, e terribilmente invadente. Ma avete stuzzicato la mia curiosità sugli americani".

"Mi fa piacere parlare con voi". Xander non era uno che si vantava, e la prudenza gli diceva che la discrezione poteva essere la strada migliore, ora. "Io e mia moglie viviamo in modo confortevole".

"Significa che siete ricco". Si chinò in avanti e i suoi occhi brillarono di una punta di umorismo mentre parlava. "Senza dubbio sarete invitati a molti balli durante la vostra permanenza in Inghilterra, così avrete modo di sperimentare in prima persona gli atteggiamenti del popolo".

"Sembra un po' inquietante. Avete avuto brutte esperienze con l'alta società, Miss Austen?".

"Non io". Lei rise, ma Xander percepì una certa serietà dietro la risata. "Ma questo si ricollega alla nostra discussione sulle intellettualoidi. Nella nostra società, se una signora flirta con un baronetto o un bel visconte nella speranza di trovare marito, deve mascherare la sua intelligenza. Come ho già detto, l'acume femminile è visto come un ostacolo. Le donne che scelgono apertamente di usare il proprio cervello sono considerate pericolose per la società. Di conseguenza, la maggior parte delle donne brillanti del nostro tempo vive tutta la vita senza essere sposata".

Jane Austen Cannot Marry!

Xander ricordò la lezione che Nadine gli aveva fatto sui successi di Jane Austen e su come nulla di tutto ciò sarebbe stato possibile se lei si fosse sposata.

"Voi siete nubile?", disse, conoscendo la risposta.

"Ahimè, sì". Sorrise. "Finora, al sicuro tra i ranghi della zitellaggine".

"Finora?"

Fece una pausa, diventando pensierosa. "Non si può mai conoscere il futuro, vero?".

"Questo non lo so. Ma se posso andare anche sul personale... nessuna richiesta di matrionio?".

"Al momento nessuna, con grande dispiacere di mia madre". Il mezzo sorriso tornò sul suo volto. "Lanciare le sue figlie sul cammino di ricchi scapoli è stata la sua vocazione per tutta la vita".

"Beh, il matrimonio non è per tutti, credo".

Lei fece vagare una mano sulla cartella di pelle che aveva chiuso quando lui era entrato nella stanza. "Ma avete detto che siete sposato da poco".

"Sì".

"Quanto poco?"

Se doveva mentire e inventare storie, sarebbe stato meglio rimanere vicino a ciò che era *quasi accaduto*. "Due anni".

"Due anni non sono poco".

"Il tempo vola sempre via". Pensò a come avevano trascorso il pomeriggio. "Siamo ancora in luna di miele".

"Che romantico! E chi guarda i vostri figli?".

"Non abbiamo figli".

"Davvero? Forse non si usa in America, dopo che gli sposi si scambiano le sacre promesse di matrimonio, far seguire presto il ticchettio di piedini? E poi, altri piedini? E poi, altri piedini?".

Xander ridacchiò. "Voi venite da una famiglia numerosa, Miss Austen?".

"Mia madre partorì otto figli e fu fortunata a sopravvivere. La cara moglie di mio fratello Edward non se l'è cavata altrettanto bene. Morì di parto dando alla luce il loro undicesimo figlio".

Xander pensò a Ken e Donna e alla loro figlia. Il suo amico si era spaventato quando non aveva potuto stare con la moglie durante il travaglio.

"Sì, beh, non ne abbiamo".

May McGoldrick

"Non mi dite che avete qualcosa *contro* i bambini, signor Finley".
"Io? No, per niente. Io e mia moglie non ne abbiamo parlato".
"Parlato?". Lei inarcò un sopracciglio verso di lui. "L'America continua a stupirmi, signore. In Inghilterra, per quanto ne so, non si parla quasi mai riguardo la produzione di bambini".
"Sì... beh...".
"Ma credo di avervi messo in imbarazzo. Devo scusarmi".
"Non c'è nulla di cui scusarsi, Miss Austen".
Matrimonio. Figli. Diavolo, non voleva occuparsi di queste cose. Lui e Nadine non avevano ancora parlato di una relazione che prevedesse tutto questo. Ma la prontezza di spirito e le domande di Jane Austen non gli lasciavano spazio per respirare.
"E voi, signora? Siete favorevole o contraria ai bambini?".
"Sono molto affezionata ai miei nipoti. Allo stesso tempo, non mi piacciono molto quando si riuniscono in gruppi numerosi". Si sedette e si accigliò pensierosa. "Si dice che l'atto di generare figli sia una grande benedizione. Almeno, così dicono gli uomini. Ma non mi faccio illusioni su come una famiglia numerosa possa rovinare la vita di tutte le donne, tranne le più ricche. È questa tassa sul corpo e sullo spirito che è un po' indesiderabile. Una famiglia numerosa è un conforto, ne sono certa, ma i figli tendono a rivelare, e senza pietà, il carattere dei genitori. Non siete d'accordo?".
Con questa conversazione gli stava facendo mangiare la polvere. Xander sperava che Nadine si svegliasse, si accorgesse che non c'era e decidesse di scendere a cercarlo. Niente lo avrebbe reso più felice di vederla prendere in mano la situazione.
"Non saprei proprio dire. Io ero figlio unico e anche mia moglie. Nessuno dei due ha molta esperienza in questo campo. E nessuno dei due sente la pressione di dover generare figli o figlie in questo momento. Sapete, il ticchettio di piedini di cui avete parlato".
Il suo sorriso fu spontaneo. "Posso chiedervi quanti anni ha sua moglie, signor Finley?".
"Trentacinque".
"La mia età". I suoi occhi si arrotondarono. "Era vedova prima che vi sposaste?".
"No, un primo matrimonio per entrambi".
"La vostra unione è stata organizzata dalla famiglia?".
"No".

Jane Austen Cannot Marry!

"Era un accordo commerciale?", chiese. "Suo padre aveva delle manifatture e vi conveniva unire le forze".

Ridacchiò. "Niente del genere".

"Una vecchia storia, dunque? Vi eravate conosciuti quando eravate molto giovani? Il vostro incontro è stato una sorta di riunione?".

"No, non avevamo avuto una storia".

Il modo in cui Xander stava piegando i fatti per soddisfare la curiosità di Jane Austen stava diventando complicato. Ma capiva anche cosa stava facendo l'autrice. Aveva incontrato il suo vecchio fidanzato Gordon nel pomeriggio e la vecchia fiamma minacciava di diventare un incendio.

Xander aveva suggerito che era invadente e sbagliato rovinare la possibilità della Austen di avere una storia d'amore, ma ora cominciava a vedere le cose in modo diverso. Parlando con lei di come veniva vista una donna di talento e intelligenza nel 1811, stava capendo meglio. In poche parole, avere una famiglia e una carriera sarebbe stato un inferno per una donna in questa società.

"Eravate ricchi quando vi siete conosciuti. Voi siete un bell'uomo. E a giudicare dalla nostra conversazione, direi che siete intelligente e affascinante". Si chinò in avanti, con gli occhi interrogativi che guardavano direttamente nei suoi. "Se sono troppo personale, vi prego di non rispondere... ma perché *proprio lei*? Perché avete chiesto alla signora Finley di diventare sua moglie?".

La mente di Xander saltò a Las Vegas, poi in avanti fino al Colorado, e poi pensò alla donna che aveva lasciato nel letto di sopra. Non era più interessato a trovare risposte soddisfacenti al gioco delle venti domande di Jane Austen. Voleva solo dire ad alta voce ciò che aveva nel cuore e lasciare che la donna lo applicasse alla sua vita a suo piacimento.

"Per me Nadine era... ed è... bellissima. È intelligente, appassionata, gentile... *eccezionale*, come dite voi. C'è una chimica pazzesca tra noi. Ma c'è anche molto di più".

Era tornato indietro nel tempo per trovarla. Nadine disse che aveva fatto l'impossibile. Xander credeva che i suoi sentimenti per lei fossero la causa.

"Ma perché *lei*?", continuò. "Perché ho chiesto a Nadine di diventare mia moglie due anni fa? Credo che sia stato in parte

May McGoldrick

perché l'ho incontrata nel momento giusto della mia vita. La carriera e l'ambizione non mi spingevano in un'altra direzione".

"È tutto qui?"

"Oh, no. C'è molto di più", ammise Xander. "Con Nadine non ho bisogno di fare giochetti".

"*Giochetti*", tagliò corto lei. "Gli americani hanno espressioni davvero deliziose".

"Andiamo d'accordo... come migliori amici. Io sento quello che sente lei. Tiriamo fuori il meglio l'uno dall'altra. Siamo due metà di un'unica entità. E non mi fraintendete. Abbiamo tutti dei difetti. Facciamo tutti degli errori. Ma mi piace pensare che le nostre forze combinate compensino le cose negative. So che lei mi rende un uomo migliore".

Le emozioni che gli salivano nel petto furono improvvisamente travolgenti. Xander non aveva mai dovuto esprimere a parole i suoi sentimenti in questo modo. Nemmeno quando le aveva chiesto di sposarlo.

"Quando ho incontrato Nadine, tutto in me diceva che era quella giusta. Sentivo... sapevo di aver trovato la persona che ero destinato ad amare. E la amo davvero".

Austen si sedette, silenziosa e assorta nei pensieri. Le parole di Xander erano state pronunciate con il cuore. Vide il suo sguardo dirigersi verso la porta alle sue spalle e si alzò in piedi.

Xander si alzò e, voltandosi, vide Nadine sulla soglia.

Capitolo Trenta

Quando Nadine arrivò sulla soglia, Jane Austen stava dicendo: "Perché *lei?*".
Aveva sentito ogni parola che è seguita.
Era vero, tutto quello che aveva detto sul loro legame. E nessuno si era mai avvicinato ad amarla come Xander. Da parte sua, non aveva mai provato per nessuno l'amore e l'affetto che provava per lui. Non poteva negarlo. Non poteva opporsi. Se esistevano le anime gemelle, Xander era la sua. E qui stava la tragedia.
Dopo che gli altri l'avevano vista all'ingresso, Nadine attraversò la stanza per raggiungerli. Xander la presentò, poi Jane Austen si scusò e fuggì dalla stanza come se un branco di cinghiali la stesse inseguendo.
Nadine era contenta che se ne fosse andata. Le emozioni che provava erano tenere e brutali. Non era dell'umore giusto per chiacchierare con la Austen in questo momento, a prescindere dalla sua ossessione di sempre per l'autrice. La sua missione di Scriba Custode era l'ultimo dei suoi pensieri.
C'erano così tante cose che doveva spiegare a Xander. Lui sapeva così poco di tutti i modi in cui la loro relazione era condannata.
Prima di tornare in camera, trovarono la cucina e svegliarono un giovane che dormiva su una sedia. Aspettarono in silenzio mentre lui serviva due scodelle di stufato caldo. Portando lo stufato, una

piccola pagnotta e una brocca di vino su un vassoio di peltro, salirono le scale.

Mentre mangiavano, Xander riassunse ciò di cui lui e Jane Austen avevano parlato. Le parlò della percezione che Austen aveva dell'America. Delle sue osservazioni su donne, matrimonio e figli nella sua società. Raccontò a Nadine le storie che si era inventato sulla sua professione, sulla sua ricchezza e su quanto tempo erano stati sposati.

Era evidente che aveva fatto una profonda impressione sull'autrice. Avevano parlato di molti argomenti. Niente di Xander sorprendeva Nadine ormai. Era un uomo straordinario. Glielo aveva detto.

Dopo aver finito di mangiare, Xander mise il vassoio fuori dalla porta insieme all'altro. Fece un commento senza contesto sul fatto di dare da mangiare al suo nuovo migliore amico.

"Cosa?"

"Niente. Non vuoi davvero saperlo".

La pioggia continuava a battere sulla finestra. Nadine guardò la High Street, desiderando di poter uscire e passeggiare. I suoi pensieri si organizzavano sempre meglio quando si muoveva. La lampada di una finestra dall'altra parte della strada faceva un po' di luce sulla carreggiata allagata. Ma tra il temporale e l'ora tarda, la sua unica opzione era camminare nella stanza.

Era stata presentata alla Austen, grazie a Xander, e avrebbe cercato di proseguire la conversazione domani. Ma il suo compito non era in cima ai suoi pensieri. Era la discussione che aveva ascoltato nella Sala Caffè che la consumava in questo momento.

Xander si intromise nelle sue riflessioni.

"Dopo aver parlato con lei, ho capito meglio quello che dicevi sulle aspettative che queste persone hanno nei confronti delle donne. E gli ostacoli che una donna che vuole diventare scrittrice deve affrontare".

"Ostacoli è un eufemismo".

Alzò entrambe le mani. "Lo so. Hai cercato di spiegarmelo. Avrei dovuto crederti. Ma ero ancora sconvolto".

Cominciò a togliersi il maglione.

"Tienilo addosso, amore mio. Anzi, tieni tutti i vestiti addosso. Devo concentrarmi e non voglio essere distratta da te mentre parliamo".

Jane Austen Cannot Marry!

Sorrise. Scalciando via gli stivali, si distese sul letto, con le mani dietro la testa. "Non sarò più una spina nel fianco, Nadine. Dimmi cosa devo fare. Qual è la prossima mossa?".

"Non sei mai una spina nel fianco. Non ti ho mai considerato una spina nel fianco. E non lo farò mai".

"Te lo ricorderò tra cinque anni. O quindici. O venti".

Nadine smise di camminare e lo affrontò. "È proprio questo, Xander. Quello di cui dobbiamo parlare. Non importa quello che proviamo in questo momento, non lo avremo tra cinque anni. O quindici. O venti. Apparteniamo a due periodi temporali diversi".

"Avresti potuto dirmelo in Colorado, e forse ti avrei creduto. Ma guardami. Guarda noi. Abbiamo fatto accadere l'impossibile. Non so come. Ma l'abbiamo fatto. E sono certo che possiamo farlo di nuovo".

Scosse la testa e riprese a camminare. Come poteva dirglielo?

"Sei una Scriba Custode. Ho capito. Finalmente capisco cosa fai. Ma ora che ho fatto un salto nel tempo, forse posso diventarlo anch'io. Dove devo mandare il mio curriculum?".

"*Non puoi* diventarlo. Il mio è un lavoro che non puoi avere. *Non voglio* che tu lo abbia".

Si alzò a sedere nel letto. "Stavo solo scherzando. Mi dispiace. So di non essere un lettore o uno studioso, per nulla al mondo. Non intendevo dire che sono qualificato per...".

"L'unico requisito richiesto per questo lavoro è essere malati terminali".

Xander la fissò, e lei gli diede il tempo si assimilare le sue parole.

"Sì. Malato terminale. Ecco perché non voglio che tu ne parli o scherzi... e perché non vorrei mai che tu ne facessi parte".

Il suo volto si corrucciò mentre cercava di capire.

Non aveva mai avuto intenzione di dirglielo, ma ora si sentiva meglio per questo. Ora lui lo sapeva.

All'improvviso, si mise di fronte a lei e la tirò tra le sue braccia.

Dopo un attimo, lei si sentì sciogliere nel suo abbraccio. La riscaldò sentirsi avvolta dalla sua forza, da quello che sapeva essere il suo amore.

Due anni prima, quando lui le aveva chiesto di sposarlo, Nadine avrebbe voluto essere abbastanza coraggiosa da dirglielo. Anche se lui non avrebbe creduto all'utilizzo del viaggio nel tempo del suo lavoro, lei avrebbe potuto dirgli la verità sulla malattia che aveva messo fine alla sua vita. Ma si era tirata indietro, sapendo che si sarebbe allontanata all'ultimo momento. Dopo tutto, non si sarebbero più rivisti.

In Colorado, aveva omesso anche questa parte della verità. Ma visti i sentimenti di Xander e considerato tutto quello che aveva passato, era giusto che lo sapesse.

Aveva accettato il suo destino anni fa. All'epoca, Nadine non aveva una famiglia, nessuno che la amasse, nessuno che avrebbe sentito la sua mancanza quando se ne fosse andata. Era meglio così. Chi amava ed era amato soffriva di più. Non era la paura della morte, ma quella di perdere tutti coloro che ti lasciavi indietro.

E grazie a Xander, la sua vita stava già cambiando. Le sue paure stavano prendendo una nuova forma.

Nadine non sapeva per quanto tempo rimasero in mezzo alla stanza, abbracciati. Alla fine si staccò e lo guardò negli occhi. Erano rossi. Il suo viso era bagnato di lacrime per lei.

Li asciugò. "Spiegami. Come funziona? Cos'è che stai combattendo? Come mai hai un aspetto così sano? Non mostri alcun segno di essere malata".

"Staremo qui mille e una notte se devo spiegarti tutto".

"Per me va bene. Voglio saperlo".

"E hai tutto il diritto di saperlo", gli disse, conducendolo al letto. Lui si sedette accanto a lei, tenendole la mano.

"Che cos'è? Un cancro?"

Lei annuì.

"Non ditemi che non l'hanno curato entro il 2078".

"Hanno curato tanti tipi di cancro, ma non quello che ho io", gli disse. "Il mio è un tipo raro di linfoma che non risponde ai trattamenti".

"Quando..." Fece una pausa e prese fiato. "Quando ti è stata diagnosticato?".

"Ufficialmente? A ventidue anni". Sedersi accanto a Xander, sentirlo alle prese con le sue emozioni, fece affiorare le sue.

I primi giorni dopo averlo saputo, Nadine non si era mai lasciata andare al pianto o alla depressione per la sua malattia. Quante volte aveva fatto credere a se stessa di essere in pace con la malattia? Tutti muoiono. Anche la sua fine sarebbe arrivata, prima o poi - a seconda del suo rendimento sul lavoro - ma *sarebbe* accaduto.

Jane Austen Cannot Marry!

Si alzò in piedi e si avvicinò alla finestra, osservando distrattamente le gocce che scendevano lungo le lastre di vetro.

"I miei sintomi erano presenti fin da quando ero alla casa famiglia dove mi avevano mandata dopo la morte dei miei genitori". Lo guardò da sopra la spalla. "Scusa se ti ho detto quelle cose sulla mia famiglia. Non ho più una famiglia da quando i miei genitori sono morti entrambi in un incidente stradale, quando avevo dodici anni".

"E la tua malattia?".

"Essendo sotto la tutela dello Stato, non ero una priorità per il sistema. Nessun medico ha mai esaminato troppo da vicino ciò che non andava in me. Hanno attribuito le mie ghiandole linfatiche ingrossate a virus, febbri, sudorazioni notturne, infezioni. Per anni. E poi ho sempre avuto a che fare con l'asma. Nella mia cartella clinica mi avevano etichettato come sistema immunitario debole. Non hanno mai scavato più a fondo per capire chi fosse il vero colpevole".

A causa dell'età e della salute cagionevole, Nadine non fu mai adottata. Rimase nel sistema finché non andò all'università.

"È stato subito dopo aver iniziato il mio primo lavoro dopo l'università che mi sono ammalata gravemente. Quela volta mi hanno dovuta ricoverare in ospedale, cosa rara ai miei tempi".

"Quali sintomi avevi?".

"Avevo perso trenta chili in sei settimane. Ho avuto una neuropatia, intorpidimento dei piedi, delle gambe e delle mani. Era così grave che non riuscivo a camminare. Erano tornati anche tutti i vecchi sintomi, solo che questa volta nessun farmaco aveva effetto su di loro. Ogni giorno diventavo sempre più debole".

Si fissò le mani, ricordando l'angoscia di quei lunghi giorni e notti di attesa. Stava così male da non avere neanche la forza di sperare.

"Dopo una serie di esami, alla fine hanno capito il problema. Hanno solo confermato quello che già sapevo. Quello che avevo era terminale. Mi diedero un mese di vita... forse. Un assistente sociale dello Stato mi parlò di eutanasia".

Nadine non voleva soffermarsi su quei giorni. Non voleva ricordare quello che aveva passato, emotivamente e fisicamente.

"Avevi ventidue anni".

"È stata la parte peggiore. Dovevo iniziare la mia vita, ma mi dicevano che ero al capolinea".

May McGoldrick

Incrociò le braccia, appoggiando la schiena al muro. Era freddo e umido.
"Poi, un amministratore dell'ospedale è venuto a parlarmi. Mi disse che c'era una nuova sperimentazione che avrebbe potuto aiutarmi. Mi sono buttata a capofitto. Non ero molto fiduciosa, ma non avevo altra scelta. Ricordo di aver pensato che, come ultima spiaggia, avrei potuto sostituire uno dei soggetti animali utilizzati per la ricerca medica. Un paio di giorni dopo, una donna con un distintivo governativo mi fece visita. Non avevo ancora idea di chi fosse, né di cosa fosse la sperimentazione, né di come avrebbe migliorato le mie possibilità di sopravvivenza".
"Era un medico?"
"No. È stata la cosa più strana. Non ha fatto altro che parlare di una posizione che mi stava offrendo. Aveva a che fare con i libri e la conservazione dei manoscritti. Ero lì, in fin di vita, e lei mi offriva un lavoro. Ero sicura che si trattasse di un grosso malinteso. Ma ho sempre amato i libri e la lettura. Mi sono laureata in biblioteconomia. Era la mia passione. Così decisi di ascoltarla. Non aveva parlato di viaggi nel tempo. Se l'avesse fatto, sarei stato scettica come lo eri tu quando te l'ho detto la prima volta. Mi ha spiegato, però, che si trattava di una posizione in un programma sperimentale che stavano avviando e che avrebbe potuto tenermi in vita".
Si spostò di nuovo sul letto e si sedette accanto a Xander.
"Una ventiduenne a cui stavano offrendo una possibilità di vita. Anche se non avevo idea di come i libri fossero collegati alla ricerca sul cancro, la mia risposta fu: *Sì, ci sto!*".
"Cosa è successo dopo?"
"Quella stessa settimana fui ricoverata in un nuovo ospedale. Più tardi ho scoperto che non era un vero ospedale. Era una struttura gestita da un braccio top-secret del governo. Si chiamava SPQ... Sezione Pendolarismo Quantico. Le cose si sono mosse piuttosto velocemente dal momento in cui sono arrivata lì, visto che non mi restava molto tempo".
"Com'è che ti hanno curato?".
"Non mi hanno mai curato. Il concetto era che il mio cancro sarebbe andato in remissione facendo salti nel tempo. Avevano scoperto che lo sviluppo cellulare si arrestava tramite la dispersione molecolare e la rigenerazione. In un primo momento hanno iniziato piano, facendomi fare un salto indietro di pochi minuti alla volta...

poi di nuovo in avanti. Per un mese lo facemmo ogni giorno. E poi un altro mese. Cominciai a diventare più forte. Continuammo a farlo mese dopo mese. I test e le scansioni mostravano che stava funzionando".

"È incredibile. Sei stata l'unica?".

"Pensavo di sì, ma poi ho capito che ce n'erano altri. Parecchi, in effetti. Ma eravamo tutti nella stessa situazione. Tutti gli altri reclutati nel programma erano terminali. In tutte le divisioni".

"Cosa vuol dire... divisioni?".

"I Pendolari Quantici sono organizzati in compagnie specifiche. Gli Scribi Custodi. Le Guardie del corpo. Gli Assassini. Gli Ingegneri. E altri ancora".

"Ha detto che tutte queste persone... questi agenti... hanno una malattia terminale?".

"Allo stato attuale, sì. L'abbiamo tutti. Ha un certo senso a causa dei pericoli intrinseci del lavoro. E nessuno di noi ha una famiglia. Nessun genitore, fratello o partner. Nessuno che ci cerca, che fa domande al quartier generale mentre siamo in missione. Forse un giorno apriranno il reclutamento ad altri. Ma al momento questo è tutto. Una malattia terminale, nessuna famiglia, nessun legame. E un certo livello di istruzione, punteggi nei test... e la capacità di svilupparsi fisicamente. I salti quantici sono difficili per il corpo. E una volta arrivati in missione, non diventa più facile".

"Fammi capire. Tu stai bene quando viaggi indietro nel tempo?".

"Assolutamente sì. Mi sento benissimo. Nessuno dei sintomi si sposta nel tempo... tranne l'asma. Ma il cancro tornerà quando tornerò per un periodo prolungato all'anno 2078. Ecco perché ho - e tutti gli agenti hanno - un tempo limitato per ricevere un addestramento supplementare prima di fare il salto nella prossima missione. Il tempo avanza nel futuro, ma noi siamo intrappolati nel passato. Salvati da esso".

Xander scosse la testa. Era molto da assimilare.

"E l'importanza di ciò che facciamo è scritta nei nostri contratti. Ci sono conseguenze se falliamo. Devo portare a termine ogni missione. Se non lo faccio, perdo la mia posizione nella SPQ".

"Vuoi dire..."

"Insomma, non viaggerei più. L'accordo che ho firmato era chiaro. Un fallimentoe sono fuori dal programma". Scrollò le spalle. "E morirò. Ma almeno ho avuto la possibilità di vivere".

May McGoldrick

Xander la fissò. Sapeva dove avrebbero portato le sue prossime domande.

"Perché non ne esci?". Le prese la mano. "Perché non rimani nel passato?".

Nadine lo guardò negli occhi. "Gli Assassini servono a questo, tra le altre cose".

"Manderanno qualcuno a ucciderti?".

"Cercheranno di riportarmi nel futuro. Se non ci riusciranno, il loro compito sarà quello di uccidermi".

"È una follia".

"Vedila dal loro punto di vista. Non ci è permesso cambiare il passato, ma una volta che qualcuno diventa disonesto, non c'è modo di controllarlo. Con il mio addestramento, potrei apparire ovunque nella storia. Se volessi, potrei trarre profitto dalla mia conoscenza. Il protocollo dell'agenzia prevede che io debba essere eliminata".

La tirò tra le braccia. "È triste".

"È per questo che ho firmato. Sono alle loro dipendenze finché non fallisco. E poi è finita. È l'accordo che ho fatto per rimanere in vita. Avrei potuto dire di no, ma non l'ho fatto".

Nadine passò una notte agitata. Xander aveva ancora più domande dopo che lei aveva spiegato le basi di ciò che faceva e per chi lavorava. Le sue domande le ricordavano quanto fosse vulnerabile la sua vita. E di quanto la loro relazione fosse inutile e senza speranza.

In seguito, si consolò sapendo che almeno avevano quel momento, quella notte e forse l'indomani. Avevano l'un l'altra fino a quando lei non avesse trovato il modo di rimandarlo alla sua vita in Colorado.

La luce grigia del mattino entrava dalla finestra quando sentì dei passi nel corridoio. Altri viaggiatori alloggiavano nelle stanze vicine, ma quella persona si fermò fuori dalla loro porta. Un attimo dopo, una lettera scivolò oltre la soglia.

Spinse indietro le coperte, attraversò la stanza e prese la lettera. Ruppe il sigillo e la aprì. Riconobbe immediatamente la calligrafia.

Nadine aveva visto il manoscritto di *Lady Susan* alla Morgan Library di New York. Si trattava dell'unica bozza completa di un romanzo della Austen di cui si avesse notizia.

Jane Austen Cannot Marry!

Il manufatto mostrava la bella calligrafia dell'autrice, oltre ad altre stranezze che ogni bibliofilo potrebbe apprezzare. Per esempio, il modo in cui la Austen riempiva le pagine di testo da cima a fondo suggeriva che era parsimoniosa nell'uso della carta. L'uso idiosincratico della punteggiatura, in particolare delle virgole e dei trattini, la rendeva un'autrice dallo stile moderno per i suoi tempi. A Nadine aveva ricordato il modo in cui Emily Dickinson avrebbe scandito le sue poesie quasi cinquant'anni dopo.

Due grandi scrittrici, separate dal tempo e da un oceano.

Lesse la lettera una volta e poi la rilesse. Jane Austen si stava scusando:

... e se avete tempo - visto che questo bel tempo del Kentish continua imperterrito - mi fareste l'onore di unirvi a me per una chiacchierata e del tè. Ho prenotato una sala da pranzo privata e vorrei riparare alla mia brusca partenza di ieri sera. Sareste disponibile, diciamo, alle undici di questa mattina?

Ho anche organizzato che sia servito il pranzo a mezzogiorno e, se il signor Finley può unirsi a noi, il capitano Gordon e il suo amico capitano Carville mangeranno con noi. Sono certa che saranno felici di conoscere vostro marito.

Il cielo non promette bene per una passeggiata mattutina in paese, ma sono decisa a sfidare le intemperie e a salire alla vecchia chiesa di pietra sulla collina. Mi è stato riferito dall'autorità assoluta, la moglie del nostro amabile locandiere, che l'antico ossario contiene "teschi a migliaia". Un bel promemoria della nostra mortalità, forse...

Capitolo Trentuno

DOPO AVER SCRITTO un biglietto a Jane Austen, accettando l'invito, Nadine ne scrisse un altro a Deirdre e li portò entrambi al piano di sotto. Trovando l'oste, gli chiese se poteva far spedire il biglietto alla Austen e far recapitare una lettera anche a un'amica in città. Dopo aver conosciuto Xander la sera prima, l'atteggiamento dell'uomo era cambiato completamente. Accettò subito le sue richieste e mandò di corsa uno dei suoi ragazzi.

Deirdre era davvero la loro salvezza a Hythe. L'unica persona di cui poteva fidarsi. Nel biglietto che aveva scritto, Nadine chiedeva all'amica di prestare loro qualsiasi capo di abbigliamento ritenesse opportuno per Xander, in modo che potesse partecipare a un pranzo con diversi ufficiali della marina. La sua scusa era che i bauli del marito non erano ancora arrivati da Londra. Aveva tutte le intenzioni di restituire ciò che avevano preso in prestito. Nella lettera aveva incluso anche una banconota da cinque sterline, sperando che fosse sufficiente a coprire la spesa.

La sala da pranzo privata dove Nadine doveva incontrare l'autrice si trovava sopra il ristoro. Fuori dalla porta, prima di bussare, Nadine fece un respiro profondo e lisciò con una mano il davanti del suo vestito. L'abito di seta bianca, con piccoli pois e dal design alla moda, era uno di quelli che aveva portato dal futuro. Aveva intenzione di indossarlo nelle occasioni più formali, se fosse stato neces-

Jane Austen Cannot Marry!

sario, mentre il vestito da viaggio che aveva lasciato a casa di Xander era per l'uso quotidiano.

Beh, l'incontro con Austen era la situazione più formale a cui avrebbe potuto partecipare, e questo era l'unico vestito che non facesse capire che stava indossando abiti presi in prestito. Meglio essere troppo elegante, decise.

I capelli erano un'altra cosa. A causa della pioggia e dell'umidità, il suo groviglio di boccoli era stato difficile da pettinare, ma era riuscita a raccoglierli sulla nuca in una crocchia ragionevolmente ordinata.

Quella mattina, lei e Xander avevano ripassato lo scambio con l'autrice della sera precedente. Non voleva contraddirsi e quindi piantare nessun seme di dubbio nella mente di Jane Austen. Voleva apparire come una compagnia abbastanza coinvolgente da essere una gradita aggiunta alla cerchia di conoscenze di Jane finché la donna fosse rimasta in quel villaggio.

Un ragazzo cameriere aprì la porta a Nadine, che entrò. La stanza era piccola e ben organizzata. Era arredata solo con il necessario. Una credenza usurata correva lungo una parete e un tavolo con sei sedie antiche si appoggiava su un logoro tappeto turco. L'oste aveva almeno pensato di coprire il tavolo con un panno di lino.

Jane Austen era in piedi accanto alla finestra e la osservava con attenzione.

Le due donne si erano incontrate la sera prima, ma Austen era più magra di quanto Nadine ricordasse. Con lo stesso vestito da viaggio, la scrittrice oggi sfoggiava un cappellino di pizzo floscio. Alcuni riccioli bruni fuoriuscivano e le incorniciavano il viso.

Il tono cordiale del suo invito non corrispondeva alla fredda accoglienza che Nadine percepiva. Il silenzio tra loro si protrasse per quelli che sembrarono minuti.

Forse, però, si trattava dei suoi nervi. L'espressione sul volto dell'ospite era tranquilla. Non era ostile, assolutamente, ma per un attimo Nadine temette che la sua risposta non fosse stata formulata in modo adeguato. Il sollievo la pervase quando finalmente Austen sorrise leggermente e attraversò la stanza per salutarla.

"Signora Finley".

"Come state, Miss Austen?", riuscì a dire.

Pensava alla facilità con cui Xander aveva parlato con l'autore.

May McGoldrick

Ma per Nadine, in quel caso valeva la parola "stregata". Aveva conosciuto e trattato con molti grandi della letteratura mondiale, ma Jane Austen era qualcosa di completamente diverso.

I suoi occhi erano luminosi. Il suo sguardo era diretto. "Grazie per essere venuta, signora Finley. Prego, si accomodi. Posso versarvi una tazza di tè?".

"Grazie. Sarebbe gentile".

La voce della Austen era roca, come se se stesse prendendo il raffreddore. La sequenza di *Orgoglio e pregiudizio* passò per la mente di Nadine. Quando Jane, la sorella di Lizzie, si ammala a causa dell'inzuppamento, i Bingley la esortano a restare finché non si sia ripresa. Sarebbe successa la stessa cosa qui a Hythe? La Austen non poteva rimanere nella locanda senza nessuno che si occupasse di lei. La risposta più logica sarebbe stata quella di andare a Churchill House. Dannazione. L'amore sarebbe sbocciato mentre era sotto le cure del capitano Gordon e della sua famiglia.

Mentre l'autrice versava il tè, Nadine si sedette al tavolo. Austen prese la sedia accanto a lei.

"Ancora una volta, mi scuso per essere scappata quando siete arrivata nella Sala Caffè ieri sera. Sentivo di aver bisogno di aria fresca".

La pioggia e l'aria di mezzanotte spiegavano la raucedine, e Nadine si chiese se, alla fine, fosse salita alla chiesa quella mattina.

"Ho avuto una conversazione molto interessante con vostro marito".

"Sì, me ne ha parlato".

"Voi due venite dall'America".

"Esatto".

"E siete arrivati da poco a Hythe".

"Sì, prima Londra... e poi qui".

Il panico lambiva i confini della memoria di Nadine. Xander aveva detto da quanto tempo erano qui? Da quanto tempo erano arrivati in Inghilterra? Non riusciva a ricordare.

"Da ieri sera sto cercando di collocarvi. Non ricordo che ci siamo mai incontrati prima. È così?".

"No, non credo".

"Se posso chiedere, allora, come mi avete riconosciuta?".

"Mi scusi?"

"Il signor Finley mi ha accennato che voi mi avete riconosciuto e

Jane Austen Cannot Marry!

mi avete indicata a lui. È così che è iniziata la mia conversazione con suo marito nella Sala Caffè".

Merda. Merda. Merda. La mente di Nadine correva, cercando di inventare una storia plausibile.

In questo momento storico, la Austen era la figlia sconosciuta di un ex ecclesiastico, ora deceduto. Viveva tranquillamente con la madre e la sorella in un piccolo villaggio inglese. E solo il 13 ottobre di quell'anno avrebbe pubblicato *Ragione e sentimento...* in forma anonima. Dopo di che, a parte i suoi familiari più stretti e l'editore, solo una ristretta cerchia di persone avrebbe conosciuto l'identità della Austen. La maggior parte del pubblico britannico avrebbe saputo solo che il popolare romanzo era stato scritto "da una signora". E alcuni recensori scettici avrebbero sciocсamente affermato che un romanzo così riuscito poteva essere stato scritto solo da un uomo.

I secondi passavano.

"Oh, no. Deve essersi confuso. Io... vi ho vista. Io e mio marito eravamo fuori dalla locanda quando siete scesa dalla carrozza. Un vostro amico si è rivolto a voi chiamandovi per nome. Un signore alto".

"Infatti. Il capitano Gordon". Annuì. "Nel mio biglietto ho accennato al fatto che si unirà a noi oggi".

"Sì. Sì. Il capitano Gordon", ripeté Nadine, sollevata dal fatto di aver schivato un proiettile. "Con la pioggia che scendeva così forte, eravamo zuppi dal temporale e avevamo fretta di entrare. Il signor Finley mi ha fatto una domanda, ma con il cocchiere e i palafrenieri che gridavano, c'è stata un po' di confusione tra ciò che mi ha chiesto e ciò che io ho sentito. Credo di aver fatto il vostro nome. Mi scuso se ciò ha causato qualche sconveniente".

Nadine bevve un sorso di tè, sperando che la spiegazione fosse sufficiente. Il problema era che sapeva troppo dell'autrice. Le sue abitudini, inclinazioni e stranezze. Le sue attente osservazioni su tutto ciò che vedeva e sentiva. Nadine sapeva senza dubbio di essere in presenza di un'intelligenza formidabile.

"Credetemi, non c'è bisogno di scuse. Sono certamente felice che sia avvenuta una presentazione così informale. Mi ha fatto molto piacere parlare con il signor Finley".

Nadine posò la tazza, sollevata. "Di cosa avete parlato voi due?".

"Di matrimonio e unioni, tra le altre cose". Si chinò in avanti in modo confidenziale. "Voi e io abbiamo la stessa età".

"Davvero?" Nadine sperava di aver messo abbastanza sorpresa nel suo tono.

"Vostro marito mi ha detto che siete sposati da due anni".

"Sì, esatto".

"Perché così tardi?"

L'immediatezza della domanda fece fare a Nadine una pausa, mentre cercava una risposta appropriata.

"Vi prego di scusare la mia impertinenza", continuò Austen, fraintendendo l'esitazione. "Ma mi chiedevo se in America vigono gli stessi costumi sociali dell'Inghilterra. Qui, nella maggior parte dei casi, una donna è spinta a sposarsi quando diventa maggiorenne... per avere stabilità o vantaggi economici. Sempre che, ovviamente, si riesca a trovare un partner adatto. È stata una *vostra* scelta aspettare così a lungo o ci sono state altre circostanze che hanno causato il ritardo?".

Nadine cercò di scegliere con cura le parole. Si trovava ancora una volta in una conversazione in cui venivano fatti dei parallelismi. Jane Austen aveva conosciuto Xander, le era piaciuto e aveva apprezzato quello che doveva essere considerato un atteggiamento progressista nei confronti delle donne e del matrimonio. Ai suoi occhi, Nadine e Xander avevano instaurato una relazione soddisfacente, nonostante l'età "avanzata" di lei. E ora la Austen si trovava in una situazione simile: in un'età in cui le donne non si sposano generalmente per la prima volta, era sul punto di rinnovare la sua storia d'amore con il capitano Gordon.

"Per me è stata una scelta", ha ammesso Nadine. "Prima di Mr. Finley, non ero mai stata sposata. Non ero mai stata fidanzata. Non avevo provato amore per nessun uomo. Ero abbastanza sicura finanziariamente da poter vivere il resto della mia vita in modo semplice e confortevole".

"Capisco. Eravate contraria al matrimonio?".

"In teoria, no. In pratica, sì. Mi piaceva molto di più la mia libertà".

"Devo dire che qui sarebbe davvero considerata una posizione radicale". Fissò lo sguardo di Nadine. "Eppure avete cambiato idea".

"Io e il signor Finley abbiamo scoperto di avere un'attrazione reciproca".

Jane Austen Cannot Marry!

Austen sorrise. "Questo è emerso chiaramente mentre parlavamo".

"Quello che abbiamo è davvero unico". Nadine non riusciva nemmeno a spiegare il perché. "E non cambia la mia ferma convinzione che se una donna può scegliere, deve scegliere la direzione in cui vuole che la sua vita vada. La libertà di seguire le proprie passioni non è sempre possibile quando il matrimonio è l'unica scelta che possiamo fare".

"Proprio così", disse Austen a bassa voce. "Permettetemi di chiedervi questo...".

"Prima di farlo, posso farvi una domanda?". Nella sua cerchia sociale, l'autrice sarebbe diventata famosa per guidare le conversazioni. Nadine decise di rigirare le domande alla donna.

"Naturalmente".

"Voi siete sposata, Miss Austen?".

"No. Non ho mai fatto quella camminata lungo la navata".

"*Voi* siete contraria al matrimonio? Non siete mai stato innamorata?".

"Per una donna istruita e di poca fortuna, qui in Inghilterra, esistono solo due motivi per sposarsi. Li ho già menzionati. La sicurezza sociale e quella finanziaria. L'amore non ha quasi alcun ruolo per una donna di quel tipo, temo".

"Ma, amore a parte, siete disposta a sacrificare entrambe le cose per la *vostra* libertà?".

"Sì, suppongo di sì. A dire il vero, se il pensiero della povertà non mi ha mai attratto, non mi ha mai attratto nemmeno il motivo mercenario per cui dovrei sposarmi".

Questo dilemma si ripropone spesso nei suoi romanzi, pensò Nadine.

"Capisco bene. Queste scelte sono difficili, però".

"Lo sono, eccome".

"Sapete, Miss Austen, questa conversazione mi fa venire in mente le opere di Frances Burney. L'avete mai letta?".

"Ma certo! È una delle mie autrici preferite".

"Anche per me", rispose Nadine, pienamente consapevole degli autori che influenzarono la Austen. "Gli altri miei scrittori preferiti sono Samuel Richardson... e William Cowper quando sono in vena di poesia. E mi è piaciuto molto *Emmeline, l'orfana del castello di* Charlotte Turner Smith. L'avete letto?".

"Ho amato quel romanzo!". Il suo viso si illuminò. "Signora Finley, abbiamo gusti letterari molto simili".

"Qualcosa mi diceva che lei sarebbe stata una persona attratta dalla letteratura". Nadine si chinò in avanti, parlando in modo confidenziale. "Voi stessa avete mai pensato di scrivere?".

"Per la pubblicazione, intendete?". Uno sguardo diffidente attraversò il volto di Jane.

"Sì. Una donna intelligente con interessi letterari. Perché no?".

"Forse in America le cose sono diverse per le donne, ma qui in Inghilterra un membro femminile dell'aristocrazieverrebbe decisamente scoraggiato dal seguire questo tipo di attività".

"Ma a parte Fanny Burney e Charlotte Smith, la signora Radcliffe e Maria Edgeworth e Charlotte Lennox hanno certamente avuto un notevole successo. E altre pubblicano in forma anonima, ne sono certa".

"C'è una buona ragione per l'anonimato". Austen si guardò intorno nella stanza, come se temesse che le pareti potessero avere orecchie. "Ma, devo ammettere, ho di queste aspirazioni".

"Lo immaginavo".

"È così ovvio?"

"Affatto. Che genere scrivete?".

Jane tenne la voce bassa. "Mi piace creare commedie di costume. Mi piace perdermi in ritratti dettagliati dei personaggi e delle loro relazioni".

Nadine annuì. "Sono impressionata e incuriosita. Non mi stupisce che abbiate scelto di evitare il matrimonio. Anche in America, una donna sposata avrebbe poche opportunità di dedicarsi a queste attività. Sono sicura che deve essere necessario molto tempo per coltivare e creare un'opera letteraria".

"È vero". Sorrise. "Non ho marito né figli, ma i miei romanzi *sono* i miei adorati figli. E la mia mente è sempre occupata a pensare ai miei personaggi. Non posso dimenticarli più di quanto una madre possa dimenticare il suo bambino nella culla".

"I vostri *romanzi*? Più di uno?"

"Sì. Ho completato diverse bozze".

"Ma nessuno pubblicato?".

Austen rispose in modo schivo. "Non ancora".

Nadine era al settimo cielo nel sentirla ammettere così tanto.

Jane Austen Cannot Marry!

"Avete detto *commedie di buone maniere*. Il matrimonio ha un ruolo nella sua scrittura?".

Gli occhi di Austen si allargarono. "Siete molto astuta, signora Finley".

"Sto semplicemente seguendo la nostra discussione".

L'autrice annuì. "Nel mio primo tentativo di romanzo, scritto molti anni fa, c'è un personaggio, Charlotte Lucas, che sposa un uomo spregevole e sciocco. Chiarisco che Charlotte non prova alcun affetto per quell'assurdo e presuntuoso ecclesiastico, eppure lo sposa per assicurarsi cibo sulla tavola, vestiti addosso e un tetto sulla testa. E sebbene la protagonista disprezzi Charlotte per la sua scelta, le ragioni del matrimonio sono del tutto valide, data la situazione finanziaria della famiglia Lucas".

"Come si chiama il romanzo?".

"*Prime impressioni*".

Nadine lo sapeva, naturalmente. Aveva letto il libro una dozzina di volte. *Prime Impressioni* sarebbe diventato *Orgoglio e Pregiudizio* quando sarebbe stato pubblicato due anni più tardi.

"Ci sono altri matrimoni in *Prime Impressioni?*".

"Decisamente. Molti". Austen strinse le mani, con il volto animato dall'umorismo. Era chiaramente felice di poter parlare del suo lavoro. "Il primo matrimonio che il lettore incontra è quello dei signori Bennet, i genitori della mia eroina. Oltre a Elizabeth, la protagonista, hanno cinque figlie; le altre sono Jane, Lydia, Kitty e Mary, nessuna delle quali erediterà il patrimonio. Il romanzo è essenzialmente la storia di come Elizabeth trova la felicità con un ricco gentiluomo, il signor Darcy. Ora, poiché il signor Bennet tratta l'assillante signora Bennet come la sciocca che sicuramente è, Elizabeth sposerà solo un uomo che rispetta. Il viaggio verso la felicità coniugale e il comfort domestico è irto di pericoli per lei".

Nadine guardò l'autrice alzarsi e iniziare a camminare mentre parlava.

"E ci sono anche altri matrimoni, in questo romanzo. Quello tra la sorella Lydia e un affascinante abitante del villaggio è dettato dalla lussuria e si risolve in un fallimento. Jane, la sorella di Elizabeth, alla fine sposa un gentiluomo con cui condivide grandi affinità di carattere. Nel corso del romanzo, Jane e il suo futuro marito non hanno mai un grave litigio, ma hanno un serio ostacolo da superare.

May McGoldrick

Entrambi sono facilmente influenzabili dalle opinioni e dalle macchinazioni degli altri...".

La voce della Austen era roca, ma continuò a parlare. Nadine si sedette, entusiasta di sentire l'autrice analizzare la propria storia. Si trattava di un romanzo che Jane aveva abbozzato quando aveva solo vent'anni. Se l'adagio "scrivi ciò che conosci" fosse stato applicabile a lei, allora Jane Austen *avrebbe dovuto* avere uno dei matrimoni più felici della storia del matrimonio prima di scriverlo.

Ma la Austen scrisse questa storia molto prima di arrivare a Hythe e rinnovare la conoscenza con il capitano Gordon. A prescindere da come si sarebbe svolto l'ipotetico futuro, aveva già creato un capolavoro dell'amore romantico. Che perdita sarebbe stata se non avesse mai perseguito la sua passione e non avesse mai pubblicato *nessuna* delle sue opere.

"Questa storia mi affascina", le disse Nadine, incoraggiandola a continuare. "Ma perché il titolo, *Prime impressioni?*".

"Una domanda meravigliosa. Le nostre prime impressioni spesso formano i nostri giudizi permanenti, non è vero? È così, sia che consideriamo il nostro primo incontro con le persone, o la nostra prima visione di un luogo, o anche le prime righe di un libro".

"È proprio vero".

"Nella mia storia, la prima impressione crea scompiglio. Quando Elizabeth incontra Darcy per la prima volta, lui parla e si comporta in modo scortese e arrogante. La donna sviluppa immediatamente un'opinione errata dell'uomo perché non conosce le motivazioni nascoste del suo comportamento. Ironia della sorte, la fredda valutazione di Elizabeth nei confronti di Darcy deriva in gran parte dal suo stesso orgoglio: ha una grande fiducia nella sua prontezza di spirito e nel suo acuto senso di discernimento. Da parte sua, la percezione che Darcy ha della famiglia Bennet crea un malinteso sul valore di Elizabeth e della sorella maggiore. Il resto della storia consiste nella correzione di questi fraintendimenti. Ciascuno deve superare l'orgoglio e i pregiudizi che ostacolano la felicità".

"Se ho capito bene, il vostro romanzo non è un'approvazione incondizionata del matrimonio. Il lettore alla fine trova due matrimoni felici, ma la storia ne offre molti altri infelici".

"Sì, mi avete capita perfettamente".

Nadine scosse la testa ammirata. "Quello che mi avete descritto è un romanzo perfetto. Un romanzo che sarà senza tempo e dal

Jane Austen Cannot Marry!

fascino universale. Sono certa che la sua opera parlerà ai lettori di *tutti* i secoli. Diventerà il modello supremo del romanzo romantico".

Jane si voltò verso di lei, sorridendo. "Le sue lodi sono piuttosto umilianti. Vi ringrazio. Ma senza tempo? Secoli?" Scosse la testa. "La realtà è che sono una donna. E la società ci impone di non perseguire la fama o... il cielo non voglia, una carriera letteraria".

"Nonostante il successo di Burney e di altre".

"Nonostante questo. Sono certa che quelle donne... e le loro famiglie... pagano un prezzo elevato per il loro successo".

Nadine non aveva settimane, né giorni, né ore per convincerla. Gordon sarebbe arrivato a momenti. Era sicura che quel pranzo sarebbe stato l'evento in cui la relazione tra Austen e Gordon avrebbe cambiato marcia. Quello che era iniziato come un incontro casuale sotto la pioggia ieri, ora sarebbe sfuggito al suo controllo.

Ora o mai più. Guardò l'autrice negli occhi, sostenendo il suo sguardo.

"Fidatevi di me, Miss Austen. Le vostre parole, *"È una verità universalmente riconosciuta, che uno scapolo provvisto di un ingente patrimonio debba essere in cerca di moglie"*, diventeranno una delle frasi più famose della narrativa finché le persone leggeranno".

Jane Austen spalancò gli occhi e il colore svanì dal suo viso. Prima che potesse riprendersi per rispondere, però, bussarono alla porta.

Il capitano Gordon e il suo amico erano arrivati.

Capitolo Trentadue

IL CAPITANO GORDON entrò nella sala da pranzo con il suo amico, il capitano Carville, che aveva viaggiato in carrozza con Jane il giorno prima. Di Xander non c'era ancora traccia. Nadine sapeva di aver scioccato l'autrice con le sue parole. Mentre venivano fatte le presentazioni, lo sguardo di Austen continuava a tornare su di lei.

Nessun estraneo avrebbe potuto vedere la prima frase del suo romanzo inedito, tanto meno recitarla. Aveva scritto quelle parole quasi quindici anni prima.

Dai venti ai venticinque anni circa, Jane aveva lavorato diligentemente alla scrittura. Lavorando con vigore giovanile in mezzo al tranquillo via vai dell'Hampshire rurale, aveva riempito quegli anni con un'enorme produttività. La famiglia viveva ancora a Steventon, il villaggio agricolo dove era nata. Gli Austen conoscevano i suoi lavori, ma nessun altro lo sapeva. Più tardi, un amico intimo della famiglia scriverà che "non aveva mai sospettato che fosse un'autrice".

Nadine sapeva che Jane aveva scritto almeno tre romanzi in quel periodo: *Prime impressioni*, che sarebbe poi diventato *Orgoglio e pregiudizio*, *Ragione e sentimento* e *L'abbazia di Northanger*.

Quando *Orgoglio e pregiudizio* fu terminato e condiviso all'interno della famiglia, il padre di Jane rimase talmente colpito dalla storia che si adoperò per farla pubblicare. Nel novembre del 1797 scrisse a

Jane Austen Cannot Marry!

Thomas Cadell, un noto editore londinese. Senza aver mai visto nemmeno una riga del romanzo, rifiutò il libro con una risposta di cinque parole: "declinato a mezzo posta". Di conseguenza, la genialità di *Orgoglio e pregiudizio* sarebbe rimasta sconosciuta al pubblico fino a sedici anni dopo.

Qui a Hythe, Jane Austen sapeva che in nessun modo Nadine avrebbe potuto vedere l'incipit di quel romanzo. Solo i membri della sua famiglia erano a conoscenza della sua esistenza.

Gli invitati al pranzo erano ancora tutti in piedi vicino al tavolo quando Xander arrivò e fu presentato agli altri uomini.

Nadine non riusciva a togliergli gli occhi di dosso. Quell'uomo si era trasformato. Era l'immagine stessa del gentiluomo dell'epoca della Reggenza.

Come Deirdre avesse potuto trovare questi vestiti, Nadine non riusciva a immaginarlo. Xander indossava un bellissimo frac doppiopetto verde cacciatore, un gilet nero, pantaloni color tortora e una cravatta bianca. Aveva anche trovato degli alti stivali assiani neri.

E in qualche modo, nell'ultima ora, Xander era riuscito a radersi la barba, lasciando solo le basette. In una parola, era bellissimo.

Vedendo Nadine che lo fissava, sorrise e le fece l'occhiolino.

Quando fu portato il pranzo, il capitano Gordon e Jane si sedettero da un lato del tavolo. Dall'altro lato, Nadine era affiancata da Xander e dal capitano Carville.

Fu chiesto se i Finley, essendo americani, avessero qualche legame con l'ammiraglio James Finley di Portsmouth. Nadine si affrettò a negare qualsiasi legame; sapeva che era troppo tardi per usare quell'associazione a loro vantaggio.

La conversazione si svolse con facilità e, ancora una volta, rimase impressionata da come Xander fosse in grado di gestire qualsiasi situazione. Usando la giustificazione del luogo da cui proveniva, fece a Gordon domande sufficienti a far parlare il capitano, e il suo tono dimostrava sicurezza ma non arroganza.

"Ho servito con l'ammiraglio Nelson a Trafalgar nel 1805, che sia benedetto", rispose Gordon a una domanda sul suo stato di servizio. "Ho fatto il giro del Capo di Buona Speranza fino all'India e ritorno. Ho attraversato l'Atlantico quattro volte, due volte navigando verso le nostre isole nelle Indie Occidentali".

La generale scarsa dimestichezza di Xander con le questioni navali fece proseguire la conversazione sia con Gordon che con

Carville, che aveva prestato servizio con il suo amico da quando erano poco più che ragazzi. Parlarono di tutto, dal modo di vivere a bordo, alla routine quotidiana, al cibo, alle destinazioni più lontane. E ogni volta che gli altri facevano domande a Xander, lui intratteneva la stanza con i suoi aneddoti modificati su ciò che aveva fatto per fare fortuna e su come era la vita in America.

Nadine si costrinse a osservare con attenzione il capitano Gordon. A causa del suo legame con Jane, si trattava di un uomo che aveva il potere di riplasmare il futuro del romanzo e della storia letteraria nel suo complesso. Voleva disprezzarlo, voleva trovarlo altezzoso e belligerante. Voleva trovare in lui qualche difetto da poter sfruttare. Aveva fatto quel salto quantico con il pregiudizio che lui fosse indegno di questa donna unica. *Doveva* esserlo.

Sfortunatamente, Gordon le sembrò un uomo amabile e a posto, con la battuta pronta e un discreto senso dell'umorismo. Nonostante le sue risposte a Xander, rimase attento a Jane. Era desideroso di partecipare a qualsiasi cosa lei dicesse. E quando iniziarono a parlare di libri, divenne evidente che era molto colto, anche se i suoi gusti andavano principalmente verso la poesia.

Nadine notò che il suo sguardo tornava costantemente su Jane mentre parlava. C'era affetto nel modo in cui la guardava. Era chiaro che era felice di averla ritrovata.

Nella sua mente risuonarono alcuni versi di *Persuasione*: *Non ci sarebbero stati due cuori così aperti, gusti così simili, sentimenti così all'unisono, visi così amati. Ormai erano come due estranei; anzi, peggio che estranei, poiché non avrebbero mai più potuto essere amici. Era una estraneità perpetua..*

Ma il finale del brano non rifletteva quella situazione. Jane non si comportava con lui come se fossero estranei. Rideva alle sue battute scanzonate, discuteva allegramente con lui e si sporgeva verso di lui mentre parlava. Non c'era alcuna estraneità tra loro. Non ce n'è traccia.

L'amico del capitano Gordon era un uomo dal tono pacato e Nadine capì subito che era piuttosto informato sulla storia della coppia seduta di fronte a loro.

"Era l'estate del 1801 quando si incontrarono per la prima volta", le disse Carville a bassa voce mentre la conversazione tra gli altri continuava. "Non avendo genitori in vita, il mio amico trovò casa per parte dell'anno a Sidmouth. Era, come è ora, un uomo straordi-

Jane Austen Cannot Marry!

nariamente bello, con la stessa intelligenza e lo stesso spirito che vedete oggi. Parlava sempre di Miss Austen nei termini più riverenti, una giovane donna estremamente graziosa con qualità di gentilezza, modestia, gusto e sentimento come nessuna che avesse mai conosciuto".

Nadine pensò che c'era così tanto della loro prima storia d'amore che non si sarebbe mai saputo.

"Eravate a Sidmouth allora, capitano?", chiese.

Scosse la testa. "No, i miei compiti mi confinavano a Plymouth in quel periodo, signora. La mia conoscenza di lei deriva da Gordon stesso".

"I suoi sentimenti per lei sembrano sinceri".

"Lo erano, infatti. Anche quelli di lei, credo. La metà dell'attrazione da entrambe le parti sarebbe stata sufficiente", spiegò Carville. "Una volta conosciuti, si innamorarono rapidamente e profondamente. Non saprei dire chi dei due nutrisse maggiore stima per l'altro, o chi fosse il più felice. Prima che l'estate finisse, però, lei aveva ricevuto le sue dichiarazioni d'amore e le aveva ricambiate".

"Ma non si sono sposati. Che cosa è successo?".

"La sua famiglia si è subito espressa contro l'unione. Non so se sia stato il padre, la madre, la sorella o i fratelli. So solo che la famiglia non ha dato il suo consenso. Il mio amico fu accolto con grande freddezza, con grande silenzio. La famiglia di Miss Austen disse chiaramente che riteneva l'unione un'alleanza degradante".

Carville aspettò, mentre c'era una pausa nella conversazione degli altri. Un attimo dopo, Xander stava intrattenendo Gordon e Jane con una storia sulle bestie selvagge d'America.

"Ma perché?", chiese. "Sembrano stare bene insieme".

"La famiglia riteneva che Miss Austen non dovesse impegnarsi in un fidanzamento con un uomo che non aveva altro che se stesso da raccomandare. All'epoca, Gordon era un giovane ufficiale con poche speranze di ricchezza".

E la Austen aveva ormai scritto molto, pensò Nadine. Non che la famiglia avesse mai immaginato il successo che avrebbe ottenuto.

"Il mio amico non aveva ricchezze e non aveva una famiglia di rilievo", continuò Carville. "Era stato fortunato nella sua professione, ma non aveva risparmiato nulla. Eppure, era fiducioso che presto sarebbe diventato ricco. Pieno di vita, sapeva che presto avrebbe avuto un comando tutto suo e che la fortuna lo avrebbe seguito. Era sempre stato benedetto; sapeva che lo sarebbe stato ancora".

Jane rise per una frase del capitano Gordon e Nadine osservò i loro occhi incontrarsi. Per qualche secondo non ci fu nessun altro nella stanza oltre a loro due. Anche Carville se ne accorse.

"Vedete? Non è cambiato nulla".

Nadine dovette trovarsi d'accordo. E questo non rendeva la sua situazione più facile. "Che cosa è successo dopo che la famiglia ha manifestato i suoi sentimenti?".

"Per quanto fosse gentile e garbata, non voleva opporsi a loro. Era convinta che il fidanzamento fosse una cosa sbagliata. Indiscreto, improprio, difficilmente in grado di avere successo, e non lo meritava. Così, vi pose fine".

"Deve essere stata dura per lui".

"Più che dura. Era distrutto. Completamente. Prese accordi con l'Ammiragliato e partì immediatamente. Non so come la rottura abbia influito su di lei".

Nadine lo sapeva. Ancora una volta, le parole di *Persuasione* le tornarono in mente.

Pochi mesi avevano visto l'inizio e la fine di quella conoscenza, ma la porzione di sofferenza di Anne non si era consumata in pochi mesi. L'affetto e il rimpianto avevano, per lungo tempo, offuscato ogni svago della giovinezza, e una precoce perdita di freschezza nel corpo e nello spirito ne era stato l'effetto duraturo.

Nadine ora capiva quanto quel romanzo fosse basato sulla vita di Jane Austen, sulla sua storia d'amore contrastata con il capitano Gordon. E alla fine di quella storia, l'eroina si ricongiunge con l'eroe e si sposa.

Dannazione.

In quel momento, due domestici entrarono nella stanza e Nadine sentì il capitano Gordon parlare con Jane.

"Mia sorella e Sir Thomas mi hanno chiesto di invitarvi a cenare con noi stasera, Miss Austen. Ci fareste l'onore?".

Lo sguardo di Jane si diresse verso Nadine e poi verso Xander.

Gordon si rivolse subito a loro. "E so che Lady Deedes sarebbe lieta di fare la conoscenza anche dei signori Finley. Potreste unirvi a noi?".

Era esattamente quello che Nadine sperava. Voleva essere presente ogni volta che quei due erano in compagnia l'uno dell'altra.

Jane Austen Cannot Marry!

Oggi a pranzo non ne aveva la possibilità, ma forse a Churchill House avrebbe potuto convincere Gordon a rivelare le sue opinioni sulla famiglia, sui viaggi... e sulle autrici.

Era un rischio, ma avrebbe voluto che Jane sentisse le sue opinioni sull'avere una moglie con la mente occupata tanto dai personaggi del suo romanzo quanto dal marito e dai suoi doveri domestici. Era abbastanza informata sulla vita e sulle preferenze della Austen. Ora doveva smascherare tutti i pregiudizi che l'uomo poteva avere sulle donne. Sperava solo che non fosse così diverso dagli altri uomini dell'epoca.

Anche mentre pensava a questo, i suoi occhi erano attratti da Xander. Pensò alla loro rinnovata storia d'amore. Averlo nella sua vita era un dono prezioso, a prescindere da quanto tempo gli rimaneva o da quello che sarebbe successo. Stavano vivendo l' oggi. L'adesso. Stavano cogliendo l'opportunità che la vita aveva dato loro.

Nadine guardò Jane e Gordon.

Il suo attaccamento e i suoi rimpianti avevano a lungo offuscato ogni piacere della giovinezza...

Le loro teste erano inclinate l'una verso l'altra. Parlavano a bassa voce, i loro volti riflettevano la speranza per il futuro.

Dall'altra parte del tavolo, Jane Austen era di nuovo giovane, seduta in compagnia del suo capitano.

"A malincuore", annunciò Nadine, interrompendo il loro momento, "dobbiamo rifiutare, capitano. Ma grazie".

Non poteva... *non voleva* privare Jane di questa opportunità di essere felice.

Capitolo Trentatré

XANDER ASPETTÒ che lui e Nadine fossero tornati nella loro stanza prima di esprimere la sua sorpresa.

"Pensavo che il tuo compito fosse quello di evitare che quei due si mettessero insieme. Gli stai dando esattamente quello di cui non hanno bisogno... del tempo da soli".

Nadine si allontanò da lui dirigendosi verso la finestra e fissò la pioggia. Non si era affatto attenuata. Premette le dita contro le lastre di vetro.

"Perché hai rifiutato l'invito di Gordon?", incalzò.

"Non farà alcuna differenza se andremo a cena a Churchill House".

"Certo che sì. Più persone ci sono in loro compagnia, meno romantici possono essere".

La conversazione con Nadine della sera prima era stata una rivelazione. La sua opinione sul fatto che Austen e Gordon stessero insieme e sul fatto di interferire con la loro storia d'amore si era ribaltata di centoottanta gradi. La vita di Nadine dipendeva dal completamento dell'incarico e Xander era pronto a fare qualsiasi cosa fosse necessaria.

"Avranno a malapena la possibilità di guardarsi in faccia se siamo lassù", ha detto. "Sono pronto. Posso essere una squadra di demolizione romanticismo composta da un solo uomo. Ho un milione di domande stupide da fare sulla marina e sui viaggi di Gordon".

Jane Austen Cannot Marry!

Nadine stava seguendo una goccia di pioggia lungo il vetro. A un certo punto del pranzo, Xander aveva visto il suo cambiamento. Era successo mentre parlava con l'amico della Marina di Gordon. Forse era stato qualcosa che aveva detto Carville. O forse era una parte della conversazione tra Austen e Gordon che Xander si era perso. Comunque fosse, Nadine era diventata silenziosa. Non aveva però capito che stava cambiando idea. E in quel momento era persa nel suo mondo, mentre fissava la strada bagnata fuori.

"Nadine. Non tagliarmi fuori. Ti prego, parlami".

Si voltò e lo affrontò. "Non è giusto che noi due andiamo lassù".

"Io dico che *lo è*! La tua vita dipende da questo". Fece cenno alla porta. "Posso ancora andare a cercare Gordon. Userò una scusa per farci invitare di nuovo. Se è da maleducati, daranno la colpa al fatto che siamo americani ignoranti. Ma sono sicuro che ci vorranno".

Nadine scosse la testa e Xander la guardò attraversare la stanza fino a lui. Le sue spalle erano cadenti e il suo viso era tirato. Si accorse che era sul punto di crollare. Aprì le braccia e lei scivolò nel suo abbraccio.

"Cosa c'è che non va?"

Lei gli premette il viso contro il petto. "L'hai vista? E lui? Il modo in cui si guardavano? Lei splendeva quando gli parlava. E lui pendeva dalle sue labbra. I sussurri che nessun altro poteva sentire. I sorrisi riservati. Erano nel loro piccolo mondo. Sapendo quello che so della vita di lei, che non ha mai trovato il suo "uomo giusto", guardarli è stato romantico e straziante allo stesso tempo".

"Forse ero troppo occupato. Stavo cercando di ricordare l'anno di apertura del primo zoo di New York. A proposito, lo sai?".

Sollevò il mento per guardarlo in faccia. "Nel 1864 fu allestito un serraglio. Fu il primo zoo pubblico ad aprire a New York".

"Dannazione. Non ci sono andato nemmeno vicino. Cinquantatré anni di differenza. Beh, ho dato loro una sbirciatina al futuro". Le accarezzò la schiena. "Meno male che nessuno di quei tre è stato a New York".

"Al momento, la maggior parte di Manhattan, oltre la punta più meridionale, è poco più di una manciata di villaggi agricoli sparsi...". I suoi occhi si restrinsero. "Stai cercando di distrarmi?".

"Sto cercando di farti fare il tuo lavoro".

"Non posso farlo, Xander. Non sarò una rovinafamiglie".

L'angoscia nella sua voce era straziante.

May McGoldrick

"Per essere una rovinafamiglie, per definizione dovrebbero avere una casa. O almeno una relazione. Non sono in quella fase. Non ci sono neanche lontanamente vicini. Sono ancora al punto: 'Permettimi di mandare mia sorella a chiedere a tuo fratello di verificare con tuo padre se possiamo fare una passeggiata nel parco tra due settimane'".

"Non è così". Si allontanò di un passo. "Quei due erano pronti a impegnarsi l'uno con l'altra dieci anni fa. La famiglia di lei si è messa in mezzo e ha bloccato tutto. Non sono estranei. Erano innamorati l'uno dell'altra. Sono fatti l'uno per l'altra".

"Chi lo dice?"

"Lo so", argomentò lei. "L'ho visto con i miei occhi in quella sala da pranzo. Inoltre, ho letto *Persuasione* cinque volte. Quel romanzo è la *loro* storia, Xander, e finisce con loro insieme. Per sempre felici e contenti. È ciò che lei vuole che accada".

"Quello che hai visto sono due persone che hanno avuto una storia. Come una vecchia fidanzata che incontra un vecchio fidanzato a una riunione di liceo".

Lei scosse la testa e iniziò a dire qualcosa, ma lui la interruppe. Non era disposto ad arrendersi. Uno di loro doveva lottare, ricordarsi che la sua vita dipendeva da quello. Era il momento sbagliato per essere altruisti.

"Hai frainteso quello che stava succedendo lì dentro. Oggi è stato come quando una persona vede un vecchio amico e si chiede quanti interventi chirurgici si sia fatto per mantenere quel viso giovane. Oppure... quel vecchio vicino al bar era il mio compagno di classe o il mio professore di matematica?". Fu sollevato nel vedere un sorriso sfiorarle le labbra. "Davvero, non sei mai stata a una rimpatriata?".

"No".

"Perché no?"

"Viaggio nel tempo da quando avevo ventidue anni".

"Va bene". Lui scrollò le spalle e allungò la mano, prendendola e attirandola di nuovo tra le sue braccia avvolgenti. "Ma questo incontro a pranzo non riguardava la ricerca dell'anima gemella perduta. Sono abbastanza sicuro che lei stesse pensando: "Questo tizio non è sposato, non ha una dozzina di figli ed è ancora piuttosto bello. Forse gli darò un'occhiata".

Jane Austen Cannot Marry!

Lei lo fulminò con lo sguardo. "Ti stai prendendo gioco di una cosa seria".

"Chi fa il romantico adesso?".

"Non rinfacciarmi le mie stesse parole".

Esalò un lungo respiro. "Stai guardando la loro relazione e pensi alla nostra".

"Ieri stavi facendo la stessa cosa".

"È vero. Ma io che ne so? Vengo dal 2022. Inoltre, hai detto senza mezzi termini che loro non sono noi", disse Xander. "E avevi ragione, Nadine. *Non sono* noi".

"Hanno ancora il diritto di essere felici".

"Felici?", ripeté. "Chi dice che sposare un vecchio fidanzato e diventare la moglie di un uomo della marina la renderà felice quando in realtà vuole diventare una grande e importante scrittrice? Stiamo parlando della sola e unica Jane Austen. Dimmi ancora quanto è grandiosa".

Lei scosse la testa.

"Dimmelo, Nadine. Ricordami quanto è *importante*".

"È una delle più grandi scrittrici della letteratura inglese. I suoi libri vengono letti da persone di tutto il mondo. E quasi ogni anno, dalla metà del XX secolo in poi, vengono prodotti adattamenti cinematografici delle sue storie. Lo sai già".

"E questo è esattamente il punto. Persino io lo so". Si chinò e la guardò negli occhi. "Perché non lasciare che la loro storia resti dov'era?".

"Ma è per questo che sono qui. La storia è già stata riscritta. E forse c'è una ragione per tutto questo. Forse è destinata a vivere la sua storia d'amore e a sposarsi e...".

"Non cominciare questo ragionamento", lo interruppe. "Al di fuori del tuo gruppo di pendolari quantici, le persone vivono una volta sola. Nel bene o nel male, non c'è un pulsante "ricomincia". In questo momento, si sta avvicinando a un bivio. Da quello che dici, ha *già* scelto di assecondare i desideri della sua famiglia (e i suoi obiettivi come scrittrice) piuttosto che lottare per quest'uomo. Questo non mi sembra amore. Ora, spingendoli a cenare a lume di candela in una tenuta di campagna, non permetti a quella scelta di rimanere in piedi. Lei ha deciso cosa fare della sua vita molto tempo fa. Ora ha un destino diverso che la chiama".

May McGoldrick

E tu potrai vivere, concluse Xander in silenzio.

Nadine alzò gli occhi al soffitto e emise un gemito di frustrazione. "Sono d'accordo con tutto quello che dici. Non sappiamo se il capitano Gordon sarà un buon marito. E sappiamo che se lo sposerà, non diventerà una dei giganti della letteratura inglese. Voglio che diventi la grande scrittrice che il mondo conosce, ma io...".

La sua voce si interruppe e si sedette sul bordo del letto. Si piegò in avanti, appoggiando i gomiti sulle ginocchia.

"Non mi sono mai trovata di fronte a un dilemma come questo".

Xander voleva aiutarla. Ma soprattutto voleva che lei vivesse.

Si sedette accanto a lei. "Così com'è, Austen non ha alcuna idea del fenomeno che diventerà, giusto? Ma ha dei sogni, no? Sogni che non si realizzeranno mai se sposerà questo tizio?".

"Sì, ma non so come fare per farle sapere a cosa rinuncerà".

"Forse iniziando lentamente. Dandole qualche sottile suggerimento".

"Ci ho provato stamattina. E non sono stato così sottile. Prima che tu e Gordon arrivaste, le ho citato le prime righe di *Orgoglio e pregiudizio*. Un'opera non ancora pubblicata. Mi ha guardato come se fossi entrata nel caveau della sua famiglia e avessi rubato il manoscritto".

"Forse dovresti dirle chi e cosa sei".

"Non funziona nemmeno questo". Si alzò in piedi, evidentemente frustrata. "*Tu* hai creduto a tutto quello che ti ho detto in Colorado? Sii sincero adesso. Hai creduto a una sola parola di quello che ti ho detto? Ci hai pensato anche solo per un attimo?".

Non l'aveva fatto. Non aveva creduto a nulla di ciò che lei gli aveva detto.

I pensieri di Xander tornarono al momento in cui era entrato nella camera degli ospiti di casa sua. La stava cercando e cercava di capire dove potesse essere andata. Qualcosa era cambiato nei suoi pensieri quando lei era semplicemente scomparsa... di nuovo. E poi trovò sul comodino il libro che lei aveva preso in prestito la sera prima.

"Non sono una maga", continuò lei. "Non posso fare un trucco

Jane Austen Cannot Marry!

che le faccia credere che vengo dal futuro. Qualunque cosa dica, penserà che sono pazza. Non c'è niente. Assolutamente niente che...".

"Aspetta. Potrebbe esserci qualcosa".

Si alzò e prese il mantello di lei e il suo soprabito.

"Stiamo andando da qualche parte?"

"A casa di Deirdre".

"Perché?"

"Quando sono arrivato..."

"Ieri".

"Sì. Hai guardato nella bara? C'era qualcosa lì dentro?".

"No, non l'ho fatto". Indossò il mantello e prese la borsa. I due uscirono dalla porta. "Cosa stiamo cercando? Che cosa hai portato con te?".

"Quando sei scomparsa dalla cima di quella montagna...".

"Ieri".

Scosse la testa. Erano successe tante cose dal giorno precedente. Scesero le scale.

"A casa mia, sono andato a cercare tutto quello che potevi aver lasciato". Si avviarono verso la porta. "Ti ricordi il volume che avevi preso dalla libreria?".

Quando uscirono nel cortile della locanda, lui si mise il cappello a cilindro e la aiutò a sistemare il cappuccio. La pioggia cominciava a diminuire un po' e nessuno era abbastanza vicino da sentire la loro conversazione. I palafrenieri si trovavano sotto le gronde delle stalle e uno fece loro un cenno.

"Certamente. Era una rara edizione del 1909 di *Persuasione*, con le bellissime illustrazioni a colori di C.E. Brock. L'ho lasciata sul tavolino accanto al letto".

Le lanciò una rapida occhiata, felice che lei avesse notato le immagini. "Beh, ho preso quel libro e l'ho sfogliato. In quel momento ho capito che doveva esserci qualcosa di vero in quello che mi avevi detto".

"Come sarebbe a dire? Non ho lasciato nulla nel libro".

"La maggior parte delle pagine erano vuote".

"Quella sera non ho letto oltre il primo capitolo". Fece una pausa. "Vuoto? Cosa intendi per vuoto?".

"Intendo dire vuoto. Forse non sono un gran lettore, ma ho

amato le illustrazioni di quel libro. Diverse volte l'ho sfogliato e le ho ammirate tutte. Le immagini erano sparite. Tutte. E anche il testo. Beh, la maggior parte".

La High Street era ancora quasi vuota, e deflusso delle colline, color fango, scorreva veloce e tumultuoso sulla strada e sulle passerelle. Attraversarono dove sembrava percorribile e scesero lungo la collina verso il canale. Il pendio acciottolato era ancora più scivoloso e lui le prese la mano.

"Mi ha sorpreso", ha continuato. "Ho sfogliato l'intero volume. Su alcune pagine l'inchiostro era sbiadito. Sulla maggior parte di esse, le parole erano completamente scomparse. Era una cosa stranissima. Era come se qualcuno avesse cancellato le parole dalle pagine".

"So cosa è successo", disse. "Quando hai visto quel volume, le strade di Jane e del capitano Gordon stavano per incrociarsi. Forse il capitano Carville le aveva detto qualcosa nella carrozza. Qualunque cosa fosse, la storia era già stata riscritta".

Quando raggiunsero il ponte sul canale, l'acqua era alta sulle sponde, ma non più del giorno prima. Si affrettarono ad attraversare.

"Hai portato con te il libro? È quello che c'è nella bara?".

Le spalle cadenti e l'aspetto triste e sconfitto del suo viso erano spariti. I suoi occhi erano accesi di eccitazione. Xander provò un'ondata di speranza: era di nuovo la Nadine piena di energia che conosceva e amava.

"Non lo so. Spero di sì. L'ultima cosa che ricordo è che era sotto il mio braccio quando sono entrato nel mio garage".

"Se quel libro ha viaggiato nel tempo – e se non è stato distrutto dalla pioggia – potrei usarlo. Dopo aver citato *Orgoglio e pregiudizio*, so che Jane vorrà parlarmi".

"È quello che stavo pensando".

"Mi chiedo quanto sia rimasto del testo del romanzo", pensò. "Considerando il pranzo di oggi".

"Quando l'ho trovato a casa mia, la copia aveva ancora la scritta dorata sul dorso con 'Persuasione' e 'Jane Austen'. C'erano anche le pagine con il titolo e l'edizione di stampa".

"C'era ancora il suo nome sul frontespizio?".

Annuì. "E la sua biografia era in fondo quando l'ho sfogliato.

Jane Austen Cannot Marry!

Forse c'è ancora. Ma anche se non c'è più, forse basta mostrarle il libro... non sarebbe sufficiente?".

"È la migliore possibilità che abbiamo in questo momento".

Xander sapeva di essere troppo speranzoso, ma era meglio che starsene seduti ad aspettare un invito al matrimonio di Austen e Gordon.

Mentre passavano davanti ai negozi e alle case della parte bassa della città, gli venne in mente che Nadine aveva usato il "noi". La migliore possibilità che *abbiamo*.

Erano una squadra.

Gli fece qualche altra domanda, ma rimase per lo più concentrata sui suoi pensieri fino a quando non imboccarono la strada verso il cottage di Deirdre.

Xander sentì l'odore di salsedine nell'aria. Con la pioggia e le nuvole costanti, non si era reso conto che il mare era così vicino. La strada si inoltrò lentamente nel fango sempre più profondo del viottolo e gli odori della vita in fattoria riempivroo di nuovo i suoi sensi.

Le campane di una chiesa lontana suonavano l'ora, dicendogli che era pomeriggio inoltrato, anche se una persona non l'avrebbe mai capito dal grigiore della foschia. La pioggia si era attenuata fino a diventare poco più di una pioggerellina fredda. Risalirono il viottolo fino a raggiungere il cancello del giardino di Deirdre.

Il fumo si levava dal camino, ma quando Nadine bussò non rispose nessuno.

"Non è qui", disse lei, sbirciando nella finestra. "Guardiamo nella bara".

Era proprio come l'avevano lasciata, coperta dalla stoffa. Xander tolse la tela bagnata e Nadine sollevò il coperchio. Entrambi fissarono la scatola vuota.

"Niente", mormorò lei, con la delusione evidente nella voce.

La pioggia ricominciò a cadere più forte.

"Mi dispiace. Pensavo che fosse caduto lì dentro quando ho allungato la mano per reggermi".

Scosse la testa. "Non è colpa tua. Dovremo pensare a qualcos'altro".

Xander rimise il coperchio sulla bara e insieme la ricoprirono con il telo. Avevano appena finito quando una voce familiare li chiamò dal vicolo.

Deirdre e suo figlio Andrew stavano attraversando il cancello del giardino.
"Cosa ci fate voi due qui fuori?", chiese. "Andiamo dentro dove possiamo riscaldarci".
Una volta entrati, si liberarono dei soprabiti e Deirdre appese il grande cappotto e i mantelli alle grucce vicino alla porta. Andrew prese il cappello a cilindro di Xander e lo mise a testa in giù sul pavimento.
L'acqua scorreva dai cappotti su un pezzo di stoffa lucida che Deirdre stese sul pavimento. Notò che Xander lo stava studiando.
"Non ditemi che in America non hanno la tela oleata".
Lanciò una rapida occhiata a Nadine, che gli fece un cenno.
"Certo. Stavo solo pensando a quanto deve essere utile la... ehm, la tela oleata qui".
Deirdre ignorò la sua risposta. Era già andata oltre. Lo scrutò invece.
"Oggi avete un bell'aspetto, signor Finley. È per i vestiti che vi ho prestato o per qualcos'altro?".
Xander sentì il colore salirgli sul viso. La sottigliezza non era evidentemente un punto di forza della donna.
"Non siete d'accordo, signora Finley?".
"Certo. Sono i tuoi vestiti... e si è anche rasato", osservò Nadine con un luccichio negli occhi.
"Non ha senso nascondere quel bel viso, direi. Il Buon Libro dice qualcosa sul non nascondere la propria lampada sotto il moggio, no?".
"È proprio così". Anche Nadine lo guardava con ammirazione. La cosa non gli dispiaceva più di tanto.
"Ti garantisco, signorina, che non c'è gentiluomo più bello di tuo marito in tutta l'Inghilterra".
"Bene, comincio a sentirmi come una capra da premio alla fiera. La prossima volta cercherai di legarmi un nastro tra i capelli".
Le donne si misero a ridere e Deirdre li condusse verso il fuoco, a cui aggiunse un pezzo di legno secco. Le fiamme blu-verdi divamparono, mandando scintille su per la canna fumaria.
Andrew arrivò e si mise accanto a Nadine. Aveva in mano alcuni blocchi di legno.
"Allora, cosa stavate facendo voi due nel mio giardino poco fa?".
"Niente, in realtà..." iniziò, trovando difficile spiegare un libro

Jane Austen Cannot Marry!

pubblicato quasi cento anni nel futuro che speravano fosse in una bara nel cortile della donna.

"Un regalo", disse invece Nadine. "Un regalo che il signor Finley ha comprato a Londra per me, ma che dobbiamo aver smarrito".

Deirdre si avvicinò a una mensola vicino al camino. "Era questo il regalo? Volevo portartelo quando ho portato i vestiti del signor Finley alla locanda".

In mano teneva il libro.

Capitolo Trentaquattro

STRINGENDO al petto l'edizione modificata di *Persuasione*, Nadine rimase in piedi davanti alla finestra della loro stanza al Cigno, aspettando il ritorno dell'autrice.
"Hai intenzione di mostrarglielo?".
Esalò un profondo respiro. "Non lo so ancora. Deciderò quando la vedrò".
A casa di Deirdre erano rimasti per la cena. Non c'era motivo di affrettarsi a tornare, visto che Jane avrebbe cenato a Churchill House.
Durante il pasto, Andrew si innamorò rapidamente di Xander, trascinandolo poi sul pavimento dove giocarono per tutto il tempo in cui Nadine e Deirdre parlarono. Era tanto bravo a intrattenere i bambini quanto lo era ad affascinare gli adulti.
La giovane madre aveva rinunciato a cercare di capire tutte le stranezze di Nadine e Xander. Essendo troppo impegnata con il figlio, il lavoro e le responsabilità, non aveva tempo di sfogliare il libro o di trovarvi qualcosa di insolito. Ciò che la preoccupava di più era che venissero arrestati e interrogati dalle autorità.
"Siete apparsi dal nulla. Entrambi siete spuntati dal terreno o, per meglio dire, siete stati portati a riva. E le vostre risposte non hanno senso, signorina. Credetemi, il magistrato non sarà certo tenero con voi come lo sono io. Vi impiccheranno entrambi come spie, non ho dubbi". Si accigliò e indicò la finestra. "E qui avete

Jane Austen Cannot Marry!

aggiunto il furto a tutto il resto. La settimana scorsa il signor Clarke, il fabbricante di bare, piangeva a dirotto per il furto di una delle sue casse. E poi l'ho trovata nel mio giardino, coperta da una vecchia vela di mio marito. E adesso vuoi passare del tempo con *me*?".

Nadine si allungò sopra il tavolo e prese la mano di Deirdre. "Posso darti i soldi per pagarlo?".

Deirdre sbuffò. "E cosa gli dico... che il fantasma di mio nonno voleva un posto in giardino, così ho trascinato qui la cassa?".

"Non sa che la bara è nel tuo giardino".

"Ma lo saprà nel momento in cui gli consegnerò i soldi".

Aveva ragione. Quella era l'ultima cosa che Nadine voleva, mettere la sua amica nei guai. Stava già correndo rischi enormi.

"Forse c'è un certo ragazzino a cui posso dare i soldi. Lui può passarglieli. Andrebbe bene?".

"Dici sul serio? Ti garantisco che ogni ragazzo di questo villaggio si terrebbe i tuoi soldi. E se lo scoprissero, punterebbero il dito sporco proprio contro di te. E poi sarebbero alla mia porta". Scosse la testa. "Questa è Hythe, signorina, non Londra. Qui, tutti sanno chi appartiene a chi e quali sciocchezze stanno combinando".

Aveva ragione. Nadine aveva sollevato i sospetti di Elizabeth Hole senza nemmeno provarci. Gli stranieri si distinguevano e venivano tenuti d'occhio.

Elizabeth Hole. Guardò Xander. Forse la prossima volta che avrebbero visto l'anziana donna- e senza dubbio l'*avrebbero* vista - Xander avrebbe potuto dire di aver saputo della perdita del costruttore di bare e dare *a lei* qualche moneta da passargli. Questo non avrebbe fatto altro che renderlo ancora più caro alla signora Hole. Ma c'era ancora il problema della bara nel cortile di Deirdre. Era nascosta, ma era ancora lì.

"Per ora, possiamo lasciare la cassa dietro il capannone?".

"Quale cassa? Non ho visto nessuna cassa vicino al capanno", rispose Deirdre, facendole l'occhiolino.

Quando tornarono al Cigno, un paio d'ore dopo, la pioggia era finalmente cessata. Qualche stella cominciava persino a fare capolino tra le nuvole sparse.

Mentre attraversavano l'ingresso ad arco del cortile della locanda, Xander fece un cenno verso un punto nello spiazzo. I palafrenieri avevano spinto la carrozza fuori da sotto la sporgenza della stalla. Alla luce delle torce, stavano asciugando il veicolo. Due

May McGoldrick

uomini stavano ingrassando i mozzi delle ruote sotto l'occhio vigile del conducente della carrozza.

Nadine sentì il ticchettio dell'orologio nella sua testa ancora più forte.

All'interno, furono subito avvicinati dal locandiere. Disse loro che una squadra di uomini era stata fuori a lavorare sulle strade per tutto il pomeriggio e che era giunta voce che sarebbero state percorribili entro l'indomani mattina. La carrozza, disse, si sarebbe imbarcata per Londra a mezzogiorno, se avessero voluto prenderla.

Nadine si chiese se fosse possibile che Jane Austen partisse con quella carrozza.

E ora lei e Xander erano di nuovo nella loro stanza, a guardare e ad aspettare.

Lui si avvicinò e si mise accanto a lei. Le prese il libro e cominciò a sfogliarlo.

"Ancora nessuna traccia di lei?", disse con un cenno alla strada sottostante.

Nadine scosse la testa. Le luci dei pochi lampioni che riusciva a vedere su e giù per la High Street brillavano sul selciato bagnato. L'acqua era in gran parte sparita e c'erano poche persone in giro.

"Manca più inchiostro. Ora ce n'è sicuramente meno di quanto ho visto in Colorado". Xander fece una pausa, sfogliando fino alla fine. "La sua biografia è ancora intatta".

"Una biografia asciutta e accademica. Molte persone la lessero nel 1909, ma la fama che seguì dopo quella data sarebbe stata senza precedenti. Quell'edizione fu pubblicata prima che il mondo apprezzasse *davvero* Austen".

"Tuttavia, anche così com'è scritta, la biografia fornisce la prova di ciò che deve ancora venire per i suoi romanzi... e per la stessa Austen".

Nadine era d'accordo, ma prima che potesse rispondere, entrambi notarono l'autrice e il capitano che scendevano lungo la passerella verso il Cigno. Camminando a braccetto con lui, Jane sorrideva e chiacchierava. Un po' più riservato, anche lui sembrava di buon umore. Era certamente attento.

"Direi che la cena a Churchill House è stata un successo", osservò Xander.

"Mi aspetti qui?" Nadine prese il libro e corse verso la porta.

"Dove stai andando?"

Jane Austen Cannot Marry!

"Voglio parlarle prima che torni nella sua stanza".
"Terreno neutrale. Buona strategia", la seguì. "Ricorda, loro non sono noi".
Nadine lo guardò da sopra la spalla e sorrise. "Lo so. Ed è la sua vita. Non posso definire cos'è la felicità per lei al posto suo".
Scese di corsa lungo il corridoio e si fermò in cima alla scala. Sotto di lei, Austen stava salutando Gordon in silenzio. Nel momento in cui lui uscì dalla porta, Nadine scese a metà del pianerottolo mentre Jane iniziava a salire le scale.
"Signora Finley". Lei alzò lo sguardo sorpresa.
"Miss Austen. Spero che abbiate trascorso una piacevole cena a Churchill House".
"Molto piacevole". Si guardò alle spalle e abbassò la voce. "Devo ammettere, tuttavia, che nel corso della serata ho desiderato più volte che lei e suo marito aveste cenato con noi. So che la vostra presenza avrebbe contribuito a diminuire un po' di imbarazzo".
"Oh?" Nadine non riuscì a pensare a una risposta migliore e si accontentò di una domanda. "Quale imbarazzo?".
"La sorella del capitano Gordon". Si avvicinò e mise una mano su quella di Nadine. "So che è tardi, ma avreste qualche momento per chiacchierare?".
"Sì, assolutamente".
"Mi dareste il tempo di liberarmi del mantello? Posso incontrarvi...".
"Vedo se la sala da pranzo privata è disponibile".
"Perfetto".
Mentre Jane saliva, Nadine scese per parlare con l'oste, che era ancora nella sala da tè. Egli mandò subito un cameriere a preparare la stanza per loro, e lei sperò che il colloquio con l'autrice si svolgesse altrettanto agevolmente.
Nadine l'aspettava davanti alla porta della sala da pranzo e, quando entrambe entrarono, il fuoco era stato acceso e due sedie erano state sistemate per loro accanto al focolare.
Jane iniziò appena si sedettero e furono lasciate sole.
"Probabilmente è stato il vino", disse con un sorriso ironico. "Ma per un attimo ho perso il controllo di me stessa sulle scale. Lady Deedes e Sir Thomas sono la prima famiglia di questo villaggio. Ogni cosa detta in pubblico, anche se sussurrata, arriverà senza dubbio alle loro orecchie".

"E vi interessa la loro buona opinione di voi?".

"È un po' tardi per quelo, suppongo", si schernì. "Sua Signoria aveva un'opinione inalterabilmente bassa di me molto prima che varcassi la sua soglia".

"È questo l'imbarazzo a cui vi riferivate?".

"Sono stata generoso. Avrei dovuto dire 'sgradevolezza'".

Tenendo il libro stretto in grembo, Nadine non sapeva se questa informazione fosse una buona notizia o meno. Sarebbe stato molto più facile se Austen avesse deciso di lasciare Hythe di sua spontanea volontà domani. "E il capitano Gordon condivide l'opinione della sorella?".

Jane rivolse lo sguardo al fuoco. "Per niente, felicemente".

L'allegria che Nadine aveva visto nell'autrice mentre chiacchierava con il capitano per strada solo pochi istanti prima sembrava essere scomparsa. O l'opinione di Lady Deedes contava davvero, o c'era qualcos'altro.

"Non vedo perché qualcuno dovrebbe avere una bassa opinione di voi".

"È molto gentile da parte vostra, ma Lady Deedes è perfettamente a conoscenza della storia tra me e il capitano". Fece un cenno consapevole a Nadine. "E anche voi lo siete. Ho sentito il capitano Carville che vi faceva un riassunto".

"Spero che non ve la siate presa. L'informazione non è stata sollecitata".

"No, no. Neanche per un momento". Austen sospirò e poi fissò gli occhi sul viso di Nadine. "Ma *voi* non mi biasimate per averlo rifiutato tanti anni fa, vero?".

"Certamente no. E poi, chi sono io per giudicare? Avete avuto le vostre ragioni. Questo è sufficiente".

Jane si alzò e si mise accanto al camino. "È vero, però, che gli ho spezzato il cuore. L'ho fatto. Ma per quanto Lady Deedes sia stata fredda e impacciata durante la cena, non appena io e lei ci siamo ritirate in salotto, mi ha fatto conoscere i suoi sentimenti riguardo alla mia relazione con suo fratello".

"Mi sembra un po' invadente. Immagino che i suoi sentimenti non fossero... amichevoli".

"Non esattamente! Era tutta artigli e zanne". Sorrise al ricordo. "E forse anch'io sono stata un po' brusca".

Jane Austen Cannot Marry!

Un ceppo scoppiettò e le braci incandescenti caddero sul focolare di pietra. Con il piede le buttò di nuovo nel fuoco.

"La sorella del capitano non può che essere fedele al fratello", continuò Jane. "Mi ha informato, come se non lo sapessi già, che dieci anni fa il mio rifiuto gli ha spezzato il cuore e ferito lo spirito. Ha detto che l'ho quasi distrutto. Ha continuato dicendomi che, contrariamente al suo consiglio, il capitano Gordon ha di nuovo intenzioni molto serie nei miei confronti. Mi chiederà di rimandare il mio viaggio a Londra".

"Se ha ragione, sembra una cosa piuttosto seria". Nadine passò la mano sulla copertina del libro.

"Lady Deedes mi ha detto senza mezzi termini che, se tenevo a lui, non avrei incoraggiato i suoi sentimenti. Che *una singola* parola su una possibile unione tra noi avrebbe peggiorato la sua posizione nella società. Ha persino parlato di 'infangare il buon nome' e cose simili". Jane scosse la testa. "Devo pensarci bene, ha detto, prima di impegnarmi con lui, perché ogni decisione che prenderò avrà un effetto negativo, non solo su di me, ma anche sugli altri intorno a me... compresa la mia famiglia".

"Sembra una minaccia. Siete preoccupata?"

"Lo sarei... se mi importasse anche solo un po' della sua opinione".

"E il capitano vi ha chiesto di restare?".

Jane fissò pensierosa il fuoco. "Mi ha chiesto di far trasferire le mie cose a Churchill House. Si è offerto di accompagnarmi a Londra quando il tempo migliorerà. Ha intenzione di parlare con mio fratello Henry".

Nadine si alzò, allo stesso tempo felice e triste. Gioendo per Jane e piangendo per se stessa. "Vi sta chiedendo di sposarlo?".

"Sì". Austen si voltò verso di lei, ma il sorriso sulle labbra non raggiunse gli occhi.

"E qual è la vostra risposta?".

Trasse un profondo respiro e poi lo rilasciò. "Mi piace molto. L'ho amato una volta e credo di poterlo amare di nuovo. Posso immaginare una vita con lui, una vita da moglie di un uomo della marina. Ma sono un po' allarmata dalle esigenze domestiche a scapito di... beh, di quel futuro letterario di cui abbiamo parlato prima. E, naturalmente, il terribile pensiero di una guerra con Napoleone offusca le solari immagini di viaggi in tutti i luoghi in cui non sono mai stata".

Nadine si strinse al petto il volume di *Persuasione*. Se Jane avesse detto sì a Gordon, sarebbe stata la fine. Avrebbe preso la sua decisione. Non avrebbe mai potuto rovinare il futuro sentimentale di questa donna, indipendentemente da ciò che avrebbe significato per la sua stessa vita.

"Gli avete dato una risposta definitiva?".

"No. Gli ho detto che ne avremmo parlato domani", disse Jane. "Mi raggiungerà qui alla locanda per la colazione per ricevere la mia risposta".

Capitolo Trentacinque

LA COLAZIONE DI DOMANI. Nadine si appoggiò alla sedia, cercando di sembrare calma.
"Non è molto tempo per pensare. Avrete già preso una decisione".
"No, per niente. Purtroppo". Jane si strofinò le braccia, nonostante il calore del fuoco. "In genere non sono indecisa, ma vorrei tanto che voi mi aiutaste a ragionare sulla proposta del capitano. Di solito avrei mia sorella Cassandra con cui parlare, ma...".
"Sono felice di aiutare, se posso".
"Grazie".

Mai e poi mai avrebbe pensato che la sua missione si sarebbe ridotta a questo momento, in cui si sarebbe trovata nella posizione di influenzare direttamente l'autrice.

"Secondo Lady Deedes, suo fratello ha bisogno di una moglie che abbia una certa eleganza di mente e dolcezza di carattere". Jane iniziò a camminare mentre parlava, con le mani che gesticolavano nell'aria e il tono che grondava scherno. "Deve essere, naturalmente, una creatura razionale, gradevole e coerente. Deve anche avere una conoscenza approfondita della musica, del canto, del disegno, della danza e di *tutte* le lingue moderne. E oltre a tutto questo, deve possedere un certo non so che nell'aria e nel modo di camminare, nel tono della voce, nell'indirizzo, nelle espressioni".

Nadine sentì nelle parole un'eco di *Orgoglio e pregiudizio*.

May McGoldrick

"È stata molto chiara anche riguardo al decoro e alle maniere che rispettano le norme di buona educazione". Jane smise di camminare e si rivolse a lei. "Cosa ne pensate di tutto questo?".

Nadine si schernì. "È difficile per me credere che una donna del genere esista in qualsiasi parte del pianeta. Ma sono queste le richieste di Lady Deedes?".

"Intendi la mia futura *sorella*?". Jane rispose, con un sarcasmo evidente nel suo tono. "Con le parole più accondiscendenti, mi ha parlato come se fossi una ragazzina sprovveduta, un'arrampicatrice sociale, che sta insidiosamente tramando per intrappolare suo fratello in un matrimonio".

"Ma queste non sono le opinioni del capitano Gordon, spero".

"No, non lo sono".

Nadine fece un respiro profondo. "Se posso permettermi, l'opinione del capitano non è l'unica che conta davvero?".

"Sì. Sì. Avete assolutamente ragione", disse lei, senza più sarcasmo e con la voce molto più dolce. "Gordon è un uomo piacevole, dotato di buona comprensione, opinioni condivisibili, una profonda conoscenza del mondo e un cuore caldo. Sembra che viva con gli agi di un uomo benestante, ma senza ostentare la propria ricchezza. Tuttavia, ha forti sentimenti di attaccamento alla famiglia e all'onore familiare; sposarlo richiederebbe che io sviluppassi un rapporto amichevole con sua sorella".

"Mi sembra un'impresa ardua".

"Decisamente, per entrambe le parti".

"Prima avete detto che *l'avete* amarlo. *Ora* tenete a lui abbastanza da correre un tale rischio?".

Austen si strinse le braccia intorno al petto e si mise davanti al fuoco. "Come vi ho detto, una volta ero innamorata di lui. Da allora, non ho incontrato nessun uomo che sia alla sua altezza. E rivederlo, passare del tempo con lui ieri e oggi, è stato un tale dono". Guardò Nadine da sopra la spalla. "Ma la sua proposta è arrivata in fretta ed *è stata* inaspettata. Stasera mi sono sentita un po' sopraffatta".

I direttori degli Scribi Custodi avevano sospettato che questa storia d'amore si sarebbe sviluppata rapidamente, una volta che i due si fossero riuniti. Per questo motivo Nadine aveva ricevuto l'ordine di portare il capitano lontano da Hythe prima dell'arrivo dell'autrice.

"Dovete essere ancora tutto ciò che lui cerca in una moglie. Per

Jane Austen Cannot Marry!

questo ha chiesto di nuovo la vostra mano. Per lui siete la stessa persona di cui si è innamorato e di cui è *rimasto* innamorato per tutti questi anni".

"Per certi versi, sono la stessa persona. Continuo ad apprezzare l'intelligenza, il buon senso, il comportamento responsabile, la bontà e la gentilezza quando la vedo. Ma per altri versi sono diversa", affermò Jane. "Molto diversa dalla donna che ero dieci anni fa. O anche solo un anno fa".

"In che senso?"

"Ho uno spirito molto più libero di un tempo. Mi piace di più ballare. Mi piace il vino. Forse è dovuto alla scrittura, ma ho sviluppato un occhio molto più critico nei confronti di coloro che fanno parte della mia cerchia sociale. Osservo le persone, le analizzo e poi ne scrivo. E devo ammettere che mi piace prendere in giro la stupidità degli altri. Posso essere piuttosto malvagia".

"Non avete preso in giro me".

"Vi conosco solo da un giorno. Aspettate che ci conosciamo meglio".

Risero entrambe. "Starò in guardia".

"Sono anche arrivata a godere della compagnia e della conversazione degli uomini più che delle donne, eccetto la compagnia attuale. Un marito potrebbe offendersi per questo comportamento, ritenendomi una sfacciata civetta". Jane sorrise. "E non sarebbe molto lontano dalla verità".

Nadine sapeva che la Austen era tutte queste cose e altre ancora, a prescindere dall'immagine solenne e santa che la sua famiglia aveva cercato di dare di lei dopo la morte.

"Quindi, amica mio, non è esagerato dire che sono cambiata".

"Forse dovremmo dire *migliorata*".

"È molto gentile da parte vostra".

Secondo Nadine, le doti della Austen erano per molti versi uniche. Aveva una profonda comprensione della natura umana. Una prospettiva chiara e non sentimentale. Il suo senso dell'umorismo era incisivo e spesso sprezzante. E aveva uno stile di prosa inconfondibile che raccontava la storia con grazia ed eleganza.

"Devo dire che, a prescindere da ciò che Lady Deedes pensa di me, e nonostante la mia età, la mia esistenza è tutt'altro che disperata. Non cerco la carità e la proposta del capitano non mi è stata fatta per un malinteso senso di pietà. E non è nemmeno il risultato di un complotto".

"Ma pensate che questi cambiamenti, questi miglioramenti, smorzerebbero l'affetto del capitano Gordon una volta che ne venisse a conoscenza? Soprattutto per quanto riguarda la vostra scrittura?".

"Questa domanda va al cuore della questione, credo". Jane si strofinò una macchia d'inchiostro sul dito. "Sono stata cresciuta da genitori incoraggianti, circondata da fratelli e sorelle colti. Le mie inclinazioni letterarie sono sempre state sostenute e spesso applaudite. Il capitano non sapeva dei miei scritti prima e non ne sa nulla adesso. Non so se approverebbe".

Nadine tenne a freno la lingua, ma sapeva che se Jane Austen avesse voluto sposarsi e allo stesso tempo dedicarsi alla sua attività letteraria, avrebbe richiesto un marito dalle qualità molto speciali. Forse sovrumane. Pochi uomini sarebbero stati in grado di competere con i personaggi maschili da lei creati. Uomini come Darcy, Knightly e il capitano Wentworth.

In base alla copia alterata di *Persuasione* che Nadine aveva in mano, tuttavia, il matrimonio con il capitano Gordon avrebbe concluso la carriera di scrittrice della Austen.

"Nelle mie storie, so quanto siano limitanti le situazioni dei miei personaggi femminili. Mi prendo consapevolmente gioco delle loro circostanze... e a volte dei personaggi stessi. Qualcuno le amerà mai? Troveranno la felicità? E credo che questa sia la stessa domanda che faccio a me stessa. Qualcuno mi amerà mai? Troverò la felicità?".

Austen avvicinò la sedia a Nadine e si sedette.

"Ma devo chiedervelo. Come facevi a conoscere quelle parole?".

"Quali parole?"

"La prima frase di *Prime Impressioni*".

"Oh. Sì." Nadine sapeva che quel momento sarebbe arrivato. "È una verità universalmente riconosciuta, che uno scapolo provvisto si un ingente patrimonio debba essere in cerca di moglie".

"Come fai a saperlo?"

Nadine strinse la presa sul volume che aveva in grembo. Era giunto il momento di dire ad Austen la verità. "Posso recitare più di quelle prime parole. Posso ripetere per te i versi delle storie che hai completato... e di quelle che devi ancora scrivere".

Un sopracciglio si alzò. Jane la fissò.

Jane Austen Cannot Marry!

"Il suo romanzo *Ragione e sentimento*, che sarà pubblicato quest'anno, inizia così", continua Nadine. "La famiglia Dashwood si era da tempo stabilita nel Sussex. Avevano una vasta tenuta e risiedevano a Norland Park, al centro della proprietà, dove, per molte generazioni, avevano vissuto in maniera tanto rispettabile da meritarsi la stima generale dei conoscenti nel circondario. L'ultimo proprietario-".

"Fermatevi", ordinò Jane. Le sue guance erano arrossate dalla confusione e i suoi occhi scrutavano il viso di Nadine. "Chi siete?"

"So che lo troverete allarmante, ma è la verità". Nadine inspirò profondamente. "Vengo da un'epoca lontana più di due secoli nel futuro. Nel mio mondo, la vostra popolarità come gigante della letteratura rivaleggia solo con quella di Shakespeare. Lei è adorata, Miss Austen. I suoi romanzi sono studiati nelle scuole, recitati... sui palcoscenici. Il suo nome è così conosciuto che...".

"No", interruppe lei. "Sono la figlia di un ecclesiastico. Mio padre era un rispettato gentiluomo. I miei fratelli sono gentiluomini. L'autrice di *Ragione e sentimento* sarà semplicemente identificata come 'una signora'".

"È vero... per ora. Ma arriverà il momento - anche grazie a voi - in cui le autrici saranno rispettate. E nel 2078, l'anno da cui provengo, avrete più di quaranta milioni di copie dei vostri romanzi in stampa. Le eroine dei vostri romanzi saranno un faro per le donne e gli uomini del futuro. Con il messaggio universale di sposarsi per amore e rispetto piuttosto che per denaro, le vostre storie forniscono esempi di donne che fanno scelte matrimoniali solide e ragionate. La satira delle vostre opere mette alla berlina coloro che non scelgono con saggezza. E il vostro nome sarà su ogni singola copia".

Lo sguardo perplesso di Jane si posò sul libro in grembo a Nadine.

"Che cos'è quel volume che tenete in mano?".

Nadine lo sollevò. "Il vostro romanzo *Persuasione*. Sarà pubblicato nel 1817. Questa è un'edizione del 1909. Non avete ancora ultimato la stesura finale di questo romanzo".

Scuotendo la testa, Austen prese il libro che le veniva offerto.

Passò le dita sulla rilegatura, poi aprì la pagina del titolo del libro e fissò il suo nome.

Nadine aveva ancora molte spiegazioni da dare. Jane aveva bisogno di sapere perché la maggior parte delle pagine erano vuote.

May McGoldrick

Doveva ricevere le risposte alle domande che sicuramente avrebbe avuto.

Austen sfogliò le pagine fino a raggiungere la biografia alla fine del volume.

Cominciò a leggere ad alta voce:
Persuasione *è l'ultimo romanzo completato di Jane Austen. Lo iniziò subito dopo aver terminato* Emma *e lo completò nell'agosto del 1816.*

Oltre al tema della persuasione, il romanzo evoca altri argomenti, come la Royal Navy, nella quale due fratelli di Jane Austen raggiunsero il grado di ammiraglio. Come ne L'abbazia di Northanger, *la superficiale vita sociale di Bath - ben nota alla Austen, che vi trascorse diversi anni relativamente infelici e improduttivi - è ampiamente rappresentata e funge da ambientazione per la seconda metà del libro. Per molti aspetti,* Persuasione *segna una rottura con le opere precedenti della Austen, sia per la satira più pungente, persino stizzosa, rivolta ad alcuni personaggi del romanzo, sia per la visione rammaricata e rassegnata della sua altrimenti ammirevole eroina, Anne Elliot, nella prima parte della storia. A questo si contrappongono l'energia e il fascino della Royal Navy, che simboleggia per Anne e per il lettore la possibilità di una vita più estroversa, impegnata e appagante, ed è questa visione del mondo che trionfa per la maggior parte alla fine del romanzo.*

Jane Austen morì, all'età di 41 anni, il 18 luglio del 1817; Persuasione *fu pubblicato il 20 dicembre[1] dello stesso anno.*

Jane rimase a lungo in silenzio, fissando la pagina.

Nadine si preparò alle domande. Era geniale che Xander avesse portato con sé questa copia nel tempo. Era la prova assoluta del futuro posto della Austen nella storia.

"Questa edizione è stata pubblicata nel 1909", ripete Nadine. "Non è certo l'edizione più impressionante, ma è solo una delle tante. Inoltre, dal XIX al XXI secolo, sono state scritte decine di biografie sulla vostra vita e sul vostro lavoro. Le vostre lettere, quelle che sono state ritrovate, sono conservate nei musei e considerate dei tesori".

Non aveva intenzione di dire che Cassandra aveva bruciato quasi tutte le lettere che si erano scambiate.

Gli occhi di Jane si spostarono di nuovo sulla pagina, come per iscrivere ogni parola nella sua memoria. Non dava segno di aver sentito nulla di ciò che Nadine aveva detto.

Alla fine le riconsegnò il libro.

"So che si tratta di una grande quantità di cose da assimilare.

Jane Austen Cannot Marry!

Qualsiasi cosa vogliate sapere, qualsiasi domanda abbiate, vi risponderò".

Jane Austen rimase in silenzio ancora per qualche istante, con le mani conserte in grembo e un'espressione intelligibile. Infine, alzò lo sguardo su Nadine.

"La pagina che ho letto dice che morirò a cinque mesi dal mio quarantaduesimo compleanno. È davvero una gran cosa da assimilare".

Senza un'altra parola, si alzò in piedi e uscì dalla stanza.

Capitolo Trentasei

NADINE SI GIRÒ e rigirò senza sosta per tutta la notte.
Sdraiata nel letto, con Xander che dormiva profondamente accanto a lei, fissò la finestra e si maledisse per aver permesso alla Austen di leggere la propria biografia. Si aspettava che le chiedesse delle pagine bianche, ma l'autrice non ne aveva parlato.

Cosa proverebbe sapendo quando sarebbe morta? La data esatta? Tutto il resto sembrava impallidire per Austen di fronte a quell'informazione. Rimasta sola in quella sala da pranzo privata, Nadine non aveva la minima idea se ad Austen importasse che un giorno sarebbe diventata un'icona fenomenale della letteratura.

Nadine sapeva che nel suo corpo esisteva una malattia incurabile. Sapeva che stava morendo. Ma la data esatta del suo decesso non poteva saperla. I primi giorni dopo la diagnosi, aveva sofferto mentalmente, fisicamente ed emotivamente, perdendo la motivazione a svolgere anche i compiti più semplici. Non voleva alzarsi dal letto. O mangiare. O vestirsi. O vedere nessuno. Aveva smesso di vivere, era pronta per la fine.

L'avrebbe presa meglio o peggio se avesse avuto una "X" segnata sul calendario? Se avesse avuto una data che non poteva essere cambiata, indipendentemente dagli sforzi della scienza o della fede? Una data indifferente a suppliche o negoziazioni?

Nadine non aveva una risposta. Eppure, questo era il fardello che

Jane Austen Cannot Marry!

aveva imposto a Jane Austen... la conoscenza della data assoluta e irreversibile del suo appuntamento con la morte.

Una brezza marina scuoteva le lastre di vetro e lei giaceva al buio, con la mente e il cuore appesantiti dalla consapevolezza che non poteva fare nulla per cambiare la situazione. Lei e i suoi colleghi pendolari quantici lavoravano costantemente per correggere le aberrazioni nel panorama del passato. L'inevitabile effetto domino degli errori richiedeva un'attenzione continua.

Alcuni dei primi viaggiatori del tempo avevano commesso un errore. A causa della loro involontaria intromissione, gli eventi erano cambiati. Da allora, gli altri avevano viaggiato per correggere, correggere, correggere. C'erano molte cose che potevano modificare nella storia: lavori, matrimoni, divorzi. C'era solo una cosa che non potevano cambiare. La data della morte di una persona.

Non avevano potuto fare nulla per l'assassinio di Abraham Lincoln. O di Martin Luther King, Jr. Né avevano potuto fare nulla per il caos creato dall'uomo e motivato politicamente che seguì omicidi come quello di Giulio Cesare. O di Patrice Lumumba. O di Mohammad Mosaddegh.

Non avevano nemmeno potuto guarire il colera di Tchaikovsky o la polmonite di Renato Cartesio. E non potevano impedire che Austen morisse di morbo di Addison o di linfoma di Hodgkin. Qualunque fosse la malattia che l'avrebbe colpita, non c'era modo di modificarne l'esito.

Un viaggiatore del tempo non poteva impedire a nessuno di morire o di essere ucciso quando il destino aveva già scolpito quella data nella pietra. Il farmaco che aveva dato al figlio di Deirdre funzionava perché Andrew non era destinato a morire di quella malattia. Poteva alleviare il dolore, ma non guarirlo se la morte era in agguato.

Naturalmente, poiché operavano al di fuori della loro vita finita, i pendolari quantici erano esenti da queste regole. Le leggi del destino non si applicavano a loro.

Jane Austen sarebbe morta il 18 luglio 1817. E Nadine non poteva farci nulla.

Ora la domanda rimaneva: Austen avrebbe accettato la proposta del capitano Gordon? Avrebbe deciso di vivere nella felicità coniugale per i sei anni che le restavano? O si sarebbe allontanata da lui per inseguire il suo destino letterario? Avrebbe scritto? Avrebbe intessuto la sua intramontabile narrativa?

La loro conversazione della sera prima non aveva dato a Nadine alcun indizio su quale strada avrebbe preso.

Per sua fortuna, Xander era rimasto sveglio quasi tutta la notte con lei. Dopo essere tornata nella loro stanza, Nadine lo aggiornò su ciò che era successo tra lei e l'autrice. Lui ascoltò e non la biasimò nemmeno una volta per aver rivelato quello che poteva essere il fattore determinante per influenzare la Austen in un senso o nell'altro. Era dalla parte di Nadine, e avrebbero gestito qualsiasi cosa fosse accaduta.

Mentre il cielo fuori dalla finestra si rischiarava con l'alba, i due si vestirono e scesero nella Sala Caffè.

Nadine sapeva che Jane doveva incontrare Gordon e dargli la sua risposta, ma non sapeva dove. Forse sarebbero usciti a fare una passeggiata, visto che aveva smesso di piovere. Forse si sarebbero incontrati in una delle sale da pranzo private.

Nadine aveva detto tutto quello che poteva. Non avrebbe fatto nient'altro per influenzarla. La decisione era ora nelle mani dell'autrice stessa. Ma se Austen avesse voluto incontrarla di nuovo per farle delle domande, Nadine l'avrebbe accontentata volentieri. Disse alla locandiera dove si trovavano, nel caso qualcuno avesse chiesto di loro.

Nella Sala Caffè, Xander e Nadine sedevano fianco a fianco a un tavolo. Avevano le spalle al muro e gli occhi puntati sulla porta. Una cameriera si presentò subito al loro tavolo, prendendo le ordinazioni.

"Se Austen decide di sposare Gordon", iniziò Xander, raccogliendo le dita gelate di lei nella mano calda. "Quanto tempo avremo insieme?".

Nadine scosse la testa. "Non lo so. Qualche giorno. Forse una settimana o poco più. Abbiamo tempo fino a quando il mio direttore non si renderà conto che sono scomparsa e che Jane Austen è sparita dal canone letterario".

"È allora che manderanno un assassino a ucciderci?".

Non lo disse in quel momento, ma non c'era un "noi" quando si trattava del suo lavoro e del contratto che aveva accettato. Xander sarebbe stato al sicuro. Lo avrebbe rimandato nel suo tempo prima che qualcuno si facesse vivo per cercarla. Non era ancora sicura di

Jane Austen Cannot Marry!

come avrebbe fatto, ma avrebbe trovato un modo. Il fatto che lui avesse fatto il salto quantico da solo per arrivare qui la faceva sentire più sicura che fosse possibile.

Assassini. Ucciderla non era l'unica soluzione per liberarsi di uno Scriba Custode in fuga. Potevano trasportarla di nuovo nel 2078. Lì potevano lasciare che la malattia facesse il suo corso o aspettare che lei richiedesse l'eutanasia. I direttori del programma non erano mostri. In ogni caso, la sua malattia era una condanna a morte.

Si rese conto di non avergli risposto. "Non so quando arriveranno".

"Beh, non andremo a fondo senza aver dato loro una bella battaglia. Abbiamo già infranto alcune regole sui viaggi nel tempo. Lo faremo di nuovo".

Nadine gli strinse la mano. "Onestamente, non riesco a pensare a nulla in questo momento, al di là della decisione di Jane".

Lui annuì, comprendendo. "Se sposasse Gordon, che ne sarebbe dei suoi romanzi? Dell'influenza che ha avuto sulla letteratura. Tutto svanirebbe, come il volume che abbiamo al piano di sopra?".

"*Senso e Sentimento* credo che andrà avanti fino alla pubblicazione. La composizione tipografica è terminata. Dopo essersi fermata a trovare un fratello vicino a Canterbury, dovrebbe andare a Londra per lavorare alle bozze delle pagine. Anche *L'Abbazia di Northanger* potrebbe avere una possibilità. Un altro editore, Crosby & Co, ha accettato quel romanzo otto anni fa. L'hanno tenuto in sospeso e non l'hanno ancora pubblicato. Una volta tornata a casa a Chawton, dovrebbe rivedere il romanzo *Prime impressioni* prima che diventi *Orgoglio e pregiudizio*. Se sposasse il capitano Gordon, non so se potrebbe mai tornare a scriverlo".

"Credo che molto dipenda da come Gordon si sente ad avere un'autrice come moglie".

"È improbabile che approvi. I ricercatori degli Scribi Custodi ritengono che se si sposasse Jane Austen diventerebbe un'entità dimenticata nel mondo della letteratura", disse Nadine. "E non sarebbe la prima. Posso facilmente citare una dozzina di autori e di loro romanzi che sono scomparsi a causa di...".

Le parole di Nadine si interruppero quando Jane entrò nella Sala Caffè. Scrutò la stanza prima che il suo sguardo si posasse su di loro. Si diresse direttamente al loro tavolo.

In quel momento, Nadine pensò che Jane fosse scesa per negare ciò che le era stato detto la sera prima. La negazione è la prima reazione di molte persone quando vengono loro raccontate verità potenzialmente devastanti. Reagendo con sospetto o rabbia, la mente umana la utilizza spesso come meccanismo di difesa comune per elaborare informazioni a cui non siamo preparati. La storia dell'umanità è piena di testimonianze di persone che hanno negato i fatti per muovere guerra alla scienza, per ignorare le prove dei genocidi e infine per distruggere il proprio ambiente.

La verità che Nadine aveva rivelato ieri sera richiamava giustamente la negazione su così tanti livelli.

Lei e Xander si alzarono in piedi quando Jane raggiunse il loro tavolo e i tre si scambiarono il saluto standard.

Jane Austen era vestita come il giorno prima, ma non aveva con sé il mantello. Evidentemente era stata sveglia quasi tutta la notte a piangere. I suoi occhi erano iniettati di sangue. Il viso era a chiazze e il naso rosso.

Il senso di colpa trafisse la coscienza di Nadine. Aveva fatto lei questo a quella donna. Non importava la questione del suo possibile matrimonio con il capitano Gordon. Nadine aveva distrutto ogni sogno di Jane di invecchiare, di veder crescere nipoti e nipotini, di trovare soddisfazione in quelli che pensava sarebbero stati i decenni di vita che l'aspettavano.

"Posso unirmi a voi?"

"Certo", risposero all'unisono.

Xander le porse una sedia e si sedettero.

Gli occhi di Austen erano fissi su Xander. "Anche voi venite da...?".

Annuì. "Io vado con Nadine. Stiamo insieme".

Era una buona risposta. Non c'era motivo di cercare di spiegare la loro complicata situazione in questo momento.

Il cameriere apparve e quando Jane gli fece cenno di andarsene, Xander gli disse di tenere la colazione.

"Vi dispiace?" Chiese Austen.

"Affatto", rispose Nadine.

L'autrice si guardò intorno prima di parlare.

"Ho avuto tutta la notte per pensare". Inspirò profondamente e rilasciò un respiro tremante. "Posso cambiarla? La fine, cioè. Il momento in cui morirò".

Jane Austen Cannot Marry!

"Non c'è modo di cambiare le cose. Vorrei poterlo fare, ma non posso riscrivere la storia. Nessuno può farlo".

"Ma secondo voi la storia verrà riscritta se non diventerò un'autrice".

"È vero. Ma la tua fine avverrà comunque in quella data".

Nadine si rese conto che non c'era alcun accenno di negazione nelle parole dell'altra donna. Credeva a ciò che le era stato detto ieri sera. Credeva a ciò che aveva letto in quell'edizione del suo stesso romanzo.

"Non sono una divinità", ha continuato Nadine. "Non sono una maga. Posso viaggiare nel tempo solo grazie ai progressi della scienza del futuro. Non posso annullare il destino di una persona. Non posso salvare qualcuno dalla morte".

"*Se adesso è la mia ora, vuol dire che non è più da venire; se non è da venire, sarà adesso;se non è adesso, dovrà pur venire. Tutt'è tenersi pronti* ", disse Jane con dolcezza. "Shakespeare non vi piace granché, immagino".

"Eppure aveva ragione", rispose Nadine. "Essere pronti è tutto".

Austen si fissò le mani per un breve periodo prima di riprendere la parola. "È un po' scoraggiante, non credete? Sapere che la propria vita finirà presto?".

"Vorrei che non aveste letto la vostra stessa biografia. La mia intenzione era che voi vedeste il brillante futuro che aspetta voi e il vostro lavoro".

"E invece la mia reazione istintiva è stata quella di vedere solo la mia imminente fine". Rise, ma non c'era divertimento. "Sei anni".

Non aveva senso scusarsi di nuovo. E nemmeno discutere dell'aspettativa di vita di una donna in quest'epoca sarebbe servito.

"Come morirò?"

"Una malattia debilitante, ma hai anni prima che ti affligga". Nadine non aveva intenzione di dirle come la malattia avesse perseguitato Jane per due anni, anche se lei aveva continuato a lavorare ai suoi romanzi.

"Chi sarà con me... alla fine, intendo?".

"Tua sorella Cassandra".

Un sorriso le si formò sulle labbra e annuì leggermente, come se fosse destino.

Nadine ricordò una lettera che Cassandra, addolorata, aveva

scritto a Fanny Knight, l'amata nipote di Jane. Una parte di essa diceva:

Ho perso un tesoro, una sorella, un'amica tale che non potrà mai essere superata. Era il sole della mia vita, l'esaltatore di ogni piacere, il sollievo di ogni dolore; non avevo un solo pensiero nascosto da lei, ed è come se avessi perso una parte di me stessa. L'ho amata fin troppo - non più di quanto meritasse, ma sono consapevole che il mio affetto per lei mi ha resa talvolta ingiusta e negligente nei confronti degli altri; e posso riconoscere, più che come principio generale, la giustizia della Mano che ha inferto questo colpo.

"Dove sarò sepolta?"

"Nella navata nord della Cattedrale di Winchester".

Le sue sopracciglia si sollevarono per la sorpresa. "Un posto d'onore".

"Un posto meritato".

Nel corso degli anni, gli storici avevano dibattuto come mai la Austen fosse sepolta lì. Dopo tutto, il suo defunto padre era semplicemente un vicario di campagna. È possibile che un amico di famiglia che aveva influenza sul vescovo avesse ottenuto un permesso speciale. Nessuno lo sapeva veramente.

"Ieri sera ho avuto tanto tempo per pensare a quella biografia", continuò Jane. "Una volta scrollatomi di dosso lo sgomento iniziale, ho cercato di considerare gli obiettivi della mia vita. Ora vedo che ho un tempo molto breve per realizzare ciò che spero di fare. Dovrei dire piuttosto, quello che *speravo* di fare prima che il destino complicasse i miei piani facendomi arrivare qui. In ogni caso, sei anni sono inaspettatamente brevi".

Nadine scambiò uno sguardo con Xander. Se solo avessero avuto il dono di sei anni insieme.

"Mentre ci pensavo, mi sono resa conto che conoscere la data della mia morte dovrebbe far emergere il meglio di me". Le tremò la voce e fece una pausa. Dopo un attimo, continuò. "Questa conoscenza mi obbliga a godermi di più la mia famiglia. Devo fare tutto il possibile per loro. Ho due nipotine, Anna e Fanny, che sono particolarmente adorabili. Anna mostra persino un'inclinazione a scrivere, che il cielo la aiuti. E i miei fratelli, sparsi qui, là e ovunque, beh, devo trovare un modo per essere più vicina a tutti loro".

Le emozioni di Nadine emersero in superficie quando sentì l'amore per la famiglia nelle parole di Jane. Ricordava il giorno in cui

Jane Austen Cannot Marry!

le era stato detto che le restava così poco tempo. Quanto si era sentita sola. Come si era sentita senza scopo.

La mano di Xander scivolò sul tavolo e prese la sua. Di nuovo, i loro occhi si incrociarono. Stava leggendo i suoi pensieri. Nadine non voleva perderlo. Ripensò alle parole di Cassandra: "*Il sole della mia vita... il sollievo dei miei dolori*". Lui era tutto ciò che aveva. Era il suo vero amore.

"So che sono passate solo poche ore da quando ho appreso la verità, ma sento già di essere cambiata in modo profondo e positivo. Mi sento più forte, più spirituale in qualche modo. Ora riconosco con più determinazione ciò che devo fare. Grazie a voi, ora so che i miei scarabocchi troveranno un pubblico di lettori. Sarò riconosciuta per i miei sforzi letterari. Questo è un destino che non può essere gettato via come un paio di guanti vecchi".

"E la proposta?"

"La conoscenza della mia fine mi ha fatto riflettere a lungo sul capitano Gordon", disse con dolcezza. "Quanto sarebbe giusto nei suoi confronti se accettassi la sua proposta? Lui non sa nulla di tutto questo. Non sa nulla della mia scrittura. Sono troppo vecchia per avere figli, ma sicuramente si aspetterà che io viaggi con lui, che governi una casa tutta nostra, che rinunci in qualche modo alla mia famiglia. Quando e come potrei scrivere i miei romanzi?".

Gli occhi di Jane si riempirono, scintillando, mentre guardava Nadine.

"E cosa succederebbe se fosse d'accordo con tutte le mie richieste? E se sostenesse i miei sforzi letterari? Mi innamorerei di nuovo, pur sapendo di non poter condividere con lui la verità su... su...".

Nadine sapeva che la cosa che più faceva temere la morte, spesso più della morte stessa, era la perdita delle persone care che si sarebbero lasciate.

"Non posso farlo. L'ingiustizia della cosa mi fa rabbrividire fino alle ossa. Lo incontrerò questa mattina e lo respingerò come l'ho respinto dieci anni fa. Ma quel che è peggio è che non posso dargli alcuna spiegazione ragionevole che lo consoli. Non posso dirgli la verità e non posso mentirgli. Questo rifiuto ci ferirà entrambi, forse in modo irreparabile, ma non si può evitare. So che non ha smesso di amarmi, ma non riesco a inventarmi una bugia per attutire il colpo".

May McGoldrick

Le campane della chiesa sulla collina stavano suonando mezzogiorno quando Nadine e Xander si trovarono sotto l'arco della locanda e osservarono i passeggeri che si preparavano a partire. Alcuni viaggiatori si sedettero sopra la carrozza, mentre gli altri salivano all'interno.

Alcuni salutavano in lacrime i propri cari che si trovavano sulla passerella. L'autista e la guardia erano chiaramente di buon umore dato che potevano finalmente partire dopo la pioggia.

L'ultimo passeggero a entrare nella carrozza fu Jane Austen.

"Nessuna traccia del capitano Gordon", disse Xander a bassa voce.

"Forse è meglio così", rispose Nadine.

In tutti i suoi viaggi, non aveva mai affrontato un compito così irto di problemi. Hythe si era inaspettatamente rivelata un campo minato dal punto di vista emotivo. Sapeva che le ragioni erano due. Uno stava per partire con la carrozza per Londra. L'altro era accanto a lei.

Per la Austen, questa sosta imprevista sulla costa meridionale dell'Inghilterra era stata ancora più dura. Jane sapeva che il filo della vita era limitato, e ora sapeva anche quando quel filo sarebbe stato reciso. E aveva scelto la sua passione più profonda a scapito di tutto il resto.

Agli occhi di Nadine, la Austen aveva fatto la sua scelta con la grazia e la forza interiore della più grande delle sue eroine. Aveva rifiutato un'ultima possibilità d'amore, scegliendo invece la strada impervia che l'avrebbe portata alla grandezza. Una scelta che si sarebbe tradotta in un'eredità inestimabile, un dono per tutti coloro che sarebbero seguiti nei secoli a venire. Ma il prezzo personale da pagare era straziante.

L'autrice esitò sul gradino della carrozza. Girando la testa, fece un cenno di saluto e sorrise. Poi, mentre il sole faceva capolino, Jane Austen salì in carrozza e si chiuse la porta alle spalle.

Capitolo Trentasette

NADINE STAVA in piedi alla finestra della loro stanza nel Cigno e sfogliava la copia di *Persuasione* di Xander, aspettando che lui tornasse dal piano di sotto.

Quella mattina si erano rimessi i propri vestiti e avevano radunato gli indumenti che dovevano restituire a Deirdre, tranne il mantello e la giacca. Pochi minuti prima, Xander era sceso per incaricare uno dei camerieri di portare il fagotto alla casetta della loro amica, nella parte bassa del villaggio.

Chiuse il libro e guardò la trafficata strada principale sottostante, cercando di ignorare la fastidiosa sensazione di vuoto che sentiva. Il giorno precedente, Jane Austen aveva lasciato il villaggio per Londra. Da allora, Nadine aveva pensato a ciò che sarebbe seguito per l'autrice.

Negli anni a venire, nonostante il poco tempo a sua disposizione, non avrebbe cercato il divertimento. O l'avventura. O i viaggi. Aveva già rifiutato il comfort e la sicurezza di essere la moglie di un ufficiale di marina. Aveva voltato le spalle alla possibilità di amare.

La decisione della Austen di vivere il resto della sua vita nello stesso modo in cui aveva vissuto prima era, agli occhi di Nadine, l'espressione artistica di un amore più grande, un amore vero e disinteressato. Aveva una vocazione più alta e aveva risposto a quella chiamata.

Le persone nel futuro avrebbero saputo così poco della Austen.

May McGoldrick

Per molti aspetti, si sarebbero sbagliati di grosso su di lei. Avrebbero cercato Jane nelle sue parole, nei suoi personaggi e nelle testimonianze inattendibili di familiari e persone che non l'avevano mai incontrata. Ma non avrebbero trovato la vera Jane Austen. Alla fine, non l'avrebbero conosciuta.

Tutti i biografi di Jane, nel corso degli anni, ripeterono alcuni fatti sparsi sulla sua famiglia. Su suo padre. Sua madre. Cassandra. I fratelli. Scrissero delle loro carriere, dei loro matrimoni e dei loro figli. Avrebbero arricchito i loro eruditi tomi con i ritratti dei fratelli, delle zie e degli uomini che *avrebbero potuto* volerla sposare.

I tentativi di catturare l'inafferrabile Jane Austen - compresi i film che sarebbero stati girati su di lei - avrebbero ripetuto storie romantiche su un giovane mascalzone anglo-irlandese di nome Tom Lefroy, di un fidanzamento di un giorno con un amico di quartiere di suo fratello. Nessuno di quegli scrittori o registi avrebbe menzionato il capitano Charles Gordon. Nessuno avrebbe notato come l'autrice avesse catturato l'essenza della sua storia d'amore contrastata con lui nel suo ultimo romanzo, *Persuasione*.

Alla fine, gli accademici, i critici e i registi sarebbero riusciti a costruire poco più che una sagoma approssimativa di Jane Austen.

Nadine e Xander avevano visto la vera Jane, le avevano parlato, avevano cenato con lei, avevano sofferto e pianto con lei. La loro conoscenza con lei era stata breve, ma cruciale e indicativa.

Jane Austen avrebbe continuato a scrivere altri romanzi. Critici e lettori li avrebbero amati e definiti unici. Le storie, i personaggi e le ambientazioni sarebbero stati riconoscibili a un livello che nessun altro autore del suo tempo avrebbe raggiunto. Anche nel 2078, più di due secoli dopo, una lettrice come Nadine avrebbe potuto seguire Catherine Morland o Anne Elliot per le strade di Bath. Sarebbe potuta ancora stare sul frangiflutti in pietra di Lyme e immaginare la giovane e sciocca Louisa Musgrove che si tuffa appena fuori dalla portata del capitano Wentworth. Avrebbe potuto visitare una qualsiasi delle grandi case d'Inghilterra e sentire il risveglio di Elizabeth Bennet e la sua ammirazione per Pemberley.

I personaggi della Austen avrebbero potuto vivere in qualsiasi città o villaggio dell'Inghilterra. Le loro parole erano echi familiari di conversazioni ascoltate in qualsiasi strada, negozio e casa. I suoi cattivi non erano malvagi conti a caccia di vergini che vivevano in oscuri castelli. Le sue eroine non erano versioni idealizzate di donne

Jane Austen Cannot Marry!

che svenivano alla sola vista di una figura maschile dominante o di una goccia di sangue. Non dava alle sue lettrici trame artificiose in cui le fate madrine apparivano in un momento finale per salvare la situazione.

Invece, Jane Austen avrebbe regalato al mondo storie in cui avremmo potuto vedere le nostre vite, i nostri amori, le nostre fragilità... e riderne. E alla fine, avremmo visto l'innegabile miracolo della nostra umanità condivisa.

Nadine passò le dita sulla copertina di stoffa, il titolo in rilievo sul dorso.

Non pensava che la sua interazione con Jane sarebbe potuta finire allo stesso modo se non fosse stato per questo libro. Dire che veniva dal futuro non sarebbe stato sufficiente. Recitare pagine di opere non scritte o non pubblicate della Austen non sarebbe stato sufficiente. Gli esseri umani sono scettici per natura. A meno che non vedessimo le prove - e spesso nemmeno allora - consideravamo i veggenti come dei truffatori. I guaritori erano ciarlatani, a meno che non ci fosse qualcosa di preciso da misurare. Quel libro era la prova tangibile che ciò che diceva Nadine non era solo fumo negli occhi.

"Tutte le parole si vedono di nuovo". Xander era tornato. Si mise accanto a lei alla finestra. "Ogni singola pagina. E ci sono anche le illustrazioni".

"Sì", rispose lei, con un sorriso forzato.

"Non sono mai stato un gran lettore prima, ma ora vedo le cose in modo diverso".

Quella mattina Nadine si era svegliata e lo aveva trovato a leggere *Persuasione* accanto a lei nel letto. Mentre facevano colazione nella loro stanza, avevano trascorso un paio d'ore a parlare di Anne Elliot e del capitano Frederick Wentworth e di tutte le analogie che lui aveva già notato tra il romanzo e ciò che aveva appreso della vita della Austen. Mentre Nadine si vestiva, lo trovò di nuovo a leggere. Mise giù il libro solo quando fu il momento di prepararsi.

"È come se avesse dipinto un quadro del mondo di Anne Elliot con le sue parole".

"Ti citerò quando farò il mio rapporto di missione".

Xander distolse lo sguardo e un'espressione di tristezza gli offuscò il volto. Dalla partenza di Austen, avevano parlato pochissimo del loro futuro.

"Cosa dirai... nel tuo rapporto?".

May McGoldrick

"Dirò che Jane Austen era un'artista con una visione. Intelligente e lungimirante, era una donna che capiva l'essenza del suo mondo. Come scrittrice, sapeva che il romanzo poteva essere una grande forma d'arte. Incontrando noi, vedendo la copia di *Persuasione*, la sua opinione si è rafforzata". Fece una pausa di qualche secondo e intrecciò le dita con quelle di Xander. "Dirò che ha voltato le spalle all'amore e al matrimonio per seguire la strada a cui era destinata. Sapeva di non poter avere tutto, così ha scelto la sua arte. Nessuna intromissione da parte di altri pendolari quantici avrebbe cambiato questo fatto".

"Allora, finalmente possiamo parlare", chiese, "del nostro percorso? Del nostro destino?".

Lei raccolse tutte le sue forze prima di parlare. "Oggi sono tre giorni che siamo arrivati. Possiamo fare il salto quantico".

"Insieme? In Colorado?"

"No. Devi tornare al tuo tempo, Xander. E io nel mio".

"Non sono d'accordo".

"Lo so. Ma è così".

"Questa me la devi spiegare". Xander si allontanò di mezzo passo e indicò la strada sottostante. "Lei era Jane Austen. E ora capisco che nessun uomo in quest'epoca sarebbe stato abbastanza preparato o forse illuminato da darle lo spazio necessario per fare quello che doveva fare".

"Pochissimi lo avrebbero fatto".

"Ma io non sono uno di quegli uomini". Le prese la mano. "So chi sei. Sei una Scriba Custode. Non ti ho dato abbastanza garanzie per farti capire che non interferirò con questo?".

"Tu pensi che possiamo stare insieme, vivere insieme e lavorare insieme, ma non funziona così, amore mio. Non sei in grado di saltare nel futuro, così come io non posso andare oltre la data della mia vita finita. Il salto quantico va solo *indietro* nel tempo".

Xander rimase in silenzio per un momento. "Nel 2078 avrò novantaquattro anni. Sarò morto allora?".

"Non ho mai controllato". Non voleva saperlo. Aveva troppa paura di sapere. E poi che senso aveva? Perché avrebbe dovuto tormentarsi con la vita di Xander dopo che lei ne era uscita?

"Hai voce in capitolo su dove e quando ti mandano?".

Scosse la testa.

"Ci vedremo mai?"

Jane Austen Cannot Marry!

"Non credo che dovremmo pianificarlo". Nadine non riuscì a combattere le emozioni che le salivano al petto. Le lacrime le bruciavano gli occhi. "Devi tornare al tuo tempo e vivere la tua vita. Fare quello che sai fare. Sii la grande persona che sei". "E per tutto il tempo, ti cercherò a ogni svolta della strada. In ogni hall d'albergo. Tra la gente...". La sua voce si spezzò e le parole si interruppero.

Il giorno prima si era rifiutata di avvicinarsi a Jane Austen quando aveva parlato con il capitano Gordon e aveva rifiutato la sua offerta di matrimonio. Nadine sapeva già che avrebbe dovuto fare la stessa cosa il giorno seguente.

Le lacrime le rigarono il viso. Xander la accolse tra le braccia e si strinsero a vicenda mentre lei piangeva. Lui le baciò i capelli e lei sollevò le labbra sulle sue, alla ricerca di una qualche traccia di conforto, di un briciolo di sollievo che potesse portare con sé.

Qualcosa, qualsiasi cosa, che potesse tenere insieme il suo cuore spezzato.

Passò molto tempo prima che Nadine riuscisse a staccarsi dal suo abbraccio. Lui rimase accanto alla finestra mentre lei si dirigeva verso il letto. Seduta sul bordo, svuotò il contenuto della borsa.

"Cosa stai cercando?"

Nadine non aveva idea di come Xander avesse viaggiato fino al 1811. La bara poteva avere un ruolo, ma oltre a questo era persa.

"Qui dentro ho un dispositivo che ti aiuterà a fare il salto indietro nel tuo anno".

Fece una cernita di tutto, sentendo l'ansia che cominciava a crescere. Non riusciva a trovarlo. "Non è qui".

"Cosa stai cercando... esattamente?".

"È un dispositivo di mobilitazione temporale sub-molecolare. È una sorta di GPS per il tempo e lo spazio. Avvia e dirige il salto quantico per i viaggiatori inesperti".

Si avvicinò e si mise accanto al letto. "Quando è stata l'ultima volta che l'hai usato?".

"Non lo uso. Non mi serve. Ma ce l'ho ancora in caso di emergenza".

Fissò gli oggetti sparsi sulla biancheria da letto. Il suo inalatore. I soldi che avrebbe lasciato a Deirdre. Le medicine rimaste.

Non le mancava solo il mobilitatore temporale. Mancava anche il suo storditore di difesa.

"Dove potrei averli messi?".

"Intendi questi?"

Nadine alzò lo sguardo sui due dispositivi nel palmo di Xander.

"Li ho trovati nella bara il giorno in cui sei uscito a pranzo con Donna".

Lei saltò giù dal letto e gli prese gli oggetti dalle mani.

"Devono essere caduti dalla mia borsa la notte in cui sono arrivata in Colorado. Mi hai salvato la vita, Xander. Il libro e ora questi. Sei il mio eroe".

L'espressione del suo volto le disse che non si sentiva un eroe.

Capitolo Trentotto

QUANDO USCIRONO DALLA LOCANDA, il sole splendeva. L'affollata High Street mostrava poche tracce delle piogge torrenziali.

La luce esterna non corrispondeva al paesaggio interiore di Nadine, ma la sua mente almeno era chiara su ciò che doveva fare ora.

Sapere che il dispositivo di mobilitazione temporale era responsabile del salto accidentale di Xander nel 1811 era stato un sollievo. Nadine non doveva preoccuparsi dei guai e dei pericoli in cui si sarebbe potuto cacciare se avesse improvvisamente sviluppato la conoscenza e l'abilità di compiere salti quantici a piacimento.

Non avevano saldato il conto al Cigno prima di andare da Deirdre. Dopo aver rimandato Xander in Colorado, lei sarebbe tornata alla locanda. La scusa che gli aveva dato era che doveva fare un altro giro nella stanza per assicurarsi che non avessero lasciato nulla. La verità era che avrebbe avuto bisogno di un posto dove poter piangere tutte le sue lacrime.

Nadine aveva ancora bisogno di liberare la testa dalla frustrazione che provava per un mondo che non permetteva a loro due di stare insieme. Doveva svuotare la mente dalla rabbia... e dal desiderio di lui. Non voleva fare lo stesso viaggio involontario verso il 2022 che aveva fatto prima.

Non credeva che il suo cuore potesse sopportarlo.

Il suo braccio era intrecciato a quello di Xander mentre camminavano lungo le stradine acciottolate in direzione del cottage di Deirdre. Cercava di non darlo a vedere, ma ogni passo le stringeva le viscere un po' di più. Cercando di non dare troppo nell'occhio, indicò a Xander alcune cose: caricature di Napoleone dai colori vivaci appese in una vetrina, una coppia di ragazzini che inseguiva una carrozza sul selciato, un gattino che inseguiva un gabbiano indisturbato vicino al canale militare. Tuttavia, non riusciva a trasmettere l'umorismo, e il sorriso educato sul suo volto non sembrava mai giusto.

"Hai un neuralizzatore nella borsa?", chiese all'improvviso dopo che ebbero attraversato il ponte verso la parte bassa del villaggio.

"Che cos'è?", chiese.

"È un aggeggio presente nei film di *Men in Black*. Fa un flash super luminoso e cancella i ricordi delle persone".

"Non ho mai visto il film, ma non ne ho uno", ha detto. "Vorresti che lo facessi? Vorresti poter dimenticare questi ultimi giorni?".

Si fermò proprio in mezzo alla strada e la prese tra le braccia. La baciò con forza e lei ricambiò con altrettanta passione.

"No, Nadine. Non voglio dimenticare nulla del nostro terzo giro intorno al sole".

"Il nostro cosa?", sorrise. "Il nostro terzo giro intorno al sole?".

"Sì. Las Vegas, Colorado e Hythe. E non voglio dimenticarne nemmeno un secondo". La baciò di nuovo, questa volta ancora più profondamente.

Il forte *fischio sbuffo* di una donna che si trovava lì vicino pose fine al loro momento. Per qualche motivo, Nadine non fu affatto sorpresa di trovare Elizabeth Hole e il suo bastardino con un occhio solo che li guardavano. In realtà, la signora Hole li stava guardando; Kai stava fissando felicemente Xander, con la lingua fuori e la coda scodinzolante.

"Signora Finley", gridò l'impicciona del villaggio. "Non so come usi in America, ma qui siamo a Hythe. Qui, chiunque abbia un minimo di senso del pudore saprebbe che una simile esibizione pubblica di... qualunque cosa fosse... dovrebbe essere fatta in privato. Se proprio deve essere fatta".

La signora Hole spostò lo sguardo su Xander e per un istante le sue guance si arrossarono. Poi, la sua attenzione tornò a concentrarsi e i dardi gelidi tornarono a scoccare.

Nadine abbassò lo sguardo su Kai, che ora le stava mostrando i

Jane Austen Cannot Marry!

denti. La bestiola era gelosa. Evidentemente lo era anche la padrona del cane.

"Questo è mio marito", protestò, tenendo a freno il suo temperamento. Le sue emozioni erano un po' troppo forti in quel momento e quella donna stava camminando su un terreno pericoloso.

"Non frequento le persone altolocate, ma anche le figlie dei pescivendoli sanno che qui una signora permette a un gentiluomo di baciarle la *mano* solo al momento dell'incontro. Ma anche quello è troppo intimo, secondo me. Troppo intimo. Sono scioccata. Ho dovuto nascondere gli occhi del mio dolce Kai".

"L'ultima cosa che volevamo fare era traviare il piccolo Kai", aggiunge Xander, attivando il suo fascino.

"So che *voi* non avreste dato inizio a una tale manifestazione pubblica, mio caro. È stata *lei*. L'ho visto con i miei occhi". Gli diede una pacca sul braccio, ignorando completamente Nadine. "Ma come state oggi, signor Finley? Vi andrebbe di unirvi a me questo pomeriggio per una cena leggera? Chiederò al mio cuoco di preparare il vostro piatto preferito, se solo mi direte qual è".

Il cambiamento nel tono e nel comportamento della donna fu così drastico che Nadine quasi sbuffò. Fissò incredula Elizabeth Hole, ora tutta miele e dolci parole. Mentre pensava questo, Kai si strofinò contro la gamba di Xander e poi si sedette sui suoi stivali.

Xander, sollevando il cane al petto, sorrise come un politico il giorno delle elezioni. "In realtà, per noi sarebbe meglio domani, se questo non vi crea problemi".

"Domattina manderò il mio servitore alla locanda. Fategli sapere cosa desiderate e vi aspetterà".

Nadine ebbe quasi un conato di vomito.

"Grazie, signora Hole".

"È un piacere, signore".

"Siete così gentile".

In realtà stava arrossendo. "Beh, in questo villaggio c'è chi dice che ho un cuore di...".

"Ma più urgente delle mie preferenze culinarie", tagliò corto Xander, "ho una questione di grande importanza che speravo poteste aiutarmi a risolvere".

"Aiutarvi? Certo, signor Finley. Qualsiasi cosa!"

L'anziana donna stava praticamente saltando su e giù.

May McGoldrick

"Beh, ho un po' di soldi che vorrei donare a una causa meritevole che ci è stata segnalata. Speravo che lei potesse essere il mio... il mio ambasciatore di buona volontà".
"Una causa degna? Ambasciatore? Chiedetemelo, buonuomo. Sono a vostra completa disposizione".
Nadine poté solo scuotere la testa. Incredibile.
Xander spiegò che avevano sentito parlare della recente scomparsa di una bara.
"Mi rendo conto che è una richiesta eccessiva. Ma se vi dessi una somma di denaro sufficiente a coprire la perdita del costruttore della bara, potreste consegnarla a lui? Mantenendo il mio contributo anonimo, naturalmente. Sarei in debito con voi, signora Hole. Profondamente, profondamente in debito con voi".
Come Nadine si aspettava, quel gesto lo rese ancora più simpatico alla vecchia donna, se possibile. Tirò fuori i soldi dalla borsa e li porse alla signora Hole, che li prese senza degnarla di uno sguardo.
Nadine ovviamente non esisteva più. Poteva benissimo trovarsi su Marte.
"Che bella dimostrazione di carattere, signore. Che maniere. Che generosità", disse, alzando la voce e attirando l'attenzione di alcuni passanti. "Signor Finley, voi state aiutando gratuitamente un apprezzato artigiano del villaggio in un momento di difficoltà. Siete proprio un brav'uomo!".
"In forma anonima, signora Hole", disse Xander a bassa voce.
"Certo", rispose la donna, fingendo di cucirsi le labbra.
Ci sono poche possibilità che ciò accada, pensò Nadine.
"A domani, allora?" Disse la signora Hole, sbattendo le ciglia.
"A domani".
Per un attimo Nadine pensò che avrebbe baciato la mano della donna. Quasi sperava che lo facesse, solo per vedere la sua reazione. Oh, che ironia!
Invece, Xander si limitò a salutare l'anziana signora e a riconsegnarle Kai.
Prendendo il braccio di Nadine, la condusse via. "È stato assolutamente imbarazzante".
"Assolutamente", concordò lei con un sorriso. "Ed è *assolutamente* sorprendente per me la rapidità con cui hai imparato il linguaggio dell'epoca della Reggenza".
"È un dono. Uno dei tanti". Con uno sguardo indietro per assi-

Jane Austen Cannot Marry!

curarsi che fossero a distanza di sicurezza, le fece scivolare un braccio intorno alla vita e la avvicinò al suo fianco. "Mi dispiace per il modo in cui ti ha trattato".

"Sono contenta di come trattato *te*", ribatté lei. "Quell'impicciona era una minaccia incredibile per la mia esistenza, finché non sei arrivato tu".

"Allora forse dovresti tenermi con te. Almeno finché resterai qui. Sono serio. Non voglio rinunciare nemmeno a un minuto con te".

Nadine scosse la testa e la appoggiò alla sua spalla mentre camminavano. Non poteva rischiare che lui fosse qui, non quando non poteva fidarsi del suo stesso cuore. No, doveva mettere una vera distanza tra loro... per quanto le facesse male. Aveva bisogno di spazio per pensare. Il suo lavoro, la sua stessa vita dipendevano da questo.

Quando imboccarono il viottolo, videro Deirdre e suo figlio che uscivano dal cottage. Andrew fu il primo a vederli. La madre aveva le mani piene di vestiti appallottolati e il bambino sgambettò fino a loro per salutarli.

Xander afferrò il bambino e lo sollevò sopra la testa prima di sistemarselo sul fianco. Sembrava così naturale, pensò Nadine, sentendo il dolore nel suo cuore farsi più profondo.

"Grazie per aver restituito gli abiti presi in prestito", disse Deirdre. "Vado a consegnare questo mucchio al mio cliente vicino al cimitero. Ma se non vi dispiace aspettarmi al cottage, saremo di ritorno prima che ve ne accorgiate".

"Sì, assolutamente. Occupati dei tuoi affari", rispose Nadine, sollevata dal fatto che Deirdre non sarebbe stata lì ad assistere alla scomparsa di Xander nel nulla. "Ce la caveremo".

"E voi, signor Finley", disse Deirdre rivolgendosi a lui con un sorriso ironico. "Vi sarei grata se non rimanesse niente nel mio giardino che mi porti davanti al magistrato".

"Non ci sarà nulla, signora. Parola di scout".

"Parola di chi? Di Scott?"

"Niente. È solo un'espressione americana".

Deirdre annuì. "Beh, stasera sarò qui fuori a demolire quella cosa per farne legna da ardere. E preghiamo che nessuno mi becchi mentre lo faccio. Andiamo, piccolo Andrew ".

Nadine osservò il modo in cui Xander abbracciò il ragazzo

May McGoldrick

prima di metterlo giù. Inaspettatamente, i suoi occhi bruciarono e combatté le lacrime. Quello era un addio.

Mentre madre e figlio percorrevano il viottolo, Nadine e Xander si voltarono ancora una volta verso il cottage.

"Il cappotto, i soldi, tutto ciò che hai con te e che appartiene al 1811 deve essere lasciato dentro", gli disse. "Hai preso il portafoglio? Il telefono...?".

"Ho tutto quello che ho portato con me. Ma mi sto lasciando alle spalle la cosa più importante. La cosa più importante della mia vita".

La gola di Nadine si strinse e altre lacrime minacciarono di cadere. Non riusciva a guardarlo in faccia. Non voleva lasciarlo andare. *Doveva* farlo.

Lui entrò nella casetta per lasciare il cappotto e lei arrancò verso il capanno. Le capre la guardavano con aria accusatoria.

"Zitte, voi", disse loro.

Togliendo il coperchio dalla bara, si raddrizzò e guardò il cottage.

Questo era il momento che Nadine avrebbe ricordato per tutta la vita. Guardò in lontananza. Nuvolette bianche si stavano spargagliando in un cielo azzurro e vaporoso. La brezza era fresca e portava con sé gli odori salmastri della Manica, mescolati a quelli pungenti della fattoria e delle paludi vicine. Il sole era caldo, ma lei rabbrividì lo stesso.

Fissò il dispositivo di mobilitazione temporale nella sua mano tremante. Avvolgendo le dita intorno ad esso, sincronizzò le sue onde cerebrali con i comandi e lo programmò per riportare Xander nel suo tempo. Ripensandoci, impostò anche la disattivazione del dispositivo dopo questo salto. Non poteva rischiare che lui, intenzionalmente o meno, lo usasse di nuovo.

Xander uscì e si mise accanto a lei.

"Allora, è finita?"

"Sì".

Si acciglò osservando la bara. "Sembra proprio un funerale".

Lo affrontò, guardando il suo bel viso. Non riusciva più a trattenere le lacrime. Le braccia di lui si strinsero intorno a lei, e lei premette il suo corpo contro quello di lui, mentre le sue parole spezzate uscivano fuori.

"Ti amo. E mi dispiace che questo mondo non ci permetta di

Jane Austen Cannot Marry!

stare insieme. È crudele e ingiusto. Ma voglio che tu torni a vivere la tua vita. Vivi, Xander. E per favore non cercarmi. Dimenticati di me. Trovarti una volta è stato un caso. Trovarti due volte è stato...". Nadine si costrinse a finire. "Il caso che ci ha fatti incontrare ha cambiato le nostre vite, ma è stato comunque un caso... e tu devi andare avanti".

Lui le prese il viso con le sue mani forti e calde e lei vide le lacrime anche nei suoi occhi. "Ti amo, Nadine. Non siamo mai stati un caso. Siamo sempre stati destinati a stare insieme. E ti dico che... Non ti dimenticherò mai. Non smetterò mai e poi mai di cercarti".

Il suo cuore non poteva sopportare tanto dolore. Lo baciò ancora una volta.

"Addio, amore mio", mormorò Nadine contro le sue labbra, lasciando cadere l'apparecchio nella sua tasca.

E poi, all'istante, Xander sparì dal suo abbraccio.

Capitolo Trentanove

RONZIO. Cos'era quel ronzio? Era nella sua testa? No, il suono proveniva da un luogo vicino. Era un telefono. Improvvisamente si fermò.

A Xander pulsava la testa. Aveva freddo. Davvero freddo. Stava addirittura tremando. E qualcosa lo stava pugnalando alla schiena. Cercò di muoversi, ma non riuscì a far reagire i muscoli.

Quel dannato telefono ricominciò a ronzare.

Cercò di aprire gli occhi, ma tutto intorno a lui si contorceva e si muoveva. Non riusciva a mettere a fuoco niente. Per fortuna il suono cessò di nuovo.

Xander sentì il sapore della bile che gli saliva in gola e in qualche modo rotolò appena in tempo. Il suo stomaco si contrasse e lui vomitò.

Era disteso su un pavimento freddo che puzzava di olio, benzina e segatura. La pugnalata alla schiena era l'estremità di una tavola di legno su cui era caduto.

Caduto? Non ricordava di essere caduto.

L'aria che gli entrava nei polmoni era gelida. Un suono sibilante e ululante gli arrivò al cervello. Si rese conto che era il vento, fuori.

Cercò cautamente di riaprire gli occhi, ma un peso gli premeva sul cranio. Si mise faticosamente a quattro zampe, le braccia e le gambe faticavano a reggere il peso. Il mondo girava.

Jane Austen Cannot Marry!

Scorse il suo furgone parcheggiato accanto a lui. Il suo garage. Era nel suo garage.

E poi tutto gli tornò in mente.

"*No!*"

Ricordava tutto e il dolore fisico gli attraversava il corpo come una motosega. Era tornato. Indietro.

"Nadine!" Un secondo fa era tra le sue braccia. "*NADINE!*" Immediatamente le sue emozioni ebbero la meglio su di lui. La gola si chiuse a riccio. Lacrime calde gli scottarono gli occhi. Strisciando verso il banco da lavoro, si girò e si sedette con la schiena contro il mobile, le ginocchia sollevate. Intorpidimento e formicolio gli avvolgevano ogni arto.

Il volto in lacrime di Nadine era stata l'ultima cosa che aveva visto e ora era impressa nel suo cervello. Non aveva avuto la possibilità di dirle addio.

Cercò di ricordare quello che era successo. Erano in piedi nel giardino di Deirdre. Nadine aveva messo qualcosa nella tasca del suo gilet.

Affondò una mano all'interno e le sue dita avvolsero il dispositivo. Il mobilizzatore temporale. Era ancora caldo. Lo estrasse e lo tenne davanti al viso.

"Portami indietro", ordinò. "Torna al 1811. Hythe. Riportami da lei. Ora!"

L'apparecchio rimase fermo e inerte nel suo palmo.

"Cazzo!"

Si guardò intorno. Non c'era traccia della bara. Forse era questo che aveva reso possibile il salto la prima volta. Come poteva tornare da lei? Come poteva trovarla?

Doveva farlo.

Xander affondò la testa fra le mani. L'aveva trovata solo per perderla di nuovo. Era troppo crudele sapere che lei lo amava come lui amava lei, ma non potevano stare insieme.

C'erano così tante cose che avrebbe voluto dirle prima di andarsene. Cose come che avrebbe aspettato che lei tornasse di nuovo. Giorni, mesi, anni... non faceva differenza. Lui l'amava. L'avevano già fatto e doveva credere che le loro strade si sarebbero incrociate di nuovo. Questa volta non avrebbe perso tempo a dubitare di lei.

Tempo prezioso. Quando avrebbe potuto amarla.

Il telefono cominciò a ronzare di nuovo. Si accorse che era nella sua tasca. Lo tirò fuori e vide il nome di Ken sul display. Aveva campo. Il telefono era completamente carico. Premette il tasto per riattaccare. Non poteva parlare con nessuno. Non era pronto.

Guardò i messaggi. Più di cento. Altrettante chiamate perse e messaggi vocali. Chiamate FaceTime perse da sua madre.

Aprendo l'applicazione del calendario, Xander vide che era stato via solo tre giorni. Tre giorni incredibili. Perché non potevano avere un giorno in più? Una settimana? Un mese? Perché così poco tempo, pensò amaramente.

Il cellulare squillò di nuovo. Ken. Il suo amico non si arrendeva.

Si era tradito mandando l'ultima chiamata direttamente alla segreteria telefonica. Xander sapeva che se non avesse risposto, Ken sarebbe entrato nel suo vialetto entro un'ora.

Si schiarì la gola e rispose.

"Ken".

"Ma che cazzo, amico? Dove sei stato?"

Che cosa poteva rispondere?

"Qui e là".

"Qui e là, *dove*? Io e Donna siamo stati male, preoccupati per voi due. Dov'è Nadine? Dove siete andati? E cos'era quella bravata di lasciare il pick-up alla fine del vialetto?".

Vialetto. Il suo pick-up.

Quando era tornato a casa dal rifugio, il suo vialetto non era ancora stato spalato. L'aveva lasciato lungo la strada. Ma ora era nel suo garage.

"Grazie per averla spostata".

"Hai lasciato quella cazzo di macchina accesa. Con le chiavi dentro. Quando sono arrivato a casa tua, il serbatoio era vuoto e la batteria era morta".

"Sì, era bloccata. Gli spazzaneve. Sai."

"Sì. Giusto. Dove sei andato?"

"Nadine doveva tornare a Denver. Sono andato con lei".

"Come?"

"Uber".

"Sei stato a Denver per tre giorni?".

"Sì ".

"Mi hanno chiamato i tuoi genitori. Tua madre è fuori di testa".

Jane Austen Cannot Marry!

"Li chiamo io".
"Perché non hai risposto alle chiamate? Ai messaggi? A tutti i messaggi che ti ho lasciato?".
"Che ne dici di occuparci di cose più importanti? Come sta Donna? Il bambino? Sono ancora in ospedale o siete a casa?".
"Non ho finito con te".
"Ok, ma che mi dici di Donna?".
"Sono tornati a casa ieri", sbuffò Ken.
"Come stanno?" Xander sapeva che più domande faceva, meno spiegazioni avrebbe dovuto dare. Almeno fino a quando non avesse visto Donna, il pubblico ministero.
"Sta benissimo. Stanno entrambe benissimo. Quando verrai da noi per conoscerla?".
Xander si passò una mano sul viso stanco. Non era pronto a vedere né loro né nessuno. Aveva bisogno di tempo per crogiolarsi nella sua infelicità per un po'. "Non oggi. Ti manderò un messaggio prima di arrivare in città".
"Quando torna Nadine?"
Merda. Sentì il coltello conficcarsi nelle viscere.
"Ehi, ascolta. Mi sta chiamando in questo momento", mentì. "Devo riattaccare".
La voce di Donna si levò in sottofondo. "Digli di dire a Nadine che la biopsia era benigna".
"Quale biopsia?" Chiese Xander.
"È stata la *mia* prima domanda quando me l'ha detto ieri. Dillo a Nadine. Lei lo saprà".
Xander riattaccò e fissò il telefono. Doveva essere la giornata che Nadine e Donna avevano trascorso insieme, quella che si era conclusa con la tempesta di neve e l'incidente. La biopsia doveva essere avvenuta allora. Lei non ne aveva parlato. Ma non avevano avuto molte occasioni per parlarne una volta atterrati in Inghilterra.
Che razza di idiota era! Aveva a malapena chiesto a Nadine del parto e di tutto il resto.
Avevano avuto così tante altre cose su cui concentrarsi. Per non parlare di Jane Austen. Tutte le cose sul suo lavoro di merda. Sulla sua vita nel futuro.
Si strofinò il collo. Quanto la capiva ora. Quanto aveva lottato per fargli capire la verità.

C'erano spiegazioni razionali sul perché e sul come lo avesse lasciato a Las Vegas e di nuovo in Colorado. C'erano scienza e uno scopo dietro a tutto ciò che faceva. Tuttavia, Xander avrebbe voluto fare più domande su dove si trovava il loro quartier generale. Avrebbe dovuto farsi dare i nomi di alcuni scienziati.

La realtà del viaggio nel tempo non poteva essere stata sviluppata da un giorno all'altro. Forse c'erano fisici che ci stavano lavorando già allora. Doveva saperne di più. Entrarci. Dopo tutto, aveva già esperienza con i salti quantici.

Lo stomaco di Xander si contrasse all'improvviso e lui si alzò in piedi. Non voleva vomitare nel garage. Le gambe gli vacillarono, ma riuscì a inciampare fino alla porta.

Quando la porta si aprì verso l'alto, dovette alzare una mano per schermare gli occhi dal bagliore del sole sulla neve. Il vialetto era stato spalato e il sentiero era stato spianato fino alla casa.

Respirando profondamente l'aria frizzante di montagna, riuscì a combattere la nausea.

Alimenti. Liquidi. Dormire. Con moderazione. Ricordò il consiglio di Nadine.

"Non mi arrendo, sai", esclamò, le parole trasportate dal vento. "Troverò un modo per tornare da te".

L'aria era limpida e gli pizzicava la pelle mentre Xander si trascinava verso la casa.

Scosse via la neve dalla suola degli stivali ed entrò. Salendo le scale che portavano alla sala grande, capì che non c'era nessuno. Le tende erano ancora chiuse, il riscaldamento spento e un silenzio inquietante riempiva l'ambiente.

In cucina, aprì con uno strattone la porta del frigorifero. Il suo amico di lunga data gli aveva consegnato del cibo; l'oggetto era rifornito.

Prese un bicchiere e lo riempì d'acqua. Lo bevve il più lentamente possibile e posò il bicchiere sul bancone.

"Cazzo", mormorò, guardandosi intorno nel vuoto sterile della sua vita.

Si tolse gli stivali vicino alla porta e si avvicinò al camino. Pensò di accenderlo, ma il suo sguardo fu attratto dalla libreria. Lo sguardo corse sui titoli. C'era uno spazio vuoto al posto di *Persuasione*. Accanto ad esso, un altro romanzo della Austen lo attirava.

Jane Austen Cannot Marry!

Stava per prenderlo quando un colpo alla porta della cucina fece girare la testa di Xander.

Il suo primo pensiero fu che qualche creatura affamata stesse cercando di arraffare qualcosa.

Altri colpi lo attirarono verso la porta e lui aprì le tende.

Il suo cuore si fermò. Bloccato sul posto, sbatté le palpebre, non fidandosi dei suoi occhi.

"Hai intenzione di aprire la porta o no?". Nadine gridò da fuori.

"Qui fuori si gela".

Le sue dita armeggiarono maldestramente con la serratura, ma riuscì ad aprire la porta a vetri scorrevole. Lei entrò, portando con sé l'odore della neve e dell'aria fresca.

Faticò a far uscire le parole. "Tu... sei qui".

Senza aspettare la sua risposta, la sollevò tra le braccia e la fece girare. Lei rideva e piangeva e le sue braccia erano strette intorno al suo collo. "Sei qui. Sei davvero qui".

La mise a terra e le baciò il viso. La bocca. Lei ricambiò il bacio.

"Non posso crederci. Sei venuta a cercarmi. Come?"

"Dovevo venire". Lei sorrise, le mani appoggiate sul petto di lui.

"Hai lasciato qualcosa laggiù".

"Sì. Te. Ho lasciato te laggiù".

Lo baciò di nuovo sulle labbra prima di ritrarsi. "Qualcos'altro. Hai lasciato qualcos'altro".

Sapeva che non c'era nient'altro di cui avesse bisogno. Lei era qui, in casa sua. Tra le sue braccia. Era qui con *lui*.

Cercò nella borsa che pendeva dalla sua spalla e tirò fuori *Persuasione*. "Hai lasciato questo".

"Davvero? Sei tornata per restituirmi il libro?".

"Non avevi finito di leggerlo, vero?".

"No. Assolutamente no". Glielo tolse di mano e lo fece cadere sul pavimento. "Sono contento che tu l'abbia riportato. Ora dimmi che rimani".

Nadine gli fissò il petto. "Dopo la nostra chiacchierata a Hythe, mi sono resa conto che faccio questo lavoro da quando avevo ventidue anni. E in tutto questo tempo non mi sono mai presa una vacanza".

"Una vacanza. Sei andata nel 2078, hai fatto il tuo rapporto e hai chiesto una vacanza?".

"No, non potrei farlo". Lei gli sorrise. "E se dicessero di no? Se avessero già in mente la mia prossima missione?".

"Così, invece, sei venuta qui".

"Già. Conosci il vecchio detto: è meglio chiedere perdono che permesso".

Xander la sollevò di nuovo tra le braccia e la baciò. Aveva chiesto dei giorni in più. Li avrebbero avuti.

Forse molti giorni in più.

Grazie per aver letto *Jane Austen Non Può Sposarsi*. Se vi è piaciuto, lasciate una recensione online. Se volete tornare a far visita a Nadine e Xander, non dimenticate di leggere *Cancellami*, il seguito autonomo di questo romanzo.

Ecco cosa vi aspetta...

CANCELLAMI

Mr. & Mrs. Smith
incontra
La Moglie del Viaggiatore nel Tempo

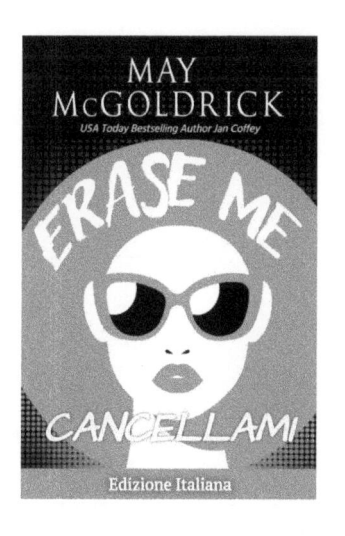

Per le vie assolate di una città balneare della California, le strade di due sconosciuti si intrecciano, innescando un legame inaspettato e ardente. Uniti dal caso, i due scoprono rapidamente che il destino ha un senso dell'umorismo contorto. E il loro legame è ben lontano da una tipica storia d'amore. Entrambi nascondono segreti, conducono una doppia vita e sono impegnati in missioni di importanza fondamentale, che creano le premesse per una battaglia imprevedibile di ingegno e volontà.

Molto diversi dai convenzionali amanti sfortunati, Avalie e Reed sono agenti segreti, ognuno dei quali possiede il potere di alterare il corso della storia. Le scintille si accendono in ogni momento che condividono, ma i loro cuori e le loro lealtà sono divisi. Si ritrovano intrappolati in un vortice di inganni e le loro missioni li mettono l'una contro l'altro. Intrappolati in un pericoloso gioco del gatto e del topo, la fiducia è scarsa e il tradimento è in agguato dietro ogni angolo.

Mentre corrono contro il tempo e l'una contro l'altro, le loro emozioni si intensificano, confondendo i confini tra dovere e desiderio. Seguiranno i loro cuori, mettendo a rischio tutto ciò che hanno sempre conosciuto, o rimarranno fedeli agli ordini che li

Nota di edizione

vincolano? L'amore può vincere tutto o la fedeltà alle loro missioni li dividerà?

Erase Me (Cancellami) è un'emozionante storia di astuti inganni e di un'attrazione proibita così intensa che potrebbe riplasmare il mondo. Preparatevi a una montagna russa di emozioni, piena di intrighi, tradimenti e passione.

Cercate *Cancellami*!

Un'altra cosa. È possibile scaricare tutti i nostri romanzi ***a prezzo scontato***, sia in formato cartaceo che ebook, dalla nostra libreria online. Il link si trova sulla homepage del nostro sito.

Nota dell'autore

Speriamo che vi sia piaciuto leggere il primo libro della nostra serie Quantum Commuters, *Jane Austen Non Può Sposarsi*. Molti di voi che ci hanno seguito potrebbero avere delle domande sul perché abbiamo scelto questa strada per il nostro prossimo progetto. All'inizio di quest'anno, io (Nikoo) ho ricevuto la difficile diagnosi di cancro al seno metastatico. Il mio primo attacco di cancro al seno risale a diciannove anni fa. Ora è tornato. Alla data di questa pubblicazione, ho già iniziato il trattamento.

Quando ho saputo della mia prognosi, mi sono trovata in uno stato d'animo molto difficile, cercando di fare i conti con il tempo che mi resta da vivere in questo mondo. Siamo tutti mortali, ma a volte è più difficile che il vago e ipotetico "un giorno" sia sostituito da una finestra di tempo più limitata. Durante i primi mesi, Jim e io abbiamo avuto molte conversazioni su ciò che mi sarebbe piaciuto fare con il tempo che mi rimaneva. È stato allora che l'idea di questo romanzo è stata concepita e ha preso forma.

Nel nostro romanzo, i pendolari quantici sono persone affette da malattie terminali. Come viaggiatori nel tempo, però, possono prolungare la loro vita e trovare una realizzazione personale attraverso viaggi nel passato. Un po' come fanno gli scrittori.

Abbiamo scelto la cittadina montana di Elkhorn come ambientazione per la parte del Colorado di questa storia. Chi ha letto i

Nota dell'autore

nostri western di Nik James conosce bene il luogo. Abbiamo pensato che sarebbe stato divertente rivisitare questa città del boom dell'argento un secolo e mezzo dopo che il pistolero Caleb Marlowe aveva percorso quelle strade.

Jane Austen è una delle nostre autrici preferite di sempre. Non c'è bisogno di dire a nessuno che è una delle scrittrici più importanti del suo tempo. Il suo nome è noto e le sue storie ci sono familiari come quelle di qualsiasi altro autore in lingua inglese. Ma ci siamo chiesti: se la Austen avesse saputo che sarebbe morta all'età di 41 anni, come si sarebbe comportata? Avrebbe scritto con la stessa passione? Con lo stesso genio? E se, oltre a questa consapevolezza, le avessimo dato la possibilità di trascorrere i suoi ultimi anni tra le braccia di un uomo che la amava? Sappiamo che non si è mai sposata, ma se le fosse stata data questa opportunità? Sceglierebbe la sicurezza? O un'eredità di grandezza letteraria?

Sappiamo che scegliamo di apprezzare ogni giorno che ci viene dato, indipendentemente da quanti o quanti pochi siamo destinati ad avere. Non ci è mai stato garantito un *per sempre*.

Infine, vorrei che sapeste che sono pienamente preparata ad affrontare la sfida che il cancro presenta, finché riuscirò a mantenere la mia forza, il mio spirito e la mia speranza. Attraverso le storie che io e Jim abbiamo creato, ho cercato di rendere questo mondo un posto migliore. Ho intenzione di continuare a farlo.

Amo immensamente mio marito, i miei figli e le loro famiglie. E avrò sempre a cuore voi, amici miei. Sono estremamente grata per la fiducia che avete riposto in noi permettendoci di intrattenervi e di essere anche solo una piccola parte delle vostre vite.

Grazie.

Vi auguro pace e salute... sempre.

Nota: come autrici, abbiamo sempre scritto le nostre storie per voi, i nostri amati lettori. Se vi è piaciuto *Jane Austen Non Può Sposarsi*, lasciate una recensione online e ditelo a un amico, a due amici, a molti amici.

E visitate il nostro sito web - www.MayMcGoldrick.com per l'elenco completo dei nostri libri e per avere la possibilità di seguire il nostro viaggio nel cancro sul mio blog.

Se non l'avete ancora fatto, iscrivetevi alla nostra newsletter e seguiteci su BookBub.

Nota dell'autore

Non mancate di visitare Nadine e Xander nel prossimo romanzo di May McGoldrick, CANCELLAMI!

Sull'autore

Gli autori bestseller di *USA Today* Nikoo e Jim McGoldrick hanno realizzato oltre cinquanta romanzi dal ritmo incalzante e ricchi di conflitti, oltre a due opere di saggistica, sotto gli pseudonimi di May McGoldrick, Jan Coffey e Nik James. Questi popolari e prolifici autori scrivono romanzi storici, suspense, gialli, western storici e romanzi per giovani adulti. Sono quattro volte finalisti del Rita Award e vincitori di numerosi premi per la loro scrittura, tra cui il Daphne DuMaurier Award for Excellence, il Will Rogers Medallion, il *Romantic Times Magazine* Reviewers' Choice Award, tre NJRW Golden Leaf Award, due Holt Medallion e il Connecticut Press Club Award for Best Fiction. Le loro opere sono incluse nella collezione della Popular Culture Library del National Museum of Scotland.

Also by May McGoldrick, Jan Coffey & Nik James

NOVELS BY MAY McGOLDRICK

16th Century Highlander Novels

A Midsummer Wedding *(novella)*
The Thistle and the Rose

Macpherson Brothers Trilogy

Angel of Skye (Book 1)
Heart of Gold (Book 2)
Beauty of the Mist (Book 3)
Macpherson Trilogy (Box Set)

The Intended
Flame
Tess and the Highlander

Highland Treasure Trilogy

The Dreamer (Book 1)
The Enchantress (Book 2)
The Firebrand (Book 3)
Highland Treasure Trilogy Box Set

Scottish Relic Trilogy

Much Ado About Highlanders (Book 1)
Taming the Highlander (Book 2)
Tempest in the Highlands (Book 3)
Scottish Relic Trilogy Box Set

Love and Mayhem

18th Century Novels

Secret Vows
The Promise (Pennington Family)
The Rebel
Secret Vows Box Set

Scottish Dream Trilogy (Pennington Family)
Borrowed Dreams (Book 1)
Captured Dreams (Book 2)
Dreams of Destiny (Book 3)
Scottish Dream Trilogy Box Set

Regency and 19th Century Novels

Pennington Regency-Era Series
Romancing the Scot
It Happened in the Highlands
Sweet Home Highland Christmas *(novella)*
Sleepless in Scotland
Dearest Millie *(novella)*
How to Ditch a Duke *(novella)*
A Prince in the Pantry *(novella)*
Regency Novella Collection

Royal Highlander Series
Highland Crown
Highland Jewel
Highland Sword

Ghost of the Thames

Contemporary Romance & Fantasy
Jane Austen CANNOT Marry
Erase Me

Tropical Kiss
Aquarian
Thanksgiving in Connecticut
Made in Heaven

NONFICTION

Marriage of Minds: Collaborative Writing
Step Write Up: Writing Exercises for 21st Century

NOVELS BY JAN COFFEY

Romantic Suspense & Mystery

Trust Me Once
Twice Burned
Triple Threat
Fourth Victim
Five in a Row
Silent Waters
Cross Wired
The Janus Effect
The Puppet Master
Blind Eye
Road Kill
Mercy (novella)

When the Mirror Cracks
Omid's Shadow
Erase Me

NOVELS BY NIK JAMES

Caleb Marlowe Westerns

High Country Justice

Bullets and Silver

The Winter Road

Silver Trail Christmas